Yo pude salvar a Lorca

Víctor Amela

Yo pude salvar a Lorca

Víctor Amela

Ediciones Destino
Colección Áncora y Delfín
Volumen 1450

Ediciones Destino es un sello de Editorial Planeta, S.A.
Diagonal, 662-664. 08034 Barcelona
www.edestino.es
www.planetadelibros.com

Diagonal, 662-664. 08034 Barcelona

Primera edición: noviembre de 2018
Segunda impresión: enero de 2019
Tercera impresión: mayo de 2019

ISBN: 978-84-233-5462-7
Depósito legal: B. 24.210-2018
Impreso por Black Print
Impreso en España-*Printed in Spain*

El papel utilizado para la impresión de este libro es cien por cien libre de cloro y está calificado como papel ecológico.

A Anita Bonilla,
mi madre

Advertencia del autor

Pastor y labrador de la Alpujarra, mi abuelo materno se unió a los sublevados en el verano de 1936 y combatió en Granada. Humilde botones en una oficina de Barcelona, mi tío paterno fue enviado al frente republicano con diecisiete años y combatió en el Ebro. La guerra les arrastraría hasta un mismo lugar y una misma familia. Nunca hablaron entre ellos de aquellos días, y yo no osé preguntar. Mi tío me mostró un día la cicatriz de una bala. Mi abuelo me musitó una noche: «Yo pude salvar a Lorca». Con hechos reales, tan ciertos como su envoltorio de silencios, empiezo a tejer esta novela...

Primera parte

Granada

Por el agua de Granada
sólo reman los suspiros.

Federico García Lorca

I

El cortijo Los Puertas

La Alpujarra, agosto de 1936

Un hombre se esconde bajo excrementos de gallina.

Así empieza esta novela.

El hombre oculto bajo excrementos de gallina se llama Manuel Bonilla y será un día mi abuelo.

Con un pañuelo en la mano ahuecada, protege nariz y boca del cosquilleo acre de la gallinaza, que le cubre como el manto de la Virgen del Martirio de la Alpujarra. Le va la vida en respirar muy despacio, sin moverse.

—¿Dónde está tu papá, bonita?

El tipo que pregunta lleva escopeta de caza en bandolera, pendida de una desgastada correa de cuero. Le acompañan otros dos hombres, brazos en jarras en la entrada del cortijo Los Puertas.

—No lo sé —responde la niña.

La niña tiene dos años. Se llama Anita y será un día mi madre.

La niña mira hacia arriba, mira al hombre de la escopeta. El hombre y la niña están entre el corral de gallinas —el suelo cubierto de excrementos— y la vivienda de techo plano, encalada, encastada en el terreno en declive, con una chumbera junto a la entrada. El de la escopeta, que lleva un pañuelo rojo al cuello, hinca una rodilla en tierra y pregunta a Anita:

—¿Dónde está tu papá, mi niña?

—No lo sé.

La niña Anita mira de reojo a su madre, en la puerta de la casa. Del dintel cuelga la jarapa alpujarreña que aísla el umbrío interior de las inclemencias del campo. Otro hombre habla con la madre, persuasivo:

—Señora María, ¿dónde está su marido? Sólo queremos hablar con él, ¡nada más!

—¡Ya querría yo saber dónde está! Nos ha dejado solos, a mí y a mis cuatro hijos, con una recién nacida...

La señora María, que será un día mi abuela, aparta la jarapa, se agacha sobre una caja de madera de almendro, alza a un bebé de apenas un año, su hija Mari. La acuna y se lamenta:

—¡Sola estoy! ¡Con cuatro niños! ¡Mal hombre!

Bajo la gallinaza, Manuel Bonilla oye la voz de su mujer, la que habla poco y nunca se queja. Su mujer calla mejor que la tierra misma de la Alpujarra. Han compartido el calor del lecho en esta noche que quizá sea la última. Si lo encuentran, lo llevarán al calabozo de Torvizcón, o lo torturarán en un barranco, o lo colgarán de un olivo. Si es así, Dios protegerá a su familia. Es por Dios que ha entrado en esta guerra.

Ha sido su hijo mayor, Antonio, de siete años, el que ha avisado de que se acercaban tres hombres con escopetas. Antonio, que un día será mi tío, saca el rebaño de cabras a cada alborada, las pastorea por las inclinadas laderas de salviares, retamales y jarales. Desde un cerro, parapetado entre romerales y retamas, ha visto a los hombres:

—¡Vienen! —ha jadeado, dejando atrás el rebaño.

Manuel Bonilla ha podido ocultarse gracias a que el niño, un día más, ha desobedecido a su madre, que cada mañana le repite: «¡No subas a las cabras al cerro, allí la hierba es mala!». No es mala. Es que la madre no quiere que el niño vea a ciertos hombres de la carretera. Pero el niño los espía, los ve cavar a pico y pala en el espinazo de la sierra Contraviesa. Sus figuras se recortan en ese firmamento alto de la Alpujarra que todo lo empequeñece. Roturan una calzada entre Torvizcón y Alcázar, a golpes que levantan polvo extenuado y piedras agónicas.

—¡Son presos! —ha dicho Alfonsico.

Alfonsico, pastorcillo también de un rebaño, algo mayor que Antonio, es el chaval del cortijo de la Parra del Moro.

—Los tienen presos en el cortijo del Olivar. Mira cómo los vigilan los que llevan escopetas.

Antonio reconoce en los de las escopetas a vecinos de Torvizcón, pueblo a una hora de camino en mulo. Ha ido allí con su padre a veces para visitar a un pariente o comprar un azadón. El niño sabe que entre esos presos castigados a pico y pala por las autoridades republicanas podría acabar su padre, y por eso ha dejado atrás el rebaño de cabras y ha corrido hasta el cortijo:

—¡Vienen! ¡Vienen!

Manuel Bonilla ha abierto un hueco en las capas de gallinaza del suelo del corral. Su mujer le ha ayudado. Los dos tienen las manos curtidas por una vida de trabajo en el campo desde niños. Manuel Bonilla no ha conocido otro trabajo que el arado y la azada desde que nació en otro cortijo, La Rata, cerca de Cádiar. Ha trabajado junto a su padre sus campos en pendiente, entre olivos y surcos, pegado siempre al arado. Hasta el día de su boda, siete años atrás, en la iglesia de Torvizcón, el 21 de diciembre del año 1929. Era el mismo año y quizá el mismo día en que un poeta de Granada, un poeta amante y cantor de la Alpujarra, con el corazón sangrante de gitanos, veía en el cielo de la ciudad de Nueva York alzarse cuatro columnas de cieno.

2

«Yo pude salvar a Lorca»

Barrio de la Trinidad Nueva, Barcelona, 1970

Manuel Bonilla y María Estévez, mis abuelos maternos, vivían en la calle Aiguablava, más descampado que calle en el barrio de la Trinidad Nueva, en el extrarradio de Barcelona. Aquel barrio era, a fines de los años sesenta, un arrabal con vistas a un monte en cuya cima se alzaba el castillo en ruinas de Torrebaró, un barrio de calles de tierra anaranjada y apisonada por neumáticos de ocasionales automóviles. Baches y oquedades albergaban charquitos de agua irisada por el aceite de motor vaciado por algún camionero avecindado.

Allí iba con mis padres a visitar a «los abuelitos», como les llamábamos en casa.

A los pisos se accedía por una escalera exterior y un largo pasillo abalconado al aire libre, al que daban las puertas de las viviendas. Todos los vecinos habían llegado desde el sur de España, durante los años cincuenta. El edificio era humildísimo y hasta el aire pedía perdón. Esa humildad se certificó mediados los años noventa, cuando se supo que los pisos eran aluminósicos. Mis abuelos acababan de morir.

A la desaparición de mis abuelos, él en 1990 y ella en 1991, siguió la desaparición del minúsculo piso en que vivieron desde que llegaron de Granada en el año 1953. Durante casi cuarenta años no supieron que estaban viviendo en una ratonera de efecto retardado, obra de un constructor tramposo con los materiales.

Los pisos fueron demolidos y lo entendí como metáfora de la biografía de mi abuelo, que había ganado una guerra y que acababa en demolición y olvido. A menos que esa vida fuese contada, y por eso estoy escribiendo esta novela.

—Ahora silencio, vamos a ver el parte.

Que mi abuelo había hecho una guerra y que los suyos la habían ganado lo supe a los ocho o nueve años, en la segunda mitad de los años sesenta, por esta frase:

—Ahora silencio, vamos a ver el parte.

Mis padres me dejaban con mis abuelos en su insospechado pisito aluminósico algunos fines de semana. Allí las horas transcurrían muy lentas. Yo leía. Tenía nueve, diez, once años. Leía. Tebeos, muchos tebeos. Revistas, montañas de revistas. En un silloncito instalado en la esquina de una escueta galería acristalada, leía. Era una forma completísima de felicidad, sin esperar ni temer nada. El piso era tan menudo que mi rincón era un aleph: veía el minúsculo comedor, la insignificante cocina, el acceso a la entrada, la embocadura del pasillo de los mínimos dormitorios, todo. Y leía.

Mis abuelos no me decían ni mú. El paraíso. A la hora de comer, nos sentábamos ante el mantel de hule de la mesa del comedor. En el centro, un lebrillo con agua fresca aliñada con vinagre y aceite, donde flotaban trozos de pepino: «gazpacho», llamaban a esa agua fresca, y lo tomábamos a cucharadas entre bocado y bocado del plato de migas cocinadas por mi abuela María. Un plato para mí exótico: ¡migas! «Lo que hemos comido siempre los pastores en Andalucía», me dijo un día mi abuelo.

¡Andalucía! Yo nunca había estado allí. Andalucía era un abuelo que saca una navaja del bolsillo —jamás usó cuchillos de cubertería—, una navaja de cachas de madera, pequeña, con la que corta trozos de queso como si estuviese sentado en una piedra en el campo. Y decía:

—Ahora silencio, vamos a ver el parte.

Pregunté más tarde a mis padres por qué el abuelito llamaba «el parte» a las noticias de la tele, y me lo aclararon:

—En la guerra, las noticias son «el parte», y el abuelito estuvo en la guerra.

Así lo supe. ¡Una guerra! Aquel hombre que era mi abuelo había luchado en una guerra. Mis padres nunca me habían hablado antes de ninguna guerra. Un día mi abuelo entró en su cuarto y salió con una funda de cuero de la que extrajo un objeto negro, metálico: una pistola. Quedó sobre la mesa. Con el característico ceceo de su adusto andaluz oriental, dijo:

—No se toca, cuidado.

Superada la prueba de mirar sin tocar, me concedió sostenerla. Pesada, densa como un agujero negro, necesité ambas manos. No osé empuñarla como en las películas. Una pistola de verdad. Las del cine eran de pacotilla, ahora ya lo sabía.

Mi abuelo me mostró el cargador, el peine con seis o siete balas encajadas. Balas bruñidas, de metálico resplandor entre dorado y cobrizo. Las cargó por la base de la culata —¡chac!—, me explicó que lo importante era que estuviese siempre puesto el seguro. Supe entonces que la muerte estaba a la distancia del pequeño gesto de un dedo. Después extrajo el cargador, lo guardó todo en la funda y se llevó la pistola a su cuarto, muy rápido, quizá arrepentido.

Uno de aquellos fines de semana, tendría yo once años, mi abuelo me hizo una pregunta que me desconcertó. Yo leía. En cierto momento me di cuenta de que me miraba desde el comedor. Alcé la vista de las páginas, lo miré. Y mi abuelo, que siempre callaba, me hizo una pregunta muy rara:

—¿Te interesa la política?

Me encogí de hombros. ¿Qué pregunta era esa? Nunca nadie me había hablado así en casa, en ningún sitio. ¿Qué era exactamente «la política»? ¿Por qué me preguntaba eso? ¿Qué quería? No dije nada, o quizá solamente dije:

—No sé.

La política le había llevado a él a una guerra. Hoy

entiendo qué quería. Se había metido en una guerra treinta y cinco años atrás, y aquella guerra lo había arrastrado hasta allí, hasta un pisito con un nieto que lee. Mi abuelo había sido analfabeto hasta la guerra. Para mi abuelo, una persona que lee es una persona que sabe, una persona digna de ser escuchada. Y yo leía.

Aquel día no dije nada. No insistió. Quizá se arrepintió de haber intentado hablar de política, de la guerra, de Franco, de José Antonio, de la Falange, nunca lo sabré, de las noticias del «parte», de aquellos telediarios que veíamos juntos en blanco y negro, de los que yo no entendía nada: veía a señores muy circunspectos y grises, ministros de Franco sabiéndose filmados. Yo no sabía nada. Y ante uno de esos «partes», un día, apareció en pantalla el rostro de un hombre que aún recuerdo bien. Y mi abuelo dijo:

—Ése es mi amigo.

Un hombre de su misma edad. Lo vi, y recuerdo que pensé que se parecían. En la forma de la cabeza, el peinado, los pliegues de las mejillas, los ojos claros y chispeantes, ojillos pequeños azules, ojos de mirar, saber y callar, ojos de suspiro y silencio.

—Luis Rosales. De Granada, poeta. Es mi amigo.

¿Amigo de qué?, ¿amigo de cuándo?, ¿amigo de dónde? No pregunté. Era un señor académico de la Lengua que salía en el telediario. ¿Qué podía tener en común con mi abuelito? No pregunté qué tenía mi abuelo con él, ni él tampoco añadió nada más.

Pero un par de horas después, antes de retirarnos a dormir, mi abuelo sí dijo otra cosa.

Estábamos los dos a solas en el minúsculo comedor.

En un pisito aluminósico, a principios de los años setenta.

Yo tenía once años. Leía.

Mi abuelo tenía sesenta y cinco años, y me miraba.

No hablábamos. Y aquella noche dijo una frase.

No le encontré sentido, pues mencionó un nombre que yo no podía relacionar en nada con aquel hombre que era mi abuelo, un nombre para mí tan distante y marmóreo como un busto de Calderón, Cervantes, Bécquer o cualquier otro muerto ilustre de mi manual escolar de Literatura.

Y por eso estoy escribiendo esta novela, porque mi abuelo dijo:

—Yo pude salvar a Lorca.

3
Niños solos

La Alpujarra, agosto de 1936

—Niña, ¿cómo te llamas?

—Anita.

—¿Tú quieres este caramelito?

La niña encoge la cabeza entre los hombros. El hombre de la escopeta tiende su mano, la abre, muestra un caramelo.

—Tómalo, niña, sin miedo.

Anita ha aprendido a callar. No dirá dónde está su padre. Su madre le ha enseñado a callar. A Anita le gusta que su padre venga al cortijo alguna noche, y mordisquear el trozo de caña de azúcar que le trae, sentir el dulzor que prolonga el recuerdo del padre que siempre se va. Anita toma el caramelo, lo aprieta en la mano.

—Y ahora dime, Anita: ¿dónde está tu papá?

—No lo sé.

Otro hombre decide escrutar el interior de la casa. María lo acompaña. Manuel Bonilla reconoce la voz del alguacil de Torvizcón. Se alegra de tener el zurrón consigo, único objeto que podría haberlo delatado. Su corazón se acelera, calcula qué hará si oye gritar a María, o a su hija Anita, o a sus hermanitas Candi y Mari: saltará como un lobo, matará o morirá. No... Se entregará. Evitará la desgracia de su familia. Mejor que lo maten.

El cortijo ha quedado en zona republicana. Tras la sublevación de los militares, este gobierno de la República está tolerando crímenes de revolucionarios exaltados contrarreligiosos y propietarios. Manuel Bonilla, contrariado, ayuda a salvarse a personas en peligro de maltratos, humillaciones, torturas o muerte: se los lleva durante la noche y los pasa a Granada. En la ciudad se han impuesto los sublevados, en los que confía para preservar el orden de las cosas como siempre han sido.

Manuel Bonilla conoce todas las sendas, trochas y ramblas de la Alpujarra. Y las utiliza. Conoce todos los caminos de herradura, pasos y puertos de montaña. Todas las pasarelas y puentes, pozos, albercas y acequias desde los días de Boabdil el Chico. Y cuevas, covachas y abrigos de los barrancos. Y casetas de pastor, eras, cortijos y corrales, ermitas y molinos. Molinos.

Y cada higuera y cada olivo de las Alpujarras.

Al final de cada verano ha hollado las riberas de los ríos Cádiar y Guadalfeo hasta sus medievales molinos harineros. Allí han llevado siempre el grano de cereal, que el molinero cobra en harina: un celemín de cada doce, «¡más un cuartillo, por el desgaste de las piedras!». En un molino conoció, cinco o seis años atrás, a un tipo de rostro rubicundo y cuidado bigote, más alto que él —y él es el más alto de su pueblo—, con acento extraño: «Es don Geraldo, un inglés con casa en Yegen», susurró el molinero.

Bajo la gallinaza, Manuel Bonilla nada oye que le alarme. Imagina a los tres hombres hociqueando el piso de arriba, los dormitorios y la cocina, los imagina destapando dos ventrudas orzas de barro con la conserva de la matanza anual en aceite de sus olivos. Su familia puede aquí subsistir, por eso aguantan sin escapar a Granada. María puede aquí cocer sus olorosas hogazas en el horno del cortijo. Con ellas prepara cada día migas de pan. A veces con ajos, pimiento verde y algo de chorizo de su matanza. Manuel Bonilla tiene en la boca el sabor de las migas, que refresca siempre con cucharadas de gazpacho, agua fresca con trozos de pepino que flotan en un lebrillo para compartir en el centro de la mesa, aliñada el agua de la fuente con aceite y vinagre.

En los postres, corta trozos de queso con la navaja que lleva en el bolsillo del pantalón. Ahora siente el peso de su navaja junto al muslo.

Los hombres se han ido. María ha entrado en la casa con los niños, ha atrancado la puerta de vieja madera de castaño. No mira afuera. Sabe que su marido esperará a que anochezca y que hoy ha faltado poco para la desgracia. De un cortijo vecino se han llevado al padre de la familia, han dejado sólo al hijo de ocho años al cuidado del ganado y de la tierra. Al niño, Alfonsico, pastor como su hijo Antonio, se lo han llevado días después los republicanos a Torvizcón, lo han tenido encerrado una noche, le han requisado asnos, cerdos, cabras y ovejas. Luego lo han dejado volver al cortijo con sus bestias, pero cada día algún soldado republicano roba alguna para comérsela.

Lo que María no sabe es que a la mañana siguiente volverán al cortijo Los Puertas los mismos hombres.

Le mostrarán un zurrón, unas alpargatas, un bastón roto de pastor. Y le dirán:

—Hemos capturado a su marido, señora María.

Ella no los creerá.

Ellos se la llevarán al calabozo de Torvizcón.

Y cuatro niños quedarán solos en el cortijo, en un barranco de la Alpujarra, en una República en guerra.

4
Barrio del Albaicín

Granada, agosto de 1936

La niña se asoma al mirador de San Nicolás. Abalconada sobre el Albaicín, deja respirar la pena que le oprime el corazón. Su madre está en la cárcel. La niña se llama Palmira, tiene once años, y ha ascendido poco a poco por las cuestas sinuosas del barrio hasta la placeta abierta, al arrebol de un crepúsculo que enciende las torres rojas de la Alhambra, para llorar a solas.

La niña Palmira pasea la vista sobre los tejados, sin fijarse en los escombros amontonados en los recodos de las calles, en los terrados horadados por bombas, en los muros picados de metralla y en el hollín de las iglesias quemadas. Son las ruinas del Albaicín tras los combates del mes anterior, y no pesan más que la pena por su madre. Querría con la mirada atravesar muros y aljibes y los cipreses de los cármenes, serpentear las callejas de la Calderería y sus bazares de almireces de cobre, peroles y cazos de azófar, para penetrar los muros del antiguo convento de monjas, la cárcel en la que han encerrado a su madre.

—Mamá —susurra Palmira.

Deja que los ojos se le inunden de lágrimas, que le tiemble la barbilla. Hace diez días cenaba con su madre y sus hermanos pequeños —el padre guarda cama, enfermo— y los guardias golpearon la puerta de la casa. La rodearon de fusiles, se la llevaron. Lo último que vio Palmira fue la tela del vestido de su madre, un vestido de color azul marino con lunares blancos.

—¡Cuida de tus hermanos, Palmira! —le conminó su madre.

Su madre, la señora Enriqueta, conocida como la zapatera del Albaicín, no lloró. Palmira sabe que los que ahora mandan se la han llevado por haberse paseado muchas veces con brazaletes rojos, con pañuelos encarnados al cuello en cada convocatoria de la Casa del Pueblo, en los mítines obreros del barrio, en cada manifestación.

—¡Tú eres la hija de la zapatera!

Palmira se sobresalta. Se vuelve para ver quién le habla. Es un chico algo mayor que ella, sentado a horcajadas en el pretil del mirador como si siempre hubiese estado allí, como si fueran suyos el muro, la placeta, la iglesia quemada de San Nicolás, el Albaicín entero. La piel de su rostro, muy atezada, casi olivácea, tiene brillo de aceite a la luz crepuscular. Muchas veces le han dicho que parece un gitanillo del Sacromonte. Está acostumbrado, pero él lo desmiente, porque él es del Albaicín, y su padre no es gitano. Calza deshilachadas alpargatas y pantalones mil veces remendados.

—¿Y tú quién eres? —replica Palmira, molesta.

—Jacinto. Del Carril de la Lona. ¿Qué haces aquí?

—Nada.

—¿Cómo te llamas?

—Palmira.

—¿Por qué han metido a tu madre en la cárcel?

Palmira no esperaba esta pregunta porque no conoce de nada a Jacinto, y lo mira con desconfianza y extrañeza.

—¿Y tú qué sabes? —responde Palmira.

—Te he visto en las puertas del convento, esperando verla. A mi padre también lo han encerrado...

—¿Y por qué? —devuelve Palmira la pregunta.

—Por ser albañil, por haber estado en las barricadas —responde Jacinto.

—Mi madre llevó allí comida...

Armados con cuatro escopetas viejas para combatir a los militares sublevados en Granada contra la República el 20 de julio, los obreros del Albaicín se parapetaron en barricadas improvisadas con sacos de arena, cascotes y muebles. Aún hay manchas de sangre en las calles.

—Mi padre hizo una cueva en nuestro huerto, para protegerme cuando caían las bombas —explica Jacinto—. Pero yo me escapaba para ir a las barricadas.

—¿Tú?

—Sí. Mi padre tiene razón. Si no luchamos, nos pisarán siempre. Vi cómo montaban barricadas con bancos arrancados de la plaza Larga, y muebles de una casa. ¿Tú viste las llamas en todas las iglesias, las viste?

Los que mandan ahora han ordenado encalar casas, quieren encubrir las huellas del aplastamiento. Palmira tiene miedo, sabe que cada noche recorre estas calles el coche de la escuadra negra, hombres armados con una lista de nombres y direcciones. Muchos vecinos han huido del barrio, por el miedo a escuchar a medianoche el chirrido de unos frenos ante la puerta de la casa.

—Sí, vi las llamas en las iglesias... Qué pena...

—¿Pena? —replica Jacinto—. No, no, se lo han buscado, por estar siempre del lado de los ricos. ¿Y nosotros, qué?

—Tuve mucho miedo, yo sí me escondí en casa.

—La zapatera es más valiente que tú.

—¡No la llames así! Se llama doña Enriqueta.

—Perdona. ¡Pero no tiene nada de malo! Mi padre es albañil.

—¿Y tu madre?

—Murió al nacer yo. Me lo ha contado mi padre... Me gustaría tener madre... Tú tienes una madre, ¡y me parece que es más valiente que tú!

—Sí...

—¿Le han dado a beber aceite de ricino? ¿Le han rapado la cabeza?

Palmira, al oír esto, rompe a llorar. No quiere imaginar a su madre maltratada como describe Jacinto. En el barrio cuentan eso y otras cosas. Un temblor agita a Palmira, le presiona el pecho.

—No quería hacerte llorar, perdona.

—No me dejan verla —explica Palmira, secándose las lágrimas—. Una dama apostólica me dice que no. Me quedé mirando, ayer, pude verla por unos cristales... Iba en fila, con otras mujeres. ¿Y tu padre?

—Una noche nos arrancaron las tuberías, para dejarnos sin agua. Hace una semana llegó el coche de la escuadra negra. Mi padre se asomó al balcón, en pijama. «Baja, baja, sólo es una pregunta», dijeron. No sé si volveré a verlo. Él sabía que podía pasar esto, pero no se fue de Granada.

—¿Y a dónde se iba a ir?

—A Guadix, en zona roja, de noche, por el río Darro. Pero él dice que aún se puede luchar desde dentro de Granada... ¿Sabes que han fusilado a dos hermanas? Una se ha vestido el traje de novia para morir.

—¡No me cuentes estas cosas!

—Las hermanas del carmen de la Fuente, en el río Darro. Donde van a cargar agua los aguadores. Los han acusado de dar agua a los «niños de la noche»...

—¿«Los niños de la noche»?

—Ayudan a los nuestros a salir de Granada cuando cae la noche, por el cauce del río. Mi padre pudo salir con un grupo, pero no quiso y...

—Yo a veces voy por ahí, de día, voy a...

Palmira calla. «A robar en las huertas», iba a decir, para llevar algo a casa, a sus hermanos pequeños.

—¿A qué? —pregunta Jacinto.

—A cantar en algunos cafés de la cuesta del Darro.

—¿Tú cantas?

—Sí. Me dan alguna moneda, para comprar comida.

—¿Serás famosa?

—¡No te burles!

—No me burlo, Palmira —dice Jacinto, y se pone serio—. A mí me gusta la guitarra, y si de mayor pudiera, la tocaría para mucha gente por todo el mundo, me gustaría hacerlos sentir mejor, darles gusto.

—¿Tú tocas la guitarra, Jacinto?

—Sí, me ha enseñado un gitano del Sacromonte, uno que toca en las fiestas.

—¿De verdad? A alguna de esas fiestas va a veces mi madre... Y ella sí tiene un amigo famoso, y van juntos...

—¿Quién?

—Un poeta de Granada muy bueno.

—¿Un poeta?

—Ha escrito muchos libros de poesía y de teatro. Ha escrito una poesía sobre los gitanos.

—¡Ya sé cual es! Mi amigo me recita esos versos de memoria, de cómo la Guardia Civil entra en el Sacromonte a caballo y persigue a los gitanos... A veces él me dice esos versos y yo le toco la guitarra flamenca...

¡Oh ciudad de los gitanos!
¿Quién te vio y no te recuerda?

—Mi madre y el poeta son primos. El primo poeta viene a casa y le dice a mi madre: «¡Enriqueta García, vámonos a los canturriales del Sacromonte!».

—Con los gitanos...

Dejadla lejos del mar
sin peines para sus crenchas.
¡Oh ciudad de los gitanos!

—Y mi madre le dice: «¡Primo, eres lo mejor de la familia!». Y muchas veces van juntos.

—¿Cómo se llama tu primo?

—Federico. Siempre cantamos juntos «Los cuatro muleros». Me dice el primo Federico que canto muy bien, así que no te rías.

5
Hospital militar

Barcelona, 1990

Acompañé a mi madre al Hospital Militar de Barcelona. Mi abuelo, Manuel Bonilla, agonizaba. Era una plomiza mañana de noviembre.

Al llegar recordé haber estado allí diez años atrás, otra mañana, junto a cientos de jóvenes barceloneses de mi edad, al filo de los veinte años, en inacabable cola. Nos reclamaba en última instancia la Caja de Reclutas número 411. Revisión médica para el obligatorio servicio militar. Me clasificaron así: «Excluido total por defecto físico comprendido en el núm. 3, letra H, grupo 1».

Miope de aúpa.

Miope veterano, desde los diez años de edad. «¡No leas tanto, que la vista es para toda la vida!», me repetía mi padre, y ser miope me libraba de la mili. Salté de alegría.

Ni una célula de mi ser vibraba con uniformes, medallas, armas, cornetas, tambores, botonaduras doradas. No tenía yo ni un ápice de espíritu militar. Ni una pizca. Ni en broma.

—El abuelito está muy mal —me dijo mi madre.

El abuelito. Así le llamamos siempre. El hombre que era mi abuelo se moría. Tenía ochenta y cuatro años. No nos dejaron entrar a verle, no pudimos tocarle.

Hoy sí nos hubiesen dejado.

Mi abuelo tenía derecho al Hospital Militar porque había sido militar hasta el año 1953, en que pidió pasar al servicio civil.

Y allí estábamos mi madre y yo, una al lado del otro, con un cristal delante.

Callados.

A través del cristal, vimos cómo mi abuelo se retorcía de dolor.

Estaba en una camilla, cubierto por una leve sábana blanca, levantaba un brazo. Luego el otro. Doblaba los antebrazos, se peleaba con el dolor.

Braceaba en el vacío, contra quien fuese.

Quizá había regresado a la guerra.

No pude verle el rostro, la orientación de la camilla lo impedía, sólo veía sus cabellos canos, los brazos alzándose. No supe qué sentía, pero sí sentí que sufría.

No dije nada. Mi madre tampoco.

Callados, miramos a través del cristal, silentes, pudorosos, sin quejarnos a nadie ni protestar por nada.

Cosas de familia.

Resignados ante el espectáculo lastimoso del dolor de un hombre que era su padre y que era mi abuelo.

Aquel silencio, aquel pudor ante la queja debió de nacer en algún barranco olvidado de la Alpujarra.

Veía morir al hombre que era mi abuelo.

Moría bajo un fluorescente blanco.

Algún camillero negligente había dejado la camilla de mi abuelo bajo un fluorescente, a medio metro de su cara.

Mi abuelo retorcía los brazos bajo esa luz cadavérica, esa luz criminal como el fogonazo de un fusil.

Ver aquello me conmocionó. Desde entonces, eso es para mí la muerte, un hombre solo con su vida entera bajo la luz despiadada de un fluorescente.

Mi abuelo murió.

Odié su modo de morir.

¿Morir era eso? ¿Bracear bajo un fluorescente en una camilla solitaria, boquear sin una mano cerca, sin saber que una hija y un nieto miran tras un cristal?

Desde entonces, eso es para mí la derrota.

Eso es perder.

Aunque hubiese ganado una guerra.

Desde ese día me pregunté qué había que hacer para ganar la guerra de la vida y no morir así.

Años después yo entrevistaría al escritor Joan Perucho, y hablamos de la muerte. Perucho moriría poco después. Me dijo cómo soñaba su muerte:

—Yo veo así mi propia muerte: estoy en la cama, frente a un ventanal abierto en el que un mirlo canta la «Canción del viajero», de Schubert, y una abubilla moja su pico en una taza con agua de colonia, porque quiere peinarme. A los pies de la cama duerme un gran perro, y mi mujer me da la mano...

Nada más alejado de esta estampa de la muerte que la muerte de Manuel Bonilla, una mañana plomiza de noviembre.

Lacerado por la agonía y muerte del hombre que había sido mi abuelo, me invadió una pena negra, una tristeza que lo abarcaba a él, a mí, a mi madre, a la humanidad entera.

Sentí entonces que una vida así terminada era un fracaso, y que sólo el arte podía rescatarla de la derrota y del olvido, y por eso estoy escribiendo esta novela.

6
Perceval

Hice una espléndida excursión a las Alpujarras llegando hasta el riñón. Tardamos dos días. Ha sido rápida. Yo no he visto una cosa más misteriosa y exótica. Parece mentira que exista en Europa. Los tipos humanos son de una belleza impresionante. Nunca olvidaré el pueblo de Cáñar (el más alto de España), lleno de lavanderas cantando y pastores sombríos. Nada más nuevo literariamente. Ni olvidaré Pitres, pueblo sin voz ni palomas de la sierra.

Hay desde luego dos razas perfectamente definidas. La nórdica, galaica, asturiana..., y la morisca, conservada purísimamente. Gentes de ojos azules y gentes de ojos... indescriptibles. Vi una reina de Saba desgranando maíz sobre una pared de color betún y violeta, y vi a un niño de rey disfrazado de hijo de barbero.

Federico García Lorca
Año 1926
Carta desde la Alpujarra a su hermano Paco.

Barcelona y la Alpujarra, 1990

Mi abuelo murió cuando yo había cumplido treinta años en mi Barcelona natal.

Mi abuelo empuñó una pistola cuando había cumplido treinta años en su Alpujarra natal.

Lo supe porque conduje mil kilómetros, de Barcelona a la Alpujarra.

Tras el funeral en el cementerio de Collserola, me guio la fuerza de la culpa. Una culpa genealógica, me atrevo a decir hoy: aflige al que no preguntó a sus mayores cuando pudo hacerlo.

Yo no había preguntado. Había enterrado a mi abuelo y no sabía nada. En ochenta y cuatro años y una guerra caben muchos silencios. Sentí una orfandad de plomo, un vacío que me lastraba desde las plantas de los pies hacia el fondo de la tierra.

¿Por qué nunca pregunté? Al volante, durante mil kilómetros, intenté saberlo, inventarié las vallas de una carrera de obstáculos:

Pudor. Timidez. Extrañeza. Respeto. Distancia. Diferencia. Vergüenza.

Quizá me atemorizó el habla de mi abuelo. Su andaluz ceceante, hermético, oscuro, ininteligible para mí, para el niño que fui, extraño para el joven que había sido, lejano para el adulto atareadísimo que di en ser. Un día, de niño, se lo confesé a mi madre:

—Mamá, no entiendo al abuelito.

Mi madre sonrió, como siempre. Me avergonzaba no entender a mi abuelo. Y a él hablar a su nieto, quizá. Y los dos, vergonzosos, pudorosos, tímidos. Cosas de familia que nacen en algún barranco perdido de la Alpujarra.

Preguntar a los mayores es un imperativo de salud psíquica. No hacerlo inocula larvas de futura enfermedad. Ahora lo sé. Un amigo letraherido me lo diagnosticó así:

—Padeces síndrome de Perceval. No haber preguntado a tiempo te condena a preguntar el resto de tu vida.

Y ahora mi trabajo consiste en preguntar, soy entrevistador en el diario *La Vanguardia*.

Pero eso no cura no haber preguntado lo que debía cuando pude. Mi amigo extrae su diagnóstico del *Cuento del Grial* a modo de parábola, y me lo resume:

> El joven caballero Perceval se cobija una noche en el castillo del rey Pescador, que le convida a la cena con su corte. Al acabar, ve aparecer un cortejo de damas, que atraviesa aquella estancia. Una doncella sostiene un objeto en una mano: un cuenco. Del cuenco irradia una luz tan refulgente que opaca la luz de las candelas de la sala. ¿Es el Cáliz Sagrado, el Santo Grial? ¡Ahí está! El joven, impresionado y boquiabierto, enmudece y no se atreve a preguntar nada de nada. Se acuesta esa noche, y al día siguiente ¡todo ha desaparecido! No hay estancia, no hay rey, no hay Grial, no hay castillo. Y el joven Perceval pasará el resto de su larga vida condenado a la busca del Grial, preguntando, por no haberlo preguntado cuando pudo.

No le pregunté nada a aquel hombre que era mi abuelo cuando pude. ¿Qué debería haberle preguntado cuando pude hacerlo?

El *Cuento del Grial* enseña lo que debería haber preguntado el joven Perceval al Santo Grial:

—¿A quién sirves?

Yo no había preguntado a mi abuelo a quién servía.

Y por eso estoy escribiendo esta novela.

7
Barranco de Pitres

> En la mitad del barranco
> las navajas de Albacete
> bellas de sangre contraria
> relucen como los peces.
>
> FEDERICO GARCÍA LORCA
> *Romancero gitano*

> Aquí estoy en Pitres, pueblo sin voz ni palomas de la sierra, crucificado en la Y del árbol.
>
> FEDERICO GARCÍA LORCA

La Alpujarra, agosto de 1936

—¡Al suelo, Escudero!

Manuel Bonilla empuja a su camarada y cae sobre él. Una ráfaga de ametralladora rasga el aire por encima de sus cuerpos. Bonilla ha visto a tiempo al miliciano republicano. Pierde su fusil en la caída, pero aún puede disparar su pistola hacia el artillero.

—¡Corre hacia aquella roca, Escudero! ¡¡Corre!!

Manuel Bonilla dispara las seis balas del cargador de su pistola con la cadencia precisa para obligar al enemigo a cubrirse, tiempo justo para que Juan López Escudero, del cortijo Cuatro Hermanas, su amigo de años, su camarada ahora en la guerra, corra a la peña que le parapetará.

—¡Dispara, Escudero, dispara tú ahora! —brama Manuel Bonilla, ya sin balas.

Bonilla y Escudero son vecinos desde hace siete años en la sierra Contraviesa. El cortijo de Escudero está en lo alto del camino, casi vecino a la hondonada del cortijo Los Puertas. Bonilla y Escudero son vecinos de soles e intemperies, de piel curtida en el campo, de sudores sobre los surcos, de rebaños, gallinas, olivos y fuentes.

—¡Dispara!

Escudero dispara, y Bonilla brinca hasta la roca que parapeta a su camarada de arado y pistola. Se agazapa junto a él justo en el momento en que desde detrás alcanzan su posición otros compañeros de la 6.ª centuria de la Falange de Granada, sector de Pitres: son 107 hombres en primera línea de fuego. Combaten en avanzadilla en el barranco de Pitres, al que llaman barranco de la Sangre, por la mucha que hace siglos corrió mezclada con las aguas del río tras una matanza entre moros y cristianos.

Ahora se confrontan las fuerzas leales a la República y las sublevadas. El pueblo de Pitres queda en zona roja.

—¡Ahí va una buena piña, que se enteren!

Un camarada de Bonilla y Escudero se levanta, expone su cuerpo al enemigo, se adelanta con ímpetu un par de metros, toma impulso y arroja una granada sobre la ametralladora, que a su vez obsequia una ráfaga. La última.

Las esquirlas de roca arrancadas por las balas del pedregoso suelo rozan a los falangistas. Sigue el estruendo de la granada y el «¡hurra!» enfebrecido del lanzador, que ve saltar por los aires la ametralladora enemiga.

—¡Arriba escuadras a vencer! —grita el soldado que se ha jugado la vida, y golpea con el puño el pecho sobre el rojo bordado de un haz de flechas y un yugo.

Todos los hombres de esta centuria son falangistas voluntarios, afiliados a la Falange de Granada después de la sublevación militar del 20 de julio. Cada uno por sus motivos. Después de más de dos años de oblicuas miradas en bares y casinos, de malevolencias sin masticar, de una violencia contenida que ha requemado la sangre en las venas de los más jóvenes, todo ha estallado volcánicamente. A sangre y fuego, a tiro limpio. Como la imperiosa necesidad de embestir del muflón en la berrea. Bonilla y Escudero, tras tres semanas de espontáneas escaramuzas en la Alpujarra, se han presentado en la Jefatura Provincial de Granada de Falange Española. Y se han afiliado como voluntarios.

—¡Gracias, Manuel! Me has salvado la vida por un pelo. ¡Te debo una! Esto no se olvida —le agradece Escudero a Bonilla, mientras se retiran a la retaguardia una vez llegado el relevo.

—Me dejas un día tu mula para arar, y arreglado —le responde Manuel, que contiene una sonrisa y arquea las cejas en un gesto burlón que Escudero conoce.

—Hecho, Manuel.

8
Escudero

> No hay comunicaciones. Son finos, hospitalarios y, excepto los secretarios de ayuntamiento, tienen noción de la belleza del país. Ponen un acento oscuro a todas las sílabas. Como gracias a Dios ya ha pasado el romanticismo y no hay viajeros franceses ni ingleses que quieran hacer viajes líricos, la Alpujarra se conserva bien.
>
> Federico García Lorca
> Año 1926
> Carta desde la Alpujarra a su hermano Paco.

La Alpujarra, 1990

Torvizcón debe su nombre al torvisco, planta arbustiva de flores blancas, mal vista por irritante y venenosa, favorita de brujas para hechizos de ligaduras, y desde tiempo inmemorial talismán contra malos espíritus. En lo alto de Torvizcón descuella la blanquísima iglesia en la que se casaron Manuel Bonilla y María Estévez en 1929.

Pero yo buscaba el cortijo Los Puertas.

Llegué a Torvizcón, pueblo de casas encaladas, apiñadas y retrepadas en una ladera de la sierra. A sus pies, la rambla seca del río Guadalfeo. Por su cauce seco pudo cruzarse mi abuelo adolescente con el escritor, vagabundo y andarín Gerald Brenan en los primeros años veinte. Quizá don Geraldo tenía alojada en su casa a su amiga Virginia Woolf en aquellos días...

Pero yo buscaba el cortijo Los Puertas.

No había GPS ni móvil en el año 1990, me servía de un mapa del ejército del término municipal: entre su tupida madeja de líneas color teja figuraba el cortijo Los Puertas al término de una franja segmentada, escindida de una doble línea blanca: carretera muy estrecha. Me perdí.

Serpenteé por la cima de un mar ondulante y ocre de cerros y lomas, moteado de almendros y olivos. Nadie a la vista. Por aquí se rebelaron los moriscos de fines del siglo XVI en una degollina de curas y alzamiento de mezquitas. Como siempre. Agravios que se incuban hasta que estallan con sangre derramada. Como siempre. Juan de Austria descabezó a los moriscos a espadazos, y Felipe II los cargó de cerrojos, deportó y vendió como esclavos. Como siempre. Algunos moriscos regresarían, convertidísimos al cristianismo, ¡qué remedio! Como siempre.

El fervor católico de las familias españolas hunde raíces en un remoto pánico a no ser lo bastante cristiano, muchas generaciones atrás. Es una religiosidad, la española, heredada de un hábito atávico contra la sospecha de tibieza en una tierra de frontera durante siglos.

Y, sin embargo, un poeta se reconcilió con el pánico: Federico García Lorca posaba vestido al modo morisco, lucía con complacencia un turbante níveo que resaltaba su mirada oscura de noche sin luna, más allá de todo dogma.

Tomé un par de desvíos sin asfaltar. En cada caso tuve que retroceder. Divisaba algún que otro cortijillo en una hondonada, pero ¿qué desvío debía tomar? Resignado a vagar perdido, rebasé a un hombre que trabajaba en el lado contrario de la calzada. Mono azul de albañil, agachado en la cuneta con una paleta en la mano, removía yeso en una artesa. Reduje la marcha, aparqué unos metros por delante, salí del coche y me acerqué a preguntar:

—Busco un cortijo, Los Puertas. No he estado nunca, pero no puede estar lejos. ¿Podría indicarme?

—¿Los Puertas? Allí no vive nadie, hijo.

—Ah, bueno. Igualmente, me gustaría verlo, hacer unas fotos...

—No es fácil, está abandonado.

—Ah. Pero me gustaría. Mi madre nació allí.

—¿Tu madre nació allí?

El hombre detuvo la paleta con la que removía la mezcla. Se irguió, me miró. Su cara era pequeña y arrugada como una nuez. Su cuerpo, menudo y algo encogido, acumulaba más de ochenta años. Buena genética y vida austera le respetaban salud y bríos: ahí estaba, octogenario, a la intemperie, sin ayuda de nadie, edificando con sus propias manos un oratorio al pie de la calzada.

—¿Tu madre nació allí?

—Sí.

—Pero... ¿cuándo?

—Antes de la guerra, en 1934.

—Pero... ¿cómo se llama tu madre?

—Ana Bonilla.

—Ana Bonilla...

—Vivió allí con su madre y su padre. Me ha contado que en la guerra...

—Tu abuelo... ¿cómo se llama? —me interrumpió el anciano, como si un barrunto alumbrase su memoria.

—Juan Manuel Bonilla Jiménez.

Casi silabeé el nombre: Juan Ma-nuel Bo-ni-lla Ji-mé-nez. Que no cupiese una confusión. Al pronunciar con tanta precisión, casi con unción, el nombre de mi abuelo, sentí un extraño orgullo.

Oír el sonido de su nombre allí me afiliaba al lugar desolado que en ese instante compartíamos un octogenario, un treintañero y un muerto.

Le nombré y puse en pie a mi abuelo sobre su tierra.

Eso pasó.

El anciano oyó el nombre de mi abuelo, arrojó la paleta a la artesa, se agitó como si le faltara aire:

—¡Juan Manuel! ¡Mi amigo Juan Manuel!

Artesa y paleta quedaron en el suelo. El anciano se arrancó a caminar con celeridad, menudo y nervioso, me instó a seguirle con un gesto. Bajamos la leve pendiente de tierra pisada que conducía hasta su modesta vivienda, junto a una cochera abierta que hacía las veces de almacén de cáscaras de almendras y aperos de labranza. Entramos.

—¡Siéntate, siéntate aquí! —me conminó, muy alterado.

Me senté en una caja de plástico para fruta, y él en un saco de cemento apelmazado, ante mí.

—¡Juan Manuel! —repitió—. ¡Mi amigo! ¡Mi amigo! ¿Te ha contado tu abuelo lo del barranco de Pitres, hijo?

—No.

—¿Cómo está tu abuelo?

—Acaba de morir.

Aquel hombre que había hecho una guerra con mi abuelo rompió a llorar como un niño.

Nunca, antes ni después, he visto a nadie llorar así. Vi primero perplejidad y consternación en su rostro, que el llanto se llevó sin remedio ni consuelo posible. Entre sollozos decía cosas que no entendí. Sí entendí sus lágrimas: decían que había querido a mi abuelo. Yo no sabía qué les había unido, pero presenciar aquella estimación pura, desgarrada y genuina por el hombre que había sido mi abuelo, me quebró.

Lloré. Lloré lo que no había llorado antes. Lo que no había llorado en el Hospital Militar, ni en el cementerio. Lloré. Por mi abuelo, por mí y por su amigo de la Alpujarra. Y por mi madre. El día del entierro de mi abuelo, en el cementerio, yo había abrazado a mi madre. Fue un abrazo entero, como si yo no fuera su hijo, sino su padre. Siendo yo su hijo, sentí que la abrazaba como un padre abrazaría a su hija.

Nunca antes había abrazado yo a mi madre.

Abrazar no era un hábito en casa, no con esa efusión que aprieta sangres hasta necesitar más oxígeno.

La había abrazado ante la tumba de su padre. Algo desconocido para nosotros. Y aquí estaba yo ahora, llorando por todo eso.

—Tu abuelo fue un hombre discreto.

Discreto. El anciano de la Alpujarra pronunció

esta palabra con reverencia, como el elogio más alto posible.

Discreto. El halago por encima del cual no cabe otro.

Discreto. Nunca esa palabra me había llegado tan grávida de grandeza como en la voz del anciano de la Alpujarra.

Discreto. Sí, esa palabra contenía a mi abuelo.

Discreto. Sus obras, sus silencios, su actitud, su paso por la tierra, su persona, su vida entera.

Discreto. Con esa palabra sola, el anciano oficiaba un elogio fúnebre digno de un Cicerón a un noble romano.

Discreto. El noble romano era mi abuelo. Aquello me confortó. Curó algo en mí.

¡Discreto! Esa palabra era un dignísimo túmulo para mi abuelo.

—Tu abuelo fue un hombre discreto.

Y por eso, porque fue un hombre discreto, ahora le estoy escribiendo esta novela.

9
Luis y Federico

Huerta de San Vicente, verano de 1930

El balcón está abierto. La brisa de la huerta ondula los visillos y perfuma el dormitorio con fresco rumor de maizales y agua clara. Federico así lo cuenta en la carta que escribe, sentado en su cama, con un mazo de cuartillas sobre las piernas cruzadas, espalda erguida y recostada en el cabezal. Es como se habituó a escribir —diez años atrás— en el cuarto de la Residencia de Estudiantes de Madrid que compartió al principio con Pepín Bello, jovial amigo. Ya poeta laureado y dramaturgo consagrado, recién desembarcado de Nueva York y Cuba, aclamado por todos en España..., el poeta escribe como siempre, sumido en el arrobo extático de siempre.

—¡Federico! ¿Tú me ves? —le preguntaba Pepín en el cuarto de la resi, transparente para su amigo en trance.

Y no, no lo ve, si Federico escribe no ve, no oye, no siente más que lo de dentro, imágenes del alma y voces de lo hondo, estremecimientos de la sangre. Las palabras brotan como lágrimas de una fuente subterránea, afloran sobre el papel en cópulas insólitas. Federico las contempla en la cuartilla, y con lápiz y goma las desplaza con delicadeza, como a insectos exóticos en un insectario.

—¡Federico! —le llama la voz de su madre desde abajo.

—¡Sí, mamá!

—¡Que tus amigos llegarán a merendar, y tú sin bajar!

Vicenta Lorca, madre del poeta Federico, trastea en la entrada de la casa, en el jardín, entre sillones de mimbre y veladores, cerca de los dos cipreses que plantaron hace poco Federico y Francisco, sus hijos. La señora Vicenta dispone dulces y bebidas. Saca una fuente de alfajores de Zafra, el dulce favorito de Federico. Y otras de buñuelos de Lanjarón, roscos de vino y huesos de San Antón. También una jarra de chocolate deshecho y otra de limonada fresca, recién hecha con limones de la huerta, y una botella de vino dulce de Málaga. Quiere que su hijo Federico agasaje a sus amigos granadinos, poetas, músicos, pintores y periodistas, viejos compañeros de los divanes y mesas de mármol del café Alameda, en la tertulia del «Rinconcillo».

En la casa familiar de la Huerta de San Vicente, en las afueras de Granada, escribe el poeta Federico García Lorca cada verano. Su balcón abierto le regala copas de chopos, una mágica higuera, un nogal corpulento y un horizonte de sembrados y montañas en el que se acuesta Granada, coronada por la roja Alhambra sobre el telón de plata de Sierra Nevada. Con el balcón abierto, más que nunca muy abierto, Federico escribe una carta a un amigo:

> Queridísimo Rafael de mi corazón, amigo mío de siempre y primor de los primores de Madrid: cómo no me contestaste a New York, ya no te he escrito más, aunque puedes pensar que recordarte te he recordado todos los días de mi largo y espléndido viaje. ¡Ay, ay, ay, ay, ay! ¡Que me muero! Tengo las carnes hechas pedacitos por la belleza americana y sobre todo por la belleza de La Habana. ¡Ayyyy, comadre! ¡Comadrica de mis entretelas! Yo no puedo hablar... Tengo muchos versos de escándalo y teatro de escándalo también. He escrito un drama que daría algo por leértelo... De tema francamente homosexual... Aquí en Granada me divierto estos días con cosas deliciosas también. Hay un torerillo...

—¡Federico! ¡Federico! ¡Que ya llegan! ¡Baja! —vocea doña Vicenta desde el jardín.

Federico abandona sobre su escritorio la carta y las cuartillas, junto al manuscrito que ha mencionado a su amigo y confidente Rafael Martínez Nadal. Lo titula «El público. Drama en veinte cuadros y un asesinato». El poeta acaba de cumplir treinta y dos años, celebrados esta vez muy lejos de su casa, en La Habana. De allí acaba de llegar, henchido de sones nuevos, cubanos, y de los negros de Harlem, bajo los rascacielos de Nueva York. Se abrocha la camisa de algodón blanco, atusa con la mano sus oscuros cabellos, sonríe a su estampa en el espejo y vuela escaleras abajo.

—¡Papá! ¡Estás aquí! —saluda el poeta a su padre, don Federico García, arrellanado en un butacón de mimbre, custodiado por jazmines y adelfas, enfundado en un elegante traje claro, su favorito.

—Sé que van a venir esta tarde tus amigos, y me gustará mucho saludarles. Sobre todo a Emilia Llanos, que hace tiempo que no la veo.

—¡Emilia, mi divina Tanagra!

Emilia Llanos es mujer hermosa y madura —trece años más que Federico— y vive soltera en la plaza Nueva de Granada. Es musa para Federico desde los dieciocho años, cuando publicó su primer libro, *Impresiones y paisajes*. Juntos han compartido ensoñadoras veladas con el compositor Manuel de Falla en su recoleto carmen del Albaicín. Y en 1922 le ayudaron a organizar el primer Concurso de Cante Jondo, en la mismísima Alhambra, donde Emilia Llanos vivía, en su calle Real. A Federico le enamoró Emilia, personaje singular en la pacata Granada, por autónoma en soñar, desenvuelta en el vestir y resuelta en su actitud intensa y distinguida.

—¡Cuánto me gustaría que viniese también Margarita Xirgu! —apunta doña Vicenta, que trae vasos en una bandeja.

—Margarita anda de gira..., ¡pero ya la tuvisteis aquí el año pasado! —recuerda Federico.

—Cuando representó tu *Mariana Pineda* en el teatro Cervantes. ¡Qué éxito! —comenta la madre del autor.

—¡Cuánto le debo! Nunca podré olvidar que Margarita me hizo debutar como autor en el teatro Goya de Barcelona, hace ya tres años... —evoca Federico—. ¡Qué escandalera se montó en la prensa! Por el texto, los decorados de...

Federico calla, ahora no quiere mencionar al autor de los decorados, el que ha sido su mejor amigo, Salvador Dalí, del que se ha distanciado hace un par de años, lo que aún lo apena. Pero su padre sí lo menciona:

—¿Y qué sabes de tu amigo Salvador?

—Nada, tendré que escribirle.

El rostro de Federico se ensombrece al escuchar el nombre del pintor catalán, al que tantísimo quiere desde los días de la Residencia de Estudiantes. Todavía le lacera el distanciamiento con su Salvador Dalí «de voz aceitunada», como le cantó en una aplaudida y vibrante oda. Aquella divina amistad se bañaba tres y aún cinco años atrás de mar y estrellas, peces y soles en el Cadaqués mineral y puro de los Dalí. Y ahora es una amistad dolorosamente resquebrajada.

—¿Tu amigo Salvador ha hecho una película, verdad? —insiste don Federico, en referencia a *Un perro andaluz*, cinta surrealista estrenada el año anterior por Luis Buñuel y Dalí en la sala Les Ursulines de París.

—¡Una película! ¿Una película? ¡Lo que han hecho es una mierdecita así de pequeñita! —contesta Federico.

El poeta no confiesa a sus padres el dolor por el alejamiento de Salvador, aliado ahora con Luis «para reírse de mí», piensa Federico. Sospecha que él es «el perro andaluz» del título de la película, ese andaluz al que despeñar en Despeñaperros, perro del sur precipitado al abismo. Luis había sentido celos por la amistad de Salvador y Federico, y había atraído a Salvador a París con los espejuelos del surrealismo:

los dos amigos han convenido que el surrealismo es el camino del arte del futuro, y no los versos del *Romancero gitano* que Federico publicó en 1928 y que Luis y Salvador juzgaron «putrefactos».

Desde París así se lo comentó Salvador por carta, y Federico fingió tomárselo a broma ante el cómplice Martínez Nadal y otras amistades («¡Qué gracia tiene Salvador!»), pero... ¡cuánto pesa en su ánimo la opinión de sus amigos! Pesa mucho más que el fulgurante éxito literario de su obra, sin precedentes en España: ¡todo el mundo ha comprado, leído, regalado y recitado el *Romancero gitano* de Lorca!

—¡Una mierdecita así de pequeñita! —repite Federico.

—No hables así, niño —le reconviene la madre.

—Obedece a tu madre, Federico, ¿qué barbaridad no estarás diciéndole a la autora de tus días, poetastro? —resuena una voz burlona a las espaldas del poeta, una voz que se engola como la de un profeta de zarzuela.

Federico se vuelve y ve abrirse los brazos de Joaquín Amigo, vestido con chaleco y traje claro, pelo fulvo, enmarañado y sortijón, gafas redondas de concha y una sonrisa que resplandece. Joaquín y Federico tienen la misma edad y todas las lecturas, don de gentes y reverencia por la amistad. Son almas gemelas y juntos han animado, codo con codo, las mejores tertulias literarias de Granada.

—¡Joaquín! ¡Mi buen Joaquín! ¡Luminaria de Granada, yo canto tu entusiasmo y tu pureza! —clama Federico, acogiéndose al abrazo de Amigo.

—¡Dios te bendiga, Federico! ¡Qué buen aspecto

tienes, amigo mío! ¡Qué bien te han sentado las Américas! Tienes que contarnos muchas cosas... ¿verdad, compañeros?

Joaquín Amigo traza volutas en el aire con los brazos y busca la complicidad del grupo de jóvenes que lo acompaña, que saludan uno a uno a Federico. Son habituales de las tertulias de Granada y algunos han colaborado en una selecta revista de literatura que Lorca y Amigo lideraron dos años atrás, *Gallo*, de corto pero desafiante vuelo: en sus únicos dos números publicaron a Dalí —y su manifiesto Antiartístico catalán, con Gasch y Muntañá—, Borges, Buñuel, Bergamín, Ayala, Guillén, Neruda...

Se sientan en torno a dulces y refrescos, en la serena tarde del jardín. A Joaquín Amigo lo acompañan alegres y viejos conocidos de Federico, como el periodista Constantino Ruiz Carnero, que dirige *El Defensor de Granada*, diario de un acendrado republicanismo liberal, o el historiador y crítico de arte Antonio Gallego Burín, que lo sabe todo del barroco granadino. Pero Amigo se ha hecho acompañar también por algunos escritores jóvenes, como Enrique Gómez Arboleya, a quien Federico ya conoce, y por otros cuatro jóvenes universitarios que ahora quiere presentar al poeta. En particular a uno de ellos.

—¡Luis, ven! —llama Joaquín Amigo a un joven que conversa amigablemente con los padres de Federico, doña Vicenta y don Federico, que le han reconocido, por ser amigos de sus padres desde siempre, si bien le han dicho al joven Luis:

—No te veíamos desde que eras un niño chico... ¡y tienes ya veinte años! ¡Vaya, cómo pasa el tiempo!

Mientras se acerca a Joaquín, que ha posado un brazo sobre los hombros de Federico, el joven Luis procura caminar como un poeta, mirar como un poeta, sentir como un poeta. De niño se burlaba de los versos y las poesías, que se le antojaban ligerezas de niñas. Pero ya no. Desde que leyó *Romancero gitano*, el joven Luis vive en poeta, todo lo versifica, todo lo poetiza. A medida que se aproxima a Federico y a Joaquín teme trastabillar, teme tartamudear, teme no decir lo exacto, teme no gustar, teme equivocarse en todo. Su adoración por Lorca es tal que su cercanía lo intimida. Joaquín Amigo presenta a los dos poetas.

—Federico, te presento a Luis Rosales, joven poeta de Granada. Luis, aquí tienes a Federico García Lorca.

Luis Rosales y Federico García Lorca, granadinos los dos, maestro de poetas uno, aprendiz de poeta otro, se estrechan las manos por primera vez. Huele a jazmín, al jazmín que junto a la casa ha plantado el propio Lorca.

—¡Luis Rosales! Prometes florecer desde tu nombre mismo, mi joven amigo —saluda Federico, con una gran sonrisa.

Luis Rosales pugna para que no se le note la timidez y la inseguridad. Es un chico muy delgado y alto, más que Federico, de hombros huesudos, finos y elevados, como colgados con pinzas del aire, y frente despejada, gafas de lentes redondas y tras los cristales unos pequeños ojos de un azul celeste, chispeante y casi transparente.

—Gracias, don Federico —balbucea Luis Rosales.

—Nada de don ni de doñas, Luis —interrumpe

Joaquín—, que los poetas sois compañeros fraternos en el misterio.

—Agradezco mucho a Joaquín que me haya traído a conocerte, Federico. Soy un gran admirador de tu poesía —acierta Luis a decir de corrido.

—Me corresponde a mí conocer ahora tus versos, Luis Rosales.

—Debes saber, Federico —tercia Joaquín—, que escuché a Luis recitar sus poemas en el Círculo Artístico el pasado marzo, ¡y corrí a conocerlo! Tiene colores de Rimbaud y músicas de Mallarmé.

—¿Nos recitarás, Luis? —se alboroza Federico—. ¡Venid, reunámonos con los demás, sentémonos todos juntos!

Doce años más joven que Lorca, Rosales viene acompañado por otros jóvenes de su edad, también estudiantes universitarios —de letras, filosofía, derecho y medicina—, a los que Amigo también ampara y estimula: Manuel López Banús, Manolo Contreras Chena y Eduardo Ruiz Chena, que también han querido honrar al gran poeta de su Granada.

—¡Atención y silencio! —reclama Federico—. Ahora un poeta de Granada va a defender su poesía.

Acomodados en sillones de mimbre, refrescados por las bebidas y perfumado el aire de jazmines, atienden todos a Luis Rosales, en pie en el jardín de la Huerta de San Vicente, que comienza a recitar:

Mi voz, incierta te nombra
y en mi vida que se agita
hay como un ansia infinita
de disiparse en la sombra

—¡Emilia! —se interrumpe a sí mismo Luis Rosales, que ha visto avanzar hacia ellos, por el sendero del jardín, a Emilia Llanos. Hace calor, y el vestido de la mujer muestra sus níveos brazos desnudos, una despreocupación insólita en la mayoría de las mujeres de Granada.

Federico corre hacia ella, le besa la mano, le besa la mejilla, la abraza. El poeta es todo alegría y saltos.

—¡Un aplauso para nuestra musa! —reclama Federico, y los presentes aplauden, levantados de sus sillas.

—¡Sentaos todos! Luis, ¿recitabas acaso los alejandrinos sobre el agua, los que me dijiste que andabas componiendo? —pregunta Emilia Llanos a Luis Rosales, al que ya conoce por haber coincidido en recitales de poesía, a los que ella siempre acude.

—Todavía no los tengo a punto, Emilia... —se disculpa Luis, algo compungido.

—¡El agua! El agua es archivo de la vida —se arranca Federico—. Yo nací en Fuente Vaqueros, cerca de una fuente, y el agua me arrulla siempre, y también aquí. Y tú eras mi agua fresca de la Alhambra, Emilia. ¿Te acuerdas?

—Allí nos conocimos, Federico, cuando subías con tus amigos al quiosco del Agua, en la plaza de los Aljibes de la Alhambra, donde yo vivía entre umbrías —evoca Emilia.

—Chirriaban las cadenas del pozo, y de las profundidades nos subía el agua fría, honda y antigua, el mismo agua que bebían los reyes nazaríes de Granada —confirma Federico.

—Como néctar la bebíamos en grandes vasos de vidrio.

—Y era como beberse el alma de Granada, de Sierra Nevada, de Boabdil y los Abencerrajes y de todos los poetas andalusíes, vaso a verso, verso a vaso: ¡nos bebíamos la Alhambra entera! —declama Federico.

Todos en la reunión son granadinos, entienden de qué se habla, del embrujo del agua en Granada, de sus fuentes y aguadores, de ascensiones a la Alhambra a la sombra de cuestas arboladas, de penumbras de verde perfume de mirtos, del canto del agua clara que rueda por los barandales pétreos en busca del cauce del Darro y del Genil. Como suena ahora el agua en las acequias de la Huerta de San Vicente.

—¿Qué has escrito en América, Federico? —se atreve a preguntar uno de los universitarios.

—Una poesía nueva, pura, de líneas rectas —dice Federico, y sabe que está hablando como Dalí—: veréis rascacielos y máscaras africanas, ríos de sangre y oro, el grito de los que se quedan sin aliento, una anticipación de la destrucción que yo he entrevisto en Nueva York.

—¿Y no habrá gitanos? —pregunta el joven Manuel López Banús, extrañado.

—¡Negros, habrá negros! ¡Los gitanos de América! ¿No os desgarra saber que algunos quisieran ser blancos? ¿Entendéis el patetismo y el espanto? ¡Yo denuncio a toda la gente que ignora a la otra mitad!

—¿Y no habrá más romances populares y andaluces? —se interesa Manuel Contreras Chena.

—Yo soy de la tierra, no de una frontera. Lo que habla en la sangre, habla igual en Harlem y en el Sacromonte.

Federico responde solemne y guarda silencio, con una mirada que parece atravesar lo presente, como atravesaba el cuerpo de Pepín Bello en el cuarto de la Residencia de Estudiantes.

—Querido Federico —interviene Joaquín Amigo—, ¿puede un mismo poeta penetrar a la vez el sentir más antiguo y el más moderno, lo ancestral y lo avanzado?

Federico García Lorca observa a su entrañable amigo, y también a Luis Rosales, que se ha sentado al lado de Joaquín, su mentor, al que admira y emula. Federico levanta un vaso de limonada con prosopopeya litúrgica, con ambas manos, como si en una misa llegase la ceremonia de la consagración. A punto de embarcarse en una parodia sacerdotal, al estilo irreverente de sus queridos Bello, Dalí y Buñuel en sus noches toledanas, Lorca prefiere contenerse en el último momento.

Acaba de recordar que el humanismo liberal de su estimadísimo Joaquín Amigo se funda en un sincero fervor católico, que intuye compartido por el joven Luis Rosales. Federico ya ha tenido el disgusto de que su admirado Manuel de Falla le diga que le ha incomodado el lirismo erótico-místico de algunas figuras poéticas de su «Oda al Santísimo Sacramento del Altar», dedicado al compositor gaditano con tanto cariño. Y para Federico la amistad está por encima de todas las cosas del mundo, por encima de ideologías, religiones, filosofías y principios. ¡La amistad es el principio! Así que no incomodará ahora a sus queridísimos y buenísimos amigos católicos.

—Mi senda es salomónica, querido Joaquín, y oscilará siempre entre lo telúrico y lo experimental, entre la carne y el espíritu —enuncia Federico, que mantiene en alto su vaso de limonada, aunque ya con una sola mano, como en un brindis profano—. ¡Como poeta, a mí me gusta abrazarlo todo, me gusta abrazar el misticismo gótico tanto como me gusta abrazar el hedonismo helénico!

—¡Así se habla! —se alza Antonio Gallego Burín.

Algo achispado, el historiador y crítico de arte, que sostiene entre los dedos una copita de cristal tallado colmada de vino de Málaga, se siente interpelado al oír mencionar estilos arquitectónicos, su especialidad, y a su vez propone otro brindis, que improvisa para el anfitrión de la merienda:

—¡Por Federico, que va a morir una noche de estrellas, sintiendo a Chopin en su alma y una mano suave sobre su corazón!

Todos se levantan y brindan, complacidos por la hermosura con que el brindis baña el trance trágico, que saben muy del gusto de Federico, como buenos lectores de sus «chuminadas», como el propio poeta denomina a veces a sus versos y canciones. Y el poeta se complace más que ellos, puesto en pie también. Con una gracia incomparable que paraliza a los insectos que pasan y enmudece a los pájaros en las ramas, Federico levanta la vista a su balcón abierto y con su voz honda de cuerda grave de guitarra casi del todo afinada, el poeta de Granada recita:

Si muero, dejad el balcón abierto.
El niño come naranjas.
(Desde mi balcón lo veo.)
El segador siega el trigo.
(Desde mi balcón lo siento.)
¡Si muero, dejad el balcón abierto!

Sólo el joven Luis Rosales ve correr una lágrima por la mejilla de Emilia Llanos, una lágrima emanada de la misma hondura misteriosa que en su entraña engendra el agua de la Alhambra, el agua fría de todas las fuentes de Granada.

10
Dos padres

Granada, lunes, 13 de julio de 1936

Rebrinca la campanilla que advierte que alguien abre la puerta de la tienda. Afuera, sobre la entrada, un cartel de madera, con bien pintadas letras verdes, perfiladas en rojo, proclama el nombre del comercio; La Esperanza, que almacena y vende género de mercería, pasamanería y paquetería al gusto de la exigente burguesía granadina.

—¡Miguel! ¿Estás?

Don Federico García atraviesa la puerta de la tienda a media tarde, corpulento y bien trajeado pese al calor. Entra con un paso seguro que desmiente sus setenta y cinco años de edad. Su testa grande y pétrea, y su nariz ancha y bigote denso, bien recortado, canoso, sugieren autoridad de patriarca rural, de viejo hacendado de la Vega de Granada, donde es próspero terrateniente de extensas y muy feraces plantaciones de remolacha azucarera y tabaco. Su piel gruesa y tiznada por el sol delata que gusta de visitar sus fincas, montado a caballo, en todas las estaciones del año.

—¿Don Miguel Rosales? —vocea de nuevo el terrateniente, ahora con cierta prosopopeya irónica, ya plantado en medio del establecimiento comercial.

El dueño de La Esperanza no comparece. La tienda está desierta, bañada por la luz rosada de la tarde granadina, y el terrateniente recorre con la mirada su mostrador de lustrosa madera de nogal, y las estanterías que cubren las altas paredes del suelo al techo, rebosantes de género.

Don Federico admira el armónico orden de las cajas de cartón estampadas con listas de colores, y las polícromas muestras de botones, cordeles, cintas, borlas, galones, listones, elásticos, flecos y espiguillas, la abundancia de adornos de oro, plata, seda, algodón y lana que ornarán telas, vestidos y muebles de inminentes clientes. El terrateniente recuerda que su esposa mercó aquí buen género para vestir la casa familiar de la Huerta de San Vicente, diez años atrás.

—¡Don Federico García! ¡Don Federico García en mi humilde comercio! ¡Pero cuánto bueno esta tarde!

—¡Hola, Miguel! Pasaba por aquí y...

Miguel Rosales Vallecillos ha oído las voces de su amigo, y asoma por la abertura que conduce al almacén. Rosales es dueño del comercio La Esperanza, bautizado así en honor a su querida esposa, Esperanza Camacho Corona, que le ha dado siete hijos: Antonio, José, Miguel, Luis, Gerardo, Esperanza y María, todos entre los treinta y los veinte cumpleaños.

Los Rosales viven cerca de la tienda, en una gran casa en el número 1 de la calle Angulo, en el centro de Granada. Hombre cabal y laborioso, con prestigio de ecuánime y buen consejero, don Miguel pasa las horas entregado a su comercio del número 2 de la Puerta de las Cucharas, calleja que se asoma a la populosa plaza de Bib-Rambla.

—¡Qué alegría, Federico! ¿Vienes tú solo? ¿Y Vicenta?

Don Miguel Rosales bordea el mostrador para estrechar la mano de su amigo. Se cubre con un guardapolvos azul, para no mancharse. La prenda de trabajo no le resta apostura, a sus sesenta y cuatro años de edad. Con once años menos que su amigo, luce también bigote, pero con el refinamiento de curvar las puntas ligeramente hacia arriba.

Los dos granadinos son respetados —tan admirados como envidiados— por sus conciudadanos. Los dos están satisfechos con sus vidas y se profesan simpatía mutua. El comerciante Miguel Rosales tiende su mano al hacendado Federico García, casado con Vicenta Lorca y padre de cuatro hijos: Federico, Francisco, Concha e Isabel, entre los treinta y ocho y los veinticinco años. Viven en el número 31 de la Acera del Casino, y en verano —como ahora— en la Huerta de San Vicente.

—Hemos paseado y hecho unas visitas y unas compras, y Vicenta se ha fatigado: acaba de irse a la Huerta, se la ha llevado Paquito —informa don Federico, que alude a Francisco Murillo, natural de Loja, el chófer de confianza de la familia García Lorca, con automóvil propio desde que el terrateniente, dadivosamente, le ayudó a pagarlo.

—¿Está bien Vicenta? ¿Estáis todos bien, Federico? —se interesa don Miguel.

—Todos bien, Miguel, gracias. ¿Y vosotros? Nosotros... ¡esperando a mi Federico! Ha hablado con su madre este mediodía... ¡Tenemos teléfono en la Huerta, desde ayer!

—¡Anda, yo acabo de ponerlo también en la tienda, ahí lo ves! ¿Y qué dice nuestro ilustre poeta?

—Ha llamado desde Madrid para decir que ha reservado una *couchette* para esta noche en el tren Madrid-Granada.

—¡Oh, qué bien! ¡Entonces mañana tienes a tu hijo en casa! Una tranquilidad, ¿verdad? —se alegra Rosales.

—Hasta que no lo vea aquí, no respiro. Federico es tan imprevisible... ¡Ojalá sea verdad, porque en Madrid ya no se puede vivir, qué desastre!

—¿Te has enterado? Claro, seguro... Lo de José Calvo Sotelo... Asesinado anoche... Lo han dejado tirado en el cementerio... Qué espanto, qué espanto... —cabecea don Miguel, con pesadumbre.

—Un tiro en la cabeza, parece. Y anteayer asesinaron al teniente Castillo, que había estudiado el bachillerato en Granada, ¡en el mismo colegio que Federico!, y era guardia de Asalto y socialista... —apunta don Federico.

—Ya, ya... —asiente don Miguel, mirando al entarimado.

Don Miguel es hombre de ideas liberales, que se ha esmerado en dar cultura y estudios a sus hijos, con éxito en los casos de Luis y Gerardo. Don Federico es hombre de ideas liberales, que se ha esmerado en dar cultura y estudios a sus hijos, con éxito en todos los casos. Y los dos son padres de familia responsables, moderados, amantes del progreso. Don Miguel Rosales es católico, don Francisco García es «erasmista». Y los dos son demócratas.

—¿Se sabe quién los mató? —pregunta don Federico.

—A Calvo Sotelo, unos guardias del gobierno: ¡eso es muy gordo! ¡Muchos militares no lo podrán perdonar! Se alzarán cualquier día...

—Y a Castillo lo mataron unos falangistas, Miguel...

Durante un segundo, en la tienda La Esperanza se hace el silencio, que rasga el suave zumbido de las largas aspas del ventilador que pende del techo, en incesantes vueltas morosas. «Falangistas...», ha dicho don Federico García.

—¡Unos asesinos, Federico! Falangistas, carlistas o anarquistas, unos asesinos mataron a Castillo —precisa don Miguel, con una convicción teñida de pena.

—Sin duda —le acepta don Federico.

—Ya sé que lo has dicho por mis hijos, lo de falangistas... —apunta don Miguel.

—Discúlpame.

—Antonio, Miguel y José se han afiliado a Falange Española, andan liados en eso... y su madre los anima.

—¿Ah, sí?

—Ella les borda los escudos en camisas y brazaletes, y guarda los sellos esos de José Antonio... Está convencida, como ellos, de que sólo las ideas de José Antonio salvarán a esta España desgarrada —explica don Miguel a su amigo.

—¿Qué ideas? —inquiere don Federico, que sólo lee diarios liberales e izquierdistas.

—Patria, pan y justicia para todos los españoles. Y sentido católico, claro.

—Esto último es lo que te gusta a ti, ¿verdad?

—¿Y a ti no lo primero?

—Desde luego que sí. Y bien me ocupo de eso en lo que puedo. ¡Lo saben mis aparceros y empleados! —se enorgullece don Federico.

—Sé que de tu buen trato no tienen queja. Es sabido que contratas a más trabajadores de los que necesitas, para mitigar carencias de las familias...

—Y a Vicenta la veneran, con motivo: ha enseñado a leer a centenares de labradores en la Vega, sin recibir nada a cambio, por amor al arte y a la cultura.

—«El hombre es portador de valores eternos», dice José Antonio, y yo veo esos valores en vosotros, en tus hijos, en el mismo Federico...

—Me disgusta de José Antonio esa arrogancia de redentor del pueblo, ese aire de profeta con pistolas, eso de que «la vida es milicia»...

—¡Justo lo que más atrae a los jóvenes!

—No soy ya un jovencito influenciable, ja, ja —ríe don Federico.

—Pero sí, mis hijos, ¿verdad? Y no te digo que no, pero les veo tanto entusiasmo, tanta ilusión... ¡Yo confío en ellos, Federico! Sus anhelos son generosos, son jóvenes nobles y son cristianos buenos... Si un día les viese maldad, ¡los apartaría de mi presencia! —sentencia don Miguel.

—¡Si han crecido con tu ejemplo, serán buenísimas personas, eso seguro! ¿Cómo está tu hijo Luis?

—¡Lo tengo en casa! Regresó de Madrid la noche del sábado... y se ha pasado el fin de semana durmiendo como un lirón, agotado de la vida madrileña.

—Tu hijo Luis... ¿se ha afiliado a Falange?

—No.

—¿Qué edad tiene?

—En mayo cumplió veintiséis años. ¿Por qué?

—Recuerdo un día que nos recitó un poema en la Huerta, el día que se conocieron con Federico. ¡Era bueno! Y tenía veinte añitos... Y ahora, ¡mira!

Y don Federico extrae del bolsillo de su traje un libro de cubiertas de color celeste. Se lo muestra a su amigo con una sonrisa cómplice. En la portada, impresa con cinco mayúsculas rojas, una palabra: ABRIL.

—*¡Abril!* ¡El libro de poemas de Luis!

—Ya sé que salió hace un año en *Cruz y Raya*, pero ha sido hoy cuando hemos comprado un ejemplar con Vicenta: ha estado leyéndome poemas en la terraza del café Alameda, y me ha dicho que te lo diga: ¡es muy bueno!

—¡Se lo diré a Luis! Que sepas que Luis le está muy agradecido a tu hijo por las cartas de presentación que le escribió para Jorge Guillén y Pedro Salinas, en Madrid...

—El que vale, vale. Federico ayuda a quien se lo pide, pero Luis vale, y por eso se merece los reconocimientos que ahora le llegan. ¡Estarás contento, Miguel!

—¡Mucho! —asiente don Miguel, con orgullo.

—Tenemos hijos artistas, y eso... es tan inseguro... Se sufre por ellos... ¡Qué poca gracia te hizo cuando Luis te dijo que quería largarse a Madrid!

—¡Hombre! Tenía veintidós años, cursaba la carrera de Derecho, tenía novia...

—Carmen, la hija de tu amigo el médico, ¿no?

—Sí. La vida de Luis era ir de las clases a la tienda, y de la tienda a ver a la novia. ¡Pensaba en casarse!

—¡Lo que te dolió fue que abandonase la tienda!

—Me ayudaba mucho con las cuentas, y hasta barría, despachaba, lo que hiciera falta... Pero no, no me dolió eso, sino... ¿para qué ir a Madrid, si lo tenía todo aquí? «¡Ni obispo ni poeta!», le decía mi esposa: «Luis, ¡en la tienda haces más falta!». A Luis le costó mucho comunicarme su decisión...

—Si lo hizo, por algo sería.

—«Papá, quiero abandonar la carrera de Derecho y la tienda, ir a Madrid y estudiar Letras», me dijo, de una tirada. Y yo le dije: «Ya te contestaré».

—¡Ja, ja! «A ver si se te pasa, hijo», pensaste. ¡Buena táctica, Miguel! Tomo nota...

—Eso es. Pero Luis iba en serio. Y ya lleva cuatro años en Madrid, ahora acaba Filología Hispánica.

—¿Qué le hizo cambiar su vida?

—Algo con Carmen, creo... ¡Pero más tiene que ver tu hijo! Y Emilia Llanos, tantos recitales... ¡Y Joaquín Amigo! Amigo le quitó de la cabeza lo de la tienda y la boda, lo convenció para volcarse en su pasión: ¡la poesía!

—¡Poeta sin remedio! Lo dice Federico de sí mismo.

—Poeta sin remedio. Sí. Su madre, cuando ve a Luis tan apasionado con los versos, se asusta un poco...

—¡Esta sí que es buena! ¿Acaso dañará más la

poesía a Luis que a sus hermanos la política? Díselo a Esperanza... —ironiza don Federico.

—Dios no permita que nadie se haga daño ni con una cosa ni con otra...

—Lo mismo le deseo a mi yerno en la alcaldía...

—¿Manolo? ¡Nuestro flamante alcalde! ¿Cómo están él y tu hija Concha? ¡La llamaré alcaldesa!

—Manuel es otro idealista, como tus hijos, pero en socialista y... huelo el odio a su alrededor...

—¿Qué crees que puede pasarle?

—Que pronto se la líen o los unos o los otros, o los anarquistas o... los falangistas..., o peor aún.

—¿Qué?

—Los que tú insinuabas: los militares exaltados.

—Dios no lo quiera... Pero con todo lo que ha pasado en Madrid... En algunas casas socialistas, al conocer la muerte de Calvo Sotelo... ¡han brindado!

—Ya, ya...

—Ay, Federico...

—Mejor los versos que la política.

—Mejor los versos que la política.

11

La ley de la amistad

Granada, viernes, 7 de agosto de 1936

—Paco, déjame aquí —ordena Luis Rosales a Paco de Loja, el chófer de confianza de la familia de García Lorca.

El joven desciende del coche y despide al chófer. Anochece. La calle está desierta. Enciende un cigarrillo. Prefiere quedarse a algunas travesías de distancia de la casa de su familia, en la calle Angulo, número 1.

Tiene que pensar.

Aspira una bocanada de humo, camina lentamente. Piensa en su amigo Federico García Lorca, al que acaba de visitar en la Huerta de San Vicente, donde está con la familia desde el martes 14 de julio. Y le preocupa lo que le ha contado.

Un registro. Un escuadrón registró ayer esa casa, con el capitán Manuel Rojas al frente, el asesino aquel de Casas Viejas, ahora jefe de milicias de Falange. Mala señal. ¿Qué buscaban? Vuelve a oír la velada voz de Federico, teñida de angustia y extrañeza:

—Una radio clandestina, Luis, ¡buscaban una radio para contactar con los rusos, ya ves!

Luis Rosales se inquieta al recordarlo, y arroja lejos la ceniza del cigarrillo, con rabia. ¿Quién habrá propagado tal infundio? ¡Qué mala *follá*! Desde el 20 de julio en Granada te matan por menos. Granada es ahora un lugar mortal para todo sospechoso de republicanismo, de cosmopolitismo.

Tiene que pensar.

En su amigo Federico. Y en su familia. Los García-Lorca son ricos, pero ninguno de ellos viste de azul. Mal asunto. Muchos granadinos se enfundan camisa azul para encubrir cualquier sombra de republicanismo. Luis Rosales se mira las mangas del flamante uniforme de Falange que ahora viste. ¡De algo tendrá que servir!

Tiene que pensar.

Luis Rosales viste el uniforme de Falange desde la tarde del lunes 20 de julio. ¿Qué remedio le quedaba? La madre:

—Luis, si no ganamos nos matarán a todos.

Eso lo decía desde días antes, asustada al ver a hombres vigilando la casa. ¿Anarquistas o policías? Malo una cosa, malo la otra. Unos y otros sabían que la casa era un nido de falangistas... A su madre la pudo el pánico desde el asesinato de Calvo Sotelo, el 13 de julio.

—¡Van a matarnos! —repetía doña Esperanza.

Y su hermano, Pepe, el carismático Pepiniqui tan cargado de aventura:

—¡Luis, te necesito! Lleva este sobre a esta dirección.

Eso fue el viernes 17 de julio. Le abrió la puerta un hombre al que no conocía, que su hermano le dijo que era el comandante Valdés. ¡Valdés! ¡Hoy gobernador civil golpista de Granada! Aquel sobre contenía planes para el golpe. Valdés lo rechazó.

—Se lo arrojé sobre la mesa y me largué —contó Luis a Pepe—, porque el tipo me soltó que me equivocaba, que no era para él

—Pues claro, Luis. ¡Por si era una trampa, que él no te conocía, hombre! Hizo bien recelando. Menudo conspirador, mi hermanito...

Y llegó el 20 de julio. ¿Qué remedio le quedaba? Su hermano Pepe le rogó, ante Miguel, ante Antonio, ante la madre:

—Luis, te necesitamos, la vida de todos en esta familia corre peligro, ¡todos juntos, pase lo que pase! ¡Vamos!

¿Qué remedio le quedaba? Fueron al cuartel de Falange, en el convento de San Jerónimo, a media tarde. Y se vistió de azul. ¿Qué remedio le quedaba? Disturbios callejeros, anarquistas con bombas caseras, izquierdistas exigiendo armas a César Torres, el gobernador, que se resistió a dárselas. Luis vio a su hermano Pepe llamar por teléfono a La Esperanza:

—¡Papá, cierra la tienda!

El padre cerró la tienda y lloró. Sus hijos se echaban a la calle.

Luis Rosales participó en la toma de Radio Granada y redactó las nuevas proclamas para ser radiadas. Sus hermanos Pepe, Antonio y Miguel, con el comandante Valdés y otros, asaltaron el Gobierno Civil. Sus defensores, guardias de Asalto con una ametralladora, estaban capitaneados por uno que en vez de abrir fuego contra los asaltantes, se unió a ellos al grito de «¡Viva España!». Rafael Martínez Fajardo, se llama, de treinta y ocho años, la misma edad que Federico García Lorca, evoca Luis Rosales. Al poco rato, el agrio y receloso comandante José Valdés era el nuevo gobernador de Granada, con el respaldo de Pepe Rosales.

Tiene que pensar.

Luis Rosales enciende otro cigarrillo. Sabe que aquella misma noche del 20 de julio encarcelaron al cuñado de Lorca, el alcalde socialista Manuel Fernández Montesinos, casado con Concha García Lorca. Son padres de tres niños pequeños, Tica, Manuel y Conchita... ¡Cómo bromea siempre Federico con Tica, para hacerla reír! La niña, de cinco añitos, ha padecido una otitis en el oído izquierdo y por eso le han cortado sus bonitas trenzas, y tío Federico juega con ella y la entretiene con muchas chanzas, cantos y bailes.

Tiene que pensar.

Aquella noche del 20 de julio —ahora lo recuerda— llamó a la puerta de su casa un empleado de su padre, Enrique Prados. Muy asustado. Lo hicieron pasar, y rogó quedarse:

—Don Miguel, que se han llevado a la cárcel del Botijo a mi cuñado, que es socialista como yo, ¡y ahora vendrán a por mí!, pero usted sabe que yo no me meto con nadie, y yo ahora no sé dónde ir, don Miguel. Y yo sé que usted es buena persona: ¿puedo quedarme aquí esta noche, sentado en esa silla?

A Enrique le ofrecieron los Rosales una cama. Pasó la noche en la casa. Como pasaron las noches también unas monjitas cuando en Granada ardieron conventos, meses atrás... Enrique Prados se fue por la mañana. Alguien lo sacaría de Granada, seguramente a cubierto de la noche por el río Darro.

Tiene que pensar.

¿Qué le ha contado hace un rato don Federico García? Sí, lo de Alfredo Rodríguez Orgaz, arquitecto municipal:

«Se ha presentado hace un rato aquí, en la Huerta, nervioso, contando que llevaba escondido desde el 20 de julio en el piso vacío de un amigo, el catedrático Salvador Vila, de viaje por Salamanca. Ya sin comida y harto de esconderse, esta mañana ha salido para entregarse al Gobierno Civil y aclarar su situación. Muy cerca del Gobierno Civil, un tipo lo ha reconocido y lo ha abordado: "¿Dónde va usted?". "Al Gobierno Civil." "¡Mire usted, Orgaz, si entra en el Gobierno Civil, saldrá para morir! Yo se lo digo porque usted empleó a mi padre en una obra, así que acabo de devolverle el favor porque me cae usted bien." ¡El tipo debe de ser un esbirro de las escuadras negras, Luis! ¡Son ahora los señores de la vida y la muerte de todos los granadinos, con Valdés detrás! Al pobre Orgaz lo he vestido con ropa vieja, y se ha alejado entre los maizales. ¡Justo a tiempo! Al momento llegaba un coche. Lo buscaban. "Por aquí no ha estado", les he dicho. Se han ido. ¿Te has cruzado con ellos? ¡Ojalá Orgaz llegue bien al otro lado!».

Tiene que pensar.

Luis Rosales es responsable de organización del cuartel de San Jerónimo, de los nuevos reclutamientos. Y esta misma mañana tiene una responsabilidad nueva: jefe del sector de Motril, en el frente sur de

Granada. Esta mañana ha supervisado trincheras, la situación de los falangistas, ha propuesto jerarquías... Ha escuchado tiros, ha visto heridos. Poeta, poeta en las trincheras. «Las armas y las letras», ha pensado: Garcilaso, Cervantes...

Tiene que pensar.

Piensa en una persona que ha conocido esta mañana en el frente de Motril. Enrique Martín, se llama. Se le ha cuadrado disciplinadamente. Es un arriero. Criado en la Alpujarra granadina. Le ha interesado conversar con él. Con discreción:

—Mire, don Luis, yo he sido toda mi vida arriero de un lado a otro de la sierra de Lújar, y también he recorrido los pueblos de la Contraviesa, en la Alpujarra, conozco a muchas personas. La guerra me ha cogido en Motril, donde tengo un hijo, que me lo cuida ahora mi cuñada, porque mi mujer se me ha muerto. A mí esta guerra me da pena. Ha separado a las familias. A veces por casualidad. Ahí enfrente tiene usted a un chico con muchísima puntería. Cada vez que dispara, dice «espero que no le acierte a mi padre», porque tiene a su padre aquí, en este lado. He visto cómo los revolucionarios mataban ahí abajo a mucha gente buena, igual que deben de estar matando en Granada los suyos...

Luis Rosales ha callado. Ha seguido escuchando:

—Mire, don Luis: yo por las noches he traído a este lado a personas que allí los iban a matar, buenas personas que no le han hecho nada a nadie, solamente creer en Dios. Si usted me permite, seguiré trayéndolos, y aquí se los dejo. Usted se los lleva a Granada, y yo me llevaré al otro lado a los que usted me diga.

Tiene que pensar.

Enrique Martín le ha explicado cómo hace lo que hace, sus horas favoritas, sus trayectos, sus itinerarios, sus hábitos, sus mañas, sus contactos. Y le ha dicho algo más:

—Una de las personas que mejor conoce todos los pasos al sur de Granada, todas la sendas de la Alpujarra, es un amigo mío de allí, porque yo soy de Albondón y él es de Torvizcón, ¿conoce el pueblo, don Luis? En la sierra Contraviesa, sí, ahora en zona roja. Ha salvado a muchos en esa zona, sacándolos por las noches y metiéndolos para Granada. Va él solo. Tiene a su familia en un cortijo, y él anda por los montes. Va y viene. Él hace así la guerra, por su cuenta. Nos hemos visto por los barrancos. Es un hombre cabal, austero, discreto. Se llama Manuel Bonilla.

Tiene que pensar.

Luis Rosales renuncia al tercer cigarrillo. Está en la calle Tablas, distingue ya la esquina de su casa, a la luz de una farola. Es noche cerrada. Entra por la puerta de la calle Angulo y se dirige a la biblioteca. Un cuarto pequeño, con estanterías en las que atesora sus libros favoritos y algunos buenos discos de música clásica y de *jazz*.

Tiene que pensar.

En la biblioteca conserva libros que encuadernó en rojo con una letra C dorada impresa. Son de hace más de cuatro años, cuando salía con Carmen. ¡Carmen! Algunos se los regaló ella, como la colección de Oscar Wilde. Iban a casarse. ¿Por qué lo dejaron? Ya no lo recuerda. O sí: ella lo amenazó con otro pretendiente, con casarse con otro. Eso no le gustó nada. ¡Decidido!: se iría con Joaquín Amigo a Madrid, a estudiar letras, a ser poeta... Y lo hizo, «me dejé de todas esas tonterías de ser abogado y casarme», masculla, entre dientes. Ahora tiene un ensayo publicado sobre el *Romancero gitano* de Lorca, un poemario propio, *Abril*... y una guerra entre las manos.

—¡Gerardo! ¡Manolo! Pero... ¿qué hacéis aquí?

Al entrar en la biblioteca —tiene que pensar—, Luis Rosales se encuentra con su hermano pequeño, Gerardo, y un buen amigo de ambos, Manolo Contreras Chena.

—¡Luis! ¡Qué bien que estás aquí! —dice Manolo, aliviado, dándole un abrazo—, ¡qué bien!

—¡Me alegra verte, Manolo! ¿Qué pasa? —pregunta Luis Rosales, escamado ante la palidez del rostro de su amigo.

Manolo ha sido compañero de Luis en las aulas de la Facultad de Derecho de Granada antes de irse a Madrid. Han pasado cuatro años pero mantienen la vieja amistad.

—¡Ay, Luis! Acabo de contárselo a Gerardo, y estoy muy asustado...

—Pero ¿se puede saber qué pasa? —se alarma Luis.

Para Luis no es ningún secreto la filiación comunista de Manolo. Varios de los mejores amigos de Luis Rosales en Madrid son comunistas. Compañeros poetas como el gaditano Rafael Alberti y su compañera María Teresa León, como el chileno Pablo Neruda, como el alicantino Miguel Hernández...

—Luis, ¡estoy en la lista de Valdés!

—Eso dice, Luis, ¡que está en la lista de Valdés! —repite Gerardo, el hermano pequeño de Luis, que a sus veintiún años es su hermano favorito, el único con el que puede compartir inquietudes artísticas y culturales.

¡Lo que faltaba! Menudo día. Frente de guerra en Motril, un escuadrón en la finca de los García Lorca... ¡y ahora Contreras en la lista negra! Luis Rosales busca un cigarrillo, pero teme que le tiemblen los dedos, y desiste. No quiere que su hermano y su amigo adviertan su susto.

—¿Estás seguro de lo que dices, Manolo? —pregunta Luis, muy despacio.

Si los asesinos de la escuadra negra aporrean una puerta de Granada a partir de la medianoche, es porque llevan un listado de nombres en un papel. Una lista redactada en el despacho de Valdés, a capricho de su camarilla: Velasco Simorra (su segundo, un guardia civil), Julio Romero Funes (comisario de policía), los hermanos Jiménez de Parga (abogados) y Ramón Ruiz Alonso (exdiputado cedista y tipógrafo del diario *Ideal*)...

—Sí, Luis, aporreaban mi puerta. No he abierto. ¡Eran ellos! He salido por la ventana del patio, y seguían aporreando. He subido hasta la azotea, y desde allí les he visto. ¡Venían a por mí! He saltado por los terrados hasta bajar por otro portal y he corrido hasta aquí.

—¿Y ahora qué, Luis? ¿Qué hacemos? —pregunta Gerardo.

Gerardo Rosales y Manolo Contreras esperan una respuesta de Luis. Junto al bueno de Manolo, de su misma edad, fueron seis años atrás a conocer a Lorca. Desde entonces Manolo ha hablado con Federico muchas veces de hacer juntos una película. ¡Ya verían Buñuel y Dalí! Luis ve en la mirada de su amigo Manolo todo su idealismo, sus sueños, su fragilidad física de chico asmático.

—¡Quieren matarme, Luis! Excompañeros nuestros de Derecho o de tertulia habrán estado contando cosas, para hacerse valer... —dice Manolo Contreras, que respira con angustia, buscando el aire que empieza a faltarle.

Luis se estremece bajo el uniforme. Ha oído hablar de la lista de Valdés. Sabe que cada noche suben camiones por la cuesta de la Alhambra hasta el cementerio de San José, cargados de detenidos. Y bajan vacíos. Las tapias del cementerio quedan sembradas de muertos. Los disparos se oyen desde el hotelito Washington Irving, frente a la puerta de los Siete Suelos de la Alhambra, para espanto de algún turista extranjero.

—¡Tú te quedas aquí esta noche, Manolo! —dispone Luis.

—¿Aquí?

—En esta casa. Ahora te preparamos un dormitorio.

—Pero... tus hermanos...

Manolo hace notar a Luis que sus hermanos mayores no le inspiran confianza, por falangistas acérrimos. ¿Estarán conformes con un marxista en casa?

—¡No pasa nada! Hemos tenido aquí a otras personas —sentencia Luis—. Estamos de acuerdo mi padre y mis hermanos. Eres amigo, y aquí te quedas.

—¿Y mañana qué, Luis? —pregunta Manolo Contreras.

Tiene que pensar.

Tiene que pensar.

Y ya lo tiene pensado.

—Manolo, tú mañana vendrás conmigo al frente —dice Luis, bajando la voz, acercándose a su amigo.

—Al frente. ¿A qué frente?

—Al frente de Motril.

—Pero...

—Desde esta mañana soy jefe del sector costero. Puedo ir y volver por la carretera de Granada a Motril, a mi antojo. Y tengo una camioneta a mis órdenes. ¿Me entiendes?

—¿Me llevas al frente? Pero yo no soy soldado, no soy militar, no soy falangista...

—Tú acuéstate. Mañana por la mañana tendrás un uniforme de Falange que ponerte. Iré a buscártelo ahora al cuartel de San Jerónimo.

—¿Tú puedes...?

—Sí, soy el responsable de facilitar uniformes a los nuevos afiliados.

—Pero es peligroso para ti.

—No padezcas por eso.

—¿Saldremos de Granada en la camioneta, juntos?

—Con otros reclutas y algún oficial, al alba.

—¿Y qué haré yo en el frente?

—Ya lo veremos. Te buscaré algo en intendencia, o en algún servicio que te venga bien. No en la trinchera, claro. No te veo disparando, ¿verdad?

—No, por favor. Eso no.

—Y, una vez allí, a salvo, estudiaremos, si quieres, pasarte a la zona republicana.

—¿Podrías, Luis?

—Sí.

—¿Y es seguro?

—Estamos en guerra, nada es seguro, mañana podemos estar muertos los dos. Hay algún riesgo. Pero controlado. Un amigo mío es «pasador», y no es el único...

—Pues no es mala idea...

—Allí lo decidirás tú libremente, Manolo.

—¿Cómo podré agradecerte esto, Luis?

—No dejándote matar.

—Estoy vivo gracias a ti.

—Pues si te pasas a zona roja, procura que no te tomen por espía nuestro y te maten allí.

—¡Luis!

—A dormir, Manolo. Hasta mañana. Yo te despierto.

12
Escudero hijo

El país está gobernado por la Guardia Civil. Un cabo de Carataunas a quien molestaban los gitanos, para hacer que se fueran los llamó al cuartel y con las tenazas de la lumbre les arrancó un diente a cada uno diciéndoles: «Si mañana estáis aquí, caerá otro».

Esta Pascua, un gitanillo de catorce años robó cinco gallinas al alcalde. La Guardia Civil le ató un madero a los brazos y lo pasearon por todas las calles del pueblo, dándole fuertes correazos y obligándole a cantar en alta voz.

Me lo contó un niño que vio pasar la comitiva desde la escuela.

FEDERICO GARCÍA LORCA
Año 1926.0
Carta desde la Alpujarra a su hermano Paco.

La Alpujarra, 1990

El anciano y yo agotamos nuestros llantos al mismo tiempo, respiramos hondo. Tras un instante de ensimismamiento, el anciano caído del cielo de la Alpujarra se precipitó en un torrente de exclamaciones y de férvidas explicaciones no pedidas y amontonadas por una súbita excitación de la memoria. Era la suya una memoria corporal, física: aquel anciano habló como si mi abuelo estuviese a su lado, tangible, y como si volviese a tener los treinta años que los dos tenían en el verano de 1936.

—¡Es que aquello fue demasiado, hijo! —se excitó, encendido—. ¡Ya no se podía soportar! Mataron al obispo de Guadix, ¡al obispo! Sí, sí, lo sacaron a rastras de la iglesia ¡mientras oficiaba la Santa Misa! ¿Podíamos permitirlo, Juan Manuel, amigo? ¿Verdad que no? ¡No, no! ¡No nos pareció bien, Juan Manuel! Claro que no...

Aquel hombre hablaba solo, hablaba consigo mismo, hablaba con mi abuelo, y a ratos me hablaba también a mí:

—Nos horrorizó aquello, hijo. No se podía tolerar. ¡Y nadie hacía nada! ¡Había que hacer algo! Sí, hijo, y tu abuelo y yo lo hicimos.

—¿Qué hicieron?

—¡Defender la religión! ¿Qué íbamos a hacer? ¿Quedarnos en el surco, seguir con el arado, ir a cosechar, a recoger aceitunas, a ordeñar las cabras, a trabajar al campo? ¿Y girarle la espalda a Dios? ¿Mirar a los terrones como si alrededor no pasara nada? ¿Íbamos a quedarnos quietos mientras las iglesias ardían? ¿Íbamos a quedarnos quietos mientras mataban a toda la gente santa y buena de España?

—¿Y qué hicieron, perdone?

—No íbamos a dejar que unos salvajes sin religión, sin corazón, sin decencia, sin bondad, lo quemasen todo y nos matasen como a ovejas. ¡No! ¡No! Tu abuelo y yo éramos jóvenes y teníamos la obligación de actuar, de luchar, ¡de hacer algo! ¡Y lo hicimos! ¡Y mil veces más que hubiera que hacerlo, lo volveríamos a hacer!

—¿Qué hicieron?

—Pues liarnos a pegar tiros. Eso hicimos.

—...

—Y se lio la guerra.

Me despedí de aquel hombre.

Aquel hombre de la curva, aquel aparecido, aquel anciano surgido de la nada en la nada de la Alpujarra había hecho un milagro: me había devuelto a mi abuelo muerto, él lo había puesto en pie sólo para mí.

—Tu abuelo fue un hombre discreto.

Diciéndome eso, le había dado un lugar digno en el mundo de los muertos. Y también dentro de mí.

Me despedí del amigo de mi abuelo.

No volveríamos a vernos nunca más.

En el verano del año 2017, veintisiete años después de aquel providencial encuentro, decidí regresar a la Alpujarra para escribir esta novela.

Volví a perderme. Volví a pasar por el cortijo Cuatro Hermanos. Reconocí el oratorio que el anciano construía con sus manos junto a la carretera. Detuve el coche. Marta, mi pareja, me esperó. Caminé hasta el oratorio, que me pareció algo más grande que el de veintisiete años atrás.

No vi a nadie allí.

Di unas voces.

Del cortijo salió un hombre de apenas sesenta años.

Y le hablé de cierto octogenario que veintisiete años atrás...

—Era mi padre. Murió hace ya veinticinco años.

—Lo lamento.

—Gracias.

—Me contó que mi abuelo y él habían hecho juntos la guerra, que mi abuelo le salvó en el barranco de Pitres.

—Ah.

—Me contó que se metió en la guerra por creyente.

—Era muy creyente, sí. Ese oratorio... le obligaron a derruirlo por estar demasiado cerca de la carretera. Y volvió a hacerlo, más retirado y algo más grande.

—Hace veintisiete años cometí un error con su padre: no le pregunté cómo se llamaba...

—Juan López Escudero.

—Escribiré una novela sobre la guerra civil en Granada, y lo citaré.

—Ah.

—Su padre le contaría alguna historia interesante sobre la guerra...

—No.

—¿No?

—No me hablaba de la guerra.

—¿No?

—No. Tampoco yo le pregunté.

Son estas cosas tan nuestras, tan españolas, tan de familia y tan alérgicas a la propia memoria, las que me empujan también a escribir esta novela.

13
En el frente de Motril

Sábado, 8 de agosto de 1936

La camioneta Fiat descubierta sale del cuartel de la Falange de Granada con la primera luz del alba. Viajan doce combatientes. Van al frente de Motril. Ninguno ha cumplido los treinta años de edad. Luis Rosales está con Manolo Contreras, que disimula lo mucho que le intimidan pistolas y fusiles. No quiere que ningún gesto suyo comprometa a su amigo y salvador, Luis Rosales.

—¿Cuánto tardaremos? —pregunta uno de los jóvenes.

—Si no nos despeñamos, dentro de una hora estaremos en el puente de Izbor —informa Luis Rosales, que no quiere abandonar su ironía socarrona mientras no sea imperativo ponerse serio—. Allí hemos estabilizado hace una semana el frente ante los republicanos.

La camioneta enfila la carretera hacia el frente de Motril, setenta kilómetros que descienden de la Alhambra nazarí al mar berberisco. Entre roquedales, desfiladeros, barrancos y puentes sobre el vacío, la camioneta bordea las faldas de la Alpujarra y deja a un lado Sierra Nevada. A una docena de kilómetros supera el Suspiro del Moro, altura desde la que, 444 años atrás, el rey Boabdil miró Granada por última vez.

—Ahí lloró el moro —dice uno.

—¿Estabas ahí con él? —replica otro, y el comentario de párvulo arranca risas que enmascaran nerviosismos e impaciencias.

Luis Rosales sonríe, la mención a Boabdil le trae a su amigo Federico en sus querencias nazaríes, en sus ecos de poeta andalusí que ama las fuentes arábigas de lo andaluz y las delicadezas de la Alhambra. Juntos han paseado por los jardines y bosquecillos de su colina, y ha recordado Luis aquella tarde en que le sorprendió no escuchar el habitual rumor del agua rodando en los barandales, y Federico dijo:

—El agua también duerme la siesta, Luis.

Luis sonríe mientras piensa que Boabdil dejó atrás su Alhambra y su Granada aquí para internarse en los ásperos barrancos de la Alpujarra. ¿Partiría Federico con Boabdil, o se quedaría en la Granada de los Reyes Católicos? Luis deja rodar la pregunta por una ladera y observa a sus camaradas: van a defender una Granada azul rodeada por un cerco de montañas rojas.

—¿Cómo está la cosa allí abajo? —pregunta uno.

—Los rojos aguantan, pero no pasan del río Guadalfeo, en la Alpujarra —comenta Luis Rosales.

—¿Hay muchos tiros?

—Nada que no podamos contener. Ahí vamos. No tardaremos en hacerlos retroceder hasta el mar.

El paisaje bosteza con el alba, tras los desfiladeros. La camioneta atraviesa puentes vertiginosos y presas. La naturaleza, colosal e indiferente ante la minúscula camioneta, hace enmudecer a los chicos. Aferrados a la banqueta en curvas eternas, fingen la misma indiferencia de las montañas.

Luis Rosales quiere velar por el ánimo de sus combatientes y que no pierdan confianza en la victoria. Mientras la camioneta serpentea, Luis entreteje unos versos que anota a lápiz en el cuaderno que siempre lleva consigo. Los recitará en la trinchera, después de una frugal comida a base de latas de conserva.

Camarada,
me toca el puesto de alba.

Ya sé que la noche enfría,
y que el lucero te engaña,
y que la carne está sola,
y que los rojos atacan.

Pero se puede fumar...
Nada,
me voy al puesto del alba.

—¿Bonito, eh? —le susurra Enrique Martín, el arriero motrileño, a su amigo alpujarreño, que está sentado a su lado.

—Sí. ¿Dirá algún verso más? Me gustaría... —le responde Manuel Bonilla, mientras guarda en el bolsillo su navaja, con la que ha cortado el trozo de queso de cabra que llevaba en el zurrón y que ha compartido con el motrileño.

Durante la madrugada, Enrique Martín y Manuel Bonilla se han encontrado en una barrancada próxima al puente de Izbor, donde la zona republicana y la nacional se confrontan. En un camino sólo apto para cabras y para pastores sin miedo, Manuel Bonilla y Enrique Martín se han saludado sin palabras, cada uno va y viene de lo suyo, de pasar a alguien de un lado a otro. Enrique ha propuesto a Manuel presentarlo al jefe de sector de Motril.

—¡Camarada Luis! ¡Mi amigo aprecia tu poesía! —alza la voz Enrique, desenfadado, ruborizando a Manuel.

—¿Cómo te llamas, camarada? —pregunta Luis Rosales.

—Juan Manuel Bonilla Jiménez.

—¡De Torvizcón, camarada Luis, te hablé de él! —añade Enrique.

—Os recitaré otro poema. Lo he compuesto para nosotros, camaradas. Y para personas como tú, amigo Manuel.

A Manuel Bonilla le asombra la cordialidad de Luis Rosales en su trato hacia él. No está acostumbrado. Manuel Bonilla sabe que está ante un hombre de letras, fortuna y cultura, un poeta de renombre. Ante un Rosales, apellido resonante en la provincia. Desde siempre representantes comerciales de La Esperanza han recorrido todos sus pueblos con el apreciado género de pasamanería. Y ahora sus hijos han imprimido al apellido un nuevo prestigio de coraje y osadía.

—Gracias, don Luis.

—¡Camarada Luis, Manuel! Soy el camarada Luis.

Manuel solamente ha tratado con aguadores y arrieros, labriegos y pastores, ganaderos y alfareros, curtidores y albañiles, tenderos y alguaciles, molineros y sacristanes, pero nunca con un poeta, con un hombre de la cultura y brillo de Luis Rosales. Los combatientes falangistas, al ver a Manuel ponerse en pie, le imitan. Luis Rosales, algo sobrecogido ante el gesto, se pone también en pie y recita:

Cuando vuelvas, camarada,
tendrás Patria y tendrás pan,
tierra tendrás y esperanzas,
y mujer para casar.

Cuando vuelvas, camarada,
—Dios sabe si volverás—,
las manos que fueron manos,
las banderas llevarán.

Cuando vuelvas, camarada,
no vuelvas a descansar,
sino a cuidar la victoria
como el sol cuida el cristal,
sin romperlo ni mancharlo
¡pero haciéndolo brillar!

—Amigo Manuel, ¿sabes lo que suele decirme un amigo poeta de Madrid? Dámaso, se llama... Me dice: «Lo cetrino de tu piel viene del terruño y se pierde en no sé qué noche morisca de las Alpujarras».

—¿Dámaso Alonso? —inquiere Contreras.

Luis Rosales asiente, con una sonrisa, ante Manuel Bonilla, Enrique Marín y Manolo Contreras, a los que ha pedido apartarse a la tienda de campaña de retaguardia, retirada de la trinchera. Los cuatro a solas, para conversar.

—Pero usted, don Luis, no es... ¡Perdona! Perdona, camarada Luis: «tú», tú eres de la ciudad de Granada, no de la Alpujarra —observa Manuel Bonilla.

—Quién sabe, amigo Manuel, qué raíces pretéritas no puedan enredarnos en algún punto común del pasado...

—Os miro a los dos... ¡y lo veo! —pondera Contreras—. El camarada Bonilla y tú, Luis, tenéis el mismo azul de ojos, ¿os dais cuenta? Y la piel atezada... ¡No sé si será morisco o será astur, pero tuvisteis un tatarabuelo común!

—Ja, ja, ja, ¡es verdad! —ríe Martín, el arriero.

—Todos somos hermanos —conviene Luis Rosales.

—Palabra del Señor —confirma Manuel Bonilla.

—¿Eres creyente, Bonilla?

—Gracias a Dios.

—¿Tú ves, Contreras? ¡Hete aquí a un hombre cabal!

Luis Rosales dedica un guiño cómplice a su amigo comunista, con el que ha debatido mucho sobre religión. Coinciden que en Granada, y en muchos pueblos de España, el antirrepublicanismo se nutre de creyentes agraviados por los violentos ataques contra la religión bajo la República.

—Y te gusta la poesía —le dice Luis Rosales a Manuel Bonilla.

—Me gusta, pero nunca pude estudiar. Y lo que nos distingue a los hombres de las bestias es la lectura.

—¿Crees eso, Manuel?

—Sí. No habría tanta miseria si leyéramos más.

—¿Tú lees?

La pregunta abre un silencio entre Luis Rosales y Manuel Bonilla. El pastor y labrador de la Alpujarra baja la vista, y de hito en hito mira al arriero y a Contreras. Detiene la mirada en Luis Rosales y se deja llevar por la confianza que el poeta le inspira.

—Querría haber leído, y procuro comportarme. Pero... estoy aprendiendo a leer.

—¿Ahora, Manuel? ¿En pleno zafarrancho? —se extraña Luis—. ¿Quién te enseña a leer?

—Un maestro de escuela.

—¿Un maestro? ¿Dónde, Manuel, si tú llevas dos semanas escondiéndote por los montes? —se interesa Luis Rosales—. Enrique me ha explicado cómo ayudas a buena gente de tus pueblos de la Alpujarra...

—En un cortijo ruinoso, abandonado. Allí está el maestro...

—¿Un maestro? ¿Un republicano, Manuel? —pregunta Contreras, sin rodeos.

—Sí, un maestro de Cádiar. Con la sublevación, fueron a detenerle. Creyó que iban a matarle, y un vecino lo ocultó. Para no comprometer al vecino, salió de Cádiar a medianoche. A oscuras se alejó, rodó por un barranco y se dislocó un tobillo. De amanecida vio en lo hondo un cortijo en ruinas, llegó a rastras. Pasó allí oculto todo el día, no le encontraron... Y yo me topé con él.

—¿Y sigue allí?

—Sí. Hace casi dos semanas. Le arreglé el tobillo. Lo aprendí de niño con las cabras... Le llevo comida cada dos días. Pronto caminará.

—Los republicanos han recuperado Cádiar. ¿Lo sabes? —informa Luis Rosales.

—Sí, y yo se lo he dicho.

—Volver al pueblo, ahora puede... —plantea Contreras, expectante.

—Cuando él quiera —explica Bonilla—, pero tenemos un acuerdo.

—¿Qué acuerdo? —pregunta Luis Rosales

—Que yo lo cuido y él me enseña a leer.

Rosales, Contreras y el arriero escuchan a Manuel Bonilla, boquiabiertos. Un pastor católico esconde en plena guerra a un maestro rojo, profesor y alumno en un cortijo perdido. Manuel Bonilla les explica cómo cerraron el acuerdo.

—Justo estaba muy asustado...

—¿Justo, así se llama el maestro?

—Justo Garrido. Creyó que yo iba a matarlo. Entre llantos me aseguró que él no había enseñado nada malo a los niños, que sólo había retirado el crucifijo del aula, por orden del gobierno.

Contreras, Rosales y Martín saben que la sublevación ha desatado en zona azul una implacable persecución contra agnósticos, librepensadores y maestros, inculpados de ser agentes del laicismo y la impiedad. Y en la zona roja se persigue a personas piadosas, monjas y sacerdotes.

—Pero tú no pensabas matarlo —apunta Rosales.

—Claro que no. Lo calmé. Pero le dije que me parecía mal que retirase el crucifijo...

—¡Un debate sobre religión y educación en la Alpujarra! —se divierte Contreras.

—Justo me dijo que la religión debía enseñarse en las familias. Y en las escuelas, a leer, escribir y todo lo demás. «Así aprendí yo la religión, pero escuela no tuve —le dije—. A mí nadie me ha enseñado a leer y escribir.»

—¿Y él se ofreció? —pregunta Luis.

—Yo se lo pedí. Y empezamos. Y ayer leí mi primer verso.

—¿Cuál?

—Lo único que llevaba el maestro en un bolsillo era un libro, un libro que él dice que le emociona. En ese libro leemos.

—¿Recuerdas el verso, Manuel?

—Sí, recuerdo esto: «A las nueve de la noche / lo llevan al calabozo, / mientras los guardias civiles / beben limonada todos».

A Luis Rosales se le empaña el azul de los ojos al oír en el andaluz pedregoso y ceceante de un pastor de la Alpujarra esos tristes versos del *Romancero gitano* de su amigo Federico García Lorca.

14
Obispo de Guadix

Agosto de 1936

Los falangistas de la 6.ª centuria han requisado una oveja en un cortijo, que una hoguera en la trinchera convierte en comida del día. Bonilla y Escudero comen pensando en sus cabras, en sus rebaños, en sus cortijos y en sus familias. Recostados en el suelo, sobre sus mantas, aprovechan el rato de descanso.

—¿Cómo están María y tus niños, Manuel? —pregunta Escudero.

—Bien. Los vi la semana pasada, una noche. Con sustos. A María la tuvieron un día encerrada en el calabozo.

—¡Desgraciados!

—Mis niños quedaron solos en el cortijo. Solos un día y una noche.

—Si llega a pasarles algo... Esos resentidos son capaces de todo...

—Soltaron a María por la mañana. Los niños se habían encerrado en el cortijo, y mi Antonio cuidaba de las pequeñas...

—¿Por qué encerraron a María?

—Para espantarla. Le enseñaron mi zurrón y mis botas, y mi bastón roto. Querían hacerle creer que me habían atrapado y que me matarían si ella no les contaba cosas de mis movimientos... María no contó nada.

—¿De dónde sacaron tu zurrón y tus botas?

—Me salieron tres hombres a la altura de Lanjarón. No me di cuenta y los tenía ya encima. Al principio fingí buscar una cabra perdida. No me creyeron. Se me acercaron, y uno me ordenó que me descalzara...

—Para que no escaparas, claro.

—Me quité las botas y me senté en el suelo. Me quitaron el bastón y lo rompieron. Se confiaron. Uno se acercó, me pidió el zurrón. Me levanté, me lo quité, se lo lancé... y apreté a correr.

—¡Descalzo!

—Como una liebre, barranco arriba.

—¿Hacia arriba, Manuel?

—No iban armados, no podían dispararme.

—Pero sí pillarte: ¿no eran tres?

—¿Alcanzarme? ¿A mí? ¿Barranco arriba? Ni tres ni treinta. ¿Quieres probar, Escudero?

—Ja, ja... No, no. Pero tú ibas descalzo...

—Toda mi niñez la caminé descalzo.

—Ya.

—Atrás quedaron, sin fuelle. Salí con heridas en los pies, pero a salvo. Me curaron los de un cortijo: buena gente. Temieron que viniesen tras de mí y nos matasen a todos, pero ayudaron. Hay gente buena, Escudero...

Manuel Bonilla capta un gesto de pesadumbre en

la barbilla de Escudero, y calla. Sabe que un grupo de hombres se llevó de su cortijo a su hermano, y que lo encerraron en la cárcel del pueblo. Su padre fue a reclamarlo, y se lo quedaron a él también, en la cárcel de las escuelas de Torvizcón. A su hermano, que padece del estómago, Escudero le ha llevado leche recién ordeñada cada mañana... Hasta que, hace unos días, le han dicho que su padre y su hermano ya no están allí. Se los han llevado a Órgiva o quién sabe a dónde... Por eso Bonilla cambia de tema e intenta distraer a su buen amigo.

—¿Has oído lo del camión que destiñe, Escudero?

—¿Qué es eso?

—Que en Granada la tela azul va muy buscada. Tanto que las autoridades han controlado su venta. Y la gente está tiñéndose de azul cualquier tela que encuentra, para coserse camisas, monos, uniformes de Falange...

—¡Normal!

—Pues resulta que el otro día llovió mucho en Granada. Un camión descubierto transportaba a un grupo de milicianos falangistas empapados de agua. Y por las calles el camión dejaba un churrete de color azul, ¡del tinte desteñido de los uniformes!

—Ja, ja... ¡Qué bien hemos hecho bien en afiliarnos, Manuel! Es nuestra obligación. Lo del obispo de Guadix...

—¡Gente sin Dios! Ese hombre santo... Todo el mundo que lo trató en Granada dice que don Manuel Medina Olmos era un santo. Durante muchos años ayudó a la gente pobre del Sacromonte... ¿Lo sabías?

—Sí, y lo mismo en Guadix. El 20 de julio le ofrecieron sacarlo del pueblo, y dijo que no, que no dejaría solos a sus parroquianos.

—¡Eso es un hombre! Si hubiera querido salir, yo hubiese corrido a ayudarlo, lo hubiese metido en Granada.

—¿A cuántas personas has metido, Manuel?

—No las cuento. Desde el 21 de julio han pasado tres semanas y pico... Tres o cuatro noches por semana he llevado a gente...

—¿Al señor cura?

—Y a los del cortijo de la Lona, Los Correas, Brazal... A través de alguien quedamos en un punto después de medianoche, y allí los recojo.

—Pero no descalzo, ja, ja...

—Todos calzados, ¡y calladitos! Y a caminar, sin luz, mejor con poca luna. Y no más de cuatro personas, para no hacer mucho ruido.

Escudero, mientras habla con su amigo, acepta el periódico que un camarada le ofrece, un ejemplar del diario *Ideal* de Granada, cargado de noticias de los éxitos de los sublevados y de los desmanes en la zona republicana, para enaltecer a unos y desacreditar a otros. Escudero le da el diario a Manuel Bonilla y lo desafía:

—¿No dices que has aprendido a leer, Manuel?

—Sí.

—A ver si es verdad. ¿Qué trae del obispo de Guadix?

Manuel Bonilla se sienta sobre la manta y yergue la espalda, con el diario entre las manos. Sí, está aprendiendo a leer. Pero no le explica a Escudero quién está enseñándole, al menos de momento.

Aprender a leer le exalta. A Escudero, en cambio, le da igual no leer. Manuel admira a los que saben leer. Quiere aprender. Nadie en su familia ha sabido leer ni escribir. Ni sus abuelos, ni sus padres. Ni María, su esposa. Tampoco él... ¡hasta ahora! Manuel nunca pudo ir a la escuela de niño: su padre lo reclamaba en el arado. Recuerda desde cuándo quiso leer. Tenía catorce años, hacia 1920...

Aquel día admiró al maestro de la escuela de Torvizcón. Caía la tarde, y el maestro se sentó bajo un árbol frondoso en la placeta sobre la rambla del río Guadalfeo. Vestía un traje blanco, tenía un libro en la mano. Por allí pasó Manuel, llevando un mulo camino del molino, a cargar un saco de harina. El maestro lo llamó:

—¡Ven, muchacho!

Manuel dejó el mulo en la rambla, se acercó. Le admiró aquel hombre tan elegante con un libro en la mano.

—Voy a leerte un poema de este libro —anunció el maestro. Y, con una voz algo misteriosa y hueca, como si le contase un secreto, leyó:

La luna va por el agua.
¿Cómo está el cielo tranquilo?
Va segando lentamente
el temblor viejo del río
mientras que una rana joven
la toma por espejito.

A Manuel le pareció ver la rana saltar, la luna brillar y el agua oscura del río. Se quedó quieto, sin mover un músculo, como hechizado y se atrevió a pedir:

—¿Puede repetírmelo, por favor?

Aquel maestro, del que sabía que se llamaba don Eulogio y nada más, volvió a leerle el poema. Le explicó que lo había escrito un poeta joven de Granada, de veintidós años.

—Este poeta, un día, gustará al mundo entero. Se llama Federico García Lorca.

Por primera vez Manuel Bonilla oyó un nombre que años después tendría eco. Y desde aquel día, Manuel Bonilla supo que quería aprender a leer, como las personas valiosas, como don Eulogio.

—¿Qué trae el diario del obispo de Guadix? —volvió a preguntarle Escudero a su amigo Manuel, que escrutaba lentamente cada página, achinando los ojos azules.

—¡Aquí! —Se detuvo, y leyó: «A las diez de la mañana del 27 de julio, dos cabos, dos carabineros, dos paisanos, el alcalde y su hijo, practican un registro, cacheando al obispo y obligándole con violencia a entregar todo lo valioso del palacio. Se le despojó de la birreta, del anillo pastoral y de la cruz pectoral. Junto a los sacerdotes Domingo Arce Manjón, Pérez López y Vargas Roda los entraron en un automóvil para ser conducidos a la estación del ferrocarril».

—¡Lo van a matar! —escupió Escudero, con rabia.

—Aún vive, hay uno de la centuria con familia en Almería: lo han visto. Lo han paseado maniatado por las calles para que la chusma lo insulte como a un criminal.

—Han matado a tantos ya...

—Me hubiese gustado poder sacarlo de Guadix, desde luego... —reflexiona Manuel Bonilla.

—Cuéntame alguno que hayas sacado...

—Un hombre mayor con un comercio de ultramarinos en Lanjarón. Los sindicatos le obligaron a repartirlo todo entre la gente del pueblo. ¡Todo! Lo han arruinado. Pobre hombre. Su familia sabe que acabarán matándolo. Le rogaron que se escondiese. O que huyese a Granada. Y lo ayudé.

—Ahora te lo pide el jefecillo ése, ¿no?

—¿Qué jefecillo, Escudero?

—El del cuartel de Falange, en el convento de San Jerónimo de Granada, cuando me acompañaste a afiliarme.

La anterior sede de Falange en Granada había sido pasto de las llamas, incendiada en algaradas izquierdistas durante los meses anteriores. Desde el 20 de julio se radicaba en el edificio del antiguo convento de San Jerónimo. Allí había acompañado Manuel Bonilla a su amigo —movido por las noticias sobre el obispo de Guadix— para afiliarse ambos como voluntarios. Como tantos otros miles de jóvenes en España.

—Ese «jefecillo» es mi amigo...

—«¡Eres muy valeroso, Manuel!», te dijo.

—Cosas nuestras. Conozco a un pasador del frente de Motril que le ayuda...

—Con sus gafitas redondas, ¡ése sí tiene estudios, Manuel! ¿Cómo se llamaba...?

—Luis. Luis Rosales.

Cae el día en el barranco de Pitres. El jefe de centuria, con la insignia de tres flechas de plata bordadas en el uniforme, consulta unos papeles de órdenes. Mientras, sus voluntarios cumplen su imperativa indicación de revisar y limpiar sus armas. Escudero y Bonilla —que pudo recuperar su fusil caído tras la escaramuza de la mañana en el barranco de la Sangre— limpian sus pistolas y fusiles, concentrados. Un radiotelegrafista, instalado en una tienda de campaña vecina, entrega un papel al jefe de centuria.

El jefe de centuria lo lee, levanta la vista y barre con la mirada a su alrededor, hasta detenerla en un voluntario de cabellos rubios peinados hacia atrás, cejas pobladas del mismo color, con una pequeña cicatriz en la frente, mentón fuerte y chispeantes ojos azules.

—¡Manuel Bonilla!

—¡Presente!

—No sé qué habrás hecho, camarada, pero los jefes te quieren en Granada. ¡Esta misma noche! ¡Buen viaje!

15
Comunistas a salvo

Granada, agosto de 1936

La camioneta Fiat regresa a Granada con el crepúsculo y con algunos soldados relevados. En la cabina, a solas, viajan Luis Rosales y Manuel Bonilla. Luis conduce. Le ha pedido a Manuel que lo acompañe a Granada. Ha prometido que un chófer suyo lo llevara luego adonde necesite. Bonilla se ha despedido del arriero, que se ha vuelto a Motril a solas, sin Manuel Contreras. El joven comunista ha decidido quedarse en el frente nacional. Por ahora decide no pasar a la zona republicana. Luis se ha quedado tranquilo. Conduce en silencio, hasta preguntar a Manuel:

—Manuel, ¿te interesa la política?

—Me interesa mi patria.

—¿Qué es la patria para ti?

—En tu poesía lo dices: el trabajo, el pan, la religión, la familia. Así lo aprendí de mis padres.

—¿Cómo crees que irá esta guerra?

—Quiero que estemos juntos, que vivamos en paz todos, sin que maten a los curas.

—Ese maestro rojo tuyo quizá sea ateo.

—Es un buen hombre.

—Es lo que importa, es verdad. Lo demás son engaños... Manuel, una pregunta...

—...

—Si yo quisiera sacar de Granada a un amigo, ¿tú podrías conducirlo a la zona roja de la Alpujarra?

—Sí. Es fácil.

—¿Sí? Ajá...

—¿Y por qué no a Motril, como Contreras?

—Este amigo le tiene pánico a los soldados y...

—¿Y a los maestros?

—¿Qué?

—Que yo podría llevar a tu amigo junto a mi maestro.

Luis Rosales ahoga el «¡olé!» que le brota de la garganta, reduce el cambio de marcha de la camioneta, aprieta el acelerador y corta la conversación:

—Volveremos a hablar de esto, Manuel. Entramos en Granada. Ni media palabra. Te vienes a cenar a mi casa. Mi chófer, luego, te llevará a donde digas.

—Mamá, papá, os presento a Manuel Bonilla, amigo mío de la Alpujarra. Con vuestro permiso, esta noche cena con nosotros —resuelve Luis Rosales, haciendo las presentaciones—. Manuel: te presento a mi señora madre, doña Esperanza. Y a mi señor padre, don Miguel.

Están los cuatro en el patio central de la casa de los Rosales, en la calle Angulo, junto a la plaza de la

Trinidad. A Manuel Bonilla le gusta esa plaza, por umbría, por haberla visto las pocas veces que ha estado en la capital. Contempla maravillado la casa de los Rosales, una finca señorial con un patio interior rodeado de columnillas de alabastro y una fuente del mismo mármol blanco en su centro. El agua que recorre los dos lebrillos de la fuentecilla y un toldo en lo alto han preservado durante el día el frescor en el patio. Luis ha ofrecido una jofaina de agua y una toalla a Manuel para asearse y refrescarse, y también una camisa limpia. Manuel se siente cohibido ante el matrimonio Rosales, en una casa tan principal.

—Manuel, tú debes de ser de la edad de nuestro hijo mayor, ¿no, Luis? —pregunta don Miguel, a su hijo y a su invitado.

—Dos años menor que Miguel y dos más que Antonio: acabas de cumplir treinta años, ¿verdad, Manuel?

—Sí. Estoy casado y tengo cuatro niños.

—Como Miguel. Presenta nuestros respetos a tu señora. ¿Dónde vivís?

—Papá, mamá, ¿pasamos al comedor y cenamos? —interrumpe Luis, para evitar un interrogatorio a Manuel Bonilla.

—¡Claro! Tu hermano Antonio ya está dentro, con un amigo que también se queda a cenar.

Una de las dos criadas de la familia, Basilisa, sirve fuentes de empanadillas y croquetas caseras en la mesa familiar. Antonio y su invitado toman una copa de vino. A Manuel le llama la atención el aspecto de Antonio, sus pestañas blancas, sus cejas y cabello blancos: es albino. Antonio es, por sus habilidades contables, el tesorero de la Falange local de Granada en el cuartel de San Jerónimo.

—Luis, mi amigo Antonio López Font, camarada falangista —se dirige Antonio Rosales a su hermano.

En ese mismo momento entran en el comedor José Rosales, uniformado de falangista como jefe de un sector de la ciudad, a sus veinticinco años, y Gerardo Rosales, de veintiún años.

—Y aquí os presento a todos —corresponde Luis— a mi amigo Manuel Bonilla. Y ahora, ¡a cenar!

En la cabecera de la mesa, don Miguel se pone en pie y con una muda inclinación de cabeza reclama atención y silencio para bendecir los alimentos.

—«Señor Nuestro Omnipotente, bendice estos alimentos que por tu bondad vamos a recibir, bendice las manos que los prepararon, da otro tanto a los que nada tienen y concédenos tu paz y tu justicia. Amén.»

—Amén —responden todos.

Don Miguel comenta peripecias del almacén, anécdotas y sucedidos de visitas y clientes en la tienda. Evita hablar de lo que le cuentan en el Casino y otras amistades en la tienda: «Oí pasar un coche de la escuadra negra por la calle y apagué la luz...», «Esta mañana he sabido que anoche se llevaron a...», «La mujer de tal me ha dicho que no sabe dónde está su marido», «Esta mañana han enterrado a doce fusilados en la tapia del cementerio...».

Mientras, Gerardo interpela a Luis con un gesto inquisitivo de las cejas, al que Luis responde con un asentimiento de cabeza inequívoco: Contreras está a salvo.

—¿Todo en orden en el frente, Luis? —pregunta José Rosales.

—En orden, Pepe. Hoy hemos hecho un relevo de soldados.

—Unos valientes —acota Antonio.

—Lo son, lo son, ¡pero no olvidéis que también dentro de Granada hay combate y arrojo! —interviene Antonio López Font, con aire bravucón.

A ninguno de los comensales le apetece tirar de ese hilo. Ante el silencio, es el propio López Font el que hilvana su discurso, altisonante.

—Mantener el orden en Granada no es fácil, camaradas. Se agazapan entre nosotros elementos izquierdistas muy peligrosos. Pueden hacernos mucho daño si bajamos la guardia.

—Claro —asiente José, sin fervor.

—Se ocultan en sus madrigueras, del Albaicín a la plaza Nueva, en cualquier calle de Granada, para apuñalarnos por la espalda —sigue López Font.

—Sí, López, sí —asiente Luis, con desgana.

—¡Pero los tenemos a raya! Los sacamos de debajo de las piedras, e imponemos la justicia inapelable de las balas. Somos centinelas de la decencia, del Nuevo Estado, de día ¡y también de noche! ¡No dormimos! Nuestros hijos y nuestros nietos nos lo agradecerán.

—Sin duda —acepta Antonio Rosales.

Doña Esperanza mira de soslayo a su marido,

sabe lo incómodo que debe de estar sintiéndose ante tal apología del asesinato en el comedor de su casa. Ha oído decir más de una vez, y últimamente con más frecuencia: «Ésta es una casa y familia católica, aquí no faltamos al quinto mandamiento de la Ley de Dios».

Si don Miguel no expulsa de su mesa a López Font es por no desairar a sus hijos. López Font persevera en su jactancia:

—Ya he conseguido localizar a más de uno de esos rojos que emponzoñan a los buenos granadinos. ¡Ésos ya no podrán hacer más daño a nadie!

Manuel Bonilla escucha en silencio, atento a su camarada Luis Rosales, que parece indiferente. Hasta que oye algo que le provoca un respingo.

—Y esta noche —revela López Font— haremos otro buen servicio: salimos de cacería con la escuadra del Chato de la plaza Nueva y el Panaero, el teniente Villegas y algún otro. ¡Vamos a cazar a tres rojos muy peligrosos!

—Ah, ¿a quiénes? —interviene Pepe Rosales, a quien le repugna la actuación criminal de las escuadras de Valdés y su camarilla, pero que disimula para sonsacar a López Font.

—A Manolo Contreras, un comunista que se nos escapó ayer, ¡pero hoy lo encontraremos! A Eduardo Ruiz Chena, un medicucho. Y a Manuel López Banús, un listillo. Tienen una radio clandestina para hablar con los rusos —cuenta López Font, mientras se sirve otro trozo de tortilla.

Luis y Pepe se miran con disimulo. Esos «rojos peligrosos» son viejos amigos de Luis, granadinos talentosos, librepensadores y bondadosos. Lo sabe también don Miguel Rosales, que los conoce de meriendas y charlas años atrás, invitados por su hijo Luis en esta su casa.

—Papá, disculpa que os deje antes del postre —dice Luis, levantándose de la mesa con parsimonia—. Debo acompañar a mi amigo Manuel al cuartel: nos esperan para un trámite que hay que solventar ya, y llegamos tarde.

—Muchas gracias, Luis —confirma Manuel Bonilla, levantándose con Luis Rosales—. Y muchas gracias por la cena, señores Rosales.

Ya en la cocina de la casa, Luis Rosales da indicaciones a Basilisa, la criada.

—Basi, haz lo que se te ocurra para decirle en privado a Pepe que, después del postre, invite a una copa de coñac a Font. O a dos copas. ¿Me entiendes?

—Sí, señorito Luis.

—Que tiene que entretenerle todo el tiempo que sea posible. Y si lo emborracha, ¡mejor que mejor!

—Sí, señorito Luis.

—¡No olvidaré esto por más años que viva! —dice Manuel López Banús.

Banús, Rosales y Bonilla están en una habitación del segundo piso de la casa de los Rosales. En el comedor, Pepe todavía bebe coñac con López Font. A Manuel Bonilla y Luis Rosales les ha dado tiempo de llegar a la casa de López Banús, vecino de los Rosales, y sacarlo de allí en volandas, con lo puesto.

—¡Vienen a por ti! No hay tiempo que perder, hemos de avisar a Eduardo. ¡Vámonos! —ha dicho Luis, de camino a su casa.

—Luis, Eduardo tiene teléfono, podemos llamarlo —apunta López Banús, ya en la casa de los Rosales.

—Luis, ¡el de la escuadra negra está saliendo de vuestra casa! —informa Manuel Bonilla, que ha entreabierto la ventana y puede ver la calle—. Lo acompaña tu hermano Pepe para entretenerlo.

Luis Rosales habla por teléfono con Eduardo Ruiz. Le ordena que salga de su casa inmediatamente y que lo espere en la iglesia de Santo Domingo, en el Realejo. Manuel Bonilla y Luis Rosales corren escaleras abajo, mientras aún escuchan la voz trémula de López Banús:

—¡No olvidaré esto por más años que viva!

Apresuran el paso, sin correr, y poco antes de la medianoche pasan por el cuartel de Falange en San Jerónimo. Bonilla sale uniformado como falangista y armado. Rosales lleva en un macuto dos uniformes más, y dos pistolas.

—¡Ponte esto, rápido! —ordena Luis a Eduardo Ruiz, entregándole un uniforme en un rincón oscuro junto a la sacristía de la iglesia de Santo Domingo.

Luis le ayuda a apretarse el correaje y el cinturón con la pistola. Los tres hombres caminan con paso resuelto por las calles oscuras de Granada, como si patrullasen o acudiesen a un relevo de guardia. Con el corazón encogido ante un mal encuentro, toman las calles menos concurridas hasta la casa de los Rosales.

—¿Estamos seguros aquí? —preguntan Ruiz Chena y López Banús.

—Esta noche no hay lugar más seguro para vosotros en toda Granada —afirma Luis Rosales.

—¿Y cuál es el plan? —pregunta López Banús.

—Dormir. Como con Contreras, mañana os venís conmigo. Por un día, sois milicianos falangistas. ¡De algo tenía que servir este uniforme! Y mañana por la noche, mi amigo Manuel Bonilla os pasará a zona republicana, ¿verdad, Manuel?

—Mañana por la noche estaréis a salvo si Dios quiere.

16

Con los Rosales, día 1.º

Granada, lunes, 10 de agosto de 1936

—¿Duele, Federico?

—¡Ay! Sí. No. Siga, siga, doña Esperanza, despreocúpese.

Sobre un velador de cristal con patas de hierro colado, en el patio de la casa, doña Esperanza Rosales extiende gasas y algodones, un lebrillo con agua caliente, una botella de tintura de árnica y otra de alcohol. La matriarca de los Rosales concentra sus ojos azules —heredados por todos sus hijos— en la cura de una brecha en la frente de su huésped, y en aliviarle moratones en una mejilla.

—Y, ahora, tintura de árnica en los golpes.

—¡Qué amables son todos en esta casa, doña Esperanza! Me hacen sentir todos ustedes como un príncipe...

—Zalamero... ¿Has desayunado bien, Federico?

—¡Una mermelada buenísima! Me ha dicho su hija Esperancita que es inglesa, nada menos.

—Tú, querido, pide todo lo que necesites y estate

tranquilo. Aquí estarás bien hasta que todo se calme y vuelvas con tus padres.

—En señal de mi gratitud, suba y le toco al piano unas canciones, y a su hermana Luisa, y a su hija Esperancita. ¡Suban a mi habitación! ¡Verá usted cuánto les gustan! ¡Y que suba Basilisa también!

Una súbita alegría ilumina el amoratado rostro del huésped zaherido, el poeta Federico García Lorca, que por primera vez en dos semanas se siente a salvo.

—¡Nunca fue caballero de damas tan bien servido! ¡Les espero en mi auditorio, mis divinas carceleras! —medio canta el poeta, lanzándose escaleras arriba.

Doña Esperanza lo ve ascender por la escalera de mármol del patio hacia el segundo piso, donde anoche lo acomodaron, cuando llegó en el coche de Paquito de Loja, tan asustado, tan tarde, con su hatillo de ropa en las manos. Le advierte una leve cojera, no sabe si la de siempre u otra debida a los culatazos que ayer tarde le propinaron en la Huerta de San Vicente unos indeseables llegados del pueblo de Asquerosa.

—¡Pobre Vicenta, menudo susto habrá pasado! —le comenta a Esperanza su hermana Luisa, desde la puerta de la cocina.

—Imagínate... Vicenta es muy fuerte, pero tener que ver cómo unos acémilas derriban a tu marido y golpean a tu hijo... ¡qué horror! No lo deseo a nadie...

—Y un hijo como Federico, ¡tan bueno! Los cobardes saben que no se revolverá contra ellos...

—Unos villanos.

«¡Con mis hijos no se atreverían, esos pueblerinos!», piensa doña Esperanza, orgullosa del brío viril de sus hijos. Y de lo bien que les sientan el uniforme azul mahón y los brazaletes en que ella ha bordado yugos y flechas.

—¿Qué querrían esos bestias? —pregunta Luisa.

—Hay miserables que aprovechan estos días para venganzas, y don Federico despierta envidias —responde doña Esperanza, guardando vendas y algodones.

—Tiene en la Vega muchas tierras buenas...

—De mucho rendimiento, ¡dos cosechas anuales! Y don Federico paga mejor que nadie a sus empleados. ¡Da mal ejemplo, según los demás hacendados! Y ha dado estudios a sus hijos... Y Federico sale en la prensa. Y da que hablar... Y sus amistades...

Doña Esperanza se detiene. No quiere argumentar ante su hermana que la agresión contra los García Lorca pueda deberse a la vieja amistad de don Federico con el socialista Fernando de los Ríos, protector también del poeta. Ni quiere admitir que a ella, por católica, apostólica y romana, el laicismo del socialista —un anticristo para las derechas granadinas: le llaman «el judío»— le resulta antipático.

—Luisa, Federico nos tocará ahora unas canciones al piano, sube con Esperancita y avisad a Basilisa, que ahora voy yo —ordena doña Esperanza a su hermana.

La matriarca de los Rosales entra en la biblioteca de su hijo Luis, a la izquierda del patio, y deja el botiquín en una estantería. Recorre con la mirada los libros de su hijo Luis. Entre ellos está *Abril*, recién publicado. Recuerda el día que Luis les leyó sus poemas en casa, hace justo un año, con aquella inusitada intensidad, tan torturada...

> Sólo te pido el sueño indispensable
> para tener confianza en mis sentidos,
> para saber que escucho, siento, veo.

Doña Esperanza recuerda que súbitamente sintió alejarse a su hijo de ella, cada verso era de un desconocido que sufría, un padecimiento que madre e hijo no podían ya compartir.

> Como insiste el dolor, pero no se termina y es la
> lenta ascensión de la sangre al reposo.

Doña Esperanza recuerda la rara orfandad que como madre la invadió, como si perdiese al hijo, tan extraño y desasosegante le sonó lo que Luis leía, transido de un dolor que sintió innecesario y también veladamente sicalíptico, una angustia indeseable por enfermiza.

> Mi soledad sin ansia y sin desvelo,
> ¿dónde tu cuerpo ungido
> más alto cada vez, más encendido
> de transparencia en el temblor del cielo?

¿Esto era, entonces, ser madre de un poeta? ¿Se trata de sentir cómo el hijo que has parido desgarra su corazón entre versos, extravía el alma entre poemas para perderse en no se sabe qué oscura bohemia? Doña Esperanza pensó aquel día en su amiga Vicenta Lorca, en cuyo rostro había visto desde siempre el padecimiento por su hijo poeta, por su sensible y delicado niño. Y Luis seguía esos pasos... Poeta también su hijo, poeta como Lorca. A Federico le había llegado el reconocimiento, pero aquel día de la lectura de Luis entendió doña Esperanza que los ojos de la madre, Vicenta, no verán nunca los aplausos, lo que verán siempre es la llaga doliente de la que manan los versos del hijo...

Doña Esperanza suspira al recordar cómo entró aquella noche en esta misma biblioteca cuando ya todos dormían menos su hijo Luis, que leía y escribía.

—Luis, tengo una preocupación.

—¿Qué madre?

Doña Esperanza se acercó a la mejilla de su hijo Luis con voz muy íntima:

—Si sigues escribiendo así, te agotarás, te consumirás pronto. Escribir como escribes es una enfermedad.

De los cuatro muleros,
que van al campo,
el de la mula torda,
moreno y alto.
De los cuatro muleros,
que van al agua,
el de la mula torda,
me roba el alma.

De los cuatro muleros,
que van al río,
el de la mula torda,
es mi marío.
A qué buscas la lumbre
la calle arriba
si de tu cara sale
la brasa viva.

Doña Esperanza asciende por las escaleras y escucha la popular copla en el piano Pleyel y en la voz de Lorca. Le acompañan su hija y su hermana. «¿Se escuchará esto también en la calle?», se pregunta la matriarca. No olvida el bando de guerra que la nueva comandancia militar difunde a través de Radio Granada y publica en periódicos como *Ideal*:

> Todo granadino que esconda en su casa a un rojo, será pasado por las armas, sin eximentes que valgan.

—¡Qué bien os la sabéis! —se entusiasma Federico García Lorca. Cuánto me gusta esta canción, queridas mías... Se la oí cantar a una abuelita de la Alpujarra en el viaje que hicimos con don Menéndez Pidal, hace ya dieciséis años, en el año 1920. ¡Fue mágico! Recogíamos letras de viejísimos romances... Yo tenía veintidós años... Fijé esta letra maravillosa, le puse el título de «Los cuatro muleros», la he tocado en la grabación con la Argentinita...

El rostro de Lorca se ensimisma en recuerdos de los tiempos entusiastas e ingenuos de su juventud. Su cuerpo sigue sentado ante el piano, pero su alma viaja. Doña Esperanza entiende que es un espíritu al margen de las cosas prácticas de este mundo, que se relaciona con cualquiera sin preguntarle en que cree o qué ideas tiene. Tanto liberalismo no es para ella, y le inquieta que Federico sea un espejo para su hijo Luis. Mira a Federico y evoca una conversación de la víspera con su esposo:

—¿No corremos peligro, Miguel, alojando a Federico? —le preguntó doña Esperanza en la alcoba, después de haber instalado en el segundo piso al poeta.

—A Federico no se le acusa de nada, Esperanza —tranquilizó don Miguel a su esposa—. Y aunque así fuera...

—Lo acogerías igualmente, ya lo sé.

—¡Por supuesto! Sus padres son grandes personas y buenos amigos, y nos necesitan. Yo observo la sagrada ley de la amistad.

—Lo sé.

—Federico le ha pedido ayuda a Luis, que admira a su amigo poeta. ¡Y Luis milita también en la causa de la amistad por encima de cualquier otra! Así somos los Rosales.

—Y además, nos ha pedido permiso...

—Luis ha hecho lo que debía: correr a la casa de su amigo en cuanto le ha llamado esta tarde, asustadísimo por el ataque de unos bárbaros. Casi matan al casero y lo han maltratado a él ¡y a su padre! Y Luis se ha ofrecido enteramente a la familia García Lorca para lo que dispusieran, ¡como debe ser!

—¿Y por qué han elegido nuestra casa?

—Lo han debatido tres horas doña Vicenta, don Federico, Concha y Federico, me ha explicado Luis, allí presente. Han hablado de pasar a Federico a la zona roja. Y de llevarlo a la casa de Emilia Llanos, en la plaza Nueva...

—Esa mujer tan moderna...

—O llevarlo al carmen de Manuel de Falla, junto a la Alhambra. Pero Federico ha dicho que no a todo: «A casa de Luis». Y Luis: «Que es la tuya».

—No será el primero...

—Esperanza, querida: Dios nos bendice con el privilegio de un hogar respetado y seguro. Nada para nosotros que no sea para otros: lo dicta la ley de la hospitalidad de la caridad cristiana.

Un agudo chillido opaca la evocación de doña Esperanza, recupera a Federico García Lorca de su ensimismamiento y enmudece los canturreos de doña Luisa y de Esperancita.

—¡Aviones! ¡Aviones! —chilla Basilisa, la criada, subiendo por la escalera de la casa—. ¡Doña Esperanza! ¡Doña Luisa! ¡¡¡Aviooooones!!! ¡¡Que vienen!!

—¡Bombas! ¡Que nos dan! —grita Federico, aterrorizado.

—¡Vamos, abajo! ¡Corred! —ordena doña Esperanza.

Ya en el patio, Esperancita se adelanta y se cuela en el cuarto de las tinajas de agua, en un hueco arrinconado bajo la escalera. Le siguen los demás. Había sido el escondrijo predilecto de Luis y Esperancita cuando jugaban al escondite de niños. Ahí acurrucados, esperan a que caigan las bombas.

—¡Ay, ay, otra! ¡Y ha sido cerca! —gime Federico.

—¡Diez fusilados más! —solloza Basilisa, en

alusión a la muy publicitada proclama de las nuevas autoridades de fusilar a diez prisioneros izquierdistas cada vez que un avión republicano sobrevuele el cielo de Granada.

—¡Silencio! —ordena doña Esperanza.

Pasado el peligro, todos salen aliviados del cuarto de las tinajas. Federico, contentísimo por seguir vivo, bautiza el rincón con una de sus palabras de nuevo cuño:

—¡Esta casa hasta tiene... bombario!

Luis Rosales llega a casa de madrugada desde el frente de Motril. Sabe que Federico trasnocha y lee, escribe y fuma hasta altas horas de la madrugada. Sabe que a Federico, en Nueva York, sus compañeros de residencia lo llamaban *sleepy boy* o «el niño de la noche»: de la puerta de su cuarto emanaba siempre luz hasta la amanecida. Juntos, además, han compartidos muchas madrugadas sonámbulas en Madrid.

¡Madrid! Luis Rosales entra en la biblioteca, deja su pistola. ¿Se hubiera ido a Madrid de no haber conocido en Granada a Federico? Quizá no... Sube a la segunda planta, tiene ganas de hablar con su amigo, de saber cómo ha pasado el primer día en su casa.

La puerta del dormitorio está entornada.

La luz, apagada.

El balcón, abierto.

¡Federico duerme!

Como el niño chico del verso:

Te encontrarán sobre el yunque con los ojillos cerrados.

Luis Rosales respira hondo, muy hondo.
Aún no vienen los caballos.
Un hilo de plata acaricia a Federico.

Por el cielo va la luna con un niño de la mano.

Hay luna en el balcón abierto. Es menguante.

17
Con los Rosales, día 2.º

Granada, martes, 11 de agosto de 1936

—¡Ay, cómo ríe!

—¡Y cómo canta!

—¡Y hasta baila!

—¡Cuántas cosas nos cuenta!

—¡Lo de las floristas de las Ramblas, qué bonito!

—¡Una montaña de flores le llevaron al teatro por *Doña Rosita la soltera o el lenguaje de las flores*!

—¡Y lo del osito de felpa de su amigo Salvador Dalí y su hermana Ana María!

—¡Don Osito Marquina! Federico le escribe cartas.

—¡Y aquel niñito negrito de Cuba!

—¡Sí! «Que tienes el pelo, que tienes el pelo como las virutitas de los carpinteros.» ¡Y qué bien lo canta!

—¡Rizadito! «Que tienes el pelo, que tienes el pelo como las virutitas de los carpinteros.»

—¡Y aquellos tirabuzones de la niña de Lanjarón de la que se enamoró!

—¡Se enamoró de una niña y tocaban juntitos el piano del balneario!

—¿Y lo del niño gitanillo que azotaron los guardias por las calles de Cáñar?

—¿Y lo del amiguito que salvó de morir ahogado en una acequia de Fuente Vaqueros?

—¿O era en Asquerosa?

—No, ahí estaba el pozo medianero desde el que espiaba a las tristes hijas de la viuda Alba.

—¿Y lo del burro muerto en el camino, podrido?

—¡Eso se lo contaba uno que se llama Pepín!

—¡El que jamás se levantaba antes del mediodía!

—¿Y quién decía que «el agua ya está riendo» para decir que ya hervía en la olla?

—¡Dolores, *la Colorina*, su ama de cría! ¿O era otra mujer del pueblo?

—¡Y el chopo viejo de la Vega que pronunciaba su nombre: «Federico, Feeeedeeeeriiicoooooo»!

—¡Y cuánta maravilla!

—¡Y cuánto misterio!

—¡Y qué gracia!

—¡Y qué salero!

—¡Y qué risa, qué risa, su risa!

—¿Cómo dice él de su risa?

—«Mi risa de infancia, mi risa de campo, mi risa silvestre.»

—«Mi risa que defenderé siempre.»

—¡Y cuántos amigos grandes!

—¡Cuántos amigos buenos!

—¡Manuel de Falla!

—¡Juan Ramón Jiménez!

—¡Dalí, Buñuel, Guillén, Salinas!

—¡Pablo Neruda!

—¡Antonio Machado!

—¡Azaña!

—¡Y José Antonio!

Luis Rosales, recién llegado del frente, no ha podido hacer más que una sola pregunta al entrar en casa: «¿Qué tal con Federico?». ¡Le han atropellado los comentarios alegres y entusiastas de su hermana Esperancita, de su tía Luisa, de su hermano Gerardo y de la cocinera Basilisa, bajo la mirada de doña Esperanza, que escucha y calla, entre asombrada y divertida! Luis interroga a su madre con una mirada, y ella le responde con otra que oscila entre el asombro y la aceptación.

—Ya ves, Luis, tu amigo Federico es un teatro viviente. ¡Levanta pasiones en esta casa! —Suspira doña Esperanza, conformada y casi contenta.

—¡Es muy simpático! —dice Esperancita.

—¡Y cómo recita, hermano, cómo recita! —se entusiasma Gerardo—. Recita esto: «Mamá, yo quiero ser de agua».

—«Hijo, tendrás mucho frío» —sigue Luisa.

—«Mamá, bórdame en tu almohada» —añade Gerardo.

—«¡Eso sí! ¡Ahora mismo!» —concluye Esperancita.

Basilisa les aplaude. Doña Esperanza, con un leve gesto de la cabeza, indica a su hijo Luis que su amigo Federico García Lorca está en el piso de arriba.

—Hemos cenado y acaba de subir a su habitación. Que te espera, que subas, me ha pedido, si venías. Que quiere hablar contigo.

—¡Luis! ¡Luuis! ¡Luiiiiiiis! —recibe Federico a su amigo, repitiendo su nombre, con excelente humor.

—¡Ese infalible embrujo tuyo que no perdona! Tienes a mi familia hechizada —bromea Luis Rosales, con complicidad.

—Son un público muy cariñoso y gentil, querido.

—Me alivia saber que estás a gusto aquí.

—Lo estoy, y a ti te lo debo.

Tras despojarse de uniforme y botas y asearse, Luis Rosales comparte con Federico la salita de la tía Luisa, que se ha retirado a descansar. Luis se ha subido un plato con una hogaza de pan untada en aceite. Y queso de oveja.

—En el frente hemos comido de lata —explica—, tengo el estómago estragado. Nada mejor ahora que este queso. Me lo ha regalado un amigo de la Alpujarra. Lo hace su mujer en el cortijo. A este amigo te lo voy a presentar...

Luis quiere proponerle a Federico sacarlo de Granada. La idea del «pasador» Manuel Bonilla de acompañarlo a la Alpujarra roja le ha rondado todo el día.

—¿Quieres oír el parte del día, Federico?

—Sí.

—Nuestras fuerzas son muy superiores, la moral es alta y Motril caerá pronto. Eso sí, con alguna que otra desgracia...

—¡Ay! No me la cuentes...

—No.

Rosales no cuenta que en un pueblo del frente, en la sierra de Lújar, un artillero de la zona roja con mucha puntería ha reventado una casa de la zona azul, matando a un vecino y a un soldado. Tras la desgracia, un vecino ha denunciado a otro vecino, un labrador de cincuenta años al que ha acusado de haber exclamado:

—¡Olé! ¡Eso es buena puntería!

Los militares nacionales lo han detenido y fusilado. El labrador era el padre del artillero rojo, separados por el estallido de la guerra. «Yo enseñé a mi hijo a apuntar de niño con la escopeta», se enorgulleció el padre frente a sus verdugos, antes de morir.

—¿Quieres tú mi parte de guerra, Luis? —pregunta Federico.

—¿Qué parte?

—El del «embustario».

—¿Que es el «embustario», Federico?

—Los partes de guerra que radian uno y otro bando. Me paso el día escuchando los partes de la radio. En los dos casos, una colección de embustes. Lo noto al momento. Unos dicen que Barcelona y Madrid están a punto de caer. Otros que los militares sublevados están acabados. Los escucho en vuestro aparato de radio, me entretienen mucho —explica Federico.

—En uno y otro lado las mismas mentiras, las mismas barbaridades, los mismos muertos —musita Rosales.

—¿Qué? Parece que hables bajo el agua...

—Federico, que estoy en un bando y lucho por su victoria, pero soy incapaz de ver la diferencia entre un muerto de los nuestros y un muerto de los suyos.

—...

—Me he sentido muy solo hoy en el frente.

—La soledad es la gran talladora del espíritu, Luis, querido Luis.

—Allí he comenzado a escribir un poema...

—Quiero que me lo leas. Pero antes, dime... ¿qué sabemos de nuestro querido Joaquín Amigo?

—¡Mi amigo, mi pundonor, mi maestro! Acaba de finalizar sus estudios en Madrid y, como él deseaba, ya es un ilustre catedrático de instituto.

—¿Dónde?

—¡En Ronda! Allí imparte sus clases de filosofía. Quisiera parecerme a él, por su espontaneidad, audacia, generosidad e inteligencia. Y por buen cristiano.

—¡Uno de los tipos de Granada de más valía, entusiasmo y pureza! Mi socio de tertulia, él y yo codo con codo... —evoca Federico.

—Ojalá podamos verlo pronto, charlar y tomar algo los tres juntos.

—Luis, quiero escuchar ese poema tuyo del frente...

—Sí. Dice así:

Ni todos viven la guerra
ni todos buscan la paz.
No tengo nada en el mundo
que defender de verdad,
de las cosas más seguras,
la más segura es dudar.

—Me gusta, Luis. ¿Cómo lo titularás?

—«No tengo nada en el mundo.»

—«No tengo nada en el mundo»... Ay, mi amigo: no vayas tú a olvidar, grave Luis, que me tienes a mí.

18

Con los Rosales, día 3.º

Granada, miércoles, 12 de agosto de 1936

Un biombo aísla un rincón del patio de los Rosales. Detrás, Federico lee el libro que ha tomado de la biblioteca de Luis, los *Milagros de Nuestra Señora*, de Gonzalo de Berceo. Enciende un cigarrillo rubio del paquete de Lucky que acaba de traerle Gerardo, que ha regresado a media tarde del frente de Güevéjar, donde realiza labores de intendencia, reacio a empuñar armas. Federico fuma a bocanadas leves, aspirando con suavidad.

—¡Cuéntame cosas de Cuba, Federico! —ruega Gerardo.

—Si yo me pierdo, Gerardo, que me busquen en Andalucía o en Cuba. La Habana es Cádiz más grande, es Sevilla en carmín, es Granada en verde fosforescente.

—¡Cuánto me gustaría pintar aquello!

—Tienes alma de artista, de pintor, te veo la paleta de colores en las puntas de los dedos...

Gerardo, aficionado a la pintura, sonríe, halagado. Federico le ha contado ya sus visitas de juventud al Museo del Prado en compañía de Salvador Dalí y Pepín Bello, pero ahora Gerardo quiere otras aventuras...

—¿Qué te gustó más que nada de Cuba?

—Los negros con sus ritmos... que descubrí de fondo andaluz, ¡y que son negritos sin drama!

—¿Sin drama?

—Porque allí todo es más alegre y desenfadado que aquí, y que en Nueva York, ¡desde luego!, y la vida lleva sonido de maracas, cornetas chinas y marimbas.

—Lo pasaste bien...

—Me bañé desnudo en su mar Caribe, escuché nuestro cante jondo en su son criollo... Cuba es bacanal de carne y de risa. Cuba me enseñó lo que puede ser una existencia desenmascarada. Y recuerda siempre esto, divino Gerardito: privarse del espectáculo del mundo ¡es pecar contra la vida! ¿Quieres, Gerardo, que te cante al piano un son que allí unos mulatos me enseñaron?

—¿Escribes, Federico?

—¡Hola, Luis! Pasa, pasa... Sí, esta tarde he caído en uno de mis dramones, ya sabes...

—Tus dramones...

Es medianoche. Federico García Lorca, en pijama, sentado en la cama, respaldado en el cabezal, escribe con una sombra de melancolía en el rostro. Luis entiende que a Federico le pesa alguno de sus amores truncados por la distancia y la guerra, contrariedad sobrevenida que ahora se suma al obstáculo de siempre: el estigma social.

Luis nunca ha querido escudriñar en las intimidades amorosas de su amigo Lorca, pero las conoce, sabe de sus preferencias, de su «epentismo», como él lo llama, de su sensualidad ávida, palpable en la carnalidad de sus versos tanto como en sus relaciones sentimentales, siempre tan pasionales, tan fogosas y torturadas.

Luis Rosales sabe de la sentimentalidad desgarrada de Federico y conoce personalmente a algunos de sus amantes.

—Gerardo ha tenido la amabilidad de traerme las cuartillas para escribir que le he pedido... ¡Luis, tienes un hermanito que vale un potosí!

—Y lo quiero como alma gemela. ¿Qué escribes, si contarlo no espanta a tu musa? —pregunta Luis, sentándose en la silla del escritorio, extendiendo piernas y pies desnudos sobre el borde de la cama.

—Sonetos. Sonetos de amor. No de amor convencional. Sonetos de amor oscuro, de amor castigado, doliente...

—No calles, Federico, te escucho...

—¡Ay, Luis! Tú combatiendo a sangre y fuego en una guerra y yo... yo aquí, con mis oscuridades estériles.

—¿Estériles?

—¿Quién entenderá mejor en España a la mujer sin marido, sin pareja, y a la mujer soltera, y a la mujer yerma, a la mujer que no concibe vida nueva... que yo, y que los que son como yo soy, sin posibilidad de florecer en una pareja de amor entero?

—Lo que tú seas ¿quién es nadie para juzgarlo?

—Se lo dije a Cipriano Rivas una noche de las últimas Navidades, en Barcelona... ¡Qué revolución verdadera sería el amor sin límites! ¡Una nueva moral de la libertad entera! Una moral del puro amor, que es más y mejor que la moral católica.

—Léeme alguno de esos sonetos tuyos, Federico.

—Te leo este, que acabo de corregirlo:

Tengo miedo a perder la maravilla
de tus ojos de estatua y el acento
que me pone de noche en la mejilla
la solitaria rosa de tu aliento.

Tengo pena de ser en esta orilla
tronco sin ramas, y lo que más siento
es no tener la flor, pulpa o arcilla,
para el gusano de mi sufrimiento.

Si tú eres el tesoro oculto mío,
si eres mi cruz y mi dolor mojado,
si soy el perro de tu señorío.

No me dejes perder lo que he ganado
y decora las aguas de tu río
con hojas de mi otoño enajenado.

—¡Es fabuloso, Federico! Cuánto sentimiento, cuánto sufrimiento. Escribir así es enfermedad.

—Tengo otros más: ahí están, en esa carpeta, y van creciendo, como un jardín... Pásamela, Luis, quiero titularla «Jardín de los sonetos».

—Tómala... Y dime si hay algo que yo pueda hacer por aliviar tus penas, Federico...

—No, no, Luis... Hay también felicidad en la pena.

—¿Felicidad en la pena?

—La pena te hace sentir también que estás vivo. Y de la pena que siento brota poesía como la que escribo.

—Que es sublime.

—Que es un misterio. Poesía es esa unión de dos palabras que uno nunca supuso que pudieran juntarse, y que forman algo así como un misterio. ¡Y sólo el misterio nos hace vivir! Sólo el misterio...

19
Con los Rosales, día 4.º

Granada, jueves, 13 de agosto de 1936

—¿Se puede saber por qué debemos tener a este personaje en nuestra casa? —lamenta Miguel Rosales.

—¿A quién?

—Al poeta.

—¿Qué dices, Miguel?

—Ya lo oyes, mamá. ¿Tú sabes la fama que tiene en Granada este hombre... si podemos llamarle así? ¡Tendrías que escuchar lo que se dice de él!

—¿Y qué se dice? —pregunta doña Esperanza, muy seria.

Doña Esperanza, tras pasar por la tienda de su marido, que ha querido consultarle acerca de un catálogo de cintas que le oferta un representante textil, regresa a casa. Se hace acompañar por su hijo Miguel, que de camino no contiene su desasosiego. Y lo expresa en el registro que comparten los varones convencionales de Granada.

—¿Que qué se dice? ¡Pues que pervierte a jovencitos, entre otras muchas cosas!

—¡Miguel, por Dios Santo!

—Compromete a nuestra familia...

—Tu padre lo ha acogido. Tu padre manda en su casa. Tú mandas en la tuya, donde vives con tu esposa.

—Pero yo no meto a la zorra en mi gallinero, ¡y vosotros sí! ¿Cómo no voy a preocuparme?

—¿Pero... qué temor tienes, Miguel?

—Mi hermano Luis duerme en esa casa. Mi hermano Gerardo duerme en esa casa... ¡Y tiene sólo veintiún años!

—¿Qué insinúas?

—Me disgusta que me pregunten si mi hermano Luis es del ramo de... de García «Loca», ¡así le llaman! ¡Y me lo preguntan hace tiempo! ¿Tengo que aguantar esto? Es un invertido. ¿Por qué lo mete Luis en nuestra casa? No me gusta, madre, no me gusta... Ahí se pasa el día, con Gerardo... ¿Y si Lorca se encapricha de Gerardo? ¿Y si lo pervierte?

Doña Esperanza ordena a Basilisa que prepare gazpacho, tortilla de patatas con tomate y pollo a la plancha, bocados del gusto del poeta. Nadie más se ha presentado en la casa a la hora de la comida, y comparten mesa las tres mujeres de la familia y Federico.

—¿Has llamado a tu madre, Federico? —pregunta doña Esperanza, al quedarse a solas con el poeta tras los postres, ante sendas tazas de té.

—Sí, ya sabe lo bien que ustedes me tienen aquí.

—Me pongo en su lugar, querría que Vicenta esté

tranquila... Las madres sufrimos... Desde que Luis se fue a Madrid, cada día me pregunto «¿y a ti quién te cuida, Luis»?

—Claro... Que sepa usted, doña Esperanza, que Luis es muy inteligente y valiente, ¡sabe imponerse y cuidarse!

—Hay malas compañías...

—Tampoco debe temer por eso, doña Esperanza.

—¿No, Federico?

—No. Importa ser bueno: he ahí lo esencial. ¡Y Luis es bueno! Porque ustedes, sus padres, lo son. Así que no importa quién haya alrededor: ser bueno es ser fuerte con los malvados y ser piadoso con los débiles.

—Pero, Federico, ¿tú tienes temor de Dios? Leo tus obras, y no sé...

—Yo soy un descreído hambriento de creer. Quiero ser bueno. Y la poesía eleva.

—Tanta poesía no es garantía de salvación del alma...

—Querría más vida después de esta vida para no tener que despedirme nunca de mí, que me tengo cariño.

—Qué cosas dices... Y se dicen de ti tantas cosas...

—¿Sí?

—¿Tú eres comunista, Federico?

Doña Esperanza fija sus azules ojos en la boca de Lorca, porque la pregunta le brota de las entrañas del miedo, del desconocimiento, de la sincera necesidad de saber más allá del prejuicio y la maledicencia.

—Yo soy del partido de los pobres... pero de los pobres buenos.

—¿Quiénes son los pobres buenos?

—Los he visto en todas las aldeas de España por las que he pasado con La Barraca con versos y teatro. Los he visto, ávidos de pan, trabajo y cultura. ¡Dadles pan y libros! ¡Libros! ¡Eso necesitamos más que el pan!

Doña Esperanza observa el rostro de Federico, transfigurado por la pasión de sus palabras, su rostro nimbado de una galaxia de lunares, de estrellas oscuras.

—No hay verdad sin poesía, y un régimen comunista me prohibiría hacer versos a mis Vírgenes, ¡y eso no!

—Me gusta escucharte esto. Y verte leer a Berceo.

—Pero el dolor del hombre y la injusticia me impiden trasladar mi casa a las estrellas. El artista no puede permanecer insensible al monstruoso dolor del tiempo en que vivimos, y ahora le hablo en socialista...

—Eso me asusta.

—Soy revolucionario por querer libertad para todos y ninguna censura. Los que tenemos comodidades estamos llamados al sacrificio, a darnos a los otros.

—¿Darías tu vida por España?

—Canto a España y la siento hasta la médula, pero antes soy hombre del mundo ¡y hermano de todos! Doña Esperanza, yo execro al hombre que se sacrifica por una idea nacionalista, abstracta, que ama a la patria con una venda en los ojos. Un chino bueno está más cerca de mí que un español malo.

—¡Ay, Federico, me desconciertas, no sé qué pensar...!

—Yo soy de nuestra Mariana de Pineda: en la bandera de la libertad bordé el amor más grande de mi vida.

—¡Luis! ¿Cómo ha ido el día en el frente?

—Vengo agotado esta noche, querido Federico.

—Escúchame, esta tarde he estado conversando con tu señora madre...

—¿Y todo bien?

—¡Claro! Ella es el sacrosanto pilar de esta casa en la que me cobijo. Y he estado pensando...

—¿En qué?

—En ella, en sus convicciones. Y en ti, en tu lucha en el frente...

—Es mi deber.

—Me impresionó lo que me contaste de los muertos...

—¿Mi arranque de poema en el frente?

—Sí. Y esto es lo que he pensado: ¿por qué no hacemos tú y yo un himno a los muertos, Luis? ¡Un canto! ¿Sabes que me dijo una noche José Antonio?

—No. ¿Qué?

—Un par de veces nos encontramos sin ser vistos.., y me pidió que yo fuese el poeta de Falange.

—También los comunistas te quieren para ellos.

—También. Tienen a Rafael Alberti, Miguel Hernández... Bueno, y algún manifiesto con ellos he firmado...

—¿Y qué más te dijo José Antonio?

—Que él desearía dejar la política y dedicarse

sólo a la poesía. «Pero no puedo abandonar a nuestros muertos», me confesó: los jóvenes de Falange muertos por él. ¡Hagamos un himno a todos esos muertos, Luis!

—A todos los muertos, Federico. Hagámoslo.

—¡A todos los muertos, Luis! A los de todos.

—Que así sea.

—Estupendo. Tú ponte a escribir la letra, que ya te viene visitando el duende, y yo te compongo la música...

20

Penúltima noche con los Rosales

Granada, viernes, 14 de agosto de 1936

Federico García Lorca, al piano, toca los compases de una coplilla. Ensaya. Tantea la música para el «Himno a los muertos» canto poético que escribirá Luis Rosales. Federico viste pijama, bata y zapatillas. Se ha levantado temprano, para desayunar con Luis antes de que marche al frente de Motril. Sabe que su piano es bien recibido como despertador de la casa.

—¡Federico, baja! ¡Dicen Luis y Pepe que te esperan para desayunar en la biblioteca! ¡Y adiós, que me voy al frente! —le avisa Gerardo, desde el pasillo del dormitorio.

Federico baja al patio y entra en la biblioteca de Luis en bata y zapatillas. Se le congela un bostezo en la boca: Luis y Pepe Rosales están acompañados por un desconocido.

—Federico, permíteme presentarte a mi camarada y amigo Cecilio Cirre, jefe del sector B de Granada —enuncia ceremoniosamente Luis Rosales—, hombre de nuestra plena confianza. Los amigos lo llamamos «pequeño príncipe».

—¡Lo admiro mucho, señor García Lorca! —saluda Cecilio Cirre, que tiende su mano a Federico.

—Agradecido y honrado, señor pequeño príncipe.

Federico se fija en lo menudo que es Cirre, y lo relaciona con su simpático sobrenombre. Cecilio Cirre, granadino bajito y pulcro, de facciones suaves y ojos claros, gasta mirada afable y algo melancólica, con la que encubre un gran coraje. Cirre conspiró activamente con Valdés y Rosales para preparar el golpe en la clandestina Falange de Granada. Cirre, corredor de una concesionaria de automóviles, se ha paseado con vehículos «principescos», cubiertos y descubiertos. Y el 20 de julio condujo uno de esos automóviles para recoger a José Valdés y trasladarlo al Gobierno Civil, y asaltarlo en compañía de Pepe Rosales.

—¿Leche en el café, Federico? —pregunta Pepe Rosales, sirviéndole una taza al poeta—. ¿Y tú, Cecilio?

—¿Habéis leído el nuevo bando de Valdés? —interpela Luis a los comensales, levantando ostentosamente las páginas del diario *Ideal* de esa mañana.

—¡El «cuentachismes»! —apostilla Federico, burlón.

—No, no es un chisme en este caso, sino un bando del gobernador José Valdés —adelanta Luis—, os lo leo: «Queda rigurosamente prohibida toda influencia acerca de las personas detenidas y a disposición de este Gobierno Civil, sea cual fuera la calidad y condición del recomendante y recomendado. Los infractores serán sancionados con ciento cincuenta pesetas».

—¡El gobernador, Sumo Caifás del nuevo Templo de Jerusalén, recauda sus diezmos! —bromea Federico.

—José Valdés está harto de que le pidan clemencia para detenidos... —glosa Pepe, que viste su uniforme con los emblemas de jefe de centuria—. Y se pone duro, y sardónico, con eso de las pesetas...

—Valdés... lo que debería hacer —interviene Cecilio Cirre— es frenar las escuadras negras.

—Sí —asiente Luis Rosales.

—Desacreditan a los falangistas: ¡algunos de esos asesinos se visten de azul para cometer sus fechorías! Esos criminales matan al capricho de Valdés. ¡Ensucian nuestro uniforme! Y a nosotros. Y a José Antonio, ¡joder!

—Lo sé, Cecilio —masculla Pepe.

—¡Cuánta miseria humana! —brama Luis—. La sangre de los crímenes de Valdés, de su camarilla vengativa y sus sangrientas escuadras negras ¡caen sobre nosotros! ¡Habrá que frenar eso, cojones!

—Lo sé, Luis —asiente Pepe, pensativo—, empiezo a arrepentirme de haber respaldado a Valdés como gobernador.

Despachan un desayuno de café con leche con pan tostado, aceite y queso. Federico, los Rosales y Cirre salen de la biblioteca, y, mientras se despiden en el patio, irrumpe desde la calle Antonio Rosales, el hermano albino. Y no viene solo.

—¡Capitán Nestares! —exclama Pepe, que reconoce al acompañante.

—¡Pepiniqui! —responde el capitán José María Nestares, uniformado como jefe de sector en el frente de Víznar.

—Pepe, Nestares necesita pedirte algo importante —avanza Antonio.

Luis Rosales está petrificado. Tiene detrás de sí a Federico García Lorca —del que intuye la cara de susto ante la imprevista aparición—, y delante al capitán José María Nestares, «camisa vieja» de Falange —como su hermano Pepe— y uno de los artífices del golpe en Granada: Nestares sublevó con su coraje y carisma a la mayoría de los agentes de policía y de cuerpos de seguridad de la ciudad, que había comandado durante el Bienio Negro republicano, entre 1934 y 1936. Desde el 4 de agosto, Nestares capitanea el frente de Víznar, con cruentos combates contra fuerzas republicanas llegadas de Guadix y fortificadas en el Peñón de la Mata.

—¡Luis! ¡Se te saluda, de jefe de sector a jefe de sector! —se alegra Nestares, brazo en alto—. ¿Muchos rojos en la costa, Luis? ¿Cuándo los echáis al mar?

—¡Ahora mismo iba hacia allí para echar yo al último! —Sonríe Luis, que sigue la chanza y disimula su incomodidad.

—¡Vaya, quién está aquí! —observa Nestares, mirando sobre el hombro de Luis Rosales a Federico García Lorca, en batín y zapatillas.

—Aquí Federico García Lorca, poeta insigne y amigo. ¿Os conocéis? —pregunta Luis a Nestares y a Lorca.

—De niños fuimos al mismo colegio —asiente tímidamente Federico, sólo un año mayor que el capitán Nestares.

—Correcto —confirma Nestares, revisando de arriba abajo la indumentaria de Federico.

Luis traga saliva e improvisa una salida para la doméstica vestimenta de Federico y su presencia en la casa:

—Federico y yo hemos trabajado toda la noche en un himno a los caídos de Falange, y se ha quedado a dormir aquí.

—¡Un himno! ¡Muy bien! —se alegra Nestares—. ¡Honrará a los nuestros y nos dará moral! ¡Acabadlo pronto!

Federico alarga su mano a Nestares y se escuda en un talismán verbal que sabe que cotiza alto en la casa:

—José Antonio y yo somos amigos.

—¡El hombre más grande de España! —exclama Nestares.

José María Nestares sabe que, antes del golpe, Pepe Rosales despachó con José Antonio en la cárcel Modelo de Madrid. Preso desde el 14 de marzo por orden del gobierno frentepopulista, el fundador de Falange Española dictó indicaciones a Pepiniqui para reorganizar la Falange granadina. Y Pepiniqui así lo confirma:

—Lo visité en la cárcel a fines de abril y me comentó que lee tu poesía, Federico. Falange Española, por el genio de José Antonio, es el partido de los poetas y los obreros, los intelectuales y los cristianos. ¡De todos los españoles buenos!

—«A los pueblos no los mueven más que los poetas», dice José Antonio —parafrasea Luis Rosales.

—¡Arriba España! —invita Cecilio Cirre.

—¡Arriba España! —responden todos, y alzan el brazo, lo que Federico aprovecha para escurrirse hacia la escalera.

—Hermanos, capitán: me esperan en el cuartel para salir hacia Motril, así que... ¡adiós! —se despide Luis Rosales.

Con un pie ya en la calle, se voltea para comprobar con alivio que Federico ha desaparecido escaleras arriba.

Doña Esperanza sirve a sus hijos Pepe y Antonio, y a sus invitados Cirre y Nestares, una bandeja con una jarra de limonada con hielo, que deposita sobre el velador del patio.

—Aquí tenéis, hijos. Si queréis más, pedídmelo. —Se retira doña Esperanza.

—¡Gracias, mamá! ¿Cómo va la cosa por Víznar, José María? —le pregunta Pepe Rosales al capitán Nestares.

—Controlado todo. Tengo allí a buena gente. Y el cuartel bien instalado en el palacio de Cuzco... —le guiña el ojo a Pepiniqui.

—¡Tu Gobierno Civil particular!, ¿eh, capitán? —alza su vaso de limonada Pepiniqui.

—Calla, Pepiniqui, que buena la hiciste tú sentando como gobernador de Granada al cabrón de Valdés...

—Ya, ya... —admite Pepe Rosales, bajando el vaso—, el tío está en un plan... Éste se hizo falangista por su provecho más que por el ideal.

—El muy militarote le soltó a Narciso Perales, ¡que es palma de Plata de Falange!, ¡impuesta por José Antonio!, pues le soltó ¡a Perales! que nuestro sindicalismo le da patadas en el estómago... —evoca Cecilio Cirre, ofendido.

—Y yo le doy dolor de estómago, también: me ha enviado al frente ¡para tenerme lejos! —sostiene Nestares—. ¡Y fui yo quien lo afilié a nuestra Falange, y hasta oculté su ficha en el tejado de mi casa por si había registros!

—Valdés sabe que tú acopias méritos de sobra para ser gobernador... —apunta Cirre.

—Y más popularidad que él... —suspira Pepe.

—Para fastidiarme, ahora me envía cada noche a sus mantas para limpiar...

Pepe y Antonio Rosales se miran compungidos: saben que «mantas» son condenados a muerte. Cecilio Cirre se exalta:

—¡Lo que os decía! ¡Los asesinos de Valdés suben allí a los que él dicta! ¡Y al hoyo! ¡Valdés te envía a Víznar a sus muertos... y te los comes tú, Nestares!

—Cada madrugada debo dar paso a algún coche...

—Escuadras negras... —acota Cirre—. ¡Una ha ondeado en su coche la siniestra bandera negra con la calavera y las tibias cruzadas!

—¿Quién ha hecho eso? —pregunta Antonio.

—¡Ramón Ruiz Alonso, el «obrero amaestrado», un trepa! —suelta Pepe Rosales, asqueado.

—Cada madrugada me suben a tres o cuatro desgraciados —prosigue Nestares—, los bajan camino de Fuente Grande y, a la luz los focos del coche... ¡pim, pam! Y a la cuneta. Y luego me toca enterrarlos a paladas con mis presos...

—Qué mierda, no era esto, no era esto... —musita Pepe Rosales.

Nestares, menos escandalizado que agraviado, vacía de un trago medio vaso de limonada y decide pedirles a los hermanos Rosales y a su leal Cecilio Cirre lo que tiene en mente:

—Mañana sábado es la Virgen de Agosto, y Valdés ha montado a mediodía una misa en la catedral y una procesión por el centro de Granada...

—Es un homenaje a la bandera bicolor de la España nueva, la rojigualda, que sustituirá a la tricolor de la hundida República —ilustra Antonio Rosales.

—Sí, y ordena a los falangistas que acudamos al acto... ¡sin armas! ¡Desarmados! ¡Humillar a Falange, quiere! ¡Nos quiere joder!

—La Falange Española desarmada... Después de haber sublevado y liberado Granada... —murmura Cirre, con rabia.

—Valdés quiere dejarnos clarito quiénes mandan aquí: sus militares... y su camarilla de cedistas —reflexiona Pepiniqui, y concluye—: Me equivoqué apoyándolo.

—¡Pues compénsalo mañana! —sugiere Nestares.

—¿Cómo?

—Organizo en Víznar una misa y una parada de Falange, en homenaje a la nueva bandera, y luego una fiesta con comida y bebida para la gente del pueblo. Y nos subimos allí a todos los falangistas que podamos. ¡Mil! ¡Dos mil! ¡Con nuestra armas! ¡Y cantamos el «Cara al sol», nuestro himno! ¡Y nos quedamos tan anchos como Dios! ¡Ayúdame, Pepe!

—¡Cuenta conmigo! —se adelanta Antonio Rosales.

—De acuerdo, vendré con todos los hombres de mi centuria que pueda desde el frente de Güevéjar —se une Pepe Rosales.

—Y yo con los de mi sector en Granada —ofrece Cirre—... menos los cuatro lameculos que prefieran la catedral.

—¡Que se entere Valdés de que la Falange no es su rebaño de ovejitas! —brinda el capitán Nestares—. ¡Que trague! Ah, y ¿sabéis quién me ha confirmado que estará mañana con nosotros en Víznar? ¡El camarada Narciso Perales! Alto honor...

Nestares apura las últimas gotas de limonada y se levanta de su silla cuando aparece en el patio doña Esperanza para recoger la bandeja.

—¿Ya os levantáis? ¿Os vais? Antes, ¿me ayudáis a correr el toldo, por favor? Si no, en media hora el sol nos cocerá a todos como a garbanzos en la olla.

—¡Ordene y mande, señora Rosales! —Se cuadra Nestares, tirando de la cuerda que descorre el toldo del patio—. Ah, camaradas, explicadle a Luis lo de mañana en Víznar, ¿de acuerdo?

—Esta noche se lo digo... —conviene Pepe.

—Y por cierto, señora Rosales —añade Nestares, percatándose de algo que le parece importante—: si Federico García Lorca pasa el día en esta casa... mejor que no lo vea demasiada gente. Si Valdés se entera...

—¿Qué pasa? —salta Pepe.

—Disfrutará echándote un rapapolvo.

—¿Un rapapolvo? ¿A mí? ¿Qué dices? ¿Por qué, si puede saberse? —se pica Pepiniqui.

—Porque nos tiene enfilados a los falangistas, nos busca las cosquillas. ¡No se lo pongamos fácil! Sólo digo eso. Si Valdés sabe que está aquí García Lorca, ¡te acusará de proteger al «niño mimado de la República»! ¡Al niño de Fernando de los Ríos! ¿Vamos a darle ese gusto? Tú verás si quieres eso...

—¡Ya está bien así! —ordena Ramón Ruiz Alonso con imponente vozarrón al huesudo limpiabotas que le lustra los zapatos.

Ramón Ruiz Alonso es un hombre alto y fornido de treinta y seis años, casi grueso, con espesos cabellos negros. Bebe un vaso de vino tinto de Albondón en una mesa próxima a la entrada del bar Jandilla, concurrido en esta caída de la tarde por vendedores de cigarrillos y de flores, paseantes, funcionarios, policías de paisano y espías. El bar Jandilla, en una esquina frente al Corral del Carbón, vieja alhóndiga nazarí del siglo XIV, es el predilecto de la camarilla del gobernador Valdés.

—¡Camarero, tráeme unos tacos de jamón, anda!

Ramón Ruiz Alonso es tipógrafo, pero no del montón: ha sido diputado cedista en el Congreso. Ya sin escaño desde las elecciones de febrero, ha conspirado y se ha sublevado en Granada. Y alardea de una superficial herida en un brazo adquirida en un combate callejero contra los rojos del Albaicín.

—¡Anda, y sírveme más vino! —grita.

Ramón Ruiz Alonso, ambicioso, quiere medrar en el entorno del gobernador Valdés. Colabora como enlace, espía y emisario. El excedista quiere cargo —y sueldo— en el nuevo régimen, lo busca con avidez. Despacha cada día en el Gobierno Civil con Valdés —o con su segundo, Nicolás Velasco Simarro, teniente coronel retirado de la Guardia Civil—, se hace querer: informa... y es informado de qué publicar en el diario *Ideal*, donde es tipógrafo.

—¡Juan Luis, siéntate! —invita Ramón Ruiz Alonso a su amigo y conmilitón Trescastro, que entra en el bar buscándole con la mirada.

—¡Ramón, hola! —saluda Juan Luis Trescastro Medina.

Trescastro es abogado de caciques de la Vega de Granada. Pariente lejano de don Federico García, incuba contra él rencores por viejas querellas rurales entre familias. Exhibe una personalidad tan reaccionaria, impetuosa y fanfarrona como la de su amigo Ruiz Alonso. Pese a la diferencia de edad —Trescastro tiene ya cincuenta y ocho años— los dos hombres se entienden a la perfección.

—Dime, Ramón, ¿cómo está mi ahijada Elisa?

—De maravilla —responde Ruiz Alonso, padre de una niña de año y medio, de la que Trescastro ha sido el padrino de bautismo—. Tómate algo y escúchame, Juan Luis...

—¡Un coñac, camarero! —pide Trescastro, dispuesto a escuchar a Ruiz Alonso, del que admira su violenta defensa del caciquismo y su clericalismo inmovilista.

—Mañana sábado por la mañana subiré a Víznar... —empieza Ruiz Alonso.

—¿Por la mañana? Yo subo esta noche... Vamos

a llevar allí con mi coche algunas «mantas» a limpiar, ja, ja...

—¿Ah, sí? ¿Esta noche tenéis movimiento? —se interesa Ruiz Alonso, con un deje de envidia.

—Sí, saldremos con mi Oakland.

—¿El que me dejaste en abril para ir a Madrid? ¡Magnífico cochazo!

—A medianoche sacaremos de sus casas a dos marxistas, uno en la carrera del Darro, otro en la calle San Juan de los Reyes.

—¿Quiénes son?

—Un catedrático de la universidad, y un masón de mierda —explica Trescastro—. Al primero le meteré un tiro yo mismo, por cierta jugarreta que me hizo una vez...

—Te quedarás a gustito: a un rojo que trasladé en mi coche, le metí un tiro tras la oreja, luego fui a la catedral y comulgué. ¿De qué iba a confesarme? ¿De haber limpiado al mundo? Estoy en gracia de Dios.

—Ellos nos matarían a todos nosotros y quemarían todas las iglesias y conventos —se persuade Trescastro.

—Sigo: Valdés me pide que suba de buena mañana a Víznar, por la celebración de la bandera que hacen allí los falangistas, y que escriba en *Ideal* la crónica que a él le conviene... y me pide también que ponga la oreja allá arriba.

—¿Y eso?

—Esos chulitos creen que pueden ir por libre. Valdés quiere saber si traman algo...

—Engreídos son, esos falangistas, y muy pesados

con tantos luceros, tantas flechas, tantas rosas y tanta palabrería antiderechista... —juzga Trescastro, despectivo.

—Se han creído que son alguien... Y alguno de esos señoritos se las verá un día conmigo...

—¿En quién estás pensando?

—En el Pepiniqui de los huevos, el «putaditas»...

—¿Por qué le llamas el «putaditas»?

—Porque las hace. Y le tengo guardada una gorda...

Ramón Ruiz Alonso piensa en lo que le hizo José Rosales a fines del pasado mes de abril. El exdiputado se ofreció para llevar a Rosales a la cárcel Modelo de Madrid, para una cita con José Antonio. Para ello pidió prestado a Trescastro su potente coche Oakland.

—Pepiniqui, yo te llevo a la Modelo —propuso Ruiz Alonso— y tú le dices a José Antonio que yo entro en vuestra Falange por mil pesetas al mes.

—Justamente las que has dejado de ganar al perder tu escaño de diputado de la CEDA... —le banderilleó Pepiniqui.

—Tú díselo —pasó por alto la puya Ruiz Alonso.

Durante el viaje de regreso —viajaban también en el Oakland los falangistas granadinos José Díaz Pla, abogado, y Enrique Iturriaga—, Ramón Ruiz Alonso culpó a José Rosales de que José Antonio rechazase su propuesta. Tan insistente fue, kilómetro tras kilómetro, que José Díaz Pla (que había entrado en la cárcel Modelo como abogado, con José Rosales como presunto pasante) en medio de La Mancha gritó:

—¡Basta ya, Ramón! ¡No es culpa de Pepe, joder! ¡Ha sido José Antonio! ¡Que yo lo he oído! Dice que te afilies si quieres, pero sin sueldo. ¿Lo oyes? ¡Basta ya, por Dios!

Díaz Pla no reprodujo las palabras exactas de José Antonio ante las pretensiones de Ruiz Alonso: «¿Ese reaccionario, ese obrero amaestrado? ¡Anda ya! ¡Ni un céntimo! ¡Es un limón exprimido!». A la altura de Campillo de Arenas, en Jaén, detuvieron el coche en un bar de carretera. Coincidieron en la parada con dos coches que también iban camino de Granada.

—¿Tenéis hueco para llevarnos a estos y a mí a Granada? —preguntó Pepiniqui a los granadinos, sin que lo oyese Ruiz Alonso.

—Sí.

Pepiniqui logró despistar a Ruiz Alonso y arrancó el cable del delco del Oakland. Acto seguido, él, Iturriaga y Díaz Pla, se largaron de allí en los otros coches.

—¡Qué pesado estaba poniéndose el tío! —se justificó Pepiniqui, entre las carcajadas de los compañeros de viaje—. Un kilómetro más y le hubiese arreado dos guantazos. ¡Ya se apañará!

Ruiz Alonso se quedó tirado esa noche y el día siguiente. Cuatro meses después, en el bar Jandilla de Granada, el tipógrafo culpa a Pepe Rosales de boicotear su ingreso en Falange y de haberle dejado tirado en una carretera de Jaén.

—¿Y qué le harás a Rosales? —pregunta Trescastro.

—Ya se me ocurrirá cómo joderlo bien jodido... ¡Y tú, ahora, disfruta de tu noche, Juan Luis, coño!

Un coche Oakland oscuro como la noche se cruza con la camioneta de Luis Rosales en las calles de Granada. Luis llega desde el frente, al filo de la medianoche. El chófer de Falange entra la camioneta en el convento de San Jerónimo.

Luis Rosales, al ver el Oakland, se convence de lo que ya ha resuelto durante el día, en el frente: Federico no está seguro en una Granada tan vesánica.

No está seguro en ningún sitio.

Ni tan siquiera en su casa.

Y antes de regresar a Granada, desde el frente de Motril, Luis Rosales ha cursado una llamada telefónica al frente de Pitres...

—¡Manuel!

—¡Luis!

Manuel Bonilla, serio y silencioso como de costumbre, espera en el cuartel de San Jerónimo. Ha llegado una hora antes desde el frente de Pitres.

—Manuel, cena y descansa un par de horas. A las dos de la madrugada... te ruego vengas a mi casa. Ya sabes donde está...

—¡Bien! Así lo haré. Por cierto, ¿tenéis ya mi cartilla de Falange?

Manuel Bonilla sigue a Luis Rosales a un escritorio con documentos apilados, formularios de afiliación, tampones, sellos de Falange con el yugo y las flechas, tinteros y plumillas, secantes y cartillas de un rabioso color encarnado.

—Aquí tienes tu cartilla: con fecha 14 de agosto de 1936, eres falangista voluntario, Manuel.

—¿A las dos en la calle Angulo, número 1, pues?

—Esperarás en la esquina de la calle. No llames al portal. Te veré desde un balcón, bajaré a abrirte. Manuel... —invoca Luis, que ciñe con su mano derecha el codo del alpujarreño, al que mira fijamente.

—¡Dime, Luis!

—Esta noche... vas a conocer a una persona importante.

—...

—Una persona que para mí es...

—...

—Es el hombre más importante de España.

—...

—Y tú... tienes que ayudarme.

—¿A qué?

—A salvarlo.

—¿Tú crees que he hecho bien en venirme de Madrid a Granada, Luis?

—Está hecho, Federico.

—Mis padres, mi madre... ¡Necesitaba estar con ellos! Pero ahora podría estar en un barco, reunirme con Margarita en México.

—O haberte ido a Biarritz.

—Qué triste.

—O haberte quedado en Madrid...

—¡Qué miedo! Vi que sus campos se iban a llenar de muertos.

—Y acertaste.

—Y los campos de aquí también: cada mañana leo en *Ideal* la nómina de fusilados.

—...

—Pero en Madrid estaría como aquí, sin salir a la calle, ¡qué miedo, tantos revolucionarios armados!

—Aquí estás bien.

—¡Aquí tengo el mismo miedo, con las calles llenas de escuadrones erizados de armas!

—Me honra ofrecerte esta casa.

—Luis, ¿por qué pasa esto? Yo soy amigo de todos.

—Bien que lo sé.

—Si me saludan unos, alzo el brazo. Si me saludan otros, cierro el puño. Si saludo yo... ¡abro los brazos!

—Siempre, Federico.

—¿Ganarán los militares y habrá paz, pan, orden, justicia?

—Eso anhelo, sin revanchas.

—¡Ay! ¡Ay! Joaquín Amigo, y tú, y tus hermanos... tenéis algo de arcángeles, como nuestro San Miguel de Granada. Se lo dije a Pura Ucelay, justo antes de salir de Madrid hacia Granada.

—¿Tu amiga del Lyceum Club Femenino?

—Ella. Me preguntó si me quedaba en Madrid, si partía a Granada... Y ¿sabes qué le dije?

—¿Qué?

—«En Granada no me ocurrirá nada, pues cien efebos saldrán a defenderme.»

—¡Oh! ¿Quiénes?

—¡Vosotros, Luis! Vosotros: jóvenes, confiados, nobles, poetas, valientes y flamígeros.

—Muchos te defendemos, Federico. Lo hizo José Antonio cuando los cedistas te cerraban La Barraca...

—No podré corresponderle, ¡yo no puedo ser de un partido!

—Tú eres España en tus versos... Eres de todos. Para mí, Federico, tú eres el hombre más importante de España.

Son las dos de la madrugada en casa de los Rosales, y todos duermen. Salvo Luis y Federico, en un dormitorio del segundo piso, la habitación en la que Federico pernocta por sexta noche consecutiva. Luis Rosales y Federico García Lorca conversan y fuman tabaco rubio. Dos amigos, dos poetas. Confían el uno en el otro. Y los dos se sienten cercados.

—Federico, ahora vendrá un amigo mío.

—¿Ahora, Luis?

—Ya está aquí.

Luis Rosales, asomado al balcón del dormitorio de Federico, abierto sobre la calle Angulo, ve abajo, en una esquina, a Manuel Bonilla.

—Bajo a abrirle. Ahora mismo subimos.

—Manuel, te presento a Federico García Lorca.

—¡Hola, Manuel! Manuel... ¿qué más?

—Bonilla. Manuel Bonilla.

—Manuel, si eres amigo de Luis, eres mi amigo.

—Gracias. Lo mismo digo.

—Federico —interviene Luis Rosales—, Manuel es de la Alpujarra...

—El país de ninguna parte... —evoca Federico, dirigiendo la mirada al balcón.

—¿De ninguna parte? —se interesa Luis.

—Me lo pareció cuando lo recorrí —aclara Federico.

—¿Le gustó mi tierra, don Federico? —pregunta Manuel Bonilla.

—¡Mucho! Andalucía exótica y berberisca...

—Y cristiana —precisa Manuel Bonilla.

—Tu tierra de cuchillos clavados ha inspirado algunos romances míos, Manuel...

—Las abuelas saben muchas historias de los cortijos de las Alpujarras... —confirma Manuel Bonilla.

—Federico, quiero decirte —aprovecha Luis Rosales— que nadie, ¡nadie! conoce mejor los rincones de tu admirada Alpujarra como mi amigo Manuel.

—¿Naciste allí, Manuel? —se interesa Federico.

—Sí. Y mis padres. Y mi esposa. Y mis hijos. Allí están. Mi hijo Antonio pastorea el rebaño...

—Un pastorcico...

—Tiene siete años —explica Manuel Bonilla, y añade—: a esos mismos años suyos enterraba yo en Brasil a mi hermanito negro...

Luis Rosales y Federico García Lorca, perplejos con la revelación de Manuel Bonilla, miran al alpujarreño con extrañeza y curiosidad.

—¿Un hermanito negro? —pregunta Federico.

—Jugaba con él todos los días, íbamos juntos a la plantación de café. Cogió unas fiebres. ¡Cómo temblaba! Lo abracé muy fuerte. Se me murió. Lo enterramos, yo tenía siete años.

—Pero... ¿qué hacías tú en Brasil? —preguntan a la vez Luis y Federico.

—Nos moríamos de hambre en la Alpujarra. Y mi padre, con mi madre y cuatro hijos, ¡todos en barco al Brasil! A una plantación de café, en São Paulo. Llegué con cuatro años, volví aquí con once, por 1917. Poco antes de volver, mi madre enfermó y murió. Se llamaba Presentación Jiménez y era de Cádiar. Y su tumba está allí, en São Paulo.

Federico, embabiecado, recita unos versos suyos:

Ya te vemos dormida.
Tu barca es de madera por la orilla.
Blanca princesa de nunca.
¡Duerme por la noche oscura!

—Va por tu lejana madre en la otra orilla del mar, Manuel, por ella que te trajo a este mundo —le dedica el poeta a Bonilla.

Federico atiende al relato del alpujarreño como cuando escuchaba romances, poemas, cantos y cuentos de pastores y abuelas de la Alpujarra en sus días juveniles en el balneario de Lanjarón, y en sus paseos por la sierra, Mulhacén abajo, y en una charla fugaz con Gerald Brenan, que le contó como había salido corriendo de una recepción de ricas damiselas en Granada, acomplejado por su ropa andrajosa.

—Gracias, don Federico. Una vez, en Torvizcón, un maestro me leyó un poema de usted, yo era muy joven y no sabía leer —cuenta Manuel Bonilla—... y ahora estoy aprendiendo a leer con su *Romancero*, don Federico.

Federico mira con asombro a Manuel Bonilla, e interroga con la mirada a su amigo Luis Rosales.

—De eso iba a hablarte, Federico —aprovecha Luis—, de ese maestro que enseña a leer a Manuel: está en un lugar seguro que Manuel conoce, que conoce muy bien.

—¿Qué lugar? —se extraña Federico.

—En la Alpujarra. En zona republicana.

—¿Que me queréis decir, Luis? —se inquieta Federico.

—Que esta ciudad es ya la boca del lobo.

Federico sonríe con picardía, mirando alternativamente a Luis y a Manuel. Le han parecido ahora una misma y sola persona. Dos que se le antojan uno. Distintos, pero iguales. Uno usa gafas, no el otro. Uno es refinado, es silvestre el otro. Uno habla florido, parco el otro. Pero los dos tienen los mismos ojos azules, pequeños y punzantes, paseados los unos por mil libros, por mil surcos los otros.

> Ojos azules que mirar no quiero,
> pero que sin miraros dan la muerte
> con el puñal azul de su recuerdo.

Recita Federico.

—¡Que son versos que compuse siendo mozalbete en un Lanjarón de otra vida, en la puerta de la Alpujarra! —Y enseguida ríe—: ¡Luis! —se le dirige Federico—. ¿Dónde estará mi miedo mejor guardado que bajo este techo, querido? ¿Dónde, dime? ¿Perdido en esos campos del Señor, con estos torpes andares míos?

—Conmigo no tendrá usted problema, don Federico —expone Manuel Bonilla—. Acabo de cumplir treinta años, soy fuerte. Yo le ayudaré en el camino, no tomará daño.

—Yo os llevaré en coche hasta un punto de la carretera hacia Motril... Desde ahí, Manuel te pasará sin peligro por caminos que conoce como nadie.

—¿Tan mal estoy aquí? —se burla Federico, y surca el aire de la habitación con las palmas abiertas y los brazos extendidos, señalando sus cuatro esquinas.

—Esta casa, Federico, ha sido muy buena parada provisional, pero...

—Todo es provisional, todo —lo interrumpe Federico—, ¡hasta la inmortalidad! La provisionalidad es lo único perdurable.

Federico, sentencioso, sustituye la mordacidad por la solemnidad. Y añade, en la alta madrugada de Granada:

—No hay nada terminante, completo, definitivo... Nada. Lo único, la muerte. O, quizá, tampoco.

21
Última cena

Granada, del sábado 15 al domingo 16 de agosto de 1936

El día de la Asunción de la Virgen le amanece a Juan Luis Trescastro en la barra del bar Jandilla, donde ha entrado trastabillando, borracho como una cuba.

—¡A ver, aquí! ¡Un vaso de ese vino tinto!

Más recostado que acodado en la barra de mármol del Jandilla, ojeroso y balbuciente, Trescastro procura no perder el equilibrio. El chaleco torcido y la pechera desabrochada de la camisa, moteada de manchas de coñac secas, el cinturón desajustado, la bragueta del pantalón abierta, los cabellos revueltos y los zapatos sucios delatan una noche dislocada.

Una noche de burdel y tasca.

Y una noche de sangre.

Trescastro se pasa la mano por los cabellos grasientos y después extrae un pequeño objeto metálico y cobrizo del bolsillo del chaleco.

—¡Chaval, el vaso! ¡Viene o no viene!

El camarero, con un golpe seco sobre el mármol de la barra, planta ante Trescastro un vaso de grueso vidrio. Y acto seguido lo llena de vino espeso y tinto.

—Ah, muy bien, así me gusta... —chamulla Trescastro.

Sus tres acompañantes no piden nada, por ahora. El Panaero, el Salvaorillo y el Chato de la plaza Nueva saben que ahora toca presenciar el ritual de alborada de su jefe, tras una madrugada agitada como escuadra negra.

—¡Cómo imploraba el masón, ja, ja! —ríe uno, ronco.

—¡Y tu catedrático, tan comecuras, cómo pedía confesión el desgraciado! —barbota otro.

—¡Ése, ése! ¡A ése quería yo verlo ahí! —dice Trescastro, que levanta una mano—. ¡Y que se las viera con esta amiguita mía!

Trescastro sostiene, entre el índice y el pulgar, un pequeño objeto metálico, que muestra a todos.

Es la punta de una bala.

Una bala disparada.

Disparada unas horas antes.

En la nuca de un hombre agonizante.

La bala del tiro de gracia.

Disparada por Juan Luis Trescastro Medina, abogado de caciques de la Vega de Granada, conmilitón de Ramón Ruiz Alonso y escuadrista del gobernador José Valdés.

En la nuca del catedrático arrastrado de su casa a medianoche. En el coche lo han insultado antes hasta agotarse, lo han golpeado en la cara, las costillas, los testículos.

Lo han subido a Víznar.

El capitán Jose María Nestares, que sólo quiere descansar porque al día siguiente tiene fiesta magna en su plaza de Víznar, cabreado por tanta inoportunidad y molestia, los ha dejado pasar hacia La Colonia, hacia el camino a Fuente Grande, entre Víznar y Alfacar.

Después del tiro, Trescastro ha pedido su navaja al Panaero. Ha hurgado en la herida de la nuca.

Y ha extraído la bala caliente.

—¡Ahí va! —proclama Trescastro, y deja caer la bala en el vaso de vidrio lleno de vino.

Sus tres escuadristas, asesinos sin escrúpulos, más aletargados que despiertos, atienden al ritual de etílica alborada de su cabecilla de carniceras madrugadas.

—¡De un trago! —anuncia Trescastro.

Levanta el vaso, brinda con la nada.

Alzado el codo, bebe hasta la hez.

En el vaso vacío queda sólo una bala.

Trescastro cubre con la palma de la mano la boca del vaso.

Y lo agita.

La bala repiquetea con estrépito macabro contra las paredes de vidrio grueso.

Trescastro, después, derrumba su corpachón en la barra.

El día de la Asunción de la Virgen le atardece a Ramón Ruiz Alonso ante una máquina de escribir de la redacción del diario *Ideal* de Granada, en el primer piso del número 6 de la calle Tendillas de Santa Paula.

—A Valdés voy a darle lo que necesita —anuncia.

Los redactores del diario que entran y salen se extrañan de que el linotipista esté tecleando una máquina de escribir...

Ruiz Alonso escribe sobre un folio de papel.

Tiene otro a punto, un solo folio no le bastará.

Redacta una denuncia.

—¿Qué pondrás primero, Ramón? —pregunta Trescastro, que ha dormido desde las nueve de la mañana hasta pasadas las seis de la tarde.

—Que desde 1933 es miembro de la Asociación de Amigos de Rusia —explica Ruiz Alonso, mientras teclea—. Asaltamos la sede en Madrid, robamos los archivos, ¡y vi su nombre con mis propios ojos!

—¡Bravo! —le arenga Luis García-Alix, secretario de la CEDA de Granada, mientras enciende un cigarro puro.

—Y dona dinero a Socorro Rojo Internacional, y es espía de Moscú... —teclea Ruiz Alonso.

—¡¡Y es masón! Como el que he paseado esta noche —aporta Trescastro.

—¡Y es inmoral, depravado, pervertido! Disolvente de las buenas costumbres de los granadinos —dicta también García-Alix, entre volutas de humo.

—¡Un invertido, un maricón de mierda! —remacha Trescastro—, ¡que ya estamos hartos de mariquitas, joder! Ponlo como quieras.

—Y autor de escritos sacrílegos contra la iglesia, el Santísimo Sacramento y los santos —teclea con firmeza Ruiz Alonso—, ¡y encima escribe contra el honor de la Benemérita Guardia Civil!

Lo de la Guardia Civil es un obsequio de Ruiz Alonso a su amigo Nicolás Velasco Simarro, teniente coronel retirado de la Guardia Civil. Sustituye a menudo al gobernador Valdés, y Ruiz Alonso le tiene como llave a su despacho, como ha sucedido esa misma tarde:

—Anúnciame, Velasco, que le contaré a Valdés lo que tengo escrito sobre lo de esta mañana en Víznar.

—Pasa.

—¡Gobernador, a tus pies! Lo que te traigo te gustará...

José Valdés ha recibido a Ruiz Alonso sentado tras su escritorio, en el que campea un crucifijo de mesa, flanqueado por botellas de agua, vasos de vidrio, cucharillas de alpaca, un tarro de bicarbonato, ceniceros rebosantes de colillas y varias tazas manchadas de café.

—Dime, Ramón —ha animado Valdés a Ruiz Alonso.

Valdés es un hombre flaco, de piel fina y calavera huesuda, rostro afilado y consumido por días y noches sin dormir y casi sin comer, una fatiga agravada por una dolencia crónica de estómago que no le da tregua.

—¡He puesto el oído en Víznar, como querías! —se arranca Ruiz Alonso—. Esos mil quinientos falangistas que Nestares ha concentrado te odian. Temen que les postergues en favor de los militares. Han soltado la lengua...

—Nombres.

—Perales, Cirre, Iturriaga, Nestares, Pepe Rosales...

—Ya.

—¡Y ahora viene lo mejor!

—¿Qué?

—¡Me he enterado de dónde está Federico García Lorca!

—¿Y a mí qué?

—¡Con su pluma hace más daño que otros con la pistola! Y es secretario del socialista Fernando de los Ríos.

—Ah... ¿Puede saber ese Lorca por dónde anda el demonio socialista?

—¡Seguro!

—Esto sí me interesa...

—¡Hay que detenerlo, comandante!

—Bueno, bueno... veamos, Ramón: ¿dónde me decías que se esconde Federico García Lorca?

El gobernador Valdés, mientras preguntaba a Ruiz Alonso, ya tenía noticia previa del paradero de Federico García Lorca. Pero tanteaba al ambicioso Ramón Ruiz Alonso, por ver si obtenía de él lo que necesita: una denuncia formal para proceder legalmente contra un rojo y perjudicar a sus protectores, muy populares en Granada.

—Y, veamos, Ramón: ¿dónde me decías que se esconde Federico García Lorca?

Ha sido el capitán Rojas el que le había dicho a Valdés durante la mañana, al regreso de Víznar, dónde está Lorca. Muchos falangistas granadinos lo saben, han hablado allí en confianza... Valdés ha cavilado: ¿puede usar a Lorca para desacreditar a sus protectores? Sí, pero... son tan apreciados que necesitaría un pliego de cargos incontestables contra el poeta, una denuncia contundente.

—Y, veamos, Ramón: ¿dónde me decías que se esconde Federico García Lorca?

Para rastrillar pruebas contra Lorca, el gobernador Valdés ha enviado —a las cuatro de la tarde— al capitán Rojas —temible asesino de Casas Viejas— a registrar «¡a fondo, Rojas, a fondo!» la Huerta del Tamarit y la Huerta de San Vicente, las casas del tío y del padre del poeta.

—Gobernador —ha informado el capitán Rojas a Valdés a su regreso del registro—, ni García Lorca está allí ni hemos encontrado nada: unas cartas a una actriz de teatro...

—¿Seguro?

—Hemos abierto baúles, hemos volcado y roto las tinajas de agua, de aceite y de vino, hemos hincado machetes y clavado bayonetas en los sacos de grano, hemos desmontado el piano, hemos revuelto su escritorio... Allí no está.

—Bien, Rojas.

—Y he confirmado lo que sabemos desde esta mañana.

—¿Ah, sí? ¿Cómo lo has confirmado?

—He amenazado con detener a don Federico García, y ya me lo llevaba a empellones al coche... cuando la hija, la hermana del poeta, esa que llaman Concha, la mujer del alcalde, entre gritos y llantos, ha confesado...

El arribista Ramón Ruiz Alonso, en el despacho de Valdés, se ha sentado en una silla aún caliente, sin saber que de ella acababa de levantarse Rojas.

—Y, a ver, Ramón: ¿dónde me decías que se esconde Federico García Lorca?

—¡Le va a sorprender, gobernador!

—¿Dónde?

—¡Es una información muy valiosa, muy valiosa!

—Deja de hacerte el interesante: dímelo o lárgate.

—De acuerdo, ahí va: ¡en casa de la familia Rosales!

—Vaya, vaya.

—¡En casa de los padres de Pepiniqui Rosales!

—Vaya, vaya. ¿Y tú cómo lo sabes, Ramón?

—En Víznar me lo ha dicho Antonio Rosales, molesto con que su familia acoja «al mariconcillo ese». Y otros más también lo saben.

—¿Y ellos cómo lo saben?

—Son amigos de los Rosales, han estado en la casa, lo han visto... Y hablan.

—Bien. ¿Y tú qué harías, Ramón?

—Hombre, gobernador, ¡Lorca es un rojo! Y eso de ocultar a un rojo está castigado por su decreto...

—Los Rosales me dirán que Lorca no es un rojo. Los Rosales me dirán que no le tienen oculto. Que es un amigo y que pasaba por allí.

—¡Gobernador! ¡Lorca es un rojo! ¡Un comunista! ¡Un espía ruso! ¡Un maricón! ¡Hay que detenerle, esté en la casa en que esté!

—Ya...

—¡Los Rosales lo esconden! ¿Qué se creen? ¿Se creen que mandan ellos en Granada, o qué?

—Pues no, aquí mando yo. Y como aquí mando yo, te digo que para detener a este tal Lorca necesito sobre esta mesa una denuncia con cargos muy bien fundados, amigo Ramón...

—Ya...

—¿Se te ocurre algo, Ramón?

—...

—¡Cúrsala tú, hombre de Dios! ¡La denuncia, Ramón, la denuncia!

—¿Yo?

—¿Tú no quieres ser útil a España, Ramón Ruiz Alonso?

—¡Siempre!

—¿Entonces? Ponme encima de esta mesa una denuncia como Dios manda... ¡y se van a enterar esos Rosales!

—¡Sea! ¡Mañana la tienes! ¡A primera hora! ¡Tendrás la denuncia contra el hombre más peligroso de España!

A punto de salir del despacho del gobernador, donde figura —por primer día— la bandera rojigualda de la España nueva, bendecida en la ceremonia de mediodía en la catedral, José Valdés ha enviado una última indicación de viva voz al «obrero amaestrado» Ruiz Alonso:

—¡No olvides poner en la denuncia que Lorca es íntimo de Fernando de los Ríos!

A solas en su despacho, José Valdés se ha tomado un vaso de bicarbonato, ha eructado y se ha frotado las manos, satisfecho de su jugada: «Si el rencoroso de Ruiz Alonso me trae una denuncia como Dios manda, ¡cómo la restregaré por el morro de Pepe Rosales! Quiere que frene los fusilamientos, y así no se gana una guerra!».

—¡Contra el honor de la Benemérita Guardia Civil! —repite Ramón Ruiz Alonso, que teclea con furia—, ¡la ensucia con los versos de su *Romancero gitano*!

—¡Y es un espía de Rusia! —clama Trescastro.

—Por eso viaja por el extranjero —argumenta García-Alix—. ¡Ponlo, ponlo!

—Añado que tiene una radio clandestina con la que habla con la zona republicana y con Moscú, y que hay unos rusos en casa de los Rosales —anuncia Ruiz Alonso.

—¡Eso! Que quede claro que es un rojo, un amigo del Frente Popular, y que el gobierno le pagó La Barraca.

—¡Niño mimado de la República!

—¡Amamantado de Fernando de los Ríos!

—¡Secretario de ese judío! ¡Esto sí es definitivo! —grita Ruiz Alonso, y estalla en una carcajada mientras teclea como si ametrallase a Fernando de los Ríos.

Ramón Ruiz Alonso odia a muerte a Fernando de los Ríos, líder socialista en Granada, elocuente orador y en el pasado su principal rival electoral y mortal enemigo político. Ruiz Alonso agradece al destino poder dañar de un golpe —mediante Lorca— a sus dos más odiados enemigos: al socialista Fernando de los Ríos y al falangista Pepe Rosales.

—Pepiniqui, señorito falangista, granadino fino y popular, el «putaditas», ¡que pases ahora un mal rato! —masculla entre dientes Ramón Ruiz Alonso, sin importarle que lo escuchen Juan Luis Trescastro y Luis García-Alix.

Lo que sí calla Ruiz Alonso ante sus amigos es lo que ambiciona obtener para sí mismo: algún cargo con sueldo. Está convencido de merecerlo más que cualquier Rosales. Los cuatro gruesos dedos con que Ruiz Alonso aporrea las teclas de la máquina de escribir tienen nombre propio: uno se llama envidia, rencor el otro, y los dos restantes se llaman vanidad y ambición. Ciega ambición política.

El día de la Asunción de la Virgen le anochece a Manuel Bonilla bajo una encina cerca de la carretera que une Motril con Granada. Espera la camioneta de Falange que regresa a Granada desde el frente de la costa.

Durante ese día Manuel Bonilla ha recogido haces de leña de almendro para la cocina de su esposa e hijos, ha labrado un bancal de tierra en una hondonada escondida, ha comprobado que las cabras están sanas, ha advertido a su hijo Antonio que no hable con nadie mientras pastorea...

Y ha visto a sus hijas. Anita le ha mirado con la cabeza muy levantada, a tres palmos del suelo, a sus dos añitos. La niña se le ha acercado a la pierna, la ha abrazado. Manuel Bonilla, sentado en un poyo, pule con su navaja una rama de almendro, hace un bastón de pastor a su hijo. Manuel Bonilla ha llamado la atención de su esposa: «María, la niña», y ha apuntado a la pequeña con el mentón. María ha apartado a la niña, la ha tomado en brazos.

Manuel Bonilla hace apartar a Anita, por miedo a dañarla con la afilada navaja.

Pero también por no encariñarse con Anita.

Prefiere no encariñarse con sus hijos.

No puede permitírselo.

Manuel Bonilla sabe que en estos días en los que la vida es barata, hay quien mata a los padres ante sus hijos, o a los hijos ante sus padres. Y Manuel Bonilla previene el sufrimiento: embota los sentimientos de cariño, ternura, dulzura, evita el abrazo.

Sabe que puede morir.

Que un niño puede morir.

Que una madre puede morir.

Él ha sido un niño que ha visto morir a su madre.

Él ha sido un niño que ha visto morir a su hermanito negro, lo que más quería.

Manuel Bonilla hace entrar a su esposa en el cortijo Los Puertas, con sus hijos. Y se va. Evita que ellos vean por dónde se aleja. Si llega alguien al cortijo y pregunta, que esa vez no tengan que hacer el esfuerzo de mentir.

Ver... de que te qui... e... ro ver... de.
Ver... de vi... en... to. Ver... des ra... mas.

—¡Bien Manuel! Sigue. Aquí: este verso —dice Justo Garrido, el maestro republicano, que señala con su índice la línea que Bonilla debe leer—. Aquí, tercera línea.

El barco so... bre la mar
y el ca... ballo en la moooon... ¡montaña!

—Estás leyendo, Manuel —aprueba Justo Garrido.

Manuel Bonilla respira muy hondo. Siente la gratitud del que no puede corresponder por algo muy grande y nuevo que le llega, que le cambia la vida, y dice:

—Lo recordaré siempre, me acordaré siempre de esto.

—¿Quieres que te regale este libro, Manuel? Yo podré conseguir otro...

—No, muchas gracias, para usted es importante, y lo tiene usted dedicado...

—Hace un año me lo regaló en Granada una amiga.

—¿Su novia?

—No. Coincidimos en un mitin y...

—No me hable de mítines, don Justo.

—Sólo digo que es una mujer especial, se llama Agustina, le llaman «Zapatera», escribe libros...

—¿Una mujer escribe libros? —se extraña Manuel Bonilla.

—¡Y es amiga de Lorca! Ella insistió en que en clase leyera el *Romancero gitano* a mis chavales de la escuela de Cádiar, y por eso me lo regaló y dedicó...

Manuel Bonilla guarda silencio. No puede decirle al maestro que ha conocido la noche anterior al autor del *Romancero gitano*, a Federico García Lorca. Manuel Bonilla toma el libro y lee la dedicatoria: «Que esta poesía y las estrellas de Granada te iluminen, Justo. Agustina».

—Quizá sí que me gustará llevarme el libro esta noche, Justo. Y mañana por la noche te lo devuelvo.

—¿Volverás mañana por la noche? —pregunta Justo.

—Sí, casi seguro que sí. Ahora te dejo aquí estos huevos, este queso, esta harina de algarrobo, estos higos y este pan que ha cocido mi mujer. Y mañana vuelvo.

—Gracias, Manuel.

—¿Necesitas algo más?

—Tengo este jergón confortable, candelas, chispero, botijo con agua fresca, jarapas y mantas, esta comida... Reparaste la puerta para atrancarla durante la noche... ¡Buen carcelero! El tobillo se deshincha, pronto caminaré.

—Bien, Justo.

—Quizá te pida mañana o pasado que me indiques por dónde regresar al pueblo, si allí sigue la República...

—Cuando quieras. Y sí, sigue en zona republicana. Y quizá...

—¿Qué?

—Quién sabe... Quizá... quizá seáis dos personas a las que guiaré hacia Cádiar.

—¿Dos personas? Aquí no veo a nadie más...

—Puede que mañana, durante la noche, me veas llegar aquí en compañía de otra persona.

—¿Quién es?

Y Manuel Bonilla, que recuerda algo que le dijo la noche anterior su amigo Luis Rosales, achina los ojos azules y ríe con una risa que parece irónica sin serlo:

—El hombre más importante de España.

El día de la Asunción de la Virgen, a medianoche, se consume en una habitación de Granada. Tres hombres conversan en el corazón de una guerra. El balcón está abierto.

—Hoy he releído a Ovidio, Luis... ¡Ahí está todo! Esa música, el Mediterráneo siempre igual a sí mismo...

—Recuerda cómo acabó el bueno de Ovidio...

—Expatriado, triste y poeta.

—Perdió amigos y el suelo de su Roma amada. Eso sí, ¡vivo! Vivo, pero sin Roma, que para él era... como para ti Granada.

—¿Que abandone Granada, Luis, es eso? ¿Insistes en tu sugerencia?

—Augusto no osó asesinar a Ovidio. ¿Y sabes por qué, Federico?

—¿Por qué, Luis?

—Augusto reverenciaba y temía a los poetas. ¿Por interés, por temor? O por ambas cosas. Augusto mataba personas a millones, ¡pero jamás osó matar a un poeta! ¿Supersticioso o sabio? O ambas cosas. Augusto intuyó que la sangre derramada de un poeta nunca se seca y siempre se vuelve contra su matador.

—¿Por qué me hablas ahora de sangre y de muerte?

—Porque hoy no nos manda Augusto —sigue Luis Rosales—. ¿No ves que en Granada y en España no nos importa nada a ninguno derramar sangre de buenos cristianos?

—¿Será derramada la sangre de los poetas? —pregunta Federico

—¡No! —exclama Manuel Bonilla.

Manuel Bonilla interrumpe la conversación entre Luis y Federico. Sostiene el ejemplar de *Romancero gitano* del maestro Justo Garrido. Federico lo ve y se lo pide con un gesto.

—Esta dedicatoria... ¡Agustina! —se asombra Federico, y enseguida se le humedece la mirada—. Esta letra es su letra, la reconozco... ¡Cómo amé a esa mujer! ¿Quién...?

—Este libro es del maestro de escuela que tengo a mi cuidado en la Alpujarra. Don Federico —sentencia Manuel Bonilla—, vendrá usted conmigo mañana por la noche, y conocerá al dueño de este libro, buen amigo de su amiga Zapatera. Él me ha enseñado a leer, y me ha enseñado con este libro maravilloso que usted escribió. Ustedes dos, el maestro y el poeta, me han salvado de la ignorancia y yo ahora les salvaré la vida a ustedes dos.

Luis Rosales, que nunca antes ha oído decir tantas palabras seguidas al callado Manuel Bonilla, decide no intervenir —«hablar plata y callar oro», leyó un día en una anotación de Federico—: contempla por encima de sus gafas al mayor poeta de España y al discreto labriego de la Alpujarra. Concentra la atención como suele, entornando párpados, sosteniendo el mentón en el dedo pulgar y depositando el índice en la comisura de sus labios.

—¡Alpujarras! Las recorrí con Menéndez Pidal en 1920, recogiendo romances... ¿Sabes, Manuel, que quise correrlas con Falla y un teatro de títeres?

—...

—Te veo, Manuel, y recuerdo a Cobos, un pastor amigo de mi padre: sabía hacer remedios con tomillo y malvarrosa... Y las estrellas le susurraban si venían lluvias o venían nieblas. Y sabía cuentos de duendes, hadas, lobos y almas en pena.

—...

—Dices que tú has aprendido a leer con mi libro, y yo te digo que he aprendido todo lo que sé de amas de cría, criadas, pastores, arrieros, gitanos, lavanderas, cantaores, labriegos, de personas como tú o tu esposa, como tu madre o tu hijo.

—...

—He leído también todos los libros que hemos heredado desde los griegos, Luis lo sabe... Pero me da risa la pedantería, por eso cuando Borges me preguntó por mi gran referente literario norteamericano le dije: «Mickey Mouse».

—No sé quiénes son todos esos.

—No me hagas caso... ¡Me divierto con todo, Manuel! Hasta con la pena. Y, si pierdo, pierdo con alegría...

—...

—Y, a la vez, sé que toda felicidad es también sufrimiento... pues ¿acaso no sabemos que se acabará?

—...

—Manuel, tú tienes esposa e hijos. ¿Cuatro? Y tendrás más... Te debes a ellos. Yo no tendré esposa ni hijos, y he buscado el amor entero, completo en sí mismo, y lo que ahora siento, en esta habitación, en esta Granada, lo que siento es que me debo a mi carne y a mi sangre, que es la de mis ancestros, me debo al duende, a la luna, al agua de eterno sonido, a mi madre y a mi padre, a esa raíz me debo. Y si ahora yo me fuese, como tú me pides, Manuel...

—...

—Si yo me voy de aquí, Manuel, Luis... ¿qué sucederá, qué sucederá si me buscan y no me encuentran? Yo lo sé. Que lo que quisieran hacerme a mí... ¡se lo harán a mi familia! ¡Y yo no podría vivir con eso! Sería... eso sería para mí mucho peor que mi propia muerte. Así soy. Así soy.

—Pero, Federico... —balbucea Luis Rosales.

—Yo sólo saldría de esta casa si me jurases que mi presencia aquí trae desgracia a tu digna madre, a tu noble padre, a tu tía Luisa, a Esperancita, a tus queridos hermanos o sobre tu cabeza, Luis.

—¡Nada de eso! ¡Claro que no! ¡De ninguna manera! ¡Nada malo nos traes! —afirma Luis, vehemente, tajante.

—Si así fuese, me iría.

—¿Al piso de Emilia Llanos, al carmen de Manuel de Falla? —tantea Luis Rosales.

—No. Con mis padres, junto a mi madre, mi padre, mis hermanas, mis sobrinos, nuestra Angelina Cordobilla..., y vengan cristales en la herida...

—No es necesario —se rinde Luis.

—Le dije en Madrid a Rafael: «Me voy a Granada, y que sea lo que Dios quiera».

—Dios esté con usted, don Federico —musita Manuel Bonilla.

—Y contigo y tu familia, Manuel.

—...

—Entonces, Federico... —recapitula Luis—. ¿Qué quieres hacer?

—Soy poeta sin remedio. Escribir. O escribo o me pudro por dentro.

—¿Aunque nada perdure? —pregunta Manuel Bonilla.

—Desearía la perduración de mi cuerpo enterrado en una huerta.

—Vaya, ahora sacas tú la muerte —interpela Luis a Federico.

—Veo la muerte siempre, siempre la veo, Luis, Manuel: incluso si veo un niño pleno de vida, ¡lo imagino enseguida muerto...! En España la muerte nunca cierra nada, la muerte en España no baja el telón, lo levanta.

—...

—Un muerto, en España, está más vivo como muerto que en ningún otro sitio del mundo.

22

En el Gobierno Civil

Granada, domingo, 16 de agosto de 1936

—¡Se lo han llevado! ¡Luis! ¡Se lo han llevado!

—¿Cómo? ¡Qué dices, qué dices!

—¡Se han llevado a Federico!

Esperancita, enrojecidos los ojos por el llanto, se arroja en brazos de su hermano Luis. Son casi las diez de la noche en el patio de los Rosales.

—¡¿Federico?! —grita Luis Rosales—. ¡No! ¡No!

—¡Sí, se lo han llevado! —Rompe a llorar su hermana.

—¿Quién? ¿Quién? ¿Quién?

Luis Rosales llega del frente de Motril con Manuel Bonilla. Han pasado el día juntos... Ha sido a mediodía, tras compartir el rancho en la trinchera, junto al cañón antitanques, cuando Luis lo ha decidido:

—Manuel: será esta noche.

—Pero él no quiere...

—Esta noche lo sacamos de mi casa.

—...

—¡No puedo más! ¡Temo por él, por todos! ¿Has oído lo de esta madrugada?

—El alcalde, fusilado en la tapia del cementerio...

—¡Hombre intachable! Mientras tú y yo hablábamos con Federico...

—¿Eran familia, verdad?

—Cuñados. Manuel Fernández Montesinos, esposo de su hermana Concha. Padre de sus sobrinicos Tica, Manuel y Conchita

—Lo siento...

—Consolaremos esta noche a Federico, si lo sabe. Si no, yo se lo diré. Y nos lo llevaremos.

—Se resistirá.

—¡Se lo rogaré!, ¡por mí, si es preciso! Te quiero preparado, Manuel. ¿Está allí el maestro todavía?

—Sí. Y estoy preparado, Luis.

Doña Esperanza se une a Esperancita en el abrazo a Luis, y también don Miguel, que ha cerrado la tienda y ha vuelto a casa cuando su esposa le ha telefoneado a media tarde.

—¿Quién? ¿Quién? ¡¿Quién?! —reclama Luis Rosales.

—Ramón Ruiz Alonso, se llama —desvela doña Esperanza.

—Pero... ¡Es un don nadie! —estalla Luis, atónito—. Pero... ¿cómo es posible? ¿Con qué orden ha venido?

—¡Eso le dije yo, Luis! —cuenta doña Esperanza.

—¿Hablaste tú con él, mamá? —se asombra Luis.

—Estábamos en casa solas Esperancita, la tía Luisa y yo, aquí en el patio, preparando el café y unos dulces para la merienda, y Federico en su cuarto, que iba a bajar. Y llegó el tal Ruiz Alonso, con mono azul, el emblema de Falange, rodeada la casa de guardias armados, y llamó a la puerta...

La ira nubla el entendimiento a Luis Rosales. Le hierve la sangre al escuchar lo sucedido en su casa, en su ausencia, bajo un sol infernal de cinco de la tarde, y de labios de su madre...

—«RUIZ ALONSO: Señora, hemos sabido que el señor García Lorca se oculta en esta casa.

»DOÑA ESPERANZA: En esta casa no se oculta nada ni nadie, el señor García Lorca es un amigo. ¡Nada peligroso hay en casa de los Rosales!

»R. A.: Ah, ¿estoy en casa de la familia Rosales? Oh, no lo sabía, señora, disculpe las molestias.

»D. E.: Aclarado, pues.

»R. A.: Y... ¿está el señor García Lorca aquí?

»D. E.: ¿Quién lo pregunta?

»R. A.: Yo, Ramón Ruiz Alonso.

»D. E.: ¿Para qué quiere saberlo?

»R. A.: Para pedirle que me acompañe.

»D. E.: ¿Qué dice? De esta casa no sale nadie.

»R. A.: Señora...

»D. E.: El señor García Lorca es un invitado mío...

»R. A.: ¿O de su hijo Luis, el poeta?

»D. E.: Mi invitado está descansando. De aquí no sale.

»R. A.: No vengo a detenerlo, sólo a acompañarlo al Gobierno Civil para que responda unas preguntas.

»D. E.: ¿Qué preguntas?

»R. A.: Por una denuncia. Hay que investigar.

»D. E.: ¿Contra Federico? ¡Imposible! ¡Usted miente! ¿Quién iría a denunciarlo? ¡El señor García Lorca no es peligroso!

»R. A.: Usted no lo sabrá, pero ese hombre ha hecho más daño a España con sus escritos que otros con su pistola.

»D. E.: ¡Qué barbaridad! Conozco bien la obra de Federico. ¿En qué obra ha hecho daño? ¿En qué página? ¿Ha leído usted algo? ¡Usted no ha leído nada de Federico! Si lo hubiese leído, usted no diría eso.

»R. A.: Oiga, cálmese, señora, ahora no voy a...

»D. E.: ¿En qué línea? ¿En qué frase? ¿Qué verso de Federico García Lorca es dañino? ¡Uno sólo, dígamelo!

»R. A.: Señora...

»D. E.: ¡Dígame un verso, señor mío, un solo verso!

»R. A.: Mire, voy a llevarme al señor García, así que mejor por las buenas.

»D. E.: ¡A mí no me amenaza! ¡Ésta es una casa falangista! ¡Váyase por donde vino, y santas pascuas!

»R. A.: Voy a dar orden de que entren los guardias.

»D. E.: ¡En ausencia de los hombres de esta casa usted no hará eso, qué ultraje, qué allanamiento, qué cobardía!

»R. A.: ¿Dónde están los hombres de la casa?

»D. E.: Mi marido, en su almacén. Mis hijos, jugándose la vida por España en los frentes. ¡Y no como usted!

»R. A.: Muy bien, pues ¡avíseles!

»D. E.: ¿De que un tal Ruiz Alonso quiere llevarse a nuestro invitado? Y con qué orden, ¿eh? ¿Con qué autoridad ordena tal desatino?

»R. A.: ¿Ve este papel? Es el registro de la denuncia llegada al Gobierno Civil...

»D. E.: Le enseña usted su papelito a mi hijo Miguel, que está en el cuartel de Falange. Hable con él, nosotras y mi invitado no nos movemos de aquí.

—¡Y esto me tranquiliza, Luis! Miguel está ahora con Federico en el Gobierno Civil —argumenta la matriarca, que intenta calmarse a sí misma tanto como a su hijo Luis.

Luis se entera así de que horas antes su hermano Miguel ha subido al dormitorio de Federico, lo ha serenado: «Yo te acompaño, Federico», «no pasará nada», «será un momento», «es mejor hacerlo así». Y Federico se ha vestido... mientras Ramón Ruiz Alonso ha apurado en el patio la taza de café que doña Esperanza le había preparado al poeta.

—¡Dios nos ampare! ¡Ay! ¿Seguro, mamá? ¿Estaba Miguel convencido de lo que ha hecho? —se preocupa Luis.

—¡Estábamos cercados por cien hombres armados! Podían haber entrado a tiros... Al menos Federico y Miguel han salido de aquí tranquilamente...

—Ay... —gime Luis, con las manos en la cabeza, pasándolas por los cabellos desde la frente hasta la nuca.

—¿No le pasará nada a Federico, verdad, Luis?

—solloza Esperancita, asustada ante la angustia de su hermano.

—Federico y yo hemos rezado juntos una oración a la Virgen, arriba —confiesa tía Luisa, entrelazando las manos bajo la barbilla—, y luego él ya ha bajado...

Luis Rosales alza la vista hacia la escalera de mármol de su casa. Le parece ver descender por ella a su amigo Federico, en mangas de camisa, blanquísima. La chaqueta azul marino, doblada en el antebrazo. El lazo de la corbata, aflojado. Le parece verle descender con entereza mal fingida, deslizar una mano por el pasamanos, bajar a paso lento, escalón a escalón hacia el patio, moroso, porque Federico está dando tiempo a que salgan cien efebos de Granada a defenderle...

—¡Manuel! —grita Luis.

—Aquí estoy, Luis.

Manuel Bonilla, en todo momento a tres pasos por detrás de Luis, junto a la entrada al patio desde la calle, da un paso al frente. Luis pasa junto a él como una centella, le palmea el hombro con un golpe seco y se lanza a la calle:

—¡Sígueme, Manuel! ¡Rápido! ¡Corre! ¡Vamos al Gobierno Civil!

Luis Rosales corre al Gobierno Civil. Aprieta las mandíbulas hasta el dolor. Palpa su pistola en el cinto. Corre al feudo de Valdés. Allí está ahora lo que más quiere. Federico. Allí están también los torturadores, como el acémila llamado Ítalo Balbo: al verlo hay detenidos que saltan por la ventana, aterrorizados por su mala fama: el empedrado de la calle les parece preferible a sus manos.

—¡Sigue, Luis, sigue, yo voy al cuartel a buscar a los demás! —grita Manuel Bonilla a Luis.

—¡Sí, corre! —contesta Luis—. ¡Avisa a mis hermanos! ¡A Pepe, sobre todo! ¡Que venga Pepe!

Corre Pepe Rosales, que al llegar a casa desde el frente de Güejar-Sierra ha sabido por sus padres y por su hermano Miguel que debe correr.

Corre Miguel Rosales, que ha dejado a Federico en una estancia del Gobierno Civil para avisar desde el cuartel a Pepe, y por eso ahora corre a su lado.

Corre Gerardo Rosales, recién llegado a su casa, también desde el frente.

Cerca del Gobierno Civil coinciden Luis, Pepe, Miguel y Gerardo Rosales con Manuel Bonilla, que llega con Cecilio Cirre. Detrás de ellos aparecen Adolfo Claravana, Ramón Entrena, Pepe Sánchez, Leopoldo Martínez Castro (médico y jefe de escuadra), y los hermanos Miguel y José María Díaz Pla. Son doce falangistas.

¿Por qué están allí?

¿Por qué van armados?

¿Por qué entran en tromba en el Gobierno Civil que arrebataron a la República veintisiete días atrás?

¿Por qué lo hacen?

Lo hacen por amistad.

Lo hacen por camaradería.

Lo hacen porque estiman a los Rosales.

Lo hacen porque admiran al poeta Federico García Lorca.

Y porque les asquea el gobernador Valdés, sus trágalas de espadón.

Doce falangistas de Granada, doce falangistas airados, doce falangistas idealistas, doce falangistas veinteañeros, doce falangistas armados.

—¡A ver! ¡A ver! ¿Dónde está? ¿Quién ha sido el desgraciado que ha entrado en mi casa y se ha llevado a mi invitado?

Luis Rosales irrumpe a voces en la gran sala desde la que se accede al despacho del gobernador José Valdés. Luis Rosales grita. Le queman por dentro todos los demonios. Vocea cada vez más alto, más fuerte:

—¿Quién se ha atrevido? ¿Dónde está mi invitado? ¿Dónde está Federico García Lorca? ¿Dónde?

A las once de la noche, la sala principal del Gobierno Civil hierve de frenética actividad, del ir y venir de un centenar de personas entre el estrépito de máquinas de escribir aporreadas por funcionarios de policía, corrillos de militares uniformados en busca de un formulario, covachuelistas, espías y arribistas, chóferes de altos cargos, guardias de Asalto con uniforme negro, algún guardia civil y muchos solicitantes de alguna gracia: un centenar de personas entre humo de tabaco, hedor a sudor agrio, colillas y cucarachas.

—¿Dónde está? ¿Dónde está mi amigo García Lorca? ¿Quién ha sido el imbécil, el hijo de puta, el desgraciado que...?

Los gritos destemplados de Luis Rosales ejercen de ariete de la comitiva formada por doce falangistas. Doce camisas azules cubren la retaguardia de

Luis Rosales mientras sus gritos actúan como una cuña en el espesor humano de la sala, hasta abrir un abanico de expectación y murmullos.

—¿Qué está pasando aquí? —pregunta Velasco.

El teniente coronel Nicolás Velasco Simarro, retirado guardia civil sexagenario, ahora en funciones de gobernador en ausencia de José Valdés, se asoma a la sala desde el antedespacho del gobernador.

—¿Qué gritos son estos, se puede saber?

—¡Queremos ver al gobernador! ¡Ahora! —ruge Pepe Rosales, dando un paso al frente, adelantándose a Luis.

—El gobernador Valdés no ha vuelto de su visita a la Alpujarra —sostiene Velasco—. ¡Volved mañana!

—¡Y una mierda! —grita Pepe Rosales.

—¿Qué os pasa? ¿Qué queréis? —pregunta Velasco, fingiendo no saberlo.

—¡Llevarnos a Federico García Lorca! —se adelanta ahora Luis Rosales.

—No puede ser: hay una denuncia. Hay que investigar.

—¡Es un invento! ¡Se lo han llevado de mi casa sin una orden! ¡Por las bravas! ¿Qué desafuero es éste? ¡De mi casa! ¡Es lo último! —vuelve a gritar Luis.

—¡Si ha sido en tu casa, presta declaración!, ¿de acuerdo? —ordena Velasco—. ¡Inspector Romero, toma nota!

El subgobernador Velasco, guardia civil, tiene preso en una habitación contigua al autor del «Romance de la Guardia Civil española». Y no lo soltará. En su caso, se trata de algo personal. Con la treta de la declaración, Velasco está ganando tiempo. El inspector de policía Julio Romero Funes se sienta ante la máquina de escribir, y Luis Rosales dicta de corrido, voceando:

—A las cinco de la tarde de hoy un tal Ruiz Alonso se ha presentado en mi casa, calle Angulo, número uno, una casa falangista, y ha retirado a mi invitado Federico García Lorca con engaños y amenazas, sin orden escrita ni oral. Mi invitado es hombre al margen de la política, fue agredido injustamente y si me lo volviese a pedir, volvería yo a darle cobijo en mi casa, como cristiano, como poeta y como hombre. ¡Y esto es todo lo que tengo que decir!

—Firma aquí —indica el inspector.

—Lo firmo, en Granada, a 16 de agosto, soy Luis Rosales —proclama Luis, tomando la plumilla y agachándose sobre el escritorio del inspector—, ¡y lo rubrico!

Luis estampa su firma en el papel, se incorpora, toma aire a pleno pulmón y libera a grandes voces, colérico, la impotencia y la ira que siente:

—¡Yo soy Luis Rosales! ¡Soy jefe de escuadra del sector del frente de Motril! ¡Un tal Ruiz Alonso se ha presentado hoy en casa de los Rosales, una casa de hombres de Falange! ¿Lo oís todos?

El incesante cafarnaúm de la inmensa sala se desvanece milagrosamente. El inspector Romero Funes y el teniente coronel Velasco Simarro ignoran al falangista y, con su declaración en mano, se escurren hacia el despacho del gobernador Valdés.

—¡Nos conocéis! ¡Conocéis nuestra lucha! ¡Y hoy... un tal Ruiz Alonso..., sin una orden ni escrita ni oral..., ha allanado nuestra casa! ¿Por qué?

La voz de Luis Rosales atrona la sala. El centenar de personas presentes abren un vacío en torno al grupo de los doce falangistas. Las doce camisas azules flanquean a Luis Rosales, que insiste:

—¿Por qué un tal Ruiz Alonso ha osado retirar de nuestra casa falangista a nuestro huésped, a nuestro amigo Federico García Lorca?

Luis Rosales ha repetido por tres veces «un tal» al mencionar a Ruiz Alonso. Para que se sepa el nombre del canalla, para subrayar su insignificancia.

—Ese tal Ruiz Alonso... ¡soy yo!

El tipógrafo, hinchado el pecho y alzado el mentón, se abre paso entre la primera fila de los presentes con un teatral alarde de braceo y manoteos. Se planta ante Luis Rosales con actitud fanfarrona, desafiante, la misma que exhibía en Granada y en Madrid como diputado de la CEDA.

—¿Tú? ¿Tú eres? ¿Me has oído? ¿Cómo te presentas tú en casa de un superior, sin orden alguna?

Luis Rosales grita a un paso de Ruiz Alonso, que no responde, sólo se hincha y aprieta los puños.

—¿Y tú vas con uniforme falangista, sin pertenecer a Falange? —le increpa Luis Rosales—. ¡Ensucias esa camisa! ¿Bajo qué orden te llevas a mi amigo de mi casa?

Y Ruiz Alonso responde:

—¡Bajo mi única responsabilidad!

Luis Rosales entiende que Ruiz Alonso actúa como perro perdiguero en busca del premio del amo por haber cazado una perdiz de las gordas. Ante un centenar de testigos alardea de sus méritos.

—¡Tú... tú no sabes lo que estás diciendo! —lo interpela Luis Rosales, rojo de ira—. ¡Repítelo!

—¡Bajo mi única responsabilidad!

—¡¡No sabes... lo que estás... diciendo!! Re-pí-te-lo.

Luis Rosales silabea su imperativo y aproxima su rostro al de Ruiz Alonso, que denota querer en exclusiva la medalla por su doble presa: Federico y Luis.

Y Luis Rosales, entrecortada la voz por arcadas de asco y furia ante el espectáculo de la ambición política de Ruiz Alonso, escucha por tercera vez:

—¡¡Bajo mi única responsabilidad!!

Los músculos, la médula de los huesos, la masa de la sangre de Luis Rosales anhelan a la vez una sola y misma cosa: despedazar al hombre que le ha arrebatado lo que más quiere, arrancarle la cabeza. Pero se contiene y ordena como jefe de escuadra:

—¡¡Estás ante un superior!! ¡¡Cuádrate y vete!!

—No me hagas reír.

Ramón Ruiz Alonso se siente amparado por el gobernador, pues sabe que quiere también enfilar a los Rosales. Pero Luis Rosales no soporta más la chulería del delator y se arroja sobre Ramón Ruiz Alonso, le busca la pechera para zarandearlo.

Manuel Bonilla, rápido, desde detrás tira de Luis Rosales, lo separa de Ruiz Alonso lo justo para que Cecilio Cirre se interponga. Es Cirre quien agarra ahora la pechera de Ruiz Alonso y lo empuja. Ruiz Alonso es corpulento, pero a la furia de Cirre se suma la fuerza de Manuel Bonilla, que, tras apartar a Luis Rosales, desplaza al cedista hacia un lado de la sala. Allí, cerca de una ventana, Cirre grita a Ruiz Alonso.

—¡Te ha hablado un superior! ¿No has oído? ¡Cuádrate y vete, o vas ventana abajo!

Ruiz Alonso piensa en golpear a Cirre. Cambia de idea al ver acercarse a Manuel Bonilla. Y también ve cómo acercan la mano a la culata de sus pistolas doce jóvenes falangistas. Pepiniqui Rosales extrae el arma de su funda. Los espectadores no mueven un dedo por Ramón Ruiz Alonso. El tipógrafo decide alejarse de Cirre, y sin decir nada se confunde entre los que forman la primera fila del centenar de personas de la sala.

Los presentes han sido testigos de un capítulo singular de una guerra en Granada dentro de una guerra civil en España.

Una guerra en la que habrá también perdedores entre los ganadores.

Y por eso estoy también escribiendo esta novela.

23
Palmira y Jacinto

Albaicín, 17 de agosto de 1936

La niña Palmira cuenta en la palma de su mano las monedas de céntimo que hoy le han dado en los bares, por cantar sus coplas. Muchos clientes y transeúntes la confunden con alguna gitanilla del Sacromonte. A veces ella misma ha pensado que quizá lleve sangre gitana sin saberlo, por su cabello oscuro, sus ojos negrísimos y brillantes y sus ojeras violáceas. Sí sabe seguro que es una niña pobre del Albaicín, una niña de once años. Sentada en el pretil del mirador de San Nicolás, levanta la vista de las monedas y contempla la torre de la Vela, que con su campana está marcando las siete de la tarde a los granadinos.

Le entristece pensar que cada una de las horas que pasa, cada uno de los minutos, los vive su madre entre los muros de la cárcel. A la niña Palmira le alivia ahora sumar los céntimos en su mano, con los que podrá comprar alguna hortaliza, algún huevo para sus hermanos. Su padre, que guardaba cama y estaba muy enfermo, ha fallecido hace una semana. Sus hermanos pequeños han llorado mucho y ella ha tenido que llorar algo menos, porque está sola para encargarse de todo. Por fortuna, siempre hay algún vecino del barrio del Albaicín que la ayuda...

—¡Palmira! ¿Estás bien?

—Hola, Jacinto... Sí. No me queda más remedio que estar bien, tengo que apañarme día a día...

—Mira, esto es para ti.

—¡Un tomate! Qué grande. ¡Es gigante! ¿De dónde lo has sacado?

—Eso... no se pregunta.

—Muchas gracias.

—De nada.

—¿Y tu padre? ¿Sabes algo de él?

Jacinto no responde. Deja vagar la vista sobre los tejados del Albaicín. Veinte días después de los combates en las calles, las autoridades las han limpiado de escombros, han encalado el hollín de las iglesias, para que no se vea que el barrio se opuso con fuerza al golpe. Aplastada toda contestación, muchos vecinos siguen en la cárcel o han huido. Jacinto rehúye la mirada de Palmira y mira hacia Sierra Nevada, porque no quiere que la niña le vea lágrimas en los ojos. Pero ella advierte su tristeza.

—¿Qué... qué ha pasado? —pregunta la niña.

—Lo han fusilado. Mi padre...

Palmira no retiene su llanto. Llora por el padre muerto de su amigo Jacinto, que tan gentil es todos los días con ella, dándole comida, consuelo y risas, mientras toca la guitarra para que ella cante, y llora también por lo que pueda sucederle a su madre. Jacinto se acerca a Palmira y le pasa el brazo por los hombros.

—No pasa nada... —dice el niño.

—Lo siento mucho.

—Mi padre ha luchado como él quería. No ha perdido, porque ha luchado. Sólo le han quitado la vida...

—Lo siento... —sigue llorando Palmira

—Pero yo sigo vivo, y aquí estoy, me toca luchar a mí.

Durante unos minutos, Palmira y Jacinto, dos niños del Albaicín golpeados por la guerra, miran su ciudad sin moverse, juntos, abrazados en silencio, sentados en el pretil del mirador de San Nicolás. Enfrente, desde la ribera opuesta del río Darro, las huertas y jardines del Generalife y las torres de la Alhambra les miran a ellos. La Alhambra ve todo lo que pasa en Granada, también la sangre que los granadinos derraman, siglo tras siglo...

—El otro día me hablabas de tu primo, Palmira, ¿te acuerdas?, del poeta... —dice Jacinto.

Sin retirar su brazo de los hombros de Palmira, apretando la mano sobre un brazo de ella, Jacinto busca el modo de explicarle algo a su amiga.

—¿El primo Federico?

—Sí.

—Te contaba que cantamos juntos «Los cuatro muleros».

—Sí. Pues...

—¿Qué?

—Que a tu primo también lo han detenido.

—¿Qué dices?

—Sí, al poeta, a Lorca: lo han detenido.

—Es mentira.

—No es mentira, Palmira. Lo siento.

—Pero... ¿cómo lo sabes?

—Me lo ha dicho un amigo.

—¿Qué amigo?

—El Benet, un barberillo catalán, aprendiz en la plaza de la Trinidad.

—Pero, pero...

—Benet y yo tenemos la misma edad, trece años, y el verano pasado nos bañábamos juntos en el río, ¡en lo más peligroso!

—Y... y...

—Ahora ya no es mi amigo porque el muy idiota se ha vestido la camisa azul. Va diciendo por ahí que los rojos esto y lo otro, y que nos arrancará la cabeza. ¡A ver quién le arranca la cabeza a quién!

—Pero... ¡qué sabrá ese tonto de Benet de mi primo Federico!

—Sí sabe. Benet le ha llevado unas mantas al Gobierno Civil, de parte de unos amigos de tu primo. Y lo ha visto allí, encerrado en un cuarto.

—Pero ¡es famoso! ¡No pueden! Han encerrado a mi madre, a tu padre, que son pobres, que han luchado por las calles... Pero ¿por qué al primo Federico? ¿Por qué a él? ¿Qué ha hecho?

La niña Palmira se tapa la cara con las manos, no quiere que vuelvan a saltarle las lágrimas delante de Jacinto.

—Escucha, Palmira, no llores: el Benet me ha dicho que lo soltarán enseguida.

—¿Sí?

—Dice que estos amigos de tu primo son ricos, son falangistas que mandan mucho, y no dejarán que le hagan nada a Federico.

—¿Dice la verdad?

—No lo sé.

—Pero dices que está detenido...

—Sí. Como no sea verdad que sueltan enseguida a Federico, le daré otra paliza al Benet.

—¿Otra paliza?

—El muy burro ha venido hace un rato por aquí arriba buscando a una amiga. Una chavala gitanita que ha tenido que irse del barrio por culpa de las bombas y las balas de los amigos del Benet. Y así se lo he dicho, y le he dicho que es un fascista de mierda. Y nos hemos peleado. ¡Se cree muy importante por afeitar en su casa a esa familia de jefes de camisas azules, los Rosales! Anda ya... Acabo de darle una buena paliza.

24
«Federico está muerto»

Granada, martes, 18 de agosto de 1936

—Emilia, no subas a ver a Falla... No servirá de nada.

Emilia Llanos cruza la plaza Nueva de Granada, donde vive. Es muy temprano y aligera el paso, quiere llegar enseguida al carmen de su buen amigo Manuel de Falla, el insigne músico, el compositor más célebre de España y viejo amigo de Federico García Lorca. Pero dos conocidos la han saludado en mitad de la plaza... y la han contrariado.

—¿Cómo que no servirá de nada? ¡Don Manuel podrá ayudarme, estoy segura! —les dice Emilia Llanos.

Los dos conocidos son Ramón Pérez Roda y Paco González Méndez, antiguos miembros de las tertulias literarias de Lorca que ella también frecuentó en el «Rinconcillo» del café Alameda. Emilia les explica lo que sucede:

—Federico está desaparecido desde el domingo por la tarde. Entró en el Gobierno Civil ¡y nadie sabe dónde está! Me lo dijo anoche su madre.

Los dos amigos han visto venir a Emilia Llanos con paso resuelto, vestido de tela clara estampada, los cabellos bien cuidados y teñidos, cubiertos con fino pañuelo de seda, en la muñeca una vistosa pulsera de coral rosa y bolso de rafia. Es fácil distinguir a Emilia Llanos, mujer de cincuenta y un años, soltera sempiterna que desafía la pacatería de Granada con su aspecto moderno y vistoso.

—Ramón, Paco, ¿qué os pasa, por qué calláis? —pregunta Emilia Llanos, extrañada.

Los dos amigos de Emilia Llanos portan brazaletes verdes de la organización Españoles Patriotas, que coopera con el nuevo orden, ellos dando servicios de vigilancia. Salen de un cambio de turno.

—Emilia, no hace falta que subas a ver a Falla —repiten.

Emilia Llanos considera a Federico García Lorca el hombre más importante de su vida. Se conocieron ayudando a Manuel de Falla en el Concurso de Cante Jondo de Granada, catorce años atrás. Federico es trece años más joven que Emilia, que vive subyugada por el hechizo del poeta, pendiente de sus cartas y visitas como una enamorada.

—¡Seguro que a don Manuel de Falla le darán alguna explicación en el Gobierno Civil! ¡Subo a verlo!

¡Cuántas veladas juntos en el recoleto carmen de don Manuel! Amortiguaban con toallas el rumor del agua del surtidor de su jardín, para escuchar mejor un rasgueo de guitarra. Un retrato de Federico hecho en la Alhambra preside el salón de Emilia, sobre el piano que él tantas veces ha tocado.

—Que no subas, Emilia.

Los ojos de los dos amigos se humedecen. Esta mañana, en un bar, juntos, han podido escuchar la noticia de las bocas vinosas de hombres que la conocen de primera mano, del Panaero, el Salvaorillo y el Chato de la plaza Nueva, que amanecen repicando balas en vasos de cristal grueso. Y, con la mirada empañada, se lo dicen ahora a su amiga Emilia Llanos:

—Federico está muerto.

La empedrada cuesta de Gomérez asciende entre mirtos y chopos hacia los cielos de la Alhambra y el Generalife, hacia el carmen de don Manuel de Falla, y hoy es más empinada que nunca para Emilia Llanos. El llanto rompe sus pasos a media cuesta. No alcanza a concebir lo que sus dos viejos amigos le han dicho, no puede...

> Yo la veo, señorita, en medio de este maravilloso paisaje granadino como la única mujer capaz de sentirlo, y me alegro de tener una amiga que mira los chopos encendidos y las lejanías desmayadas como si yo los mirase.

Así le escribía su Federico en una de sus bellas cartas...

—Federico está muerto.

Se lo dice a Emilia Llanos otro buen amigo que desciende la cuesta de Gomérez y se detiene para ayudarla, quieta y quebrada. Es Antonio Gallego Burín, el crítico de arte, otro compañero de las tertulias, ahora también con brazalete verde y camisa azul de Falange. Antonio brindó cierta tarde lírica, ya lejana, por su amigo Lorca:

> Que va a morir una noche de estrellas, sintiendo a Chopin en su interior y una mano suave sobre su alma y su corazón.

La pasada noche, tan oscura en Granada, no ha tenido luna... pero sí ha tenido estrellas.

—Federico está muerto, Emilia. ¿Qué puede hacer ya don Manuel de Falla? —razona Antonio Gallego a Emilia Llanos—. ¡No metas en esto a don Manuel! Es también amigo de Fernando de los Ríos... y puede acabar como Federico.

Emilia Llanos da media vuelta.

Desciende la cuesta, apoyada en muros y pasamanos.

Vuelve a su casa, en la plaza Nueva.

Y Emilia Llanos, la «divina Tanagra» de la dedicatoria del primer libro de Federico, *Impresiones y paisajes*, desde ahora empieza a recordarle como le enseñó un día él que recordaba a Granada, su Granada: «Como a una novia muerta». Antes de subir a su casa, otro amigo bien informado le dirá una vez más a Emilia Llanos:

—Federico está muerto.

«Papá, harás el favor de entregar al dador de esta carta mil pesetas como donativo para las fuerza armadas. Federico.»

Don Federico García vuelve a leer el papelito arrugado, otra vez más. Sí, es la letra inconfundible de su hijo. Don Federico García guarda la notita en el bolsillo interior de su americana de lino blanco, mientras sale a la calle al encuentro de su abogado, para preparar la defensa procesal de su hijo, si hay juicio. Al minuto vuelve a extraer la nota, necesita ver la letra otra vez: «Papá, harás el favor de entregar al dador de esta carta mil pesetas como donativo para las Fuerzas Armadas. Federico».

Ha corrido a enseñarle la nota a su esposa, doña Vicenta Lorca, cuando la ha traído esta mañana, temprano, un guardia vestido de paisano que ha llamado a la puerta de la casa de los García Lorca, en la calle San Antón. Un guardia alto y muy delgado, de cara huesuda, labios finos y sonrisa fría. Se ha identificado como Salvador Baro.

—Dale esas mil pesetas —ha convenido doña Vicenta.

Don Federico García ha entregado al portador un sobre con diez billetes morados de cien pesetas de curso legal. El guardia, al que sus amigos conocen como *Salvaorillo*, ha contado los billetes delante del patriarca, ha deslizado el sobre en el bolsillo del pantalón y ha dicho:

—¡Es un donativo para el Alzamiento, don Federico!

Los padres del poeta quieren creer que quizá esté vivo en Víznar, aunque ninguna autoridad sepa decirles nada desde el domingo por la tarde. Y ya es martes. Doña Vicenta, antes de que se fuera, le ha preguntado a *Salvaorillo*:

—¿Qué años tienes, hijo? ¡Ah, igual que Federico! Si tú pudieras hablar con él, pregúntale qué necesita, por favor, y dínoslo, que le haremos llegar lo que sea.

Salvaorillo asiente y se despide. En la calle San Antón le espera un automóvil grande y oscuro. Dentro, se reparten los billetes *Panaero*, atracador convicto, y *el Chato* de la plaza Nueva, matón y ratero cuya madre tiene un burdel en la calle San Juan de los Reyes, en el Albaicín.

«Papá, harás el favor de entregar al dador de esta carta mil pesetas como donativo para las Fuerzas Armadas. Federico.»

Don Federico García vuelve a mirar el papelito.

No puede saber quién es este guardia delgado y huesudo.

No puede saber que esta madrugada ha disparado.

Ha disparado en el camino entre Víznar y Alfacar.

Muy cerca de Fuente Grande.

Don Federico García, que llevará este papelito manuscrito por su hijo en su billetera hasta el último día de su vida, no puede saber que acaba de hablar con un hombre que sabe como nadie la verdad inapelable, y que podría habérsela resumido así:

—Federico está muerto.

—Manuel, ¡ahora vienen a por mí! —anuncia Luis.

Cae la luz de la tarde en la habitación. Huele todavía a Federico, a su tabaco rubio. Quedan colillas suyas en el cenicero. Luis no se atreve a vaciarlas. Nadie ha querido entrar en esta habitación desde el domingo a las cinco de la tarde. La cama está deshecha, tal y como Federico la dejó tras su última siesta. En el armario de luna, entreabierto, un batín cuelga junto a una camisa.

—¿A por ti? ¿Por qué? ¿Quién? —pregunta Manuel.

—Valdés, Ruiz Alonso y compañía: me van a procesar por haber cobijado a un espía de Moscú, a un rojo... Es decir, a Federico.

Luis Rosales ordena los papeles del escritorio, algunos de los últimos escritos de Federico, en su mayoría hermosos sonetos de amor desgarrado. Manuel Bonilla, de pie, guarda la puerta del dormitorio, cerrada a su espalda.

—Vienen a por mí... —repite Luis.

Luis murmura sin dejar de reunir los papeles de Federico, que ordena acariciando sus filosos bordes como si fuesen lomos de criaturas vivas, ajustando con mimo las cuartillas y folios por sus ángulos.

—Pero... ¿y a mí qué me importa ya todo?

Como si estuviese a solas en el cuarto, Luis Rosales exhala un gemido de desesperanza y se derrumba en la silla del escritorio, sin importarle que Manuel Bonilla lo vea hundir la cabeza entre las manos, mientras repite:

—Me equivoqué, me equivoqué.

Luis Rosales siente que ya no puede vivir de cara a la vida, que su juvenil fe en la humanidad ha quedado enterrada para siempre, que nada tiene ya luz. Y piensa también en sus desgarrados padres, sumidos en una desorientada estupefacción que le hace temer por su salud.

—Me equivoqué...

Manuel Bonilla, de pie junto a la puerta cerrada, guarda silencio. Él sabe que Luis Rosales no se equivocó, que hizo lo que creyó mejor en todo momento, que actuó guiado por el corazón y la razón hasta toparse con una maldad hasta entonces inconcebible para él. Pero Manuel Bonilla comprende que no existe consuelo posible para su amigo. Y calla.

—Federico, Federico... —suspira Luis Rosales.

Luis Rosales pugna con su corazón y recupera ánimos, se propone devolver los últimos papeles de su amigo a sus padres, a su hermana Concha... Pero... ¿podrá volver a mirarlos a la cara? Qué difícil... ¡Él les ha fallado! Querría abrazarlos y llorar juntos, pero... ¿podrán ellos volver a mirarlo a los ojos? Ellos le confiaron a un Federico vivo... y él les devuelve sólo unos papeles. Luis vuelve a hundirse:

—Federico, Federico... —solloza.

Los papeles, los papeles... Es lo único que ya queda de Federico. Sí, los devolverá. Luis vuelve a recomponerse, y decide que le pedirá a Esperancita que ella se los lleve a don Federico y doña Vicenta.

—Muerto, muerto... Lo querían muerto —susurra Luis.

—¿Y... y si no está muerto, Luis?

—¡No, Manuel! ¡Lo han matado!

Luis Rosales se levanta de la silla y abre el balcón que da a la calle Angulo, buscando un aire que no encuentra en esta tarde de bochorno, para decir:

—Federico era una criatura demasiado buena

para nosotros. Tú lo viste... Dime, ¿qué tenía que ver Federico con el cruel Valdés, con el miserable Ruiz Alonso, con el asesino Rojas, con el rencoroso Velasco... qué tenía él que ver con todos los jactanciosos que nos pavoneamos hoy por Granada con uniformes, yugos, flechas, monos y brazaletes, con armas y odio? Dime tú, amigo Manuel, qué tenía Federico en común con tanta miseria y tanta bajeza. ¡Nada! ¡Nada, Manuel! Y por eso lo querían muerto, por amigo de los pobres, por amigo de todos, por demasiado bueno... Y ahora ya lo tienen, ya lo han matado, ¡ya está muerto!

Luis Rosales vuelve a dejarse caer en la silla, como si el planeta entero pesara sobre sus hombros.

—¿Sabes tú seguro que está muerto? —pregunta Manuel.

—Nestares dice que Federico llegó a Víznar en un coche con otros, escoltados por unos guardias del teniente de Asalto Rafael Martínez Fajardo... Así se lo ha relatado Nestares a mi hermano Pepe.

—¿Y ahora dices que vienen a por ti, Luis?

Luis Rosales cuadra sobre el escritorio los papeles de Federico ya colocados en una carpeta, se levanta, se acerca a Manuel y le pone una mano en el hombro:

—Sí. Valdés quiere fusilarme.

—Pero...

—Se lo ha soltado por las bravas a Pepiniqui a la cara: «¡Que se prepare tu hermanito Luis, que ahora vamos a por él!».

—¿Cuándo le ha dicho eso?

—Ayer, a primera hora de la mañana, cuando Pepe volvió a su despacho para llevarse a Federico...

Luis Rosales le explica a Manuel Bonilla lo que hizo su hermano Pepe durante la noche del domingo y la mañana del lunes.

La noche del domingo, después de sacar a rastras a Luis de la sala del Gobierno Civil para evitar un tiroteo, Pepe regresó. Encontró a Valdés en su despacho, recién regresado de la Alpujarra. Y entonces Pepe, pistola en mano, reclamó la entrega de Federico.

—Dejaría que te lo llevases... si no tuviese esta denuncia encima de mi mesa —se negó cínicamente Valdés, blandiendo la denuncia de Ruiz Alonso.

Valdés permitió a Pepe ver un momento a Federico, darle tabaco. Y a primera hora del lunes, Pepe regresó al Gobierno Civil con una orden de libertad firmada por el gobernador militar.

—Tu caballerete ya no está aquí —respondió entonces Valdés.

—¿Dónde está?

—Ni idea. Pepe, olvídate de él.

Pepe perdió los estribos, gritó, insultó, y lo único que obtuvo de Valdés fue una trampa («pégale cuatro tiros a Ruiz Alonso en un camino, que a mí me dará igual») y una amenaza:

—¡Y que se prepare tu hermanito Luis! Ahora vamos a por él.

Pepe Rosales, ya convencido de la inquina de Valdés contra él y su familia, salió a la carrera del Gobierno Civil para prevenir y proteger a su hermano Luis, que ahora pone al día a su amigo Manuel Bonilla acerca de su peligrosa situación:

—Hoy he pedido amparo al jefe provincial de Falange, Antonio Robles —explica Luis.

—¿Y qué te ha dicho?

—Que comprometo la honorabilidad de la camisa azul y que abandone Falange.

—¡Gallina! Te entregan a los fusiles de Valdés. ¿Qué podemos hacer por ti?

—Nada, Manuel. Acabo de enviar al partido un pliego de descargos: expongo por qué cobijé a Federico y por qué volvería a hacerlo, solicito un certificado de la legalidad de mi conducta y, entretanto... abandono mi cargo.

25
Niño de la noche

> Los dos ríos de Granada
> bajan de la nieve al trigo.
> ¡Ay, amor
> que se fue y no vino!
>
> Los dos ríos de Granada,
> uno llanto y otro sangre.
> ¡Ay, amor
> que se fue por el aire!
>
> Federico García Lorca
> «Baladilla de los tres ríos»

Granada, octubre de 1936

Jacinto, trece rebeldes años de cabellos castaños sin conocer las púas de un peine, tiznados los pómulos de barro y carbonilla, vacía sus hondos bolsillos para asombro de su amiga Palmira, a la que le dice con un timbre de orgullo:

—Palmira, que tus hermanos cenen: uno y dos tomates; uno, dos y tres pepinos; y habichuelas; y una berenjena.

Jacinto desgrana una a una las hortalizas como si

fuesen valiosas gemas de un tesoro nazarí. Pepinos como esmeraldas, una berenjena por topacio, tomates como rubíes y doblones de habichuela. Recogen las joyas las manitas pequeñas y agradecidas de Palmira, once años coronados por la tristeza de una madre encarcelada, un padre recién fallecido y hermanos menores a los que alimentar. La niña Palmira introduce el suculento botín bajo la blusa del vestido, ceñido en la cintura por un cordón de estameña.

—Vaya, qué rápido has engordado —ríe Jacinto.

Palmira ensaya una sonrisa, que naufraga en un rictus triste. No puede ocultar la angustia por su madre, la preocupación por sus hermanos. Y, la vergüenza por tomar lo que no es suyo. No quiere verse triscando como una cabrilla por las laderas del Darro, con un ojo puesto en las huertas que se escalonan hacia el Generalife, a la sombra de la torre de los Picos, de la torre del Cadí, de los muros septentrionales de la Alhambra, atenta a la fugaz ocasión de hurtar una hortaliza. Algunas de estas feraces huertas fueron bautizadas en tiempos de los moriscos, como Huerta Grande, Colorada, Fuente Peña o Mercería.

—¿Cómo me has encontrado? —pregunta Palmira, ajustándose el cordón de la cintura.

—Te vi bajar por la cuesta del Chapiz. Te seguí. Al verte cruzar el Darro... supuse que ibas a robar...

—¡No digas esa palabra! —le corta Palmira.

—... a buscar algo para comer, por las huertas...

—Qué rabia hacer esto, Jacinto. No me gusta. Lo paso muy mal.

—Ya. Pues a mí, en cambio, robar me importa

una higa. Si no tienes para comer, tienes la obligación de robar. Y más tú o yo, que nos atacan injustamente los que disfrutan de sus cocinas más que llenas. ¡Y a mí esto se me da bien!

—Ya te veo...

—Y si hay que correr, se corre.

Jacinto sonríe. La piel de su rostro, muy atezada, casi olivácea, tiene reflejos de aceite virgen a la luz crepuscular. Muchas veces le han dicho que parece un gitanillo del Sacromonte... Jacinto y Palmira descienden la colina por la cuesta del Rey Chico, flanqueados por el ufano verdor de la rica vegetación. A su espalda se acuesta entre las nubes arreboladas por el crepúsculo la torre del Peinador de la Reina y la Alhambra entera, y ante la vista de los niños se retrepa hacia el zafiro del cielo granadino el encalado caserío del Albaicín, donde viven los dos. Y juntos bajan a menudo a la plaza Nueva, por la carrera del Darro, para tocar la guitarra él y cantar ella, en bares y terrazas, hasta la plaza de Bib-Rambla.

Al llegar al cauce del Darro es ya la hora de la anochecida, y las ventanas de algunas casas inauguran un temblor meloso de luz de candiles de aceite. Ya en el paseo del Aljibillo, sobre la ribera izquierda del río Darro, Palmira cruza el puente de Rey Chico, mientras Jacinto se detiene.

—¿No subes a tu casa? —le pregunta Palmira, extrañada.

—No, esta noche no, esta noche... —Jacinto se interrumpe, y baja la voz.

—...

—... esta noche hago de pasador, Palmira.

—¿Qué? —pregunta la niña, que baja también la voz.

—¿Conoces a la familia del Modestico?

—Sí.

—¿Y a la familia de la Palomica?

—Sí.

—Ya sabes lo que les está pasando...

—¿Qué pasa?

—Lo que a tantas familias del Albaicín desde julio, y ya estamos a mediados de octubre. Los guardias y los escuadristas asesinos entran en sus casas. Una noche sí y otra también. Y preguntan, y lo registran todo...

—¿Qué buscan?

—Es que tienen miedo.

—¿Miedo? ¿Los que han encerrado a mi madre, miedo?

—Temen que vuelvan los que se largaron del Albaicín en julio, después de los tres días de bombardeos. ¿Y si vuelven armados y los matan a ellos? ¡De eso tienen miedo, los cobardes!

—¿Buscan armas en las casas?

—Buscan a los que se fueron. Para matarlos, si vuelven. Hacen la vida imposible a los vecinos, a los familiares, para obtener chivatazos, delaciones... Muchos vecinos ya no pueden más, temen que los maten cualquier noche, eso piensan Palomica y Modestico.

—¿Se van del Albaicín?

—Sí. Al Modestico ya le han dado una paliza delante de su mujer y su hijo. Le preguntaron por los Quero.

—¿Los que tienen en su patio ese matadero de animales?

—Sí. Los padres ahí siguen, y están muy vigilados. De los hermanos, dos se fueron. Pepe y Antonio.

—¿Dónde están?

—En el Peñón de la Mata, en la sierra de Cogollos, en la zona roja. ¡Y salvan vidas!

—¿Salvan vidas?

—Sí. Vidas de gente del barrio. Esta noche, salvarán las vidas de Palomica y Modestico, y de sus esposas, que una está embarazada, y de sus tres niños, que uno es recién parido. Y yo los voy a ayudar —dice con orgullo el niño.

—¿Tú... tú que vas a hacer, Jacinto?

Palmira le pregunta a su amigo sin poder disimular un deje de genuina preocupación, porque de pronto entiende que es posible que Jacinto esté a punto de hacer algo más peligroso que asaltar una tomatera. Y Palmira acierta.

—Lo he preparado todo. Ya lo he hecho otras veces, de acuerdo con los Quero. Soy muy amigo del pequeño, Bernardino, de tu edad. Aprovecharé la noche, por el Darro...

—¿Tú sacarás de Granada a esos vecinos?

—Les he dicho que salieran a pasear esta tarde hacia la fuente del Avellano. Y que al anochecer deshicieran el camino, como si regresaran a casa. Pero se quedarán en la fuente de la Agrilla, cubiertos por la noche. Antes ya han escondido ahí un hato con ropa y lo que van a llevarse.

—Ya es de noche, Jacinto...

—Me voy.

—¿Y... a dónde iréis?

—Seguiremos el curso del Darro. Hasta el barranco del Lobo. Allí estarán Pepe y Antonio Quero, que saben por dónde rebasar el frente, entrar en zona republicana y subir al Peñón de la Mata.

—Pero... habrá soldados.

—Sí, las avanzadillas falangistas de Huétor Santillán y de Víznar. Pero los Quero saben cómo cruzar sin ser descubiertos... Me esperan, ¡adiós!

26
Más calladito que un mirlo

Río Darro, octubre de 1936

La noche tiene poca luna, la suficiente para ver por dónde pisar. Jacinto marcha al frente del grupo: dos hombres, sus dos mujeres, y dos niños. Una de las mujeres lleva un bebé de pocos días pegado al torso, anudado con un chal. Dejan atrás su casa, su barrio, su ciudad, un lugar ahora demasiado peligroso. No saben si volverán.

—Tengo miedo, mamá —gimotea uno de los niños.

—¡Shhhhh! —replica su madre, haciéndole callar.

Las lechuzas enmudecen al paso del grupo, que avanza cauteloso y en silencio, por si alguna partida de Granada patrullase la zona. Las sombras son cómplices, y también la serenidad de Jacinto. Con trece años, el niño ha visto sufrir a su padre por su pobreza y morir por defender sus ideas. Es un ejemplo que lo fortalece. Los abusos de los pudientes, la saña de los sublevados y su crueldad asesina no lo atemorizan. Lo templan.

—Aquí —susurra una voz tras unos arbustos.

El grupo ha llegado al barranco del Lobo, por cuyas honduras fluye un arroyo que desagua en el Darro. Los hermanos Quero aguardan.

—¿Qué tal, chiquillos? —saluda Antonio Quero a los dos niños pequeños, de siete y ocho años, y les envalentona—: ¡Sois muy valientes! Ya os veo de milicianos, de mayores.

—Se han portado muy bien —confirma Jacinto.

—¡Olé! Ahora nos seguiréis sin hacer ruido, ¿de acuerdo? Y llegaremos al campamento del Peñón de la Mata.

Los dos niños asienten, muy serios, repentinamente convencidos de su importancia en aquella aventura. Sus madres sonríen sin poder disimular su angustia. Una de ellas sostiene con ambas manos su vientre, encinta visiblemente. La otra mece al bebé que lleva en un chal colgado del cuello.

—Pepe, Antonio, ¿puedo irme hoy con vosotros? —pregunta Jacinto, con los ojos brillantes.

—Vuélvete al Albaicín. Te necesitamos allí, Jacinto... —dice Pepe Quero.

—Quiero aprender a pasar el frente con vosotros, por si un día... necesitáis que lo haga —aduce Jacinto.

—Bien —acepta Antonio Quero—, pero mañana por la noche te enviamos de vuelta, no conviene que los sabuesos de Granada te echen en falta.

Pepe y Antonio Quero guían ahora al grupo, camino del frente, para pasar a la zona roja. Allí, en las alturas del Peñón de la Mata, han formado un campamento para refugiados de Granada, protegido por milicianos. Para llegar, deberán cruzar el frente. Corren el riesgo de ser descubiertos por centinelas de las avanzadillas falangistas que controlan el sector, al mando del capitán Nestares.

La línea del frente discurre por sierra Harana, desde Huétor Santillán, Víznar, Alfacar, Cogollos y Calicasas hasta la carretera de Jaén. Ante el peligro de los centinelas, Pepe Quero instruye a la mujer con el bebé.

—María, no des de mamar a tu criatura por ahora. Al llegar al frente, si hiciéramos ruido y nos oyeran, algún fascista nos dispararía primero y nos daría el alto después, así que cuando yo te lo diga, ¡le enchufas el pecho al bebé! Y así lo tendremos más calladito que un mirlo.

27
El Peñón de la Mata

Granada, octubre de 1936

—¡Los niños de la noche! ¡Mariana!

—¡Los niños de la noche! ¡Pineda!

Los hermanos Quero intercambian contraseñas con los centinelas del Peñón de la Mata. Los recién llegados se abrazan con algunos conocidos, vecinos huidos del barrio del Albaicín. Hay también en el campamento combatientes provenientes de Guadix, en manos de los comunistas.

—¡Los niños de la noche!

Así es como Jacinto oye que los milicianos denominan a los Quero, y siente el orgullo de que ahora también lo incluyan a él. Y a otros niños como él, como Bernardino, el pequeño de los Quero, que por la noche se mueven por el cauce del Darro como anguilas y ayudan a los suyos.

Sentado sobre una manta, Jacinto limpia el fusil a un miliciano que se lo ha pedido, tras comprobar que está descargado. Frota con un trapo, mientras lo observa un hombre sentado muy cerca, de unos cuarenta años, cabeza pesada y redonda, como la que

Jacinto ha visto en algunas estatuas de bronce o de mármol, con el cráneo bruñido.

—Tú eres muy jovencito, ¿no?

Jacinto levanta la vista y mira al hombre, que está recostado en otra manta, con un libro en las manos.

—Tengo trece años —responde Jacinto—, y no necesito tener más.

La respuesta del niño hace sonreír al hombre, y unas arruguitas se le forman junto a los ojos.

—Los hay más jóvenes que yo —prosigue Jacinto—, como mi amigo Bernardino, que tiene once años, y los falangistas lo han obligado a pasear en cueros por las calles del Albaicín, para humillarlo ante los vecinos.

—¡Eso es canallesco y deplorable! —opina el hombre, apesadumbrado.

—Él no soltó prenda sobre sus hermanos. Los seguirá ayudando, ¡y yo también! —resume Jacinto.

—Los niños deberían estar al margen de los odios de los adultos... Los niños deberíais estar estudiando —musita el hombre—, y yo dándoles clases...

—Entonces... ¿es usted maestro?

—Sí, hijo. ¿Cómo te llamas?

—Jacinto, del Albaicín, Jacinto Lozano. ¿Y usted?

—Justo Garrido. He sido maestro en Cádiar.

Amanece sobre el Peñón de la Mata, que domina una amplia extensión de montes y campos hasta Granada y más al sur. Por levante se vislumbran las cumbres de Sierra Nevada. La escarpada y pétrea altura está fortificada con un par de búnkeres, y sus milicianos esperan la llegada de un cañón con el que hostigar el norte de Granada. Reclinados sobre la hierba de una pequeña ladera, el niño Jacinto y el maestro Justo Garrido comparten un trozo de pan y de queso que les ha repartido uno de los Quero.

—¿No tienes miedo, Jacinto?

—No. Han fusilado a mi padre, por anarquista. Y mi padre era bueno, ¡así que ellos son los malos! Y lucharé contra ellos como pueda, siempre. Y si me matan, pues ya está.

—Hablas como tus amigos Quero...

—¿Qué dicen ellos?

—Que, llegado el caso, harían como Lina Ódena.

—¿Quién?

—Una chica de Barcelona, miliciana comunista y secretaria de La Pasionaria. Ha combatido aquí, en Huétor Santillán... Hace tres semanas se equivocó, su coche se metió por error en zona fascista. Se topó con una escuadra falangista. Y se pegó un tiro. No les dio a los falangistas el gusto de prenderla, de matarla... o de cosas peores.

—Es una historia triste —comenta Jacinto—. No le gustaría oírla a Palmira...

—¿Una amiga tuya?

—Sí, del Albaicín —explica Jacinto—. Han encerrado a su madre. Está muy angustiada, claro. Sabe que cada noche sacan a gente de la cárcel y los matan. En la tapia del cementerio. O en el camino de Víznar, ahí abajo...

Jacinto se levanta, con el fusil en los brazos, que es

casi tan largo como él, y mira hacia poniente de Granada, hacia los campos de Fuente Grande, justo debajo del Peñón de la Mata, en el camino entre Víznar y Alfacar.

—Ahí abajo han matado al poeta, a don Federico —dice Jacinto.

El maestro Justo Garrido cierra el libro que sostiene en una mano, lo mete en el bolsillo de su despedazada americana, se levanta y se sitúa junto a Jacinto, mirando en la misma dirección que el niño mira.

—¿Qué has dicho, chico? —pregunta.

—Que ahí abajo han matado al poeta.

—¿Qué sabes tú de eso?

—Don Justo, todo el mundo lo sabe en el Albaicín. A mí me lo dijo un chaval de la plaza de la Trinidad que le llevó una manta al Gobierno Civil, y lo vio.

—Quizá tú conociste también al poeta...

—No. Pero mi amiga Palmira sí. Era un hombre divertido y muy bueno, siempre alegraba a la madre de mi amiga, y se iban juntos a bailar al Sacromonte. Y de niña, mi amiga cantaba con él «Los cuatro muleros». ¿Sabe qué canción digo?

—Claro, chico. Me gusta leer lo que ha escrito Federico García Lorca, ¿sabes? Y yo he conocido a un hombre que pudo salvarlo.

—¿Cómo pudo salvarlo?

—Pues igual que tú has salvado esta noche a esas dos familias, Jacinto.

—Un niño de la noche...

—Como si fuera uno de mis niños en clase, así le enseñé yo a leer el pasado agosto... Con este libro.

Justo Garrido saca del bolsillo su ejemplar del *Romancero gitano* de Federico García Lorca.

—¿Sabes tú leer, Jacinto? —pregunta Justo Garrido.

—No.

—Me gustaría enseñarte. ¿Quieres?

—A mí también.

—¡Bien, chico, bien!

—Pero no puede ser. Tengo que volver al Albaicín. Cuando hayamos ganado y volvamos a vivir en paz en el barrio, búsqueme.

Justo Garrido no responde, y con su mano izquierda revuelve los rebeldes cabellos del niño y sonríe con melancolía.

—Acepto el acuerdo, Jacinto —añade Justo Garrido—, aunque escúchame bien, chico: esto no va a ser fácil.

—¿Qué quiere decir?

—La gente en España ha acumulado durante mucho tiempo muchas ganas de matarse. Por odio, venganza, resentimiento, envidia, rabia y miedo, vamos a estar matándonos durante mucho tiempo. No sé cuánto tiempo, pero esto no acabará este invierno, esto no parará hasta que nuestra propia sangre nos ahogue.

—Pero ganaremos —insiste Jacinto.

—Aunque ganemos, no ganará nadie.

—¿Por qué?

—Será inevitable un gobierno dictatorial que con las armas en la mano obligue a los españoles a trabajar desesperadamente, a pasar hambre sin rechistar durante veinte años, hasta haber pagado la guerra.

Rojo o blanco, capitán del ejército o comisario político, fascista o comunista, el que mande será igualmente cruel e inhumano, y nos hará remar a latigazos hasta salir de esta galerna.

Jacinto, el niño del Albaicín, con Víznar al fondo, se apoya en el fusil, levanta la cara y mira al maestro Justo Garrido, sin entender del todo lo que acaba de escuchar, pero con la silenciosa gratitud del que intuye que le han confiado algo importante, una sabiduría que aún no puede descifrar.

—Mientras llega el día en el que cumplamos nuestro acuerdo y aprendas a leer conmigo, Jacinto, ¿me permites que te lea yo ahora unos versos del *Romancero gitano*?

—Me gustará, don Justo. Y los memorizaré y se los diré mañana a Palmira en Granada —se alegra Jacinto, mientras Justo Garrido abre el libro y lee:

La luna gira en el cielo
sobre las sierras sin agua
mientras el verano siembra
rumores de tigre y llama.

Por encima de los techos
nervios de metal sonaban.
Aire rizado venía
con los balidos de lana.

28
Enterrador

Víznar, octubre de 1936

La luna gira en el cielo que ya no es de verano desde hace quince días. Gira sobre las sierras, que son más de pólvora que de agua, en las cercanías de Víznar. Jacinto las atraviesa en lo hondo de la noche.

Jacinto, después de haber comido unas migas y una costilla de choto en el campamento republicano del Peñón de la Mata, ha dormido durante la tarde en el búnker. Ha soñado con los rumores de tigre y llama en el Albaicín, cuando las balas silbaban, ardían iglesias y por encima de los techos rugían obuses y bombas, como rugían los hombres armados de navajas y escopetas viejas en las barricadas de la carrera del Darro, de la cuesta del Chapiz, de la calle del Agua, de la cuesta de Alhacaba...

Jacinto ha despertado con los versos de Lorca martilleándole las sienes —«mientras el verano siembra rumores de tigre y llama»—, empeñado desde la mañana en memorizarlos.

Con los mismos versos se ha despedido del maestro Justo Garrido. Se han abrazado bajo un cielo desgarrado de crepúsculo. Con el rosario de versos dentro, Jacinto se ha abrazado también a la cintura armada de los hermanos Quero, ya en el camino de los niños de la noche. Y los versos repite sin labios mientras camina a la luz de la luna.

«Nervios de metal sonaban..., nervios de metal sonaban», se repite Jacinto. Y no sabe ahora si los estampidos secos que escucha son disparos o son el eco de los versos en su cabeza. Fusiles. Sí, son fusiles. Y alguna pistola. «Nervios de metal sonaban...» Está cerca del camino de Víznar a Alfacar, y Jacinto lo sabe. ¿Y sí...? La idea le asalta con la insidia de esas ideas que no soltarán a su presa, como los lobos tras la primera dentellada a la oveja. ¿Y si me acerco...?

«Aire rizado venía con los balidos de lana...» Jacinto se aparta del camino de Granada, del cauce del Darro, se desvía hacia Víznar, hacia el sonido del metal, Jacinto sigue el aire que llega hasta sus oídos preñado de algún apagado gemido, alguna entrecortada voz humana rizada por el aire de la noche, como un balido de lana...

—¡Tú, quieto! —le ordena un gruñido, como un zarpazo a sus espaldas, con un cañón de fusil que le amorata una vértebra.

Al rato de caminar con la orden de no voltear la cabeza, distingue el aura amarilla de los faros de un coche, y luego el nacimiento embalsado de Fuente Grande, el acanalamiento de la acequia... Jacinto descubre que estaba más cerca del paraje de lo que la noche y el aire sugerían, y ya es tarde para arrepentirse de haber seguido el metal de los versos.

—Bueso, ¿este chaval de dónde ha salido? —pregunta el capitán Nestares.

A primera hora de la mañana, en su despacho del palacio de Cuzco de Víznar, el capitán José María Nestares tiene delante a un niño. Lo trae Manuel José Martínez Bueso, jefe de los servicios motorizados de la Primera Bandera de Falange en el frente de Víznar.

—Apareció anoche en el camino de Fuente Grande, capitán, después de enterrar... —explica Bueso—. Lo encontró Baro, lo oyó cuando se apartó a cagar en el campo. Hemos tenido al chaval toda la noche encerrado en La Colonia. ¡Es un niño! ¿Qué hacemos con él?

—A ver, chaval, ¿qué hacías tú ahí? —pregunta Nestares.

—Soy pastor, me perdí buscando una de mis cabras.

—Pastor... ¿de dónde?

—De un cortijo cerca del Fargue.

—¿Cómo te llamas? ¿Cuántos años tienes?

—Jacinto Lozano. Trece años.

—¿De qué cortijo dices?

—Del Lalo.

—¿Y desde tan lejos has llegado hasta aquí?

—Se me hizo de noche, me perdí...

—¿Qué viste anoche en el camino de Fuente Grande?

—Nada.

—¿No oíste nada?

—No.

Irrumpe en el despacho del capitán Nestares el

instructor Fernando Correa, buen tirador y habitual en los pelotones de ejecuciones en el camino de Víznar a Alfacar, acompañado por otro buen tirador, Salvador Baro, el guardia que encañonó a Jacinto. Sus amigos lo llaman Salvaorillo.

—El chaval husmeaba por allí —apunta Fernando.

—Dice que perdió una cabra —aduce Nestares.

—¡La cabra es él! —interviene Baro—: este chaval no tiene pinta de pastor. Comprobadlo, porque a mí me suena del Albaicín, diría que lo tengo visto...

—¿Ah, sí? —se interesa Nestares.

—Sí, de los días 21 o 22 de julio, cuando nos tiroteábamos con los rojos del Albaicín... —relata Salvador Baro—. Y su padre era una de ellos, ¡seguro! ¿Vive tu padre, chaval? ¿Está en la cárcel?

Jacinto palidece. No sabe si el tal Baro juega con él, proponiendo un farol, o lo ha reconocido. Pronto sabrán que su padre ha estado preso y ha sido fusilado, y pagará cara su osadía de mentir. Y Jacinto, trece años, cabellos revueltos, niño de la noche, redobla esa osadía.

—¡Acierta, señor! Tiene razón. No soy pastor. Soy del Albaicín. Mi padre está en la cárcel. Y no sé si aún vive. Alguien me dijo ayer que anoche lo sacarían para matarlo. Y quise verlo por última vez, aunque fuese muerto. Por eso me arriesgué a venir hasta aquí, por el campo. ¡Y ahora pueden matarme! Pero antes de matarme... díganme ustedes si han matado a mi padre.

Martínez Bueso, que todo el rato ha tenido cogido por el hombro a Jacinto, detrás de él, mira al capitán Nestares con perplejidad y un arqueo admirativo de las cejas. Nestares entiende. Él mismo tiene un hijo de tres años, y su camarada Bueso acaba de enterrar hace dos meses a un hijo que acababa de cumplir diez meses. La mujer de Bueso, y también él, están todavía transidos por el dolor.

—Esta noche buscarás todo lo que quieras a tu padre, en el fondo de la fosa a la que irás... —dice Salvador Baro, a punto de arrancarse con una carcajada.

—¡Baro! —ataja Nestares, con rabia, dando un puñetazo en el escritorio que hace temblar el crucifijo de mesa.

—Capitán... —Se cuadra Salvador Baro, súbitamente circunspecto.

—Bueso —ordena Nestares—, llévalo con «el comunista», y que hoy mismo le enseñe lo que tiene que hacer.

—¡A la orden, camarada! —se cuadra Bueso.

—Y tú, Jacintico, ¡se acabó la broma! Debería ordenar que estos hombres te fusilasen. ¡Esta misma noche! Pero... yo no fusilo niños.

Bueso acompaña a Jacinto hasta un edificio que fue antiguo molino y que llaman La Colonia, porque antes de la guerra albergó juegos, baños en la acequia, diversiones de niños granadinos de excursión a la sierra. Ahí conoce Jacinto a un joven de diecisiete años, rostro sereno y requemado por el sol de la sierra. Se llama Manuel Castilla Blanco, y aquí le llaman Manolillo «el comunista».

—Así que ahora tengo que enseñarte a enterrar... —comenta Manolillo.

—¿A enterrar? —pregunta Jacinto

—A enterrar, sí, a enterrar.

—¿Enterrar... a quién?

—A los infelices que fusilan cada noche.

«El comunista» viste mono azul de Falange, regalado por Nestares. El capitán se lo ha pedido a Luis Rosales en el cuartel de San Jerónimo, en Granada. Manolillo «el comunista» se cala su «chapiri», quiere que Jacinto entienda quién es el jefe. Es hora de comer en la primera planta de La Colonia. Manolillo se lleva a Jacinto a un rincón de la sala, que fue amplio comedor para los niños excursionistas, de luminosos ventanales con vistas a una chopera. Se sientan juntos en el suelo, con sendas escudillas del rancho que les ha subido la esposa de Bueso.

—Esa mujer es buena, me ha salvado la vida —dice Manolillo.

—¿Cómo? —pregunta Jacinto.

—Estuve afiliado a un sindicato... Por eso aquí me llaman «el comunista»... Acabé en la cárcel.

—Ya.

—Mi madre conoce a la señora de Nestares y vino a verla y le explicó que yo estaba preso... Justo esa noche me subieron aquí, para pegarme un tiro. Y Nestares me apartó. Y aquí estoy. Hago de enterrador. Desde mediados de agosto.

—¿Llevas aquí dos meses?

—Y enterrados a muchos, ya perdí la cuenta.

Manolillo no es el único enterrador. Señala a siete hombres sentados alrededor de una mesa muy sencilla, de madera de pino, comiendo también en sus escudillas y hablando entre ellos pausadamente.

—Son masones de Granada. Ser masón es como ser comunista, pero con estudios —explica Manolillo a Jacinto—. Son leídos, la mayoría son profesores de la universidad.

—Y... ¿cómo lo hacéis? —pregunta Jacinto.

—Esta tarde nos llevan a una cuneta y cavamos fosas, las que sean precisas para la noche, según las mantas...

—¿Mantas?

—Así llaman a los que van a subir a matar, «mantas» o «trajes», como si los llevasen a la lavandería.

El camino sigue el curso de la acequia que fluye desde Fuente Grande, manantial embalsado. Lo han cantado los poetas andalusíes como Anaydamar, «fuente de las lágrimas», pues las gotas de agua nueva que ascienden entre alguna burbuja son como lágrimas que derrama el corazón de la tierra hacia el cielo.

Manolillo, Jacinto y tres de los masones de La Colonia caminan escuchando el rumor del agua a su izquierda. Llevan los picos y palas al hombro, unos metros por delante de cinco guardias armados con fusiles. Uno es Salvador Baro, y los otros se llaman Eduardo Aurioles, Salvio Rodríguez, Mariano Ajenjo y Antonio Benavides.

Tras una curva muy pronunciada, a la derecha del camino se abre un campo de instrucción donde Fernando Correa adiestra a una docena de jovencitos falangistas. Los guardias le saludan.

—El más alto y delgado... ha querido fusilarme —le susurra Jacinto a Manolillo.

—¿Salvaorillo? Es muy frío... —comenta Manolillo, en voz baja—. Mata a un hombre como quien mata una chinche. Y hace más cosas...

Los guardias les indican dónde cavar, a la derecha del camino, en una extensión a la vera de un grupo de olivos, junto a un barranquillo, en la cuneta. Los guardias se sientan bajo un olivo y comparten cigarrillos, sin perder de vista a los que cavan. Jacinto clava la pala en la tierra, que está blanda.

—¿Qué cosas hace? —pregunta Jacinto, que da la espalda a los vigilantes para que no lo vean hablar.

—Se queda pertenencias de los condenados. Y si sabe que la familia tiene dinero, lo anima a escribir una notita pidiendo una donación, diciéndole que eso le salvará...

—Canalla.

—Lo hizo con el poeta, ese Lorca. Yo mismo lo enterré.

Jacinto deja de cavar. Se apoya en la pala y mira a Manolillo, que saca tierra a paladas, una tras otra, mecánicamente, abriéndole un hueco a la tierra.

—¡¡Tú, niño, a cavar!! —grita Salvador Baro desde el olivo.

Jacinto se inclina sobre la tierra, imita a Manolillo en el ritmo de las paladas, aunque no puede seguirlo, dada la diferencia de fuerzas y envergadura.

—¿Tú lo viste morir? —pregunta Jacinto—. Al poeta, quiero decir.

—No. Nosotros vamos detrás, en otra camioneta. Nos detenemos a distancia. No vemos nada. Oímos disparos, eso sí. Después, los tiros de gracia. Luego nos ordenan pasar. Los cuerpos están tendidos junto a las fosas. Bajamos de la camioneta con las palas. Colocamos los cuerpos en el hoyo. Y los cubrimos de tierra.

—...

—¿Ves a los guardias del olivar? Pues aquella noche estuvieron todos... menos Eduardo: de niño fue amigo del poeta en la Vega, dice que Lorca lo salvó de ahogarse en una acequia. Lo vi muy angustiado, y rogó a Nestares que lo relevara aquella noche... Lo relevaron.

—¿Y tú cómo puedes saber que enterraste a Lorca y no a otro?

—Llevaba un corbatín de esos de artistas... —explica Manolillo, sin dejar de cavar.

—Yo le dije quién era el hombre del corbatín que acabábamos de enterrar —interviene uno de los masones, mientras se seca el sudor de la frente—. ¡Yo lo conocía! Era Federico García Lorca, el mayor poeta de España.

—¡¡Eh, vosotros, más brío, que es para hoy!! —grita desde el olivo Antonio Benavides.

—Ese guardia que grita, ese Benavides, vino aquella noche por el gusto de pegarle un tiro a Lorca —dice Manolillo—, porque aún no era guardia. Eran parientes lejanos y las familias se odiaban por algo...

—Un sádico... Pasó cuentas con Lorca porque en una de sus obras de teatro hacía quedar mal a un familiar suyo, de la familia Alba.

Lo cuenta el masón, dando por terminada una fosa, sin demasiada profundidad. Y añade:

—Y en eso andamos: esta guerra va a ser un gigantesco ajuste de cuentas entre españoles, cuentas abiertas desde hace siglos.

El niño Jacinto, nublados los ojos por lágrimas que nadie ve en la noche de débil luna, echa una palada de tierra sobre el cuerpo de la mujer. Y otra. Y otra...

Tres horas antes, Jacinto ha oído el motor del coche que ha subido a los presos desde Granada.

Sabe que el vehículo se habrá detenido en Víznar, en el palacio de Cuzco, para mostrarle al capitán Nestares la orden del gobernador. ¡Como aquella noche del 17 de agosto!, le ha explicado Manolillo.

Aquella noche, el capitán Nestares se indignó y rasgó la orden ante el teniente de Asalto que los subía desde el Gobierno Civil, Rafael Martínez Fajardo, porque entre los presos estaba el poeta, y Nestares había sido compañero suyo de pupitre en la escuela, y, además, muy pocos días antes lo había visto en la casa de su amigo Pepe Rosales...

Pero Jacinto ya ha sabido que Nestares no se atrevió a salvar a Lorca como sí salvó a otros, como le ha salvado a él mismo...

Jacinto ya ha sabido que el coche siguió adelante y que a Federico lo dejaron en el piso de abajo de La Colonia algunas horas oscuras después de la medianoche, igual que esta noche han estado en el piso de abajo otros presos a los que Jacinto ha oído hablar, y entre las voces ha distinguido una voz de mujer, y antes de que se los llevasen en otro coche, ha oído cantar a la mujer, y ha cantado una estrofa de una copla, una copla de la Alpujarra que otras veces le ha oído cantar a una niña en el Albaicín, su querida amiga Palmira, porque es una estrofa de «Los cuatro muleros».

El niño Jacinto, nublados los ojos por lágrimas que nadie ve en la noche de débil luna, echa una palada de tierra sobre el cuerpo de la mujer. Y otra. Y otra...

La tierra cubre, palada a palada, el cuerpo de una mujer que sus hijos no volverán a ver, que ha sido zapatera en el Albaicín, que ha tenido una hija de ojos negros que no volverá a ver nunca a su madre, que no verá nunca más su vestido azul marino con lunares blancos, lunares blancos que la tierra va apagando, y los va apagando uno a uno, uno a uno, palada a palada.

29
Adiós a la guerra

Alhama de Granada, 1937

En la guerra, la noche une y la tierra acoge. Se lo confía Luis Rosales a Manuel Bonilla. Avanzan juntos por las quebradas, hacia la toma de Alhama de Granada, en el frente de la costa. Son soldados rasos los dos, combatientes entre metralla y versos. La metralla la ponen los republicanos, los versos los pone Luis Rosales.

—Las sangres que fueron enemigas se han comenzado a unir al desangrarse... Y si se pueden unir... es porque se buscan —dice Luis entre dientes, como si orase.

La columna nacional asalta posiciones enemigas en el momento en que el cielo brama y las ametralladoras de cinco cazas republicanos baten las filas azules. El tableteo de los disparos siembra la tierra helada de los cuerpos de veinte soldados sublevados, que se desangran junto a los cuerpos de soldados gubernamentales, bajas enemigas ocasionadas por los artilleros falangistas —Manuel Bonilla entre ellos— pocas horas antes.

—¿Escribirás eso que dices? —le pregunta Manuel, durante un alto el fuego.

—Sí, y diré que al salir de la herida la sangre recobra la libertad para seguir su propia inclinación.

Manuel unta la piel agrietada de sus pómulos con el aceite de la lata de sardinas que acaban de comerse. El frío afilado de enero clava su colmillo en las carnes de Manuel y Luis, en campaña al sur de Granada, en el frente de la costa. Avanzan en la columna Salar, comandada por el italiano Baturone. Luis es un soldado más, ya no es jefe de sector. Manuel combate a su lado en esta campaña, también soldado raso.

Avanzan fatigosamente sobre las erizadas cresterías que coronan cortados y barrancos en las cercanías de Alhama de Granada. Quieren arrebatársela a las fuerzas republicanas. Las artillerías rugen y las infanterías ven el blanco de los ojos del enemigo y el rojo de las sangres.

El teniente coronel Baturone arenga a sus soldados italianos, y enardece también a los españoles, entre los que se cuentan Luis y Manuel.

Luis ha renunciado a todos sus cargos en Falange. Manuel no lo ha entendido, al principio:

—¿Por qué renuncias, Luis? El 24 de agosto te rehabilitaron, te retornaron tu cargo de jefe de escuadra...

Manuel cuestiona la decisión de Luis, pero más lacerante que el frío de enero es para Luis recordar que los suyos quisieron fusilarlo en la penúltima semana de agosto...

No olvida la cínica y sacrílega respuesta del capitán Rojas, jefe de las milicias falangistas granadinas, cuando el 18 de agosto acudió a pedirle apoyo:

—Valdés quiere detenerme, procesarme y fusilarme. ¡Tenéis que defenderme!

—A ti ahora te sucede como le sucedió a Nuestro Señor Jesucristo, camarada Luis: ¡acepta tu sacrificio, que tu sangre caiga sobre nosotros y nos redima! —sermoneó Rojas.

Luis Rosales recuerda también el desamparo que sintió ante el jefe provincial de Falange en Granada, Antonio Robles:

—Quítate esa camisa azul, Luis: después de lo sucedido, no puedo hacer otra cosa que pedirte la baja de Falange.

Luis Rosales veía acercarse a pasos de gigante la pena de muerte. Entre los días 17 y 24 de agosto de 1936, su nombre, su honor y su vida no valían absolutamente nada en Granada.

Luis Rosales era el protector de «un comunista», y eso merecía la pena de muerte en aquella Granada.

Lo recuerda, pero calla. Sus jefes lo abandonaron ante los fusiles del gobernador, pero Luis Rosales calla. No dañará el buen nombre de su partido, ni a sus buenos camaradas, los joseantonianos. Pepe, indignado con la pusilanimidad de los jerarcas del partido, remitió por escrito su baja de Falange a los jefes, y con él Cecilio Cirre.

—¡¡Luis Rosales ha sido aquí el único que se ha comportado con la dignidad que el momento requería!!

Luis Rosales sabe que el hombre que le salvó la vida con esta frase, el 24 de agosto, fue Narciso Perales. A sus veintidós años, Narciso Perales fue un valiente, como lo había sido siempre. Le salvó la vida cuando ya su vida nada valía y todos miraban hacia otro lado. Perales agitó ante el rostro de Rojas el papel con su denuncia contra Rosales:

—¿Esta firma es tuya, Rojas? —espetó Perales.

—Yo cumplía órdenes —balbuceó Rojas, usando el comodín del que decide ser cobarde pudiendo haber sido digno.

—¡Pues... no... va... le!

Y Narciso Perales rasgó y rompió el papel de la denuncia ante el rostro lívido de Rojas. La autoridad de Perales proviene de su amistad personal con José Antonio, que antes de la guerra le distinguió con la Palma de Plata, máxima condecoración de Falange.

—¿Sabes lo que me dijo Perales? —desvela Luis—. Que si él hubiese estado en Granada el 16 de agosto, Federico hoy viviría. Si le creo, me entristezco. Si no, también.

—Imposible ya saberlo...

—Perales ha desbaratado las bárbaras escuadras negras, para cabreo de Valdés...

A Narciso Perales le asquean tanto como a Luis Rosales las escuadras negras de tipos como Ramón Ruiz Alonso o Juan Luis Trescastro, que fueron juntos, con Luis García-Alix, a detener a Lorca. La mañana del 18 de agosto se les oyó decir en un bar de Granada: «Al poeta ese de la cabeza gorda le hemos metido dos tiros por el culo, por maricón».

—¿Perales te salvó la vida, Luis?

—Si no llega él a Granada..., yo estaría muerto.

—¡O no! Porque yo te habría sacado de Granada.

Luis Rosales asiente, con una sonrisa. Manuel Bonilla estuvo a punto de llevárselo la noche del 23 de agosto, tras una reunión entre doña Esperanza, don Miguel, Luis y Pepe: decidieron que Luis corría demasiado peligro en la ciudad de Granada, pese a todas las precauciones tomadas. Durante esa semana, Luis dormía alternativamente en pisos de sus hermanos.

—¡No vayas nunca solo por la calle, Luis! ¡Ve siempre en compañía de uno de tus hermanos! —repetía don Miguel.

—Y que Manuel Bonilla te esconda en la Alpujarra —propuso Pepe.

Pero Perales rehabilitó a Luis. Entonces, Valdés quiso cobrarse otra pieza equivalente. Y, tres días después, forzaba al jefe provincial de Falange, Antonio Robles, a redactar esta orden para seguir con su cacería:

Falange Española y de las JONS

Procédase a la detención de jefe de sector José Rosales Camacho, y que sea conducido al cuartel de Milicias para responder de los cargos que sobre él pesan con motivo de su actuación en dicho cuartel en un tono disconforme con la disciplina de nuestra organización.

¡¡Arriba España!!
Granada, 27 de agosto de 1936
El Jefe Provincial

—¡Cuánta razón tenía Federico! —reconoció Luis en una reunión familiar convocada tras enterarse de antemano del redactado de esta orden, gracias a un soplo del abogado Díaz Pla, amigo de la familia y que anduvo enamoriscado de Esperancita.

—¿A qué te refieres?

—Le insistíamos en sacarlo de Granada, y él nos decía: «Si yo me fuera, lo mismo que quieran hacerme a mí... ¡se lo harán a mi familia!».

—Es verdad —admitió Manuel—. Eso decía.

—Pues eso mismo que les pasaba a los García-Lorca está pasándonos ahora a los Rosales-Vallecillos —resumió Luis.

—¡Pero nosotros no estamos solos e inermes! —dijo Pepe Rosales, levantándose de su silla.

—¿Qué quieres decir? —preguntó Manuel Bonilla.

—En el frente de Albolote, un centenar de camaradas de aquel sector abandonarán el frente y entrarán en Granada a defenderme, a defender a nuestra familia, a respaldarme, a testificar en nuestro favor, ¡a tomar el Gobierno Civil si hace falta!

—En Granada cien efebos saldrán a defenderme... —susurró Luis Rosales, para que sólo Manuel lo oyese.

—¿Cómo?

—Nada, Pepe.

—¿Y que haya más tensión, más sangre? ¡No, hijos! La solución es otra —intervino entonces don Miguel, el patriarca de la familia—. Y tampoco servirá que Manuel Bonilla os saque de Granada, porque luego perseguirán a Gerardo, a Miguel, a Antonio... No, la solución es otra...

—¿Cuál? —preguntó Pepe.

—Una transacción comercial: comprar la absolución de la familia Rosales —resolvió don Miguel.

—¿Donar dinero a Valdés? ¡Nunca! —se opuso Pepe.

—Pepe, estamos todos bajo la espada —concluyó Luis—. Voto a favor de lo que dice papá, y todos vosotros también.

Después de proponer un donativo al Ejército para apaciguar la ira del gobernador contrariado por Perales, el comandante José Valdés decidió aprovechar la oferta y convertirla en multa descomunal, para arruinar a los Rosales. El patriarca tuvo que pagar cincuenta mil pesetas, una enorme fortuna. Pero más valiosas eran las vidas de sus hijos.

—¿Por qué renunciaste después a tu jerarquía? ¡Te has quedado en falangista de centuria! —pregunta Manuel.

—Fue la mejor decisión —corta Rosales.

—¿Fue por lo de Padul? —inquiere Manuel.

—También.

Lo de Padul... Rehabilitado como jefe de sector de Motril, Luis Rosales propuso nombrar jefe en la localidad de Padul a un vecino recto y honrado, piadoso y competente. Tras su nombramiento, ese hombre fue detenido bajo una acusación infundada. Y fusilado. Luis supo luego que detrás de aquella injusticia estaba Valdés: el gobernador no toleraría ya que ninguno de los levantiscos Rosales pudiese decidir nada.

Y Luis Rosales decidió no perjudicar ya a nadie más.

—Manuel, me voy.

—¿Adónde?

—Muy lejos. Dejo Granada. Dejo el frente. Me voy a Pamplona, a Burgos, a retaguardia.

—...

—No puedo más, Manuel.

—...

—Los muertos no me son indiferentes. Me duelen. Me duelen todos, los del enemigo también.

—Lo cuentas en tus poemas, te los he oído leer.

—Veo los muertos de enfrente y soy incapaz de ver enemigos, veo muertos. Y me pesan. Son tan muertos como los muertos nuestros. Tantos muertos... No puedo más.

—Conmigo no lo tendrá fácil la muerte.

—¡Dios te guarde, Manuel! ¿Sabes que he hecho venir conmigo a un amigo muy querido escapado de Madrid? Es también poeta. Se llama Luis Felipe Vivanco.

—¿Es aquel?

—Sí, Manuel. En su primera noche de guardia lo acompañé, que es bisoño... Tú y yo ya somos veteranos.

—Es verdad.

—Hemos masticado muchas trincheras en medio año, socorrido a nuestros heridos en lo que ya parece toda una vida, estamos bautizados de sangres...

—Es nuestro deber y así lo hemos querido.

—Pero el bisoño Luis Felipe... Hizo su primera noche como centinela en la trinchera en la que está el cañón antitanques...

—Sé cuál es.

—Me retiré a descansar, dejé a Luis Felipe en la trinchera. ¿Y te han contado lo que pasó?

—No.

—A la mañana siguiente, los que estaban con Luis Felipe en la trinchera ¡se habían ido! Al otro lado, con los republicanos. Y, para probar su deserción, se llevaron varias piezas del cañón...

—¿Y Luis Felipe?

—¡Se había quedado dormido! Si no... lo hubiesen matado. Su buen sueño salvó a mi amigo.

—Ya.

—¡Que no me maten a Luis Felipe! No puedo más. Se salvó en Madrid colándose en una embajada... Me voy, trabajaré en la propaganda. Y me lo llevo. Los unos me han matado a Federico. Los otros me han matado a Joaquín Amigo, una semana después. Ya basta de amigos muertos. Ya basta.

—¿Quién era Joaquín Amigo?

—Un hombre bueno. Un sabio. Él me presentó a Federico, ¡qué buenos amigos eran! Joaquín lo había leído todo. ¡Y qué buen creyente! Me animó a escribir poesía, con él fui a Madrid a estudiar, a ser poeta...

—¿Qué le ha pasado?

—Lo han matado en Ronda. Daba clases en un instituto. Lo sacaron de su casa, lo arrancaron del lado de Rosario, su esposa embarazada. Deja una hijita de cinco meses...

—¿Por qué lo han matado?

—Por ser católico, como tú y como yo. Dos días y dos noches de cárcel. Lo sacaron de prisión el 27 de agosto. Y lo arrojaron por el tajo de Ronda.

—¡Asesinos!

—Su cuerpo no ha aparecido. No aparecerá. Como el de Federico. Era tan noble y buen cristiano, que no delató a su delator... Yo querría ser como él, amigo Manuel. Federico, Joaquín... ¡Los mejores hombres de España, sacrificados por los peores! No puedo más...

—Pero tenemos que ganar y ganaremos. Yo seguiré combatiendo.

—Lo sé. Sé que seguiremos matándonos... Quizá ganemos, sí. Pero ganar así, Manuel, es haber perdido. Y, hagamos lo que hagamos, por mucho tiempo habrá que comer yerba de muerto.

30
Desertor del arado

La Alpujarra, abril de 1939

Filiación: De D. Juan Manuel Bonilla Jiménez
Artillería Regimiento de Costa nº 1

Falange Española Tradicionalista y de las JONS
Jefatura Provincial de Milicias de Granada

14 agosto 1936. Falangista voluntario.
15 mayo 1937. Cabo de milicias por elección.
16 noviembre 1937. Sargento Provisional de Milicias.
1º Abril 1939. Cabo 1º.

(Documentación conservada en el Archivo Militar de Segovia)

Las cepas se alinean como soldados en formación.

Así las ve Manuel Bonilla.

Pisa de nuevo la finca de su padre.

Ya puede dejarse ver por los caminos de la Alpujarra a plena luz del día sin temer el silbido de una bala.

La guerra ha terminado.

En el día de hoy, cautivo y desarmado el Ejército Rojo, han alcanzado las tropas nacionales sus últimos objetivos militares. La guerra ha terminado.

El Generalísimo Franco
Burgos, 1º de abril de 1939

Manuel Bonilla ve las cepas del cortijo La Rata, en el que nació treinta y tres años atrás, en la sierra Contraviesa de la Alpujarra, en el término de Torvizcón. Ve su cadencia de brazos leñosos que ondulan la tierra áspera de las lomas y desafían pendientes exasperantes. Manuel Bonilla ha sudado desde niño estas pendientes, empinadas laderas que resecan el cielo del paladar y exigen de los hombres tributos dobles de sus piernas, de sus pulmones, de su corazón. Su padre y él plantaron juntos estas cepas, diez años atrás.

Manuel Bonilla conoce bien las pendientes pedregosas que ha roturado y sembrado y cosechado con su padre desde niño, desde que a sus once años de edad retornaron de Brasil a Torvizcón, en 1917. Su padre desembolsó los ahorros de siete años en las plantaciones de café de São Paulo y compró tierras de labor en la sierra Contraviesa, tierras imposibles por sus pendientes, laderas baratas y dificilísimas de trabajar cerca de los humildes cortijos La Rata y Los Puertas.

La primavera abrileña sube desde la costa. Manuel Bonilla la ve reflejarse en la cal de los muros de su cortijo, en el pozo y la higuera, en el corral, las chumberas y las pitas. El corazón se le acelera, vislumbra a su padre al otro lado de la viña, recortada su figura en el alto cielo, inclinado sobre el arado. Tiene que decirle algo importante.

Cruza la viña y recuerda cómo clareó junto a su padre estas tierra de matorrales, y apartó piedras con las que alzó murcetes en los días de invierno y aterrazó parte de la pendiente para el cultivo de hortalizas, y roturó el inclinado suelo con el mulo, y labró con el arado romano el reticente terreno, año tras año, todos los días de su adolescencia y juventud. Pero tres años de usar el gatillo en vez del arado han ablandado los encallecidos dedos, han borrado grietas de sus manos.

Su padre, con el rejón del arado, remueve la tierra para que reciba con el vientre abierto las lluvias que en abril deberán caer, si la Virgen de la Alpujarra lo quiere. De su padre aprendió Manuel Bonilla la devoción a la Virgen, y también de su madre, que descansa en paz bajo la tierra de la otra orilla del mar.

Con un gesto le pide a su padre turno en el arado. Lo sustituye. Coloca una mano en la mancera, la aprieta contra la tierra por primera vez en casi tres años.

Hunde en el suelo la reja, que abre la tierra al paso del mulo. Su padre se enjuga el sudor con el dorso de la mano, y le espera en el arranque del surco. Manuel Bonilla traza el surco de retorno, y cuando está de nuevo a la altura de su padre detiene con una voz al mulo, levanta la mano del arado y le habla sin apenas levantar la mirada de la tierra revuelta:

—Padre, la guerra ha terminado.

—Ha terminado. ¡Gracias a Dios!

—¿Cómo está usted?

—Contento de trabajar el campo y ganar mi pan.

—Dios le bendiga con fuerza y salud.

—Y con tu ayuda. Ahora trabajaremos juntos y haremos prosperar las fincas, y tu esposa y tus hijos comerán, y tu hijo Antonio nos ayudará también.

—Padre...

—Qué, Manuel.

—Este surco que acabo de trazar... ha sido el último.

—Pero... ¿qué dices? ¡Ya no hay guerra!

—He decidido quedarme en el Ejército.

—En el Ejército... ¿Y tu tierra, Manuel?

—Se acabó también pelearme con la tierra. He elegido seguir en el Ejército, y el Ejército me quiere también en sus filas.

Manuel Bonilla extrae de un bolsillo tres condecoraciones militares: la medalla de su campaña, una cruz roja del mérito militar y una cruz de guerra. Se las muestra a su padre en la palma de la mano.

—Ya veo —musita Juan Bonilla.

Manuel Bonilla no se atreve a mirar a su padre a la cara y baja la vista también a las condecoraciones que sostiene en la palma de la mano, y detrás de ellas puede ver las caminatas, las noches de guardia en la trinchera, el peso del fusil, el sabor de la comida en lata, el olor acre de la pólvora en primera línea de fuego con la 6.ª centuria, en el frente de Pitres, y en camiones hasta Lanjarón, y en la 10.ª centuria, y en la 21.ª centuria en el sector de Órgiva, y combatiendo en las avanzadillas de sierra de Lújar, y en Alhama de Granada, y conteniendo avances republicanos en las estribaciones de Sierra Nevada, y en camiones hasta Vélez Benaudalla, y con la 4.ª bandera en el sector de Montefrío, y en Alcalá la Real, y ocupando el Vértice Ayozo y la meseta de la Cornicabra... Y así por tres años de andanzas y muertos, hasta acabar en el sector de Pinos Puente..., y entiende que toda esa fatiga de soldado se le antoja, pese a todo, preferible a la fatiga del arado. Y más ahora, que ha llegado la paz.

—Padre, seré militar. Ganaré más para alimentar a mi familia que inclinado en estos campos de sol a sol.

—Ya...

—He venido a decírselo, padre. Confío en que le parezca bien y me bendiga.

—Tú decides qué conviene a tu familia. Yo estaré aquí hasta el final, aunque ya sé que no volverás. Te bendigo, sí, y maldigo la guerra que te ha apartado de la tierra de tus abuelos y de mis abuelos. La guerra te ha vuelto a parir, te ha hecho otro hombre, tú ya no puedes ser el que yo engendré y crie en estos campos. Adiós, Manuel. Que todo sea para bien.

Manuel se aleja de la tierra de su padre, y sabe tan bien como él que ya no volverá a trabajar nunca más en el campo. Sabe lo que su padre ha sentido, como en los versos de Lorca:

El puñal
entra en el corazón,
como la reja del arado
en el yermo.
No. No me lo claves.
No.

Pero Manuel quiere que su futuro esté desde ahora en las calles de Granada, no en un cortijo en un barranco. Quiere que su mujer vaya a hacer la compra, y no a apartar estiércol de gallina para recoger huevos.

No quiere más moscas negras del mulo en los labios de sus hijas.

No quiere salir de casa para hundirse en el barro, no quiere volver impregnado de sudor y polvo.

Quiere salir de casa cada mañana vestido con uniforme limpio, insignias en las solapas y botones metálicos bruñidos, y no cargar más aperos herrumbrosos en los serones del fatigado mulo.

Manuel Bonilla ya le ha dicho a María, su esposa, que se mudan a Granada, que abandonan el cortijo Los Puertas, que lo venderán para devolverle a su padre lo que aún le debe, y que quizá le interese comprarlo a su vecino Escudero, su leal camarada de combate desde los primeros días en el barranco de Pitres, porque él sí ha decidido volver a la tierra, a su cortijo Cuatro Hermanos.

Manuel Bonilla le ha dicho a su mujer que alquilarán una vivienda en el Albaicín, donde su paga como militar alcanzará para cubrir las mensualidades del arriendo, pues un camarada ya le ha hablado de un piso barato en la larga calle San Juan de los Reyes, un piso tercero que el descalabro de la guerra ha dejado vacío y que pone en alquiler una vecina, con galería abalconada sobre la calle, y con lavadero.

—Ahí viviremos bien con los hijos. Con Antonio, Cándida, Anita y María, y con Carmencita, que acaba de nacer, engendrada en las noches de ida y vuelta al principio de su guerra como pasador entre las dos zonas, y también con los hijos que tengan que venir.

Manuel Bonilla le dice a María que tendrán otra vida más fácil, y que para algo habrá servido esta guerra.

Cuando Manuel Bonilla está ya casi en el extremo opuesto de la viña, su padre grita su nombre. Manuel se detiene, se da la vuelta y oye lo que su padre tiene que decirle:

—¡Eres un desertor! ¡Desertor del arado!

Segunda parte

Barcelona

La única calle de la tierra que yo desearía no se acabara nunca, rica en sonidos, abundante de brisas, hermosa de encuentros, antigua de sangre: ¡Rambla de Barcelona!

Federico García Lorca

31
Comida de Año Nuevo

Barcelona, 1 de enero de 1980

El cielo de Barcelona es de plata en este mediodía del día 1 de enero de 1980, y su luz inunda el comedor de casa de mis padres. Ahí vivo, primogénito de cinco hermanos. El piso se perfuma del aroma a *escudella y carn d'olla* que mi madre cocina para prolongar la atmósfera navideña.

Comida de Año Nuevo. Cada 1 de enero, toda la familia se sienta a la mesa. Es el día de la onomástica de los que se llaman Manuel. Hay dos en mi familia. El primero: mi abuelo materno. El segundo: yo, por la mitad de mi nombre compuesto, Víctor-Manuel. Víctor por mi abuelo paterno, Víctor Amela, de Forcall (Castellón), fallecido antes de mi nacimiento, y Manuel por mi abuelo materno, Manuel Bonilla, de Torvizcón (Granada). Mi abuelo vive, tiene setenta y cuatro años.

—¡Anita! Ya están aquí tus padres.

Mi padre llega a casa con mis abuelos, Manuel Bonilla y María Estévez. Ha ido a recogerlos en coche a su piso de la calle Aiguablava, en el barrio de la

Trinidad Nueva de Barcelona. Allí han vivido desde que llegaron en el año 1953 de su Granada natal. También están hoy en casa mis tíos Josep y Carmeta Amela, hermanos mayores de mi padre. Los dos solteros, viven juntos en la casa en la que nacieron, en el barrio de la Trinidad Vieja. Sus padres la levantaron allí al llegar a Barcelona, en 1914, desde Forcall.

Mi padre ocupa una de las cabeceras de la mesa. Yo ocupo la otra.

A mi izquierda se sienta mi abuelo materno, Manuel Bonilla, el abuelito, como lo llamamos, y a su izquierda tiene a su mujer, mi abuela María.

A mi derecha se sienta mi tío paterno, el hermano mayor de mi padre, Josep Amela, el tío José, para nosotros, a su derecha tiene a su hermana, la tía Carmeta.

Mi abuelo Manuel Bonilla tiene setenta y cuatro años.

Mi tío Josep Amela tiene sesenta años.

Yo, en medio de Manuel Bonilla y Josep Amela, soy un joven tímido de diecinueve años que nunca ha hecho preguntas.

Y en este día haré una pregunta.

Lo que yo sabía de antemano era que mi tío Josep había sobrevivido a la batalla del Ebro.

Que una bala franquista le había atravesado la tetilla izquierda el día 1 de agosto de 1938.

Y que aquel mismo día cumplía dieciocho años.

Y que había sido reclutado como soldado republicano.

Y que combatía ante las tapias del cementerio de la Pobla de Massaluca, pueblo de la Terra Alta.

Malherido, el joven Josep fue evacuado.

Todo esto lo supe cuarenta años después de aquella bala, y fue durante una sobremesa navideña del año 1978 remojada con cava, en casa de mi tío Josep, en la calle Turó de la Trinidad, en el barrio de la Trinidad Vieja, en el extrarradio barcelonés. Yo tenía dieciocho años recién cumplidos.

Después del cava, mi tío Josep se abrió la camisa y me señaló una cicatriz en la tetilla. La bala entró por un lado y salió por el otro. Mientras avanzaban los de su brigada, se giró al ver caer al compañero que corría a su izquierda. Y acto seguido llegó su bala.

Josep Amela era uno de los miles de infortunados chicos catalanes menores de edad que la República y la Generalitat enviaron a la guerra en la primavera de 1938. Chicos nacidos en el año 1920: «La quinta del biberón», les bautizó la ministra anarquista Federica Montseny.

La madrugada del 24 al 25 de julio cruzaron el río Ebro en barcas y pasarelas, y se internaron en la más salvaje batalla de la guerra civil y de la historia de España. Mi tío tenía diecisiete años, y en su casa lo llamaban Pepito.

La bala le hirió el 1 de agosto de 1938, el día de su dieciocho cumpleaños. ¿Me lo explicó aquella noche porque yo tenía entonces la misma edad que él tenía en ese momento? No lo sé. Fue evacuado, lo curaron. Y no me contó más, y yo tampoco pregunté más. Yo era un chico tímido que no hacía preguntas.

Luego mi padre me contó que el tío Josep debía regresar al frente del Ebro, pero se escabulló: un amigo le sugirió que se alistase en el cuerpo de carabineros. Lo hizo, y lo enviaron a la frontera del Pirineo. Así se libró de la matanza del Ebro, donde tantos amigos suyos seguían muriendo

Un año y unos días después de aquella sobremesa navideña regada con cava en casa de mi tío Josep, estamos en otra comida: la comida de Año Nuevo.

Estoy sentado entre los dos únicos hombres de mi familia que empuñaron un arma cuarenta y dos años antes, uno en cada bando de la misma guerra.

Yo, entre Manuel Bonilla y Josep Amela, soy un chico tímido de diecinueve años que nunca ha hecho preguntas.

Y en este día haré una pregunta.

Nunca antes le había preguntado nada al tío Josep.

El tío Josep era un hombre solitario. Soltero. Formal y sobrio. Con un humor por debajo del bigote. Había abusado del tabaco, era amigo de libaciones escogidas, y también de salir a cazar y a pescar. Y de no perderse la misa de domingo. Nos invitaba a comer en su casa el día de Navidad y nos regalaba a los sobrinos un sobre con un codiciado billete de cien pesetas. Más seco que dulce, más áspero que tierno, tan displicente como dadivoso, con un mal genio vagamente temido por mis primos, hermanos y yo mismo: «*pudentets*», nos soltaba entre dientes, para ahorrarnos una colleja, que a su juicio merecíamos por el grave defecto de ser niños en un mundo con paz y pan. El tío Josep se permitía burlarse ácidamente de nosotros, sus sobrinos, cuando nos embobábamos mirando dibujos animados en su televisor.

Una noche sí respetó mi interés ante el televisor. Fue una noche de verano en que mis padres me habían dejado en su casa de la Trinidad Vieja. Era la calurosa madrugada del 21 de julio de 1969, y el tío Josep me permitió asistir a la llegada del hombre a la luna. Yo tenía ocho años, la misma edad que tenía mi padre en esa misma casa cuando llegaban cartas de Pepito, su hermano mayor, desde el frente de guerra, el 21 de julio de 1938, justo treinta y un años antes.

En el televisor del tío Josep había yo visto a Cassius Clay, Robert Kennedy, Franco, Massiel, Nixon, Kissinger, la guerra del Vietnam. Y a los hippies de Woodstock, con sus largos cabellos ornados de flores: «Y tú, de mayor, también serás *pippi*?», me preguntaba mi tío Josep, sardónico. Decía a propósito *pippi*, befa que me agraviaba, y avergonzado yo le respondía, con la solemnidad del que no quiere ser juzgado: «Yo seré normal». Quizá por todo esto crecí sin atreverme a preguntarle nada a mi tío Josep. Yo era un chico tímido que nunca hacía preguntas.

Hasta este día de Año Nuevo, el día que haré una pregunta.

Mi padre y mi tío José, hijos de un matrimonio emigrado de Forcall —en las montañas del norte del viejo reino de Valencia que limitan con Aragón y Cataluña—, hablaban siempre en su valenciano natal. Pero mi padre hablaba castellano conmigo y mis hermanos, «por amor», decía él. Por amor a Anita, su mujer, mi madre, nacida en un cortijo de Torvizcón, en Granada, y llegada con sus padres y hermanos al barrio de la Trinidad Nueva en el año 1953, con diecinueve años.

Ellos dos se conocieron poco después en la parroquia de la iglesia del barrio de la Trinidad. Mi padre veía en el castellano la lengua vencedora, seria y culta, y en el catalán doméstico la lengua de casa, mostrador, pueblo y alpargata (sus padres no sabían hablar otra lengua y tuvieron una alpargatería en la casa de la Trinidad). Mi padre y el tío José nunca hablaron de política delante de nosotros, los niños. Pero cuando visitábamos a mi tío José, mi padre nos incomodaba con un contradictorio ruego: «Al tío José habladle en catalán, que le gusta...». Mi padre quería ganarse así la bendición de su hermano mayor. El tío José quería que sus sobrinos hablásemos en catalán, como él en su niñez.

El tío José fue la única persona del mundo ante la que mi padre se mostró dócil y manso, como si fuera algo más que un hermano mayor, como si fuese su padre. Era un respeto reverente, fruto de nueve años de diferencia, del fuego de una guerra y del agujero de una bala. Un respeto que afloraba cuando íbamos a visitarlo a la vieja casa de la Trinidad Vieja —donde habían nacido los dos— levantada por su padre con sus propias manos. Antes de llegar, mi padre insistía: «Al tío José habladle en catalán, que le gusta».

Un día, el tío Josep, con aires de profecía más deseada que temida, y con una amenaza de colleja, nos soltó a los niños, pero mirando a mi padre:

—*Aquest pudents serà millor que parlin català... o un dia els fotran fora de Catalunya.*

Corría el año 1970, yo tenía diez años. Me costaba darle gusto a mi tío, pues me faltaba ejemplo en casa y en la escuela. Intuí que aquella petición quizá tuviese relación con la guerra en la que estuvo mi tío Josep, pero de eso nunca se hablaba, y yo era un chico tímido que nunca hacía preguntas.

Hasta este día de Año Nuevo, el día en que haré una pregunta.

Estamos sentados a la mesa. Mi madre a punto de repartir los entremeses, antes de la sabrosa *escudella*. Mi padre bendice la mesa con su invariable oración:

—*Pare de Déu Omnipotent, amb Vostra Divina Paraula, beneiu aquesta taula i a tots nosaltres,* amén.

Mi madre sirve los entremeses de ensaladilla, jamón, espárragos, tomate y lechuga. Mis hermanos enredan ruidosamente en la mesa, para no variar. Mi abuela María calla, tan silenciosa como siempre, para no variar. Mi tía Carmeta pide repetir con el tomate y con la lechuga, para no variar.

Y yo miro a mi izquierda, veo a mi abuelo Manuel Bonilla. Y miro a mi derecha, veo a mi tío Josep Amela.

Estoy sentado entre los dos únicos hombres de mi familia que empuñaron un arma cuarenta y dos años antes, uno en cada bando de una misma guerra.

Yo, entre Manuel Bonilla y Josep Amela, soy un chico tímido de diecinueve años que nunca ha hecho preguntas.

Pero hoy están uno frente al otro.

Muy pocas veces coincido con los dos a la vez.

Quizá sólo un día al año.

Este día.

Nunca han hablado entre ellos más de tres palabras.

Nunca han hablado entre ellos de la guerra.

Nunca. Nada.

Y ahora están frente a frente en la misma mesa.

Y yo, entre los dos.

Siento crecer dentro de mí una paulatina excitación, una curiosidad casi malsana que está convirtiéndose en una pregunta, una pregunta que se forma bajo la lengua del chico tímido que nunca ha preguntado nada, y será una pregunta que interpele a los dos por igual, una pregunta que no les deje escapatoria, una pregunta precisa, una pregunta exacta que dificulte como respuesta el silencio, una pregunta que les violente no contestar, una pregunta acotada en el tiempo y en el espacio, que les obligue a contarme algo.

Tengo una oportunidad única, ha llegado el día en que hago una pregunta. Y pregunto:

—Abuelito, tío... Una pregunta... Tú, abuelito; tú, tío: cuando terminó la guerra... ¿adónde fuisteis?

Miro a mi tío, miro a mi abuelo.

Transcurre un tictac de silencio.

El resto de la mesa no escucha, están cada uno a lo suyo.

Y mi tío José responde.

Y cuenta algo que nunca antes había contado, y lo cuenta quizá porque entiende que la pregunta de su sobrino mayor exige ser contestada con la verdad:

—Me enviaron a Cádiz, al penal del Puerto de Santa María.

Por primera vez oigo eso.

Desconozco la existencia de ese penal.

No sé entonces —lo sabré más tarde— que allí encerraron a funcionarios, guardias, carabineros y soldados del bando republicano, al término de la guerra, el 1 de abril de 1939, día de la Victoria del bando nacional. Encerrados allí para ser «depurados», para discernir qué penas merecían según sus responsabilidades, sin descartar la pena de muerte.

Me vuelvo hacia mi abuelo, lo miro, escucho su respuesta:

—A mí también me enviaron a Cádiz, también estuve en el penal del Puerto de Santa María.

«Pero afuera.»

Mi abuelo no lo dice, pero yo lo oigo.

Y mi tío, delante de mi abuelo, también lo oye.

No pregunto más.

Ellos tampoco dicen nada más.

Mi madre me pregunta si quiero mucho caldo o poco en el plato.

Mi padre le pregunta lo mismo a su hermano mayor, al tío José.

Mis hermanos siguen enredando.

Mi abuela María sigue en su silencio.

Mi tía Carmeta acepta otra cucharada de todo.

No creo que nadie más en la mesa nos haya escuchado a mí, a mi tío, a mi abuelo.

Ni mi pregunta, ni sus respuestas.

Ellos dos quedan mudos, sin mirarse.

Mi abuelo materno, mi tío paterno.

Los dos miran su plato, y los dos comen.

La misma *escudella* de mi madre.

Anita, hija de Manuel y cuñada de Josep.

Manuel Bonilla y Josep Amela, en la misma guerra.

Uno dentro, encerrado en el penal; el otro afuera, haciendo la guardia.

Si aquel joven que un día sería mi tío Josep hubiese intentado escapar del penal, ¿aquel guardia del penal que un día sería mi abuelo Manuel le hubiese disparado?

Sí.

No.

Pero ni Manuel era mi abuelo ni Pepito era mi tío.

Manuel y Pepito eran dos hombres después de una guerra civil, después de un millón de muertos.

«Nadie sabe hasta dónde puede llevarnos la obediencia», tituló Luis Rosales un poema.

Nadie sabe hasta dónde puede llevarnos la guerra.

Nadie sabe hasta dónde puede llevarnos la vida.

Por ejemplo, hasta una misma mesa en una comida de Año Nuevo.

Por ejemplo, hasta una misma familia.

Por ejemplo, hasta un chico tímido que nunca había hecho preguntas.

Un chico tímido que es nieto y que es sobrino de dos hombres que se cruzaron en una misma guerra.

Un chico tímido que nunca había hecho preguntas.

Hasta que, este día, ha preguntado.

Y por estas cosas tan nuestras, tan de la historia de España, tan de nuestras familias, tan de nuestros silencios y secretos, sigo escribiendo esta novela.

32
Teatro Barcelona

Barcelona, 29 de septiembre de 1935

La luz septembrina de la tarde invita a Josep Amela a caminar al salir de las oficinas de la casa Pirelli, donde trabaja, junto a la plaza de Cataluña.

A Josep se le antoja que la tarde sonríe, como él ha sonreído ante el fotógrafo que hoy ha venido a las oficinas. Ha sido idea de la eficiente secretaria Roser Ferran, cinco años mayor que él, mujer leída y preparada, que habla italiano porque ha estudiado en la Escola Italiana, que frecuenta la biblioteca del Ateneu, en la cercana calle Canuda, para leer novelas del siglo pasado, y que no se pierde una ópera en el gallinero del Liceu, Ramblas abajo. Ella es la que ha decidido tomar fotografías de los empleados de la oficina, para un futuro álbum.

—Tu foto, Pepito, que te la hagan en el archivo, ¡oh, tú, celador de archivadores! —ha bromeado la secretaria—. ¡Pepito, ponte guapo!

A Josep le llaman Pepito en su casa, y desde que la secretaria lo ha sabido se ha tomado esta amable confianza, como si el muchacho fuese su hermano menor.

—Pues entonces esperad, que me pongo la guerrera... ¿Me abrocho los botones?

—No, no —le ha aconsejado Roser Ferran—. Te va muy grande, Pepito, y así desabrochada se nota menos.

Josep Amela se ha sentado en una silla con respaldo alto, colocada en un ángulo de las estanterías del archivo que cubren las paredes del suelo al techo, donde se alinean archivadores de cartón, uno pegado al otro, con sus etiquetas identificativas. El joven oficinista y archivero sabe dónde guardar cada copia de cada documento, dónde anotar cada registro.

—¿Así estoy bien? —ha preguntado Josep Amela.

A su guerrera de ordenanza, de color pizarra con grandes botones plateados, le sobra tela por todas partes, y a su dueño le faltan carnes para llenarla. Josep es un jovencito flaco, de cuello fino, mejillas deslizadas, torso escurrido, esqueleto menudo y liviano, y rostro lampiño y aniñado de orejas despegadas. En su casa se come cada día, pero lo justo, sobre todo las recurrentes *farinetes* y las hortalizas que su padre trae del huerto que cultiva en los campos de la barriada de Sant Andreu. Pepito ha cruzado la pierna derecha sobre la izquierda para darse un aire relajado que no oculta la bisoñez de sus flamantes quince años, cumplidos hace mes y medio, el 1 de agosto. Ha repasado con la mano el cabello peinado hacia atrás con la gomina casera que él y su hermano Francisquet preparan en casa con resina diluida en agua.

—Sonríe un poco, muchacho —le ha pedido el fotógrafo, el señor Mas.

Pepito ha sonreído levemente, con pudor, más con los ojos acuosos que con los labios, con menos seguridad que gratitud. Trabajar en estas oficinas del número 18 de la Ronda Universidad de Barcelona desde el año pasado le hace sentir afortunado. Hasta los trece años ha estado escolarizado y escribe con buena caligrafía y ortografía, tanto en castellano como en catalán. Ahora puede trabajar y llevar dinero a casa de sus padres, en el barrio de la Trinidad. Y nada le enorgullece más que poner ese dinero en las manos de su madre.

—¡Pepito! ¿Te vas a tu casa? —le pregunta Manuel Fernández, un compañero de la oficina, ya en la acera de la Ronda.

—Sí, pero con esta buena tarde me apetece caminar un poco, hasta la siguiente parada del tranvía...

Manuel Fernández, joven de dieciséis años, es ayudante en el departamento de contabilidad, y aunque trabaja con números, lo que de verdad le gustan son las letras. Lo sabe Pepito porque ha presenciado el interés con que Fernández suele preguntar a la secretaria Roser Ferran sobre alguno de los libros que ella está leyendo.

—Pues acompáñame un rato, anda —pide Fernández.

—¿Adónde?

—Al otro lado de la calle. Un amigo me espera enfrente del teatro Barcelona. Lo recogemos y paseamos.

Una multitud bulliciosa se agolpa en la calle, frente al popular y venerable teatro Barcelona, en el recodo en que la Rambla arranca de la plaza de Cataluña para ascender hacia la Gran Vía y el Ensanche. Al acercarse, los dos oficinistas oyen una voz cadenciosa que brota de altavoces instalados en el vestíbulo del teatro.

Sobre las capas relucen
manchas de tinta y de cera.
Tienen, por eso no lloran,
de plomo las calaveras.

—¿Qué es eso? —pregunta Josep.

—No sé... —se extraña Fernández—. A ver si veo a mi amigo y él nos cuenta...

Josep Amela y Manuel Fernández identifican por su aspecto a artesanos y obreros entre la mayoría de las personas que se agolpan ante el teatro Barcelona, junto a curiosos y paseantes, niños y sirvientas que los llevan de la mano. Todos escuchan con unción la voz, una voz velada, grave, levemente ronca, ahuecada por el metal de los altavoces:

¡Oh, ciudad de los gitanos!
En las esquinas, banderas.
Apaga tus verdes luces
que viene la benemérita.

Los dos muchachos ven a viejas obreras con vestido oscuro y pañuelo sobre el moño cano, mecánicos, aprendices, estudiantes, menestrales con las cabezas ladeadas para escuchar mejor lo que parecen unos versos. Su recitador los desgrana con un sentimiento intenso que sobrecoge a Pepito.

Avanzan de dos en fondo
a la ciudad de la fiesta.
Un rumor de siemprevivas
invade las cartucheras.
Avanzan de dos en fondo.
Doble nocturno de tela.
El cielo se les antoja
una vitrina de espuelas.

—Mira, Josep, ahí veo a mi amigo, vamos con él —anuncia Fernández, señalando hacia un corrillo, unos metros por delante de ellos.

Josep distingue a un chico de su misma edad, de cabellos morenos bien cortados y peinados, de su misma altura pero de mejillas llenas y aspecto de estar mejor alimentado. Josep se fija en sus zapatos, muy lustrados, y en la buena calidad de la tela de sus pantalones. Está en mangas de camisa, de algodón blanco, con americana al hombro, que sostiene con una mano. La otra mano reposa sobre el pecho, y al acercarse a él advierten que está escuchando los versos con los ojos cerrados.

—¡Agustín! —saluda Fernández.

Al reconocer la cercana voz de su amigo Fernández, el joven Agustín separa la mano del pecho y se señala el oído, sin la menor intención de abrir los ojos. Fernández obedece a la indicación de su ensimismado amigo, y decide callar y escuchar. Y Josep lo imita, a su lado.

Tercos fusiles agudos
por toda la noche suenan.

La Virgen cura a los niños
con salivilla de estrella.
Pero la Guardia Civil
avanza sembrando hogueras,
donde joven y desnuda
la imaginación se quema.

A Josep le asombra la atención y el fervor con que escucha los versos Agustín, el amigo de Fernández. No es el único, porque muchas otras personas parecen igualmente magnetizadas, a las dos orillas de la Rambla. Y la voz del invisible recitador reverbera en esa esquina de la plaza de Cataluña con un ceceo suave de mecedora y azucena que evoca latitudes sureñas románticas y trágicas, noches andaluzas.

Cuando todos los tejados
eran surcos en la tierra,
el alba meció sus hombros
en largo perfil de piedra.

El joven Pepito no está seguro de entender lo que escucha aunque sea dicho en lengua castellana, que conoce bien. Pero en la rasgada voz del recitador le parece escuchar una lengua nueva y misteriosa, a ratos canto enardecida, a ratos nana desgarrada.

¡Oh, ciudad de los gitanos!
La Guardia Civil se aleja
por un túnel de silencio
mientras las llamas te cercan.

¡Oh, ciudad de los gitanos!
¿Quién te vio y no te recuerda?
Que te busquen en mi frente.
juego de luna y arena.

«¡Juego de luna y arena!» A estas palabras sigue un segundo de silencio, y enseguida estalla en las entrañas del teatro Barcelona el rugido de un millar de gargantas, un clamor de vítores, un grito visceral al que se une la multitud concentrada en el vestíbulo y en la calle.

—¡Viva el poeta del pueblo! ¡Viva...!

Algunos hacen volar sus gorras, muchos alzan el puño con rabia, otros no disimulan la emoción de los ojos humedecidos por las lágrimas. El poeta ha aceptado dar un recital a petición de los Ateneos Obreros de Cataluña, y aunque no todos los ateneístas han cabido en la sala, sí han podido seguirlo gracias a los altavoces en la calle.

—¿Quién es el poeta? —pregunta Josep Amela.

Agustín abre los ojos, de color avellana, como si acabara de despertarse de una larga noche de sueño. Mira a su amigo Fernández y a Pepito, que le ha hecho la pregunta.

—No lo sé —responde Agustín.

—¿No? —se extraña Fernández.

—No. Sólo sé —explica Agustín— que nunca antes había oído algo tan maravilloso. ¡Nunca! ¿O no lo habéis oído? Te dije de vernos aquí como podía haberte dicho en Canaletes, y... ¡este milagro! ¡Este milagro! ¡Qué poesía más increíble! Estoy temblando... ¿Quién es? ¿Quién es?

Agustín se vuelve hacia un corrillo de obreros, a juzgar por su vestimenta y porque van tocados por pañuelos rojinegros al cuello, habituales entre los sindicalistas cenetistas.

—¿Ustedes saben quién es el poeta?

—¡El poeta del pueblo! —dice uno, con acento andaluz.

—Es un gran poeta, se llama Federico García Lorca —dice otro, con acento catalán.

—Federico García Lorca... —repite Agustín.

—El poema final ha sido el «Romance de la Guardia Civil española», de su libro *Romancero gitano* —enfatiza el sindicalista de acento catalán.

—*Romancero gitano...* —repite Agustín, para grabarlo en su memoria.

El sindicalista de acento catalán, de veintipocos años, tiene frente alta, despejada, hombros fuertes, mandíbula resuelta y aspecto afable, y una mirada limpia y brillante. Y reconoce a Josep Amela.

—¡Pepito! ¿Cómo estás? —lo saluda, poniéndole una mano en el hombro.

—¡Hola, Progrés! Mira, me iba a casa y...

—Cuando llegues a tu casa, ¡acuérdate de darle muchos recuerdos de mi parte a Carmeta!

Progrés Pujol es vecino del barrio de la Trinidad Vieja, y demuestra mucho interés por Carmeta, hermana mayor de Pepito. Pepito sabe que Progrés trabaja en una fábrica de muebles, y que anda enredado en la creación de un nuevo partido marxista y obrero en el barrio, además de estar afiliado al sindicato de la madera. Josep sabe que su vecino Progrés Pujol no disimula la atracción que siente por Carmeta, y a menudo la espera cerca de casa para acompañarla por las calles del barrio cuando ella sale a hacer alguna compra o visita. Lo que no puede saber Josep es hasta qué punto a Progrés le embelesa contemplar la piel del rostro de Carmeta, clara y aterciopelada, y sus ojos celestes, y sus cabellos morenos y bien recogidos. Y todo lo demás. Ella, cuando Progrés se acerca, se apresura a quitarse las lentes de montura redonda que se ha acostumbrado a usar en las labores de costura con que ayuda a sus padres.

—¡Se los daré de tu parte! —promete Pepito.

—Por cierto, ese chico que me ha preguntado quién era el poeta... ¿es amigo tuyo?

—Es amigo de mi amigo, aún no me lo ha presentado...

—Él no me ha reconocido, pero yo sí a él. No le he dicho nada por no incomodarlo...

—¿Y quién es?

—Es el hijo pequeño del señor Penón, ¡el amo de mi fábrica! El chico se llama... ¿Agustín? Sí, Agustín. Sólo ha venido una vez a la fábrica, con su hermano, y...

Progrés Pujol prorrumpe en una gran carcajada, un ataque de risa irrefrenable.

—¿Qué pasó? —ríe también Pepito Amela, contagiado.

—Ay... Ja, ja... Que cuando el chiquillo pasaba justo junto a mi torneadora... ¡un chorro de virutas salió disparado contra su cara...! Ja, ja, fue sin querer,

¿eh? ¡Aún debe de estar quitándose virutas de los ojos! Su hermano mayor se mondaba de risa, ja, ja...

—Ja, ja... ¡Mejor que no te haya reconocido, es verdad...!

—Oye, Pepito —dice Progrés, que enjuga las lágrimas de risa con su pañuelo rojinegro y recupera su aplomo—, no te olvides de decirle a tu hermana que iré mañana a acompañarla, ¿eh?, ¿te acordarás?

Josep sabe a qué se refiere Progrés Pujol: espera a su hermana Carmeta en la entrada de casa, le regala una pequeña flor silvestre, una distinta cada vez, y la acompaña hasta la plaza de la parroquia de la Trinidad. Ella entra en la iglesia a oír misa, devota como todos los miembros de la familia. Progrés nunca entra con ella, él se queda afuera. Progrés es de familia libertaria, es anarquista, no cree en santos ni curas.

—Sí cree en Dios, pero a su modo —le aseguró a Pepito un día su hermana Carmeta, para disculpar a su pretendiente y tranquilizar al hermano—. Lo que pasa es que no le cae bien el cura del barrio...

Progrés Pujol se despide de Pepito, que corre en busca de su compañero Manuel Fernández para despedirse antes de irse a casa. Lo ve en la acera de enfrente de la Rambla, intercambiando apasionadas impresiones con su amigo Agustín, que gesticula como si diera un discurso.

—¡Eh, Fernández, yo me voy al tranvía! —grita Pepito.

—¡Espera! —lo detiene Fernández.

Fernández interrumpe la perorata de su amigo Agustín y le arrastra del brazo hacia Pepito. Aunque los separa un curso, Agustín y Fernández comparten instituto, y los une su afición por la literatura.

—¡Que aún no os he presentado! —se disculpa Fernández—. ¡Y me gusta que mis amigos sean amigos!

Pepito y Agustín se estrechan las manos, mirándose a los ojos con una sonrisa, divertidos por el protocolo que impone el muy sociable Manuel Fernández.

—Soy Josep Amela, de la Trinidad.

—Soy Agustín Penón, del Ensanche. ¿Cuántos años tienes?

—He cumplido quince años el 1 de agosto.

—¡Yo cumplo quince años mañana, 30 de septiembre!

—¡Felicidades por adelantado!

—Buena cosecha la de 1920, ¡ya lo ves, Manuel! —bromea Agustín Penón.

—Sin duda, sin duda, ¡vaya dos! —Ríe Manuel Fernández.

—Josep, si eres amigo de Manu, ¡eres amigo mío! Para cualquier cosa que necesites pregunta por mí en la tienda de muebles de mi padre, en Rambla 84.

—Encantado, Agustín.

Agustín Penón ha querido entrar en el teatro Barcelona para ver a Federico García Lorca, pero mientras habla con Pepito y Fernández, el poeta granadino sale arropado por un corro de admiradores, entre corrillos y vítores de la multitud arremolinada en la esquina de Rambla con plaza de Cataluña. El poeta de Granada no sabe que acaba de enamorar para siempre a un quinceañero barcelonés, Agustín Penón.

Federico García Lorca, exultante por tanto afecto, camino de la Rambla de las Flores, decide qué escribirá en la carta que piensa empezar para sus padres esa noche, antes de acostarse, en el cuarto que su amiga Margarita Xirgu, la popularísima actriz catalana, le brinda en su casa de la calle Santa Madrona de Badalona, en la orilla misma del Mediterráneo luminoso y azul:

> Di una lectura de versos para todos los Ateneos Obreros de Cataluña, y se celebró en el teatro Barcelona. Había un público inmenso que llenaba el teatro y luego toda la Rambla de Cataluña estaba llena de público que oía por altavoces, pues el acto se radió.
>
> Fue una cosa emocionante el recogimiento de los obreros, el entusiasmo, la buena fe y el cariño enorme que me demostraron. Fue una cosa tan verdadera, este contacto mío con el pueblo auténtico, que me emocioné. Es el acto más hermoso que yo he tenido en mi vida.
>
> El separatismo de Cataluña es un mito, y una demostración de que son auténticos españoles son estas pruebas grandes de españolismo que me dan, ya que soy tan representativo de España.
>
> Claro es que las derechas tomarán todas estas cosas para seguir en su campaña contra mí y contra Margarita. Desde luego hoy en España no se puede ser «neutral».

33
Rambla de las Flores

Barcelona, domingo, 22 de diciembre de 1935

—¿Ha llegado el libro? —pregunta Fernández.

—¡Aquí te lo guardo, chaval! —responde el librero.

La librería Verdaguer, iluminada por dos lámparas colgantes de bombilla y tulipa blanca, acumula libros, postales y láminas. Pepito no ha estado antes en el establecimiento. Se asombra de la profusión de libros, desde los escaparates. Acompaña a Manuel Fernández al salir de la oficina, porque su amigo le ha prometido que merece la pena conocer al librero, Anselm Domènech.

—¡El *Romancero gitano*! De mi amigo Lorca —proclama Anselm Domènech, tendiendo el ejemplar a Manuel Fernández.

—¿Su amigo? —pregunta Fernández.

—¡Los amigos de mi sobrino son mis amigos! ¿No conocéis al mejor pintor de España, a Salvador Dalí?

—No —dice Pepito, cuya vida se limita a ir de su casa de la Trinidad a la oficina, y vuelta a casa.

—Sí —dice Fernández, que con su amigo Agustín gustan de curiosear páginas de arte, literatura y cultura de periódicos y revistas que recibe la madre de Penón.

—¡Salvador es sobrino mío! Yo lo ayudé de chaval consiguiéndole revistas de arte, *Valori Plastici*, *Esprit nouveau*... ¡Mi sobrino lo sabe todo de pintura, todo! Él y Lorca visitaban juntos el Museo del Prado, en Madrid...

—¿Ah, sí? —se interesa Fernández, para tener algo que contarle a Agustín sobre Lorca.

—Aquí, en esta librería, Salvador me presentó a Lorca en 1925, en Semana Santa: se lo llevaba por primera vez a Cadaqués. De vuelta, Federico leyó en el Ateneu barcelonés, aquí detrás, los primeros versos de lo que sería *Romancero gitano*...

—¡Oh, saber esto le gustará a Agustín! —exclama Fernández—. Es mi amigo, le regalaré el libro...

—Dile que dos años después, en 1927, Lorca y Dalí estrenaron juntos *Mariana Pineda* en el teatro Goya...

—¿Juntos?

—Decorados de Salvador, texto de Federico. Poco antes mi sobrino expuso en las Galerías Dalmau, ¡y en cuatro cuadros figuraba su amigo Lorca!

—¡Gracias! Se lo diré.

—Luego Lorca expuso dibujos, y en uno se fundían las cabezas de Salvador y Federico ¡en un beso!

—¿De verdad? —se asombra Fernández, sonrojándose.

—¿Eran bonitos, los dibujos? —pregunta Pepito.

—¡Te hubiesen gustado, chico! Aquí tengo la revista *Amic de les Arts*, te leo qué dijo el crítico Sebastià Gasch: «¡Los dibujos de García Lorca se dirigen a los puros, a los sencillos, a los que son capaces de sentir sin comprender!».

—¿Siguen siendo tan amigos Federico García Lorca y Salvador Dalí?

—¡Son gemelos! —ríe Anselm Domènech—. Así me lo dijeron ellos mismos, aquí mismo, el otro día.

—¿El otro día? —pregunta Pepito.

—Hace una semana... Y eso que no se veían desde el verano de 1927, que lo pasaron juntos en Cadaqués, ¡hacía ya siete largos años! Y tan amigos, tan amigos...

—¿Sí? —se interesa Fernández.

—Se fueron a Tarragona... o eso dijeron a todos, porque esa noche la pasaron en mi casa, charlando de sus maravillosas historias. ¡Al día siguiente vino por aquí Margarita Xirgu en persona, impaciente, preguntándome si yo sabía dónde se habían metido esos dos, ja, ja!

—¿Usted me permitiría acompañarla, señora?

—Chiquillo, ¿qué es lo que quieres?

—He oído que cada día llevan un ramo de flores al teatro Principal Palacio...

El joven Agustín Penón implora con la mirada a una de las floristas de la Rambla. La mujer tiene la edad de su madre. En nada más se parecen. La madre de Agustín es una burguesa refinada, culta y liberal que vive en un elegante piso del Ensanche. La florista, fornida y de desnudos brazos rubicundos, aparta con bufidos los mechones del entrecano pelo que se le escapa del moño para caer sobre los ojos, mientras religa con un tallo de rosa un manojo de claveles rojos y blancos. Usa mitones contra el frío de diciembre, la humedad de los tallos y las espinas de las rosas.

—¡Desde hace diez días llevamos flores! ¡Desde el primer día! ¡A Margarita Xirgu, la mayor actriz del mundo! ¡Y al poeta entre los poetas, Federico García Lorca! ¿No ves que la obra es para nosotras, que se titula *El lenguaje de las flores*? Y ahí tienes a esa, la florista de enfrente: ¡Rosita, se llama! ¡Y está para vestir santos, ja, ja! ¡Hola Rositaaaaa! ¡Y por eso la Xirgu y Lorca nos dedican hoy la función a nosotras, a las floristas de las Ramblas! ¿Qué te parece? Anda, mozuelo, vente conmigo...

El joven Agustín Penón ha sabido esta mañana, por una amiga de su madre, que las floristas de las Ramblas inundan de flores el camerino de la reverenciada actriz catalana Margarita Xirgu, cada día desde el pasado 12 de diciembre, día del estreno del montaje teatral *Doña Rosita la soltera o el lenguaje de las flores*. Agustín ha leído en el diario *La Vanguardia* que al estreno mundial de la obra han venido en avión desde Madrid los críticos más distinguidos, y dos hermanos de Lorca, Francisco e Isabel. Y la crítica de teatro María Luz Morales ha publicado, también en las páginas de *La Vanguardia*, que la obra es extraordinaria porque «mueve los labios a risa y el corazón a pena».

El joven Agustín Penón, después de echarse la siesta, se ha enfundado el abrigo y la bufanda y ha salido de casa de sus padres, en la esquina de la calle Mallorca con Rambla de Cataluña. Son días de bullicio navideño y las calles están animadas. Sólo se habla de las fiestas y de política. Y de la Xirgu. Y de Lorca. Agustín Penón ha enfilado hacia la plaza de Cataluña, entre los tilos que flanquean el bulevar. Ha oteado la acera izquierda, en el número 84, donde luce el escaparate de la tienda de muebles de su padre. Muebles para familias con recursos, muebles de alta calidad y excelente factura. Eugenio Penón, su padre, es patrón de una fábrica de muebles con medio centenar de operarios, pero no es el señoritingo encopetado, como otros fabricantes de Barcelona, a cuyas fiestas en jardines fastuosos los invitan a veces. Su padre es un amante del trabajo, un perfeccionista que no duda en atarse el mandil, colocarse ante el banco de carpintero, cincel y maza en mano, y rematar un cabecero de cama de estilo, hasta mucho después de que sus empleados se hayan ido de la fábrica. Lo hace por el placer de maravillar a un cliente con la excelencia de un trabajo. Esa capacidad de entrega admira al joven Agustín, que no comparte la vocación por el oficio de su padre. Un día que fue de visita a la fábrica con su hermano, entusiasta del ajetreo de las torneadoras, las aplanadoras, las sierras..., una de esas máquinas escupió un chorro de virutas al rostro del joven Agustín. No, no es su mundo. Agustín prefiere la poesía, el teatro, la literatura. Eso le hace sentir diferente. Y no sólo eso. También lo que siente por su amigo Manuel Fernández.

El joven Agustín Penón, con quince años recién cumplidos, se siente rey del mundo al rebasar la fuente de Canaletes y su quiosco, al pasar ante la nueva calle Pintor Fortuny, abierta después del incendio de los almacenes El Siglo, al internarse en la Rambla de las Flores, con sus casetas de amanuenses, ante la tienda de música Beethoven, donde los ágrafos pagan por hermosísimas cartas bien caligrafiadas y redactadas con que cortejar a novias y amantes. ¡Y los puestos de las floristas!

Con una de ellas ramblea ahora Ramblas abajo...

La florista y el joven Agustín Penón llegan a la altura del Liceu, en la Rambla de Capuchinos, en cuya acera opuesta está abierta la librería Verdaguer, que este año conmemora su primer siglo de existencia. Por eso luce sobre la entrada un cartel conmemorativo, orlado por una elegante guirnalda vegetal. Al ver la librería, el joven Agustín Penón sonríe y se palpa el bolsillo del abrigo por encima de la tela. Nota el volumen del libro que lleva siempre consigo desde que Manuel Fernández se lo regaló el 30 de septiembre, al cumplir quince años: un ejemplar de la flamante edición de Espasa-Calpe del primer *Romancero gitano* de Federico García Lorca, con una dedicatoria: «Con afecto a mi mejor amigo, Agustín Penón. Manuel Fernández».

La impetuosa florista atraviesa el vestíbulo del teatro Principal Palacio con autoridad de embajadora de las flores en el reino del nardo, el jazmín y la azucena. Y con ella entra en el teatro un quinceañero barcelonés. El poeta de Granada, el autor de *Doña Rosita*, está ya hablando sobre el escenario:

> La rosa mudable, encerrada en la melancolía del carmen granadino, ha querido agitarse en su rama al borde del estanque para que la vean las flores de la calle más alegre del mundo, la calle donde viven juntas a la vez las cuatro estaciones del año, la única calle de la tierra que yo desearía no se acabara nunca, rica en sonidos, abundante de brisas, hermosa de encuentros, antigua de sangre: ¡Rambla de Barcelona!

Las palabras de Federico García Lorca, pronunciadas sobre el escenario, aún resuenan bellísimas en sus oídos al cerrar los ojos en su cama esa noche, con el libro del poeta bajo la almohada. Desde niño, Agustín ha paseado por las Ramblas muchas veces con sus padres, con sus hermanos Eugenio y María..., pero entiende que ha sido este 22 de diciembre de 1935 el día en que ha visto por primera vez, de verdad, el alma de las Ramblas de Barcelona en las palabra de Federico García Lorca.

> Como una balanza, la Rambla tiene su fiel y su equilibrio en el mercado de las flores donde la ciudad acude para cantar bautizos y bodas sobre ramos frescos de esperanza y donde acude agitando lágrimas y cintas en las coronas para sus muertos.
>
> Estos puestos de alegría entre los árboles ciudadanos son el regalo del ramblista y su recreo y aunque de noche aparezcan solos, casi como catafalcos de hierro, tienen un aire señor y delicado que parece decir

al noctámbulo: «Levántate mañana para vernos, nosotros somos el día».

Por primera vez en su corta vida, Agustín Penón ha sido hoy noctívago, un noctámbulo de las Ramblas como los que ha mencionado Federico sobre las tablas del Principal. ¡Cómo volaban allí sus manos y dibujaban rosas, crisantemos y pájaros! ¡Cómo se ondulaba esa voz suya de gruta y de fuente! ¡Cómo su mirada honda amaba a aquellas floristas que lloraban de gratitud sincera, y en ellas estaba amando a la humanidad entera!

Nadie que visite Barcelona puede olvidar esta calle que las flores convierten en insospechado invernadero, ni dejarse de sorprender por la locura mozartiana de estos pájaros, que, si bien se vengan a veces del transeúnte de modo un poquito incorrecto, dan en cambio a la Rambla un aire acribillado de plata y hacen caer sobre sus amigos una lluvia adormecedora de invisibles lentejuelas que colman nuestro corazón.

El joven Agustín se adormece con el libro de su poeta bajo la almohada, un poeta que será suyo para siempre, porque lo ha oído componer música con la voz y lo ha visto dibujar el aire con las olas y los trinos de su cuerpo, y porque después se ha colado por un pasillo del monumental teatro, y se ha perdido entre sus penumbras mientras la platea se vaciaba en un murmullo de amortiguadas cháchara...

Se dice, y es verdad, que ningún barcelonés puede dormir tranquilo si no ha paseado por la Rambla por lo menos una vez, y a mí me ocurre otro tanto estos días que vivo en vuestra hermosísima ciudad. Toda la esencia de la gran Barcelona, de la perenne, la insobornable, está en esta calle que tiene un ala gótica donde se oyen fuentes romanas y laúdes del quince y otra ala abigarrada, cruel, increíble, donde se oyen los acordeones de todos los marineros del mundo y hay un vuelo nocturno de labios pintados y carcajadas al amanecer.

...porque con un aguijón de temblores ha querido Agustín encontrar a su Federico en algún camerino y agradecerle el *Romancero* que lleva siempre en el bolsillo, porque entre sombras ha oído una voz velada y ronca, que ha reconocido, la voz del poeta Federico García Lorca.

—Rafael, barraca, barraquita... Rafael, marinerito del mundo... ¿Vendrás esta noche al hotel Majestic conmigo? Dime, ¿vendrás a nuestra gruta de algodón, penumbra y llama?

Yo también tengo que pasar todos los días por esta calle para aprender de ella cómo puede persistir el espíritu propio de una ciudad. ¡Amigas floristas, con el cariño con que os saludo bajo los árboles, como transeúnte desconocido, os saludo esta noche aquí como poeta...!

El joven Agustín Penón, en su almohada solitaria de ternuras que no puede compartir, cierra con gozo los ojos. No le ha importado la reprimenda de su madre al llegar tan tarde, pues ella lo ha esperado angustiada por su insólita tardanza. Ni le ha perturbado la llegada aún más tardía de su padre a casa, angustiado por alarmantes rumores de duras huelgas... Agustín ha cruzado la noche de una Barcelona que ahora ve poética, unas Ramblas nocturnas y para siempre lorquianas, porque ha visto al poeta recitar, porque lo ha visto besar a otro hombre, un chico al que llama Rafael. Esta noche, Agustín Penón ha sabido por el mayor de los poetas de España que una calle es pura poesía y que ninguna prohibición puede derrotar el amor. Aunque sea el amor entre dos hombres.

34
Revolución

Barcelona, 19, 20 y 21 de julio de 1936

—¡¡Armas para el pueblo!! ¡¡Generales traidores!! ¡¡El heroico pueblo español!! ¡¡Viva la República...!! ¡¡Sublevación de los criminales fascistas...!! ¡¡Traidores...!! ¡¡Traidores!!

La radio aúlla en el salón del elegante piso de los Penón, en la calle Mallorca de Barcelona, junto a la Rambla de Cataluña. Toda la familia se apiña en torno al receptor de radio Crosley, desde el amanecer. Es domingo, 19 de julio, pero hoy los Penón no salen a misa, ni a comer en la habitual marisquería junto al puerto, ni conducen hasta Sitges para pasar la tarde con unos amigos, entre copas de coñac y un dedal de moscatel con bizcochos para el joven Agustín. La radio retransmite las sirenas, gritos y disparos que desde la calle suben también hasta las ventanas del piso.

—¡¡Armas para el pueblo!! ¡¡Armas para el pueblo!! —brama la radio, entre himnos sindicales y airadas proclamas contra las tibiezas del gobierno de España y de la Generalitat ante los golpistas militares y civiles.

—Así no se hacen las cosas... —comenta doña Casilda, madre del joven Agustín Penón.

—¿Lo dices por el gobierno? —pregunta el joven.

—¡Lo digo por los militares! Debieran respetar el resultado de las elecciones... —aclara la señora Casilda Ferrer de Penón.

—Casilda, ojalá los militares pongan orden, ¡o los pistoleros se nos llevarán a todos por delante! —le enmienda su esposo.

—A los militares les toca aceptar que gobiernen los políticos electos, y dejarse para siempre de pronunciamientos y asonadas —insiste la señora Ferrer.

—Los falangistas matan a tiros a alguien cada día. Los anarquistas matan a tiros a alguien cada día. ¡Así no podemos seguir, mujer! ¡Acabaremos mal! Si este gobierno es incapaz de poner orden, ¡que lo pongan los militares, y en paz! —zanja el patriarca de los Penón.

Agustín Penón, que piensa como su madre, republicana liberal que lee *El Diluvio* —considerado un panfleto revolucionario por las demás familias burguesas amigas—, se aparta de la radio y del debate político de sus padres, más diálogo que discusión. Se acerca a la ventana que da a la calle Mallorca, con vistas al cruce con la Rambla de Cataluña, y justo en ese momento la radio advierte:

—¡¡Ciudadanos, todo el que se asome a ventanas o balcones, podrá ser disparado sin previo aviso!!

El joven Agustín Penón, asustado, se retira a su dormitorio y mantiene bajada la persiana. Los tiros y los gritos del exterior no dejan de oírse, de todas formas. Al joven Agustín le gustaría ahora mismo que lo abrazase su amigo Manuel, protegerse el uno al otro con caricias tiernas, en la penumbra del cuarto, tan parecida a la de los pasillos de un teatro... Y dejar de oír gritos, y que su amigo le despeinase los cabellos como antes hacía, con aquel gesto travieso suyo.

Siete gritos, siete sangres,
siete adormideras dobles...

Pero no puede ser, ya no puede ser... Agustín no se atreve a llamarlo por teléfono... No debe, no puede... Tampoco puede ahora salir a la calle para espiar el portal donde vive... No puede. La luna de su armario ropero le devuelve su imagen, sentado al borde de la cama, decaído, vencido por la melancolía...

...quebraron opacas lunas
en los oscuros salones.

Ya sólo puede abrir las páginas de este libro que Manuel le regaló, el libro de versos que cada día y cada noche le ayuda a sobrevivir cuando todo parece romperse.

Lleno de manos cortadas
y coronitas de flores...

Ya sólo le queda llorar a solas entre versos. El corazón roto de un chico de quince años de Barcelona, ¿qué le importa a nadie cuando la furia de los pueblos asalta la historia?

...el mar de los juramentos
resonaba no sé dónde.

—Pepito, ¿qué escuchas?

—¡Calla, *xiquet*! Déjame escuchar...

Josep Amela escucha una radio de galena fabricada en casa con cuatro placas de madera encoladas y otras tantas piezas mercadas en la ferretería del barrio: una bobina de alambre de cobre, cables, mandos y auriculares de verde baquelita...

—Yo también quiero escuchar —se queja Francisquet, de siete años, uno de sus dos hermanos pequeños.

Pepito lleva dos días sumido en la incertidumbre, y por eso no ha acudido hoy a las oficinas de Pirelli. Lo que sabe es que Barcelona es un campo de batalla en los cuarteles, en los edificios oficiales, en las sedes de los partidos y en los cruces de calles. Acercarse a plaza de Cataluña es apostar por recibir un tiro. Han conseguido armas los sindicalistas, obreros, las milicias de los partidos de izquierdas... Pepito necesita saber qué está pasando alrededor de las oficinas de la Pirelli, en pleno centro, en el número 18 de la Ronda Universidad. Sabe que hay sindicalistas armados corriendo por su barrio, como el que ha visto este mediodía ante su casa:

—¡Eh! ¡Eh! —ha gritado el sindicalista, desde la calle.

Pepito ha visto al hombre detenerse ante la verja del huertecillo ajardinado que separa su casa de la calle, en el que crece un níspero entre parterres de hierbas aromáticas, flores que cuida su hermana Carmeta y cuatro hortalizas. Tocado por un gorro de la CNT, con la camisa abierta y un pañuelo rojo al cuello, el sindicalista y ahora súbito miliciano, cargaba fusil al hombro. Pepito lo ha visto subirse a la reja y escrutar la casa, que está a veinticinco metros de distancia de la calle y algo elevada.

—¡Eh! ¡¡Eh!! —ha repetido.

Al no obtener respuesta, el miliciano ha vuelo a saltar a la calle y ha seguido a la carrera a sus camaradas también armados. Pepito ha visto la escena desde la ventana del dormitorio de Carmeta, donde había ido a buscar la radio de galena. Ha sentido un escalofrío. Sólo él lo ha visto. No ha dicho nada a sus padres ni a sus hermanos.

Son las siete de la tarde del lunes 20 de julio, y Pepito se entera por fin de lo que pasa de boca del mismísimo sublevado y derrotado general Goded, que perora con átona voz, sin emoción alguna:

> La suerte me ha sido adversa y yo he quedado prisionero. Por lo tanto, si queréis evitar el derramamiento de sangre, los soldados que me acompañabais quedáis libres de todo compromiso...

Josep Amela entiende: todo sigue igual en Barcelona. Los militares levantiscos han fracasado. El orden vigente permanece. ¡Bien! Mañana podrá ir a trabajar. Eso es lo que importa, trabajar. Traer dinero a casa, aliviar los esfuerzos de sus padres. Que sus hermanos pequeños puedan estudiar. Que todos puedan comer. Que las peleas por ideas políticas o religiosas no entren por la puerta de casa, que se queden fuera, en despachos del centro de la ciudad. Mañana irá a la oficina como siempre... aun a riesgo de encontrarse una plaza de Cataluña sembrada de cadáveres. Eso se lo comentará, avanzada la noche, la persona que golpeará con los nudillos los cristales de la puerta de entrada a la casa.

—¡Progrés! —se sorprende Pepito.

Josep Amela ha arrostrado la responsabilidad de ver quién llama tan tarde. Habla con Progrés Pujol fuera de la casa, a la débil luz de la solitaria bombilla que pende sobre la entrada, iluminando apenas una pequeña terraza elevada sobre el terreno, imagen del *hortet* que el *avi* Macià dijo anhelar para cada familia catalana.

—Pepito, tengo que hablar con Carmeta... Bueno, con todos vosotros. Es importante... —dice Progrés con voz queda pero agitada.

—¿Qué pasa? —se inquieta Pepito.

—Esta tarde... Ya sabes... Hemos sofocado la revuelta militar...

—Lo he oído por la radio.

—Hemos vencido el golpe militar, afortunadamente. Ha habido muertos...

—¿Dónde?

—Por todas partes. Muchos en la plaza de Cataluña y alrededores. Las armas ahora las tenemos los comités anarquistas...

—¿Y qué pasará?

—Por eso vengo, Pepito... He visto cosas hoy... No sé si contártelas... Pero tengo que hablaros...

—Progrés, cuéntame a mí. Y luego entramos y hablas con Carmeta y con todos —propone Pepito.

—Escucha... —acepta Progrés—. Esta tarde, en el convento de las Carmelitas, en Diagonal con Lauria... La gente ha entrado en tromba... Los han despedazado...

—¿Qué?

—Unos militares, fortificados con los frailes, ametrallaron a muchos trabajadores... Asediados, aceptaron rendirse ante el coronel Escobar de la Guardia Civil, y salvar la vida... Pero Escobar y los guardias no han podido contener a la multitud... Han vengado a sus muertos... Golpes, cuchilladas, tiros... Han matado a frailes y militares...

Progrés Pujol se detiene al ver el espanto en el rostro del joven Pepito. No le cuenta lo que han hecho los trabajadores revolucionarios con los cadáveres. Lo ha visto y le costará olvidarlo. Ha asistido al rencor de siglos acumulado por los de abajo, súbitamente liberado contra los de arriba, volcánicamente, y así se explica Progrés lo que hoy ha visto.

Han capado el cadáver del comandante Rebolledo.

Han despedazado el cadáver del capitán Domingo con una sierra.

Han decapitado al coronel Lacasa.

Han hincado la cabeza en una bayoneta y la han sacado en desfile popular por la Diagonal.

Han transportado luego en un taxi los pedazos de Domingo hasta el parque zoológico. Y allí los han arrojado al foso de los leones.

Es martes y los Penón llevan tres días sin salir de casa. Antes de sentarse a la mesa a comer, el padre le pide a Agustín que suba a casa una lata de bencina que hay en el almacén de la portería. Y con esa bencina don Eugenio quema, en la pica de mármol de la cocina, el cuadro de la Santa Cena que ha descolgado de una pared del salón. Agustín abre la ventana, para dar salida a la humareda. La señora Casilda, mientras, rompe y trocea dos valiosas figurillas de madera de la virgen y de un santo. Eran las únicas piezas de aire religioso en el piso de los Penón.

Lo han hecho porque una llamada de teléfono les ha advertido. Ha sido la doncella de los Grau, deshecha en llanto. Los Grau, un matrimonio amigo, beato y rico. Vecinos. Acaban de ser asesinados delante de la doncella, que se lo ha contado a Eugenio Penón —han podido oírla todos por el auricular del teléfono— en pleno brote nervioso:

—Han sido tres milicianos... Han llamado a la puerta... Les hemos dejado entrar... Con la culata del fusil han golpeado al señor Grau... y le han disparado. La señora se ha arrodillado... para rezar un avemaría... No lo ha terminado... Le han disparado... Yo también me había arrodillado... Me han ordenado abandonar esa «postura fascista» o me matarían... Han roto todas las imágenes religiosas, rasgado cuadros... tirado todo a la calle... por el balcón... ¡Tiren ustedes todo lo que tengan que sea religioso, don Eugenio! ¡Usted también es fabricante, como el señor Grau! ¡Vendrán! ¡Vendrán!

Apenas dispersada la humareda en la cocina, suena el timbre de la puerta. Pálido, pero componiendo una figura serena, el señor Penón abre la puerta.

—¡Peret! Pasa...

Peret es uno de los capataces de la fábrica de muebles de Eugenio Penón. Y viene a contarle lo que acaba de suceder allí. La señora Casilda Ferrer lo sienta en una silla, y pide a la doncella un vaso de agua para Peret. El joven Agustín, sentado en otra silla, en un rincón del salón, aprisiona el libro de Lorca entre las manos y escucha:

—Han venido a la fábrica seis delegados de los sindicatos anarquistas CNT-FAI. En un coche grande y negro, armados. Nos han reunido a los cincuenta trabajadores en la nave central de la fábrica. Nos han anunciado que la fábrica queda colectivizada, que la dirigiremos los propios trabajadores, bajo la supervisión de ellos. Lo siento, señor... Luego nos han pedido nuestras quejas contra usted. Todos hemos callado. Uno de los delegados se ha enfadado:

»—¡Ya veo que le tenéis miedo al patrón! —ha dicho—. ¡Eso se acabó! ¡Podéis hablar! ¡Sois libres!

»—¡Se acabaron las humillaciones y servidumbres para los trabajadores en España! —ha gritado otro sindicalista.

»—¡Ahora es el momento de denunciar a todos los fascistas criminales, ahora! ¡Si no, volverán a encadenaros! —ha añadido un tercero.

»Nosotros hemos seguido callados, señor Penón. Había mucha tensión. Y entonces un trabajador ha hablado. Cintet, se llama, del departamento de tapicería, y toca el clarinete en un orfeón obrerista, y ha dicho:

»—¡El señor Penón no es un fascista!

»Después, uno tras otro hemos dicho que es usted un buen patrón. Los delegados se han mirado entre sí, incómodos.

»—Bueno, pero va a misa, ¿no? —ha soltado el primer delegado.

»Entonces se ha adelantado Progrés Pujol, el de la sección de la maquinaria de los torneros, uno del barrio de la Trinidad, uno que es sindicalista de la madera, y se ha mostrado molesto por tanta insistencia de los delegados, y se ha encarado con el primero, y le ha dicho:

»—Mira, camarada, yo no sé si el señor Penón va a misa o no va a misa, ¡y me importa un pito! Pero respondo con mi vida de que no es un fascista. ¿Te sirve?

»El delegado, el que decía que ya basta de tener miedo, ha sacado la pistola con cara de pocos amigos, para asustar al valiente Progrés Pujol, que además es militante de un nuevo partido, el POUM, el Partido Obrero de Unificación Marxista. Y aquí he intervenido yo:

»—Cuando uno de nosotros va a casarse, el señor Penón nos vende la madera sin sobrecoste, ¡y nos presta todas las instalaciones de la fábrica para hacernos los muebles fuera del horario de trabajo!

»Esta verdad ha paralizado a los delegados sindicales, y los he visto nerviosos.

»Y he aprovechado su desconcierto y he seguido hablándoles:

»—Soy capataz, y el año pasado varios de estos obreros vinieron a verme. Me dijeron que les gustaría ducharse después del trabajo, que en su casa no tenían ducha. Y me rogaron que se lo sugiriese al patrón, por si pudiera instalar dos duchas junto a las letrinas... ¡Y el señor Penón puso tres duchas!

»Los delegados sindicales se han mirado. Uno ha exigido ver esas duchas, incrédulo. Y las hemos visto. Y han comprobado que era verdad, y les ha parecido bien. Pero entonces el que había sacado la pistola ha dicho:

»—Las letrinas no tienen taza.

»Ya sabe usted, señor Penón, que en la fábrica tenemos letrinas de suelo, sin taza...

—Perdone, Peret, ¿me disculpa un momento? —le ruega Eugenio Penón.

El patriarca de los Penón se levanta, deja el salón y entra en el baño, abre el grifo, deja correr el agua, se apoya en el espejo, solloza un par de veces y alivia así la tensión que lo atenaza, y se inclina sobre el chorro de agua y se lava la cara a manos llenas, una, dos, tres veces... Y, después de secarse, regresa al salón.

—Discúlpeme, Peret, puede usted seguir... —indica Penón.

—Me he vuelto hacia todos los presentes, entre nuestros obreros y los delegados, y les he preguntado, mirándoles a la cara:

»—¿Alguno de vosotros ha trabajado alguna vez en alguna fábrica que tuviese instalados inodoros en los retretes?

»—¡No! —han reconocido todos.

»—Y, además, ¡mirad! —he rematado.

»Y he señalado el rollo de papel higiénico que tenemos colgado junto a una de las letrinas, en vez de las hojas de periódico que hay en la mayoría de las fábricas.

»Y el delegado primero ha mirado el rollo de papel, ha suspirado, ha extraído de un bolsillo una libreta y ha tachado su nombre de usted, señor Penón, de la larga lista de nombres de fabricantes que ahí llevaba anotados.

El joven Agustín, que no se ha perdido una palabra, entiende que la mayoría de los patrones no tienen a sus obreros a favor, y en vez del capataz aliviado y salvífico se les presentan en casa anarcosindicalistas armados para matarlos.

El joven Agustín recuerda también cómo los asesinados Grau, sin hijos, mimaban sobremanera a un perrito fox-terrier, y que cierto día, estando invitados los Penón en su mansión, mientras él se divertía jugando con el fox-terrier, oyó decir a uno de los criados de los Grau: «Este perro come cada día como un rey, ¡mientras tantísimos pobres mueren de hambre en España!».

Agustín Penón entiende que el odio criminal que hoy arrastra a tantos trabajadores subalternos en España ha sido engendrado por los abusos de sus patrones, y que su padre, en cambio, ha sido respetuoso con sus empleados, y que sigue vivo por eso, no sólo porque ese día hubiese en las letrinas un humilde rollo de papel higiénico. O quizá sí.

—Carmeta, Carmeta, no llores, *ocellet,* ¡no volverá a pasar, nadie más entrará en esta casa a molestaros! ¿Me oyes?

Progrés Pujol, el joven poumista del sindicato de la madera, toma entre sus manos las de Carmeta. Intenta calmarla, y además nada le parece comparable al placentero roce de esos dedos en este crepúsculo del martes 21 de julio, sentados en los escalones entre la casa y el huerto. Carmeta está asustada.

—Anoche nos dijiste que no vendrían, Progrés, y han venido... —llora Carmeta, asustada.

—¿Qué ha pasado?

—Han venido dos, este mediodía, con el pañuelo rojo y negro al cuello, han registrado todo...

—No volverán, yo me encargo.

—Mi madre se ha asustado mucho, mi padre no estaba, había ido al huerto, a Sant Andreu.

—Carmeta, Carmeta... Ahora se llama Armonía, ese barrio. Recuérdaselo a tu padre: si lo paran y le preguntan a dónde va, que no diga «Sant Andreu», que diga «Armonía».

—Han registrado toda la casa, han dicho que están buscando al cura, don Pascual, que se ha escondido... ¿Qué le harán?

Progrés Pujol baja la mirada y no responde. Aprieta la mano de Carmeta y le insiste en lo que ayer vino a decirles, ya muy entrada la noche:

—Vosotros esconded las estampitas de santos y vírgenes, las figuritas, los rosarios, las medallas y los crucifijos.

—Lo hemos hecho, está todo escondido, pero... ¿sigue la revolución? Dijiste que hay una revolución, que había que detener a todos los ricos antes de que ellos os fusilen a los trabajadores... ¿Es verdad?

—Es verdad, Carmeta... Ahora todos en el barrio somos iguales, no hay amos ni esclavos, ni señores ni criados.

Carmeta escucha con agrado a Progrés porque le habla con dulzura, y también con alegría, con el entusiasmo del que está convencido de actuar para mejorar la vida de todos. Carmeta ve en Progrés a un chico noble, justo y firme, y por eso le halaga que se fije en ella. Y confía en su mirada, en su palabra.

—Nosotros somos pobres, Progrés, ya lo sabes —le dice Carmeta—. Como vosotros. Mi madre siempre ha ayudado a la tuya, y tu padre a mi padre. Ya sabes que no tenemos nada en esta casa, sólo a nosotros mismos...

—Lo sé muy bien, Carmeta... No va a pasar nada malo. Pero no son buenos momentos para acercarse a la iglesia. ¿Me harás caso?

—Pobre don Pascual... —lamenta Carmeta—. ¿Y si lo hubiésemos escondido nosotros, qué?

—No digas eso, Carmeta, esto no es un juego... Ni en broma.

—Progrés, me entristece este desbarajuste...

—Carmeta, ahora debo irme...

Progrés inclina la cabeza para besar los dedos de Carmeta, pero ella los retira, y mira hacia la casa, por si su madre pudiera haber visto el atrevido gesto amoroso del chico. El pudor de su estricta educación religiosa se impone, tanto como la preocupación ante el violento hostigamiento a sus creencias religiosas.

—Progrés, no me has contestado... —dice Carmeta.

Progrés, que ya está en pie y descendiendo los tres peldaños de escalera hasta el jardín, se da la vuelta para atender una reincidente pregunta de Carmeta:

—¿Qué harías tú si supieras que tenemos escondido en esta casa a don Pascual, al señor cura? —le pregunta Carmeta, procurando no alzar la voz, para que Progrés Pujol no vuelva a reprenderla.

Progrés sonríe, no responde y cruza el jardín. A la altura del níspero, se detiene. Le frena la última imagen del rostro de Carmeta, espejo de una angustia honda y sincera que —ahora lo entiende— expresa también una gran confianza en él en estas horas peligrosas, una admiración que Progrés interpreta como un naciente amor. El hombre vuelve sobre sus pasos. Carmeta sigue sentada a media escalera. Progrés se acerca, acomoda un pie en el primer escalón, mira los ojos añiles de Carmeta y se declara:

—¿Que haría yo? Pues... Le pediría a don Pascual que me absolviera en confesión por este pecado mío de amarte tanto.

35
Desde el frente

Barcelona, 19 de julio de 1938

> En campaña. 19 de julio de 1938.
>
> Queridísimos padres: el motivo de escribiros estas cuatro letras es para haceros saber mi buen estado de salud como de costumbre, deseando infinitamente os halléis en igual situación que la mía...

Josep Amela interrumpe la carta que escribe y atiende al secretario del comisario, que le confía un paquete con cartas de los soldados.

Está en una de las tiendas de campaña de los mandos, donde redacta documentos y gestiona la correspondencia del campamento. Deja las cartas en una esquina del escritorio y retoma la plumilla, consciente de que su experiencia como oficinista en la Pirelli está evitándole la primera línea de fuego. La sangrienta ofensiva del Merengue ha matado a muchos chicos de su edad, diecisiete años, nacidos en 1920. No saben disparar. No los han adiestrado. Calzan alpargatas. El pasado abril tuvieron que presentarse en su caja de reclutas —requeridos por un decreto del gobierno de Negrín y de la Generalitat de Companys— con «una manta, calzado, un plato y cubiertos, todo en buen estado».

Pepito, con todo eso metido en un hatillo, al despedirse de su familia fingió serenidad. El espanto iba por dentro, pero procuró no empeorar el desgarro de su madre, que lloraba. Como Carmeta. Su padre aguantaba. A los dos pequeños, también lloricones, les tiró de las orejas entre bromas, para hacerles rabiar en vez de penar.

> ...que a buen seguro estaréis algo peor que yo en todos los conceptos, pues vosotros estáis sufriendo una serie de sustos y demás que *pá* qué, cosa que yo aún es la hora que tengo que pasarlo. Escribidme seguido, para darme la alegría de comprobar que no os ha ocurrido nada en la serie de bombardeos que se efectúan en ésta, pues por lo visto estáis en constante peligro.

Pepito sabe de bombardeos. A fines de febrero del año pasado, un acorazado italiano cañoneó desde el puerto las calles del centro de Barcelona. Salía de las oficinas Pirelli cuando oyó las detonaciones. Pepito sonríe con melancolía al recordar que ese día le acompañaba Roser Ferran, que desde julio de 1936 no es ya la secretaria de la Pirelli: es la jefa. Los cenetistas han colectivizado la empresa, ahora industria de guerra: sus neumáticos surten a los vehículos militarizados. A la señorita Roser la obligaron con amenazas a capitanear la empresa porque sin ella se hundiría: habla y escribe italiano, sabe de todo, conoce como nadie el tinglado.

Al primer cañoneo siguieron en los meses siguientes oleadas de aviones italianos y alemanes dejando caer toneladas de bombas sobre las casas y las calles. Pepito los ha maldecido cada vez que han hecho correr a sus hermanos y su madre hacia el refugio de Ca'l Cagamantas en la carretera de Ribes, entre trompicones, caídas y rodillas peladas. Su padre no corre: «Si tiene que caer una bomba en esta casa, ¡que caiga!», dice, y sigue cavando el huerto.

> Eso no quiere decir que no tenga ganas de venir y poder estar junto con todos vosotros, aunque tuviera que soportar toda esa serie de martirios, pues solamente os lo digo para vuestra tranquilidad hacia mi persona, primero, y porque es una verdad como un templo, segundo.

Pepito intenta tranquilizar a los suyos haciéndoles creer que está de maravilla. Luego les ordena que no crean a nadie que les vaya con el cuento de que lo han herido. Y les exagera con lo bien que está comiendo en la guerra:

> He desayunado un buen plato de café con dos rebanadas de pan tostado y luego dos tostadas más untadas con aceite, sal y un trozo de chorizo. Y he comido un plato de patatas estofadas con carne, un trozo de chusco y un trago de agua fresca, y andando.

Pepito ordena a sus padres que dejen de enviarle paquetes con comida, «que aquí no falta», porque sabe que, sin su sueldo de la Pirelli y con las restricciones de la guerra en Barcelona, la estrechez amenaza la mesa de sus padres y hermanos. Finaliza la carta advirtiendo que estará unos días sin escribir: «Nos envían a unos pueblos para allá, seguramente a fortificar». Consciente de la efeméride del día en que escribe, se despide abriendo el pecho:

> A ver cuál será el día que se terminará esta maldita guerra que hoy hace dos años que estamos sufriendo y nos volveremos a juntar todos y podremos seguir nuestra vida normal con paz y tranquilidad, pues espero sea pronto, como estoy seguro que vosotros estáis también con más ganas aún que yo que se termine, esto que mías no son pocas. Padres, un beso. Carmeta, cuida de todos, y salúdame al Progrés, que me ha escrito poco. Al Francisquet y al Victet, un tirón de orejas. Buena suerte.

Pepito cierra el sobre. No sabe aún que no se los llevan a unos pueblos a fortificar, sino al vientre de la batalla más sangrienta de la historia de España. No sabe que el pecho se le volverá a abrir, pero que esta vez lo hará una bala, diez días después, cruzado el Ebro.

> Barcelona, 19 de julio de 1938
>
> Querido Pepito:
>
> Soy Carmeta. Te añado estas líneas mías antes de acostarme. Como te hemos dicho al principio de esta

carta, en casa estamos todos bien. Te echo en falta y ahora he llorado, pensando en cómo estarás por ahí, con tanto peligro y sin nuestros cuidados de la mamá y míos. Mi suerte es que el Progrés viene a verme casi cada día. Mañana me recogerá esta carta y se la dará a la mujer del comisario. Ella te la dará en mano, que irá a ver a su marido ahí donde estáis. Ella te dará también el paquete que te hemos preparado con pasta de dientes, jamón, *esqueixada*, dos cigarrillos y un frasquito de licorete, del que la mamá dice que no te gusta casi nada, qué irónica. Los cigarrillos son rubios, me los ha dado el Progrés para ti, que no sé de dónde los habrá sacado, mejor no lo digas a nadie. El Progrés te aprecia mucho. Que te envíen a la guerra le ha enfadado, está triste. A veces me dice unas cosas de los que mandan... Está muy serio y atareado. He oído cosas terribles a vecinos del barrio, dicen que a unos ricos los han echado a los hornos de la cementera de Montcada i Reixach. El Progrés me ha dicho que esto es mentira, que no me crea todo lo que se cuenta, y yo le creo. Un día le vi un morado en el pómulo, me contó que había tenido una pelea. ¿Y sabes por qué? Uno de los suyos quiso detener a una abuela que saludó con un «bendito sea Dios». ¡El Progrés la defendió, claro! Y hubo pelea. Por eso aquí no nos molestan los suyos, porque el Progrés vigila. Me gusta que proteja esta casa. Nos quiere mucho. Me ha dicho cosas bonitas. Me ha dicho que respeta lo que nuestros padres nos han enseñado, aunque él no crea en lo que nosotros creemos. Pero yo estoy segura de que en el fondo sí cree en Dios, y es tan cabezón que no quiere reconocerlo. Tiene buen corazón, como tú, eso lo veo. Me ha contado una cosa que me ha dado mucha pena, pero me ha gustado que me haya dicho que eso le ha hecho pensar. Y es que uno de los suyos dijo: «Cuánto más buena persona sea un católico, ¡razón de más para matarlo!». Esto no se entiende, ¿verdad?, pero el que lo dijo sí lo entiende, dice que si las personas más buenas están en el otro bando, son muy mal ejemplo, ya que hacen más atrayente al otro bando. Y por eso las mejores personas son los peores enemigos y hay que matar a las más buenas personas del otro bando, a los curas más buenos, a las más santas monjas, a los creyentes más admirables y queridos y respetados por sus obras de ayuda a los pobres, a ésos son a los que primero quieren matar. El Progrés me ha dicho que desde que ha oído esto anda preocupado, que tiene la impresión de que en estos tiempos la humanidad ha decidido quemarlo todo, lo malo, lo regular, lo bueno y lo mejor, para volver a empezar desde las cenizas, si es que quedan cenizas. También me dice que algunos comunistas se han sometido a los rusos y que en vez de hacer la revolución sólo quieren ganar la guerra y entregar España a Stalin, pero yo no entiendo nada. A veces me da miedo lo que dice, pero siempre me gusta oírlo. A mí me gusta que me cuente tantas cosas y que cada día me traiga una florecita. Yo se la acepto, y nada más. Yo le digo que me gustaría que todo volviera a la calma, y que tú estuvieses en casa, y estar todos juntos, y todos trabajando y en paz. Yo le quiero decir al Progrés que el día que todo sea así y se acabe la guerra, escucharé lo que tenga que decirme, lo que quiera decirme de él y de mí, tú ya me entiendes, Pepito. Pero aún no le he dicho nada. Yo te lo escribo aquí a ti, Pepito, antes que a nadie, porque para mí es importante tu bendición, lo que tú pienses y me digas de esto del Progrés y yo.

Un abrazo muy fuerte de tu hermana Carmeta, que te quiere.

A la atención de Manuel Fernández

Marsella, 19 de julio de 1938

Querido Manolo:

Te pido disculpas por mi atrevimiento. Quizá rompas esta carta antes de abrirla, quizá tus ojos nunca se posen en esta línea que ahora escribo.

Pero si estás leyendo, me apresuro a decirte que esta carta nace de mi necesidad irrefrenable, y que no busco respuesta.

Pensé en escribirte el pasado 15 de septiembre, cuando mis padres, mis hermanos y yo zarpamos de Barcelona rumbo a Marsella. No lo hice porque mis padres querían regresar pronto. La idea era esperar en Marsella a que se apaciguara todo en Barcelona.

Mi padre estuvo los meses anteriores con los nervios rotos, por los tiroteos de mayo del año pasado en el centro, entre anarquistas y poumistas contra comunistas. Mi madre, que esperaba que la Generalitat de Companys preservase la República en Cataluña, entendió que todo lo que ella defendía se había derrumbado, tanto por el resentimiento obrero —«que puedo entender», decía— como por las guerras a tiros entre partidos de izquierdas —«que no quiero entender», decía—, y por eso lo preparamos todo para irnos de Barcelona.

Ya hemos pasado diez meses en Marsella. ¡Diez meses! Vemos entrar y salir barcos del puerto. Hablamos con los que llegan. Y vemos que las cosas no se arreglan en España. El ambiente entre españoles aquí es cada día más desesperanzado... He visto por las calles del puerto a Josep Pla, nuestro escritor, que ya se ha ido a Roma... Mis padres también se quieren ir lejos. La guerra en España no termina, y volver a Barcelona no es un horizonte halagüeño. Mis padres han decidido no volver. Les he oído, y dicen esto: si ganan los unos, mal; si ganan los otros, peor.

Nos vamos a Costa Rica.

Está decidido. Mi madre tiene familia en Costa Rica, los Ferrer, hermanos de su padre. Nos ayudarán. Ya lo han hecho, así salimos de Barcelona acogiéndonos al consulado de Costa Rica, rumbo a Marsella en barco. Al zarpar del puerto de Barcelona vi el *Uruguay*, la prisión flotante...

Tenemos en Costa Rica a un primo muy trabajador, José Figueras Ferrer, que ha formado un grupo de soporte a la República Española. En cuanto lleguemos, mi padre y mi hermano piensan volver a levantar la fábrica de muebles. Yo no, yo quiero estudiar y escribir, tú eso ya lo sabes...

Hoy zarpamos rumbo a América.

Por eso te escribo hoy. Porque nunca volveré a Barcelona. Es doloroso. Tendré que esforzarme mucho en olvidar Barcelona. Me parece algo imposible... Pero así será... Quedará atrás el barrio de Horta, donde mis padres han tenido una casita en la que he vivido los mejores días de mi infancia, y también quedará atrás el piso de la calle Mallorca, la tienda de la Rambla... y también la plaza de Cataluña, las Ramblas... ¡Las Ramblas! ¿Cómo podré vivir sin las Ramblas? Y tú estás unido a todo eso para mí, Manolo, a mis primeros dieciséis años de vida. Por eso me costará tanto, y por eso tengo que esforzarme en olvidar, para no sufrir ya más.

Dentro de muchos años quizá mire hacia atrás y

sonría, pero ahora no puedo, ahora tengo un corazón que llora. Porque me enamoré de ti.

Si has llegado hasta aquí, dejarás de leer ahora, ¿verdad? No quieres oírlo, leerlo. Lo entendí esa Nochevieja, entendí que no puedes aceptar que un chico te ame y te lo diga. Me escuchaste espantado, y escucharme te apartó de mi lado para siempre. Pero te he amado y te amo como se ama en las novelas, en las películas, en los poemas de amor.

Te lo dije en la Nochevieja en que recibíamos el año 1936, el año del final de todo, de nuestra amistad, tan bonita, y de tantas cosas bonitas que se han roto en mi mundo. Aquella noche era la primera que mis padres me dejaban salir de casa a una verbena de Nochevieja. Ahí nos vinos, y reímos, y fumamos, y cantamos... Y, al final de la noche, cuando juntos volvíamos a nuestras casas, en el paseo de Gracia, enfrente del hotel Majestic, ahí me detuve, y te lo dije...

Te lo dije, te dije lo que quería para nosotros.

Montado en un ágil
caballo sin freno
venía en la busca
del pan y del beso.

Te dije que quería lo mismo que había visto en los pasillos del teatro Principal Palacio una semana antes, en la penumbra. ¡Allí lo vi! ¡Vi a Federico García Lorca besándose con un chico! Entre las sombras. «Rafael», lo llamó. ¡Lo vi! Dijeron que se verían en el hotel Majestic, que iban a estar juntos esa noche... Llevaba yo el *Romancero gitano* en mi bolsillo, el que tú me habías regalado por mi aniversario en septiembre... Te conté cómo en el teatro no me atreví a hacer ruido, cómo me fui muy calladamente.

Salí a las Ramblas exaltado, como si la vida empezase en ese momento, Manuel.

¡El mayor poeta de España! ¡El artista más extraordinario! Esa persona maravillosa... ¡sentía como yo siento! ¿Cómo no iba a estar contento? Subí las Ramblas hacia casa como en un sueño, exultante de gozo. Desde esa noche era posible amar a otra persona de tu mismo sexo y ser bueno, digno, respetable, admirable, hacer cosas hermosas y grandes, universales y valiosas. Eso me salvaba de todo lo que me aprisionaba desde dentro de mí. Y deseé decírtelo, deseé tener eso mismo contigo, y lo deseé desde que abracé mi almohada esa noche. Que tú y yo pudiéramos un día tener también nuestra penumbra, nuestra gruta, nuestro ardiente y dulce algodón y nuestra llama.

No dije nada a nadie. Fue mi ensoñación durante esos días de diciembre, esa semana. Y te lo dije esa Nochevieja, al pasar frente al hotel Majestic, allí donde Federico y Rafael se habían amado una noche de diciembre de 1935.

Te alejaste para siempre, Manuel, hace dos años, seis meses y diecinueve días. Allí mismo me dijiste a trompicones que aquello que yo te confesaba era aberrante, monstruoso, que no podía ser, que eso era pecado mortal, que te avergonzaba escucharme, que el infierno... que Dios... que la Iglesia... que mi alma entre las llamas... que salvarías tu alma... que la religión, que nunca, nunca... Arrancaste a correr, te fuiste para siempre. Te perdí para siempre.

Así fue.

Nacía el año 1936, y yo moría.

Lo que no sabía es que yo volvería a morir ese mismo año de 1936.

Yo no sabía que se podía morir dos veces, Manuel.

Me morí por ti primero, y después me matarían los que mataron a Federico.

Fue el 21 de septiembre de ese año. Aquel día volví a morir.

Era martes. Salí de casa temprano, con la idea de ir a la biblioteca del Ateneu, a estudiar. Bajé por la Rambla. El suelo estaba mojado y el cielo era marfil de nubes. Había llovido en Barcelona por primera vez en semanas. Al llegar a la plaza de Cataluña, mientras cruzaba la Ronda de Universidad, casi enfrente de mí vi salir, del número 18, a tu compañero de oficina, al que me presentaste el día que escuchamos a Lorca por los altavoces. ¡Qué bien estábamos entonces, Manuel! Se me rompe el corazón...

Tu amigo me reconoció, me saludó desde lejos. Yo fingí no verlo y apreté el paso porque temí verte aparecer, que salieras tú de las oficinas detrás de él, y no quería vivir ese sobresalto ni tampoco disgustarte, ni que creyeras que me hacía el encontradizo... Pero al llegar yo a la acera de su lado, casi corriendo ya por la plaza de Cataluña, tu amigo me alcanzó. No recuerdo cómo se llama, ¿José? ¿Josep? ¿Pepe? ¿Sí, verdad? ¿No le llamabas tú Pepito, alguna vez?

Tu amigo traía un diario bajo el brazo. Era un ejemplar de *Solidaridad Obrera* de aquel día aciago. «Me lo presta casi cada mañana un vecino de la CNT que es amigo de mi hermana —me explicó—, y por la tarde se lo devuelvo. Y hay una noticia que... —empezó a decirme, y se interrumpió—. No sé si es verdad, pero si lo fuera, es muy triste, y al verte he recordado que... El día de los altavoces... Bueno, quizá ya te la hayan contado», dijo, y calló, ofreciéndome el ejemplar de la *Soli*.

Vi la página. Rompí a llorar. Volvían a matarme. Vi el dibujo de su rostro, aquella fina caricatura de Pahissa, y era él, era Federico. Tengo grabada a fuego esa página, el titular encima de la caricatura: «Cómo su amigo el Camborio. Pasión y muerte de Federico García Lorca».

Federico, asesinado por los fascistas.

Manuel, se me nubló la vista en cada párrafo, leí el texto de la noticia como pude, y explicaba el crimen un testigo que se decía presencial: «Estaba pálido, pero caminaba sereno», «los faros de los coches en la noche...», «el piquete se situó detrás de los faros...», «habló en defensa de la libertad y de la causa del pueblo, de su obra frente a la barbarie y el crimen...», «a culatazos, a tiros...», «y se desplomó sobre la tierra que había regado con su sangre...», «allí quedó el poeta insepulto, frente a su Granada...», «fue un poeta puro, iba por la vida derrochándola...».

Esto leí, lo recuerdo como si fuera hoy. Pasado mañana se cumplen veintidós meses, nunca olvidaré ese instante mortal.

No llegué al Ateneu. No recuerdo haberme despedido de tu amigo, supongo que me lo habrá perdonado. Sólo sé que caminé y caminé, sin rumbo, desorientado, desesperado... Repetí como un loco: «¡No, no es verdad, no es verdad!», primero para mis adentros, luego en voz alta, entre lágrimas. Los transeúntes que me vieron pensarían que habían matado a mi padre en una cuneta, o que habían raptado a mi hermana, ¡yo qué sé! A ratos lo creía, y moría, y en otros momentos no lo creía, y reía. Si nadie me detuvo se debe a que no era el único en esos días que caminaba por las calles de Barcelona como un orate, como si hubiese perdido la razón, trastornado por alguna tragedia cercana e irremediable... Caminé sin rumbo Ramblas abajo, entre restos de barricadas, vestigios lúgubres de aquel verano, del verano del 36, que aquel mismo día moría, igual que estaba muriendo todo en mi vida. Todo alrededor era para mí un cementerio.

Madre, cuando yo me muera,
que se enteren los señores.
Pon telegramas azules
que vayan del Sur al Norte.

Cuando ya tantas lágrimas ulceraban mis mejillas, alcé la vista y me vi ante el hotel Majestic. En algún momento había invertido mis pasos y había subido por la derecha del paseo de Gracia, y se me encogió el corazón, porque en ese lugar pensé a la vez en ti y en Federico, en Federico y en ti. ¡Cuánto te necesité en aquel momento! ¿Y si... y si me hubiese callado en Nochevieja y no te hubiese dicho lo que sentía? Eso pensé. ¿Qué hubiese pasado en tal caso? Quizá hubiésemos estado juntos en esa terrible mañana de 21 de septiembre de 1936, juntos, y quizá podríamos habernos abrazado como los amigos que habíamos sido y que quizá podríamos haber seguido siendo. Quizá... Fantaseé con paseos ya entonces imposibles juntos, paseos por nuestra Barcelona, subidos al tranvía del Tibidabo, por las atracciones del Paralelo, entre estanques del Turó Park, juntos por el fascinante paseo de Gracia, y experimenté la fantasía de compartir horchatas y cafés en la Maison Dorée, y cervezas en el Colón, y granizados en el Glacier, y moscateles y coñacs en todas las tascas del Gótico... Todo eso hubiera sido posible, quizá, si no te hubiese revelado lo que mi corazón guardaba, todo eso pensé ante el Majestic.

Pero entonces, Manuel, palpé el bolsillo de mi americana. Como siempre, ahí estaba el *Romancero gitano*, con tu sincera dedicatoria. ¡Y entendí, Manuel! Entendí que tú, sin tú pretenderlo, tú eras la persona que conseguiste que yo te hablase como te hablé, que te abriese mi alma, que te confesara mi sentir, porque al regalarme ese libro mágico, Manuel, me condenaste a vivir con sensualidad, a temblar con sensualidad, a exaltarme con la sensualidad de noches llenas de peces, de lunas de plata, de morenos de verde luna y empavonados bucles, de cutis amasados con aceituna y jazmín, de blancas torres y espadas calientes, dedos antiguos y lenguas resplandecientes, de encajes y polisón de nardos, de bellos muslos ceñidos por los faroles.

Y entonces lo supe.

Supe que había obrado como debía.

Supe que Federico me hubiese aprobado.

Supe que estuve a la altura del libro que palpita en mi bolsillo.

Tú lo metiste ahí.

El *Romancero gitano* me acompaña y acompañará todos los días de mi vida. Ha estado siempre ahí, acompañándome en los mejores y en los peores momentos. Y nunca, nunca me ha fallado.

Y ahora, Manuel, se viene conmigo a Costa Rica.

Hoy embarcamos.

Ahí en donde yo esté, estará el *Romancero gitano*. Estará Federico. Estarás tú.

Ojalá puedas vivir tu vida conforme con lo que

sientes en lo más hondo de ti. Ojalá aprendas a decirte la verdad y a vivir conforme a tu verdad, no a la que vierten los púlpitos y los puritanos timoratos y biempensantes.

No nos veremos nunca más, Manuel.

Hasta siempre, amigo.

Agustín Penón

36
Batalla del Ebro

Agosto y septiembre de 1938

El 1 de agosto de 1938 es lunes y el cielo arde de sol y pólvora sobre el cementerio de la Pobla de Massaluca, en la Terra Alta. Los soldados de la 31 Brigada, 3.ª División, XV Cuerpo de Ejército, avistan las tapias del camposanto. Parapetados en las tapias, tiradores marroquíes disparan sobre los soldados republicanos.

—¡Putos moros! ¡Tiran a dar! —bromea Andrés Font.

Andrés Font es de la misma quinta y del mismo barrio que Josep Amela. Juntos han cruzado el río Ebro durante la madrugada del 25 de julio, sobre pontones flotantes, por Riba-roja. Han avanzado de noche y de día, a pie, entre enebros y pedruscos, coscojas, zarzales, y sorteado cadáveres de moros abatidos por las avanzadillas. A uno le ha quitado Font la valiosa cantimplora. Ha meado dentro, para beber algo cuando se enfríen los orines. Pepito se ha conformado con amorrarse a una charca pestilente. La sed convierte la lengua en un cuero viejo que se pega al paladar. Recuperadas para la República las viejas trincheras de la Punta del Duc, las órdenes son avanzar hacia Gandesa.

—¡Pégate bien al suelo, Pepito! —aconseja Font.

Para llegar a Gandesa, antes hay que tomar el pueblecito de Pobla de Massaluca. Y para eso hay que tomar antes su cementerio, defendido por los tiradores de la 50 División del Ejército nacional, parte del Cuerpo de Ejército marroquí.

—¡Adelante! ¡Adelante!

Hay que obedecer, hay que avanzar, correr, disparar. Es fama que en la división republicana comandada por el comunista Líster, él personalmente tirotea por la espalda a los soldados dubitativos en un avance. Font y Amela corren hasta el murete de piedra seca que deberá parapetarlos, se tiran al suelo y esperan la siguiente orden.

—Tengo miedo —confiesa Pepito a Font, a su lado sobre el pedregoso suelo.

—Unas buenas bombas de mano tras esa tapia ¡y estaremos en la gloria, ya verás! —lo tranquiliza Font—. Es una carrera más, hasta aquella pared, cuando nos digan.

—Pero si me matan...

—¡Anda, hombre! Calla. Aquí hoy no morimos.

—Te pido que le digas a mi madre, a mis hermanos... que los quiero.

—Basta, hombre, no hace falta.

—Y a mi hermana Carmeta le dices...

—...

—Que me parecerá bien que se case con el Progrés.

—¡Con lo que me gustaba a mí la Carmeta! Creo que no le diré nada... —se burla Font, para hacer sonreír a Pepito.

—Tengo miedo...

—Pepito... ¡Cálmate! Luego nos reiremos de esto... —suspira Font, y añade con aire serio—: Te prometo decirles lo que quieres a los tuyos si te pasara algo, ¿de acuerdo?, ¿más tranquilo?

—Gracias... Es que hoy yo tendría que estar con ellos, no aquí...

—¡Mira éste! Pues yo también me apunto a la fiesta.

—Así debería ser: hoy cumplo dieciocho años.

—¡Hoy! ¡Tu cumpleaños! Qué callado lo tenías, ¿eh? ¡Para no convidarme a nada! —se chancea Font, con un humor a prueba de todo—. Bienvenido, yo los cumplí en enero... ¡Luego lo celebramos con una lata de arenques!

—Tengo miedo... Qué mal lo pasará mi madre si muero...

La orden del jefe de la brigada llega a sus oídos, intempestiva e imperativa.

—¡Adelante! ¡Adelante! ¡A por ellos!

Pepito y Font corren codo con codo.

Font corre a la izquierda de Pepito. Cae al suelo. Una bala. En el corazón. Pepito lo ve caer, se gira hacia él. Es sólo un leve giro en la inercia de la carrera, y por eso la bala destinada al centro del corazón de Pepito entra y sale por su tetilla izquierda. Acaba de recibir el regalo por su dieciocho cumpleaños.

Hospital de sangre de la Colònia Puig, Monserrat, 2 de septiembre de 1938

Amigo Manolo:

¿Cómo estás? Yo estoy vivo. Tú también, por lo que me cuentan. Una bala me ha visitado y la he dejado irse. Estoy entre enfermeras, yodo, bálsamos y vendajes. «Herida en sedal con limpio orificio de entrada y salida», ha dicho el cirujano. «Pincelación de yodo y apósito», «bálsamo de Perú», es lo que oigo a los matasanos por aquí.

Lo que sé de ti es por la señorita Roser Ferran, a la que le envío esta carta a las oficinas, que me ha prometido que te la hará llegar. Dice que estás en el Cuerpo de Carabineros. Contéstame al hospital, por favor. Mi cura está avanzada. Primero me llevaron al hospital de sangre de Valls, la herida se infectó, y aquí en Montserrat me han curado la mar de bien. ¡Y qué aire tan fresco y bueno se respira en estas alturas! Ha costado, pero ya he vuelto a la vida, yo ya me había visto muerto. Mi familia ha podido visitarme, vaya susto se han llevado.

Ahora el susto lo tengo yo. ¿Qué me pasará si me devuelven al Ebro? ¡Me matarán! Me entero de más cosas en este hospital de Montserrat que en cuatro meses en el frente. Los heridos hablan. El frente se ha estabilizado en la Pobla de Massaluca, me dicen. Ahí me hirieron. Un herido en Vilalba dels Arcs, dos días antes que yo, dice cómo vio morir delante de él a un primo suyo que se había pasado a la otra zona y la atacaba integrado en el Terç Nostra Senyora de Montserrat, cantando el *Virolai*. ¡Murieron ese día sesenta y un requetés! Catalanes contra catalanes, qué pena. El comisario de Vilalba, un tal Josep Portal, quedó tan sobrecogido que dio tregua a los requetés para que se llevaran a sus muertos.

Otro cuenta cómo la cremallera de su cazadora se teñía de rojo al abrirla o cerrarla, por la sangre de tantos piojos machacados por la cremallera. Otro, que un compañero sacaba un brazo por la trinchera para ser herido y que así lo evacuasen. A otro lo han fusilado por herirse a sí mismo. Otro me contó que un compañero suyo, al que un día le negó un cigarrillo, se vengó robándole el fusil durante una guardia, para que lo fusilasen... ¡Cuánta vileza! En cambio me ha gustado otro que cuenta que en los silencios de la trinchera había uno que colocaba piedritas blancas y negras ante sí, como teclas de un piano mudo, y tocaba *Bésame mucho*. El pianista se llama Josep Godall.

Manuel, tengo que descansar, estoy cansado. Escríbeme, si te place.

Josep Amela, tu compañero Pepito

PD: Ah, hay en este hospital un gallego de nuestra edad muy despierto, un chico anarquista que se llama Alejandro, que nos recita poesías. Una bomba le ha dejado cojo y, como no puede jugar a fútbol, ha inventado un juego con barras, muñecos de madera como jugadores, y una bola de corcho, para jugar con otros cojos por las bombas que hay aquí, entre ellos varios niños. Le llamamos «futbolín». ¡Tendrías que verlo! Es muy divertido. Yo ya he metido un gol.

37
Carabinero en el Pirineo

Año Nuevo de 1939

El fusil es como una piedra entre sus manos, que no siente por el frío, más intenso a medida que la noche avanza. El puesto de guardia, batido por la gélida ventisca, está en un puesto fronterizo del Pirineo, y el centinela del Cuerpo de Carabineros se desliza hacia la congelación. El centinela se llama Josep Amela.

Pepito está ya olvidando su propio nombre en esta noche que no termina, y el rictus de una sonrisa inmotivada se congela en su rostro purpúreo. Sólo le queda abandonarse a la parálisis y la somnolencia, al vacío con que el hielo del Pirineo lo castiga por haber huido del fuego del Ebro.

—Me matarán en el Ebro, Manuel. Es el infierno, es un matadero. Si vuelvo allí, ¡moriré! Vi morir a mi lado a mi amigo Andrés... Tengo mucho miedo... No quiero darle ese disgusto a mi madre...

A punto de ser dado de alta, así se lo confesó a su amigo Manuel Fernández, en una visita que le hizo en el hospital de sangre de Montserrat.

—Yo puedo ayudarte —le dijo Manuel.

Los temblores sacuden la mandíbula, los dientes castañetean frenéticamente, los hombros se encogen convulsos, y tiemblan los picos de las solapas del uniforme, donde lleva prendidas las doradas insignias del cuerpo de carabineros, dos fusiles cruzados de los que emanan rayos de luz.

—Estoy en el Cuerpo de Carabineros —explicó Fernández—, y patrullamos fronteras, puertos, aduanas... Y yo sé cómo alistarte, Pepito, y así te librarás del frente.

Y desde octubre, Pepito es carabinero: vela por la legalidad republicana en costas y fronteras, disuade a contrabandistas y quintacolumnistas.

—Te librarás del Ebro —afirmó Fernández—. Yo me alisté en febrero, he evitado el frente. En casa somos carlistas, no combatiré a los defensores de la religión y no me atrevo tampoco a pasarme de bando y dejar solos en Barcelona a mis padres.

Pepito no siente ya su cuerpo bajo el uniforme verde grisáceo, piensa que tampoco siente nada ya su amigo Andrés, fundido con la tierra dura y seca de la Terra Alta. Los camilleros transportan a los muertos. Los camilleros tienen siempre sangre seca bajo las uñas. Pepito ve la sangre seca, y ve también a Progrés propinar puñetazos por defender a Carmeta, y ve a su madre temblar bajo las bombas, y ve a sus hermanos buscar hierba para un conejo que su padre esconde en el terrado, y ve su propio cuerpo encajonado entre las peñas de un barranco inaccesible de la Terra Alta, descomponiéndose, y ve a una raposa mordiéndole una mano, y no quiere darle a su madre el disgusto de un hijo muerto y desaparecido al que ni poder enterrar siquiera. Su sonrisa de carabinero congelado asusta a los compañeros del cambio de guardia, y lo masajean, ¡trae el coñac!, ¡al puesto de mando! Una bala de un moro enviada por Dios para salvarlo de la muerte, una lágrima de hielo por su amigo Font, por tantos muertos, por los que no saben nadar y se ahogan en el Ebro, por las heridas abiertas que le recuerdan a los conejos abiertos en canal en casa de su madre, por los cuerpos insepultos de chicos que han llamado a sus madres antes de morir. ¿Entenderán sus compañeros muertos en el Ebro que no haya regresado con ellos a la ceniza y plomo de la Terra Alta? Y los vivos, ¿lo entenderán? ¿He hecho bien? ¿Qué he hecho mal? Y mi familia, mi barrio, mi ciudad, mi país, mis políticos, ¿qué han hecho bien, qué han hecho mal? Los compañeros carabineros hunden los pies de Pepito en agua caliente, frotan su cuerpo con alcohol de romero. Sabe, él lo sabe, que es un desertor del frente. ¿Quién ha obrado bien? ¿Quién ha obrado mal?

A mediodía del 26 de enero de 1939, los camellos africanos del Cuerpo de Ejército marroquí mordisquean las palmeras de la Diagonal de Barcelona.

Pepito Amela, con su uniforme de carabinero metido en un hatillo, sabe que alguno de esos moros le envió una bala de regalo por su aniversario el pasado 1 de agosto.

Seis meses después, carabinero de la Generalitat

republicana, Pepito Amela se pone a disposición de los nuevos mandos para la depuración que corresponda. Se entrega.

Que decidan ellos.

Que decidan ellos en qué ha obrado bien, en qué ha obrado mal.

38
Campo de refugiados de Saint-Cyprien

Enero de 1939

Justo Garrido observa los movimientos de los soldados senegaleses al otro lado de la alambrada. Su ir y venir, su deambular monótono. Los soldados negros, con su repetitivo «*papiers, papiers!*», se le han hecho odiosos. ¿No saben decir nada más? Desconsiderados y bárbaros, son el rostro de una Francia nada dulce, una Francia muy amarga. ¿Tierra de asilo y fraternidad? Justo Garrido se frota el moratón en la cadera por el culatazo propinado por un soldado al cruzar el cercado de la playa de Saint-Cyprien del Roselló, donde lleva más días de los que está dispuesto a soportar.

Granos de arena disparados por el viento se le clavan como agujas en la piel, y también los mastica en las pocas ocasiones en que ha podido llevarse a la boca un pedazo de chusco lanzado al aire sobre la alambrada por los guardias. Cada chusco, rebozado de la arena del suelo, es disputado y convertido en migajas por una legión de manos de hombres famélicos.

Amanece un día gélido sobre las carnes desvalidas de miles de refugiados republicanos españoles, derrotados, desastrados, postrados. A dos metros de él, Justo Garrido ve a un hombre temblar sobre la arena, tumbado en postura fetal, de unos cuarenta años y rostro demacrado. Ve cómo castañetea los dientes y cruza los brazos sobre el pecho, para retener algo de calor, pues sólo lo protege una camisa rota. A su lado, sentado en la arena, otro hombre se quita la americana, oscura y salpicada de barro, y la extiende sobre el hombre que tiembla, como si tapase a un niño en su cama.

—¿Qué le pasa? —pregunta Justo Garrido al de la americana, cerrando su ejemplar del *Romancero gitano,* que cada día abre al azar y lee en algún momento.

—No lo sé. No lo conozco.

—Perdón, pensé que iban ustedes juntos... —se excusa Justo Garrido.

El hombre de la americana, con el dorso de su mano, toca la frente del que tiembla.

—Uf, mucha fiebre —sentencia, con una mueca de contrariedad.

—¿Médico?

—¡No! —sonríe el hombre de la americana—. Soy oficial tornero de carpintería, estoy... bueno... estaba... en una fábrica de Barcelona.

—Me llamo Justo Garrido, maestro, de Granada. Estos últimos meses he impartido clases a niños enfermos en Barcelona, en hospitales o en sus casas. Y he colaborado con el Socorro Rojo —se presenta Justo Garrido.

—Yo me llamo Progrés Pujol, soy de Barcelona, del sindicato de la madera y...

«Y militante del POUM», ha estado a punto de añadir Progrés Pujol, pero prefiere no decirlo por ahora. No quiere generar desconfianzas ni discutir con su interlocutor, por si quizá es comunista soviético. El POUM, partido que Progrés Pujol ayudó a crear en su barrio de Barcelona, es un partido marxista y obrero pero desobediente a Moscú, por lo que ha sido ilegalizado y reprimido por el gobierno de la República, dominado ahora por comunistas estalinistas, bajo la acusación de servir a Franco y a Hitler.

—... y salí de Barcelona con otros camaradas... pero los he perdido por el camino, en uno de los bombardeos...

—¿Y ahora... qué cree usted que pasará?

—No lo sé, pero en cuanto pueda me iré bien lejos de ese dictador de Franco. A América.

—Pero... ¿no deja usted a nadie en Barcelona?

—Sí... Un padre... Y una chica estupenda, mire...

Progrés Pujol le muestra a Justo Garrido la fotografía de una veinteañera de piel clara y aterciopelada, ojos celestes que se adivinan en la foto en blanco y negro, cabellos morenos recogidos, vestida con la misma blusa que lucía el último día que la vio, con dos tiras de adorno bordadas en la pechera. Es la foto de una jovencita llamada Carmeta Amela.

—Dejo allí a personas muy queridas pero no se merecen disgustos por mi causa, señor Garrido...

—Justo, llámame Justo.

—He visto demasiadas cosas, Justo... Sé que en España me perseguirán los lacayos de Franco como me han perseguido otros... Soy revolucionario. ¿Qué puedo hacer en España? Todo el que esté cerca de mí lo pasará mal... Lo mejor es alejarme de todo. La patria es el precio que voy a pagar por mis pecados.

—¿Qué pecados?

—Haber alentado la revolución. El 19 de julio combatí a los sublevados, y luego... Acabamos a tiros con los nuestros... Demasiada sangre...

—¿Anarquista? —pregunta el maestro, con franqueza.

—Marxista ¡sin amo!, trotskista, del POUM, no obedezco a Stalin —se atreve a contestar Progrés Pujol, porque Justo Garrido le inspira confianza, por su modo de hablar... y por haberle visto leyendo un libro.

—Yo soy seguidor de don Fernando de los Ríos, del PSOE... Y ahora, en esta misma arena fría estamos todos, comunistas, socialistas, anarquistas, poumistas, cenetistas, azañistas, catalanistas, la España de la rabia y de la idea... —reflexiona en voz alta Justo Garrido.

—¡Machado!, ¿verdad? —apunta Progrés Pujol.

—Sí. Lo vi un día de las pasadas Navidades en Barcelona, entraba él en la redacción de *La Vanguardia*... También debe de andar por aquí, ahora, o vaya usted a saber...

Los temblores del hombre enroscado en la arena, cubierto por la americana, se han convertido en convulsiones. Progrés Pujol le toca la frente de nuevo y contempla su rostro con atención.

—Ahora le noto helado... —informa—, y le he reconocido.

—¿Quién es?

—Un miliciano del PSUC. En mayo del 37 nos tiroteábamos en la plaza de Cataluña. Ha sido carcelero de la cheka de la calle Vallmajor... Ahí tuvieron encerrado los comunistas a uno de mis camaradas... Y no volvimos a saber nada de él...

—Quizá ahora le podrías preguntar...

—Hace un año... —dice Progrés Pujol, con la mirada fija en la arena—... yo hubiese matado a este hombre. Bah, ahora... da igual todo.

El maestro Justo Garrido se levanta de la arena, desentumece las rodillas. Palpa el libro que siempre lleva consigo en el bolsillo de su americana. Se acerca al enfermo. Ve que ha dejado de temblar. El maestro se agacha, toca el cuello del enfermo.

—Amigo Progrés, este hombre... ha muerto.

39
Colliure

> ¡Pobre de ti, Granada! [...] Porque la sangre de Federico, tu Federico, no la seca el tiempo.
>
> ANTONIO MACHADO

Febrero de 1939

Justo Garrido ya ha entendido que, para Francia, los fugitivos republicanos españoles son como animales. Hay que encerrarlos, estabularlos, echarlos a una fosa común cuando mueren. Sospecha que los franceses quieren desesperar a los españoles refugiados para que acaben alistándose en sus compañías de trabajo esclavo, o para que ingresen en la Legión Extranjera. O para que se vuelvan a España.

Justo Garrido observa a los gendarmes galos y a los soldados senegaleses. Les ha visto desarmar a hombres, empujar a niños y mujeres, toquetearlas a ellas con la excusa de registrarlas. Todos han llegado en pocos días, a finales de enero y principios de febrero de 1939, a través del Pirineo, y son miles de españoles, son hombres, mujeres y niños de todas las edades, cientos de miles... Los franceses han separado a las familias: las mujeres y los niños en unos campos, los hombres en otros distintos. Y, en todos, lo mismo: agujeros en la arena de la playa para protegerse del frío, y hambre, piojos, suciedad y fetidez. Hay un grifo para miles de hombres, con un hilo de agua contaminada por sus propias deyecciones. Beber es enfermar de disentería, es la muerte. Algunos beben agua de mar, es la muerte. Y a cada amanecer, nuevos cadáveres sobre la arena.

Justo Garrido no puede admitir que, tras haber sobrevivido a combates en el Peñón de la Mata, y más tarde en Teruel, y en Valencia, ahora su vida termine sobre montones de arena y mierda. Observa a los soldados, advierte que hay un momento en que una parte del cercado queda sin vigilancia durante... uno... dos... tres minutos.

—De aquí podemos salir, Carles —le dice Justo Garrido al hombre que se sienta a su lado, sobre un albornoz cuidadosamente doblado.

—Por aquella alambrada, lo he visto. Los alambres están separados... —confirma Carles.

—Y no hay centinela durante un rato, el tiempo necesario...

—Querido Justo, ¡yo me voy a París!

El amigo de Justo Garrido se llama Carles Fontseré, un prolífico y creativo cartelista barcelonés, autor de los carteles más hermosos que el maestro haya visto para propagar los valores de la República y la revolución. Cuando los soldados se han llevado al hombre muerto, Fontseré se ha acercado a preguntarle a Progrés Pujol quién era aquel muerto... Progrés Pujol y Carles Fontseré se conocen por los diversos trabajos gráficos y carteles que el POUM le ha encargado al artista en Barcelona, antes de ser ilegalizado. Progrés Pujol ha presentado al maestro granadino y al cartelista barcelonés, que han descubierto que tienen los dos un mismo propósito: escapar del campo de Saint-Cyprien, hurtar el cuerpo al martirologio del exilio republicano.

—¿A París?

—Allí hay muchas revistas, diarios, galerías, marchantes... ¡y muchos catalanes! —explica Fontseré—. Es todo lo que necesito para ganarme la vida con mi arte, amigo mío.

—Yo... volveré a Barcelona. Dicen que Franco ha prometido no hacerles nada a los que no hayamos tenido responsabilidades...

—Ay, amigo... Franco no es muy versallesco...

—Carles, no quiero vivir por ahí como un apátrida...

—¡A mí eso me da igual! Todo es un engaño. ¿Acaso ves aquí a alguno de nuestros políticos? Salí con ellos, iba con Companys... Y mira, mira alrededor. ¿Dónde están? ¡Aquí no! Con nuestro dinerito, están de lujo... ¡Deberían estar aquí, con nosotros, con los suyos, ellos son los capitanes y deberían ser los últimos en salir de este campo, los últimos en abandonar la nave! ¡Que nadie me venda ya más patrias, bah!

—No es eso —aclara Justo Garrido—, es que siento lo que decía Federico... «yo soy español integral, y me sería imposible vivir fuera de mis límites geográficos...».

—Yo sí puedo.

—... «y odio al que es español por ser español nada más». Estoy de acuerdo. «Yo soy hermano de todos y execro al hombre que se sacrifica por una idea nacionalista abstracta por el solo hecho de que ama a su patria con una venda en los ojos.»

—Leí esa entrevista... ¿Y no decía luego «canto a España y la siento hasta la médula»? —pregunta Carles Fontseré.

—«Pero antes que esto soy hombre de mundo y hermano de todos. Desde luego, no creo en la frontera política.»

—Muy bien, pues lo mismo digo: ¡me voy a París! ¿Y sabes qué quiero hacer allí? ¡Ilustraré ese libro estupendo de Lorca que llevas siempre en el bolsillo!

—¡El *Romancero gitano*! ¿Harás eso?

—¡Seguro! Y quiero hacer escenografías para su teatro... Vi su *Yerma* y su *Rosita* en Barcelona, en el 35... ¡Fenomenal! Justo... atención... ¡vámonos!

—¡Vámonos!

—Justo, escucha: si puedes llegar a Barcelona, ve a mi piso. Y si los militares han dejado todavía allí algo mío..., ¡llévatelo! ¡Llévatelo tú, guárdamelo!

Justo Garrido, que ha sobrevivido doce días entre alambradas, se entera de que es el día 21 de febrero de 1939 gracias al campesino que lo conduce en la caja del carro hasta Colliure, entre sarmientos, leños y sacos de arpillera con abono. El azul del cielo le parece aquí más limpio que en la playa de Saint-

Cyprien, más parecido al que cubre el pueblo de Cádiar, en sus lejanas Alpujarras.

Justo Garrido admira de este norte que es también un sur el desafío de las cepas tenaces agarradas a pendientes que le parecen alpujarreñas, precipitadas hasta acantilados costeros festoneados de espumas. Admira el brillo cobrizo de la tierra, moteada por el verde esmeraldino de las viñas. El restallar del sol en la superficie violácea del mar le esponja por dentro. Siente el súbito gozo de estar vivo.

Porque Justo Garrido sabe que debería estar varias veces muerto.

Muerto en un tiroteo en Cádiar, tras el alzamiento contra la República.

Porque Justo Garrido sabe que debería estar varias veces muerto.

Muerto en un barranco de la Alpujarra, encañonado por un falangista analfabeto... Palpa en su bolsillo el ejemplar del *Romancero gitano* que nunca lo ha abandonado, que nunca le ha fallado.

Porque Justo Garrido sabe que debería estar varias veces muerto.

Recuerda con un escalofrío cómo hace menos de dos años fue «casi» fusilado con su libro encima. Huía de la primera toma por los sublevados del Peñón de la Mata, en julio de 1937, y en un camino fue apresado por una escuadra falangista. Junto a otros seis presos más, los sentaron sobre un muro de poca altura, detrás del que se abría un derrumbadero de mucho desnivel, para que los cuerpos tiroteados rodasen al vacío arrastrados por su propio peso.

Porque Justo Garrido sabe que debería estar varias veces muerto.

Un segundo antes de que el pelotón abriese fuego, Justo Garrido se dejó caer hacia atrás y su cuerpo rodó pendiente abajo. Cruzó los brazos sobre el pecho, protegiendo sus costillas y su libro, y las balas de los apercibidos soldados, disparadas desde el murete, no le acertaron. Ni una. Más de cincuenta metros más abajo, pudo zigzaguear tras unas peñas, con las ropas y las carnes desgarradas y sanguinolentas, pero ningún hueso roto.

Porque Justo Garrido sabe que debería estar varias veces muerto.

Justo Garrido entra en Colliure y se ve a sí mismo llegar en diciembre de 1937 a Valencia, y llegar en abril de 1938 en Barcelona, ofreciéndose siempre al Socorro Rojo y a hospitales para ayudar y colaborar como maestro de niños sin recursos. El día es azul, luce el sol en la playa de Colliure, hermoseada por la esbelta torre de la iglesia parroquial, duplicada su belleza templaria por el espejo del agua del puerto y el aire otomano de su cupulilla rojiza.

Y entonces, de pie en la playa, Justo Garrido ve a un hombre que ha visto otras veces en los últimos meses tanto en Valencia como en Barcelona, en actos de intelectuales en favor de la República. El hombre es sexagenario, pero parece mucho mayor, encorvado y con un aspecto muy frágil, decaído. Se apoya en un bastón con una mano, y recuesta el otro brazo en otro hombre que camina con él, que justo sabrá pronto que es hermano del que parece un anciano. Justo Garrido se les acerca, con el *Romancero gitano* en la mano.

—¡Don Antonio!

El maestro Justo Garrido ha reconocido al poeta Antonio Machado, el más insigne poeta vivo de las Españas, y maestro de García Lorca, que de él había cantado que «es un monumento cubierto de ceniza y de honda simpatía».

—¡Don Antonio! —repite en voz alta Justo Garrido, ante la impresión de que el poeta no puede oírlo bien.

—Está muy cansado, soy su hermano, me llamo José —interviene el acompañante.

—Don Antonio, soy maestro, como usted. Soy de Granada. Lo saludé no hace mucho en Barcelona, en la calle Pelayo... Permítame volver a saludarlo...

—Granada... —musita Machado.

Antonio Machado mira a Justo Garrido a través de las lentes redondas, con los párpados caídos, la boca torpe, las mejillas descolgadas, el rostro macilento y el gesto lento.

—Pobre Granada... —susurra Machado.

—Pobre España, don Antonio.

—¿Cómo está aquello?

—No lo sé. Yo ahora volveré, veremos a ver...

—Guárdese, amigo. Guárdese.

—Don Antonio, si pudiera hacer algo por usted... —se ofrece el granadino.

—Sí puede.

—Dígame.

—¿Es usted maestro, dice? —pregunta Antonio Machado.

—Sí.

—Pues bien: le pido que enseñe a todos los niños

que pueda. Enseñe. Y enseñe bien, siendo un poco niño. Si un niño no le entiende, no será fallo del niño...

—¡Así lo haré, don Antonio! —Y recuerda a un niño que conoció en el Peñón de la Mata, Jacinto, con ganas de aprender y ánimo despierto—. Despacito y buena letra...

—... que el hacer las cosas bien... importa más que el hacerlas. Y sólo la educación hará florecer a España.

—Donde de cada diez cabezas, nueve embisten y una piensa...

Don Antonio Machado sonríe al escuchar sus máximas en labios del maestro de Granada.

—No le entretengo, don Antonio, disfrute usted de este día azul... —se despide Justo.

De vuelta al hotelito en que está alojado con su madre, el poeta sevillano extrae del bolsillo un cuadernito y un lápiz, detiene sus lentos pasos y en una hoja escribe: «Estos días azules y este sol de la infancia...».

Justo Garrido, en pie en la bucólica playa de Colliure, ve alejarse a Antonio Machado, a pasitos muy cortos, desnudo como un hijo de la mar, sin más equipaje que sus versos.

El maestro Justo Garrido emprende el retorno a España —haciendo camino al andar— con el recuerdo de un día de diciembre de 1937, en la plaza Emilio Castelar de Valencia, un día en que allí habló Antonio Machado del asesinato de Lorca, y dijo: «¡Pobre de ti, Granada! Más pobre todavía si fuiste algo culpable de su muerte. Porque la sangre de Federico, tu Federico, no la seca el tiempo». El asesinato de Federico lo había conmocionado, y aquel día leyó para todos un poema:

Se le vio, caminando entre fusiles, por una calle larga,
salir al campo frío,
aún con estrellas de la madrugada.
Mataron a Federico
cuando la luz asomaba.
El pelotón de verdugos
no osó mirarle la cara.
Todos cerraron los ojos;
rezaron: ¡ni Dios te salva!
Muerto cayó Federico
—sangre en la frente y plomo en las entrañas—.
... Que fue en Granada el crimen
sabed —¡pobre Granada!—, ¡en su Granada!

40
Penal del Puerto de Santa María

Cádiz, abril y mayo de 1939

Filiación: De D. Juan Manuel Bonilla Jiménez
Artillería Regimiento de Costa nº 1

Falange Española Tradicionalista y de las JONS
Jefatura Provincial de Milicias de Granada

Año 1939. Por orden del Excmo. Sr. General Jefe del III Cuerpo de Ejército pasó agregado al Servicio de Investigación, Policía Militar (S.I.P.M.) en el que quedó prestando los servicios especiales que le eran encomendados.
(Documentación conservada en el Archivo Militar de Segovia)

La escudilla estañada contiene un rancho con tantas lentejas como gorgojos. Pepito Amela no le hace ascos. Tampoco los seis mil reclusos del penal del Puerto de Santa María, concentrados en un espacio diseñado para ochocientos presos.

Pepito apura el potaje carcelario, hoy cien veces preferible a los habituales nabos podridos, las cotidianas zanahorias renegridas, las recurrentes vainas de habas.

Vuelve a crecerle el cabello en el cráneo rapado. Se lo raparon los funcionarios al ingresar en el penal, a mediados de marzo, hace casi mes y medio. Y no era la primera vez. Se lo han rapado en cada traslado de prisión desde principios de febrero en Barcelona, cuando los nuevos mandos de los carabineros, ahora anexionados por el cuerpo de la Guardia Civil, le abrieron el expediente de depuración por actividades al servicio de la República. De cárcel en cárcel hasta que el tren le deja en el penal del Puerto de Santa María, en la bahía de Cádiz, sobre el Atlántico.

—¡Más lejos no te enviarán ya, no te preocupes! Lo siguiente es ya el fondo del mar... —le dice con buen humor Eudald Portell, uno de los presos catalanes con los que se ha juntado en el patio del penal.

Hay otros presos catalanes, como Portell, como Antoni Roig, como Ramón Sancho, que en uno de sus paseos por el patio, en grupos de tres, se interesan por Pepito.

—¿De dónde vienes? —pregunta Antoni Roig.

—De Barcelona, del barrio de la Trinidad.

—Ya somos dos —se alegra Roig.

—¿Detenido con armas? —se interesa Ramón Sancho.

—He sido carabinero.

—Ya somos dos —saluda Sancho.

La estación ferroviaria de Puerto de Santa María es casi un apeadero del propio penal. La vía férrea colinda con sus siniestros muros. El preso catalán, al bajar en la estación, respira con alivio el salitre marino del aire, tras horas de hacinamiento en el cochambroso vagón del tren, torturado el esqueleto por el traqueteante suelo. Las muñecas atadas con un trozo de cuerda no lo han ayudado a sentirse más cómodo.

Junto a la estación, a la derecha, tras unos metros recorridos bajo una umbría glorieta arbolada, el preso ingresa en el penal, escoltados por guardias del ejército de Franco, de la policía militar. A la vista de todos destaca un sarcástico lema pintado sobre la entrada: «La seriedad de un banco, la disciplina de un cuartel, la caridad de un convento».

—A este penal le han llamado «el saco» —le dirá Portell a Pepito—: será porque le ven entrada y no le ven salida, digo yo...

Tras dos días en el penal, Josep Amela ha añorado el vagón de tren. Duerme en un jergón de paja. De canto, para dejar hueco a otro preso. Una manta de áspera borra le cubre en las noches aún frías. No hay cristales en los ventanucos enrejados de la celda. En un rincón hay una bacinilla o un bote de carburo, para defecar. De día, los presos pasan las horas procurando no desesperarse, no enfermar, no enloquecer. A Pepito le angustian tantos presos enfermos de tifus, tuberculosis, caquexia, desnutrición... Ha visto desvanecerse a algunos, que, tras llevárselos a enfermería, no regresan. Pepito sospecha que van ya muertos.

—Lo importante es que no te cace «el zapatillas» —le advierten los catalanes a Pepito, en la celda.

—¿Quién es «el zapatillas»?

—Un celador muy hijo de su madre... —informa Portell.

—¿Qué hace?

—Te habrán avisado los guardias de que no te sientes en el camastro durante el día, ¿verdad?

—Sí, está prohibido.

—A veces, por turnos, nosotros nos estiramos. ¡Los riñones lo agradecen! ¡Y nos levantamos rápido si oímos los pasos de algún guardia por el pasillo de la galería!

—Claro.

—Pues «el zapatillas» es tan mala persona que, para cazar a algún preso tumbado, ¿sabes qué hace?

—¿Qué?

—Se descalza sus botas, para no hacer ruido. Y se calza unas silenciosas zapatillas. Recorre la galería sin que le oigamos. Y se detiene ante la puerta y espía por el chivato.

—¿Por el qué?

—La mirilla.

—El muy desgraciado...

—El muy cabrón.

—Si te ve estirado, irrumpe como un perro de presa. Y se te lleva.

—¿Adónde?

—Celda de castigo. Un agujero. Te encierra a solas, sin espacio. Sin poder hablar, cantar, silbar ni hacer ningún ruido durante días. Alguno ha pasado meses. Ya no sirves para nada cuando sales.

—Mala persona.

—Grandísimo hijo de la gran puta.

A Pepito no le cuesta estar callado. Desde que lo llamaron a filas, en abril del año anterior, calla. Ha aprendido que hay fuerzas sobrehumanas que le arrastran a uno igual que la impetuosa y ciega corriente de un río arrastra a la hoja caída de un árbol sobre la superficie. Pepito ha aprendido que en la incierta corriente hay sólo dos asideros fiables: la familia y algún amigo cierto. Y sólo de ahí espera ahora alguna ayuda para salir del penal.

—Hay aquí condenados para muchos años... —dice Sancho.

—Algunos con pena de muerte —añade Portell.

—Tendrán las manos manchadas de sangre, o serán altos cargos de la República —opina Puig.

—Que no, que a muchos los condenan por haber sido maestros. O estudiantes. Eso basta para ser sospechoso —asegura Portell.

—Lo que importa es tener alguien que te avale —asevera Sancho.

—Y hacen falta dos avales —tercia Pepito.

—Eso es. De algún religioso o de personas muy adictas al régimen.

—Mi familia conseguirá los míos —explica Pepito—, que espero no tarden mucho, porque yo no he hecho nada de nada.

—Ojalá los que cortan el bacalao lo vean como tú lo ves...

—Un aval será el de don Pascual, el cura de la parroquia —explica Pepito—, que me conoce bien, a mí y a mi familia, y se lo pedirán mi hermana Carmeta y mis padres...

—Pues a los curas de parroquia les advierten de que no se apiaden de rojos, que no avalen al tuntún...

Los avales de buena conducta son tan codiciados que existe ya un mercado negro de falsificación. Pepito espera los suyos con ansia, identificado ya con una coplilla que a veces se cuela a través de los muros del penal del puerto, cantada por un grupo de gitanillos de guitarra remendada y en los labios un cigarrillo liado con restos de hebras de tabaco extraídas de colillas recogidas del suelo en el colindante parque Calderón, en la terraza del bar Casa Pesca, donde guardias y paseantes suelen sentarse a fumar y tomarse un vino junto al paseo marítimo:

Mejor quisiera estar muerto,
que verme *pa toa* la vía
en este penal del puerto,
Puerto de Santa María.

—Igual que ahora oímos nosotros esta cantinela debió de oírla, hace cinco años, el presidente Companys, cuando lo metieron aquí... —dice Portell.

—Pobre... —lamenta Pepito.

—¿Pobre? —tercia Sancho—. ¡Pobres, nosotros! El tío se ha largado a Francia en un cochazo, y nosotros aquí.

—El *president* ha defendido lo que ha creído mejor para los catalanes y la República... —insiste Pepito.

—¡Sí, enviarte a ti al Ebro, pobre biberón, a salvarnos de Franco, Hitler y Mussolini! —comenta ácidamente Sancho—. Companys como Negrín: «¡Resistir es vencer!», nos decía. ¡Resiste tú!

—Shhh, bajad la voz, ¿estáis locos? —interviene Antoni Puig—. ¿Y estáis todavía hablando de política, con todo lo que nos ha traído?

—Vale, vale...

—La política, si es ambición de acallar al rival, te hace criminal. Acabas por matar en nombre de... bah, da igual... —reflexiona Portell.

—Ya veo que seguiremos igual por los siglos de los siglos... —concluye Puig.

Al ingresar en el penal, tras ser duchado, desinsectado, rapado y cubierto con un uniforme de dril gris, un médico ha revisado el estado físico de Josep Amela, mientras un funcionario le ha tomado su filiación. El médico le ha ordenado desnudarse y ha escrutado barba, el vello de las axilas y del pubis, y ha dictaminado: «Mayor de dieciocho años». Ha acertado, pero por pocos meses: a Pepito le faltan solo tres meses y pico para cumplir los diecinueve años. El dictamen ajustado del médico tiene doble filo: a un menor de dieciocho años no se le puede aplicar la pena de muerte. Pepito sabe que su edad le coloca en el lado peligroso, el de los republicanos ejecutables. Pero no quiere ni pensar en que un error o una arbitrariedad pudiese arrastrarle hasta el paredón.

—Expediente de depuración de Josep Amela, soldado del Ejército Rojo, ¿correcto? Naciste en 1920 y en el 38 luchaste en el Ebro, ¿correcto? ¿Fuiste como voluntario?

La pregunta del auditor paraliza a Pepito. En un despacho del penal, sobre una destartalada mesa de escritorio, se ventila su situación jurídica ante el nuevo régimen. Se ha quitado la boina, que le gusta calzarse un poco ladeada y que le protege la cabeza de los fríos del penal, y se la ha colocado entre las piernas, apretada entre las dos manos, sentado en una silla de madera que cojea.

Lo interroga un funcionario del Servicio de Información y Policía Militar (SIPM), capitán del ejército, que ejerce como auditor en la instrucción. Lo acompaña un guardia, un cabo del ejército que vigila el despacho y custodia la puerta, armado con un fusil, y que debe de haber presenciado docenas de interrogatorios como el de este muchacho catalán, desde el Día de la Victoria. De espaldas a la puerta y al guardia, Pepito responde al auditor, que usa máquina de escribir para transcribir las respuestas.

—¿Voluntario, yo? No, no, señor: voluntario no fui.

«Todo lo contrario que yo, que cogí las armas porque así lo quise», piensa el cabo, a espaldas de Pepito.

—¿Entonces?

—Fui recluta forzoso, por el decreto del gobierno de la República que aplicó la Generalitat en abril de 1938.

—¿Qué edad tenías entonces, pues?

—Diecisiete años y ocho meses.

«Yo tenía treinta años y siete meses cuando me eché al monte con Escudero», piensa el cabo, en pie detrás de Pepito.

—Y te enviaron al frente, a matar nacionales.

—Al frente, pero al principio en tareas de oficina.

—¿Oficinista?

—De eso trabajaba antes de la guerra, y en el frente era de los pocos que sabía leer y escribir...

«No como yo, que me espabilé para aprender al principio de la guerra, gracias al maestro Justo», piensa el cabo, en pie junto a la puerta.

—¿En qué frente estuviste, muchacho? —pregunta el capitán auditor, adoptando un tono paternal.

—Frente del Segre, en Lérida, primero, pasamos por Montgai, Montfalcó, Almenara... Y después bajamos al Ebro y lo cruzamos por Riba-roja.

—En el frente del Ebro...

—Sí.

—¡Luchasteis duro allí, rojos! ¡Duros de pelar!

—A mí me hirieron a los pocos días.

«Yo he tenido suerte, me he expuesto muchas veces y no he sido nunca herido, afortunadamente», piensa el cabo.

—¡Afortunadamente! —añade Pepito.

—¡Ah! ¿No querías seguir combatiendo? —pregunta el capitán auditor.

—No quería.

—¿Y te hubieras pasado a nuestro bando, de haber podido?

«¡Yo sí lo hubiese hecho en su lugar!», se dice el cabo.

—Yo no sirvo para la guerra, señor.

—¡Pero tu expediente dice que, a ver... sí, aquí... que el pasado mes de octubre te alistaste en el cuerpo de carabineros de la República!

«Igual que yo me reenganché en el Ejército para ser militar profesional», piensa el guardia.

—Lo hice para no volver a la guerra en el frente del Ebro, señor.

—Aquí dice que eres católico, apostólico y romano. ¿Es verdad?

«Igual que yo», piensa el guardia.

—Lo soy, como toda mi familia, como mis padres, como mis abuelos...

«Igual que yo», piensa el guardia.

—¿Te interesa la política?

—No.

—¿Qué opinión tienes de esta guerra, muchacho?

—Que todos los muertos son iguales a los ojos de Dios.

«¡Esto mismo dice mi amigo Luis Rosales!», piensa el guardia.

—Mira, muchacho —dice el auditor, sin descabalgarse de su paternalismo, aunque algo incómodo—, ¿ves ahí afuera?

El capitán señala un gran ventanal de cristales churretosos que se abre al patio central del penal. Pueden verse abajo a cientos de presos formados en filas regulares. Saludan a la romana a un guardia. Mientras, algunos presos de confianza efectúan el recuento, recorriendo las filas, contando con los dedos y anotando con tiza unos palotes y números en un pizarrín.

—¿Ves ahí afuera?

—Sí.

—Pues bien, te aconsejaré lo mejor para ti, que seguro que quieres ver pronto a tu familia en... ¿a ver? Ajá, sí... en Barcelona, ¿verdad? Y no quedarte aquí para los restos, por tu mala cabeza, ¿verdad? Lo que te aconsejo es no hacerte el beato, que tú has estado con los rojos, y habéis perdido y ahora os toca pedir perdón, y callar mucho, decir que sí y no dar sermoncitos a nadie, ¿estamos?

—Sí.

El preso Josep Amela, exsoldado, excarabinero, exoficinista, ciudadano depurado, se cala la boina ante la puerta del despacho, con la cabeza gacha.

Le abre la puerta del despacho el guardia Manuel Bonilla, cabo del Ejército en servicios especiales en el Servicio de Información y Policía Militar (SIPM).

Sus miradas no se cruzan.

Manuel Bonilla ha ganado una guerra.

Josep Amela ha perdido una guerra.

Sus miradas no se han cruzado.

No saben que serán un día miembros de una misma familia.

Un futuro día de Año Nuevo sabrán que cuarenta y un años antes estuvieron en el mismo lugar.

Lo sabrán porque un chico tímido, que será su nieto y su sobrino y que nunca pregunta nada, les hará aquel día una pregunta.

Y es por eso, porque un día hice una pregunta, por lo que estoy escribiendo esta novela.

41
Militar profesional

Granada, 31 de julio de 1945

Hoja de Castigo. Sargento D. Juan Manuel Bonilla Jiménez Ninguno. Causa baja en esta Jefatura en fin de febrero de 1945 por pasar al Regimiento Artillería nº 16.

Don Rafael Martínez Fajardo, comandante de Infantería y jefe provincial de la Milicia de FET y de las JONS de Granada.

Certifico: Que la presente hoja de castigos ha sido formulada por esta Jefatura por pérdida de la original y sin antecedentes de los Cuerpos donde sirvió con anterioridad.

Granada, 28 de febrero de 1945.
El Comandante Jefe Provincial
Rafael Martínez Fajardo (firma)

Rgto. Artillería nº 16 Batería 4
Hoja de castigo del Cabo 1º Juan Manuel Bonilla Jiménez
Que entró en este Rgto.: 1º marzo 1945

(Documentación conservada en el Archivo Militar de Segovia)

Manuel Bonilla presiona las rodillas en los costados del caballo que él mismo ha domado en el cuartel de artillería. Desde que volvió de Cádiz, en 1940, doma caballos del ejército en Granada. Le gusta: ya de joven domeñaba asnos, potros y yeguas en los desmontes, barrancos y pendientes de la Alpujarra. Ahora cruza la plaza Nueva de Granada, deja atrás la iglesia de Santa Ana, al pie del Albaicín, donde vive desde el término de la guerra con su esposa e hijos, en la larga calle San Juan de los Reyes. Es mediodía, en casa lo esperan para comer.

Sabe que su hija Anita saldrá a la calle a recibirlo, y él deberá mirarla con severidad para que no se acerque más de lo debido.

El esbeltísimo campanario de Santa Ana le recuerda que un día su amigo Luis Rosales le recitó lo que de la torre escribió Lorca: «Inverosímil torrecilla de Santa Ana, torre diminuta, más para palomas que para campanas, hecha con todo el garbo y la gracia antigua de Granada». La santa advocación de esta iglesia inspiró el nombre de pila de su hija Anita.

Aquí han hecho la primera comunión todas sus hijas. Y dos hijas más le ha dado su esposa María, desde que llegaron del cortijo a instalarse en Granada, además del niño que murió a los diez meses de edad, Manolito, con el que tanto se había encariñado Antonio, su primogénito, hoy único varón. De sus hijas, a la que más ilusionó hacer la primera comunión en esta iglesia de Santa Ana fue a Anita, que ahora va para los once años.

Sabe que su hija Anita saldrá a la calle a recibirlo,

y él deberá mirarla con severidad para que no se acerque más de lo debido.

Los cascos del caballo arrancan un ritmo sincopado del empedrado de la carrera del Darro. Del cauce del río asciende un frescor verde y húmedo. Manuel Bonilla podría alcanzar San Juan de los Reyes por una de las empinadas callejas transversales que ataja el acceso a su casa, pero prefiere llegar hasta el convento de Santa Catalina, doblarlo y subir por la calle Zafra hasta el arranque de la larga calle de su casa, y recorrerla con parsimonia, al paso, dejándose ver por el vecindario.

Sabe que su hija Anita saldrá a la calle a recibirlo, y él deberá mirarla con severidad para que no se acerque más de lo debido.

Manuel Bonilla mira complacido el brillo de sus botas, siempre lustradas, su uniforme limpio y planchado, de color tabaco, con las insignias rojas del cuerpo de Artillería en las solapas. La negra pistola pesa en su funda, en la cintura, con su metálico cargador de cromadas balas insertado en la culata. Se alegra de haber cambiado el cortijo por el cuartel. Y más desde el pasado 1 de marzo, que ha ingresado en el Regimiento de Artillería 16, batería 4. Ha dejado atrás la Falange, ahora es militar profesional. De estos años no ha sido lo peor las cargas a pecho descubierto, el hielo de Sierra Nevada o el fuego de Motril, la pólvora en la garganta y en la piel, lo peor ha sido servir como guardia en el penal del Puerto de Santa María, porque piensa que si la guerra se hubiese torcido, él hubiese sido uno de aquellos presos cenicientos y derrotados.

No le distrae la visión de los muros de la Alhambra alzándose sobre la vegetación, a su derecha, ni las notas funerales y romanas de los cipreses descollantes tras las tapias de los cármenes ni «los miedosos aljibes en donde el agua tiene el misterio trágico de un drama íntimo» (¡otra vez la voz de Rosales parafraseando Lorca!), le ocupa la mente una idea: ascender en el escalafón, opositar a un grado superior en el Ejército. Ya no vale ahora la bravura en el campo de batalla.

Sabe que su hija Anita saldrá a la calle a recibirlo, y él deberá mirarla con severidad para que no se acerque más de lo debido.

Anita contaba cinco años cuando se instalaron en este piso del Albaicín. Un día la niña lo vio aparecer a caballo por el fondo de la calle, erguido en la montura, el uniforme rutilante, la gorra sobre el rubio cabello bien peinado, las insignias bruñidas, al paso noble del bruto de cepillada crin, como un príncipe de los cuentos, y entonces el corazón de Anita, deslumbrada por su rutilante padre, lo recibió en plena calle con un grito —«¡padre!»— que era un grito de puro orgullo por el emocionante privilegio de tener un padre de ensueño para una niña salida de un barranco huérfano.

Sabe que su hija Anita saldrá a recibirlo, y él deberá mirarla con severidad para que no se acerque más de lo debido.

Aquel día Manuel Bonilla miró con severidad a su hijita. O, al menos, con sobriedad circunspecta. Impuso silencio y distancia, de acuerdo con María, los dos siempre de acuerdo en todo, y más en adiestrar a Anita en la contención, el pudor, la discreción, las mismas virtudes que ellos han observado toda su vida, como estoicos de la Roma clásica. Manuel Bonilla lleva la jerarquía en las venas, y siente que ahora él encarna al Ejército, al Estado a caballo, con mando y fuerza en la pistola, y en esta calle de Granada él representa la dignidad de la ley, el orden, la rectitud. Y la discreción. La niña baja los ojos, aleccionada, humilla la cabeza, acepta que su padre no es padre, sino estatua pública.

Sabe que su hija Anita saldrá a la calle a recibirlo, y él deberá mirarla con severidad para que no se acerque más de lo debido.

Manuel Bonilla responde con frialdad a las efusiones de la niña, la mantiene a la distancia que juzga edificante, preserva su estampa severa de militar, de figura ecuestre. Es lo que Manuel Bonilla cree correcto, y que no lo es la tierna y dulce caricia de una mejilla de niña. No en la calle, desde luego, y por congruencia tampoco en la casa.

Sabe que su hija Anita saldrá a la calle a recibirlo, y él deberá mirarla con severidad para que no se le acerque más de lo debido.

Manuel Bonilla es militar, soldado uniformado, ha hecho una guerra, ha tenido que matar, y no va a dedicarse ahora a las carantoñas, no se conducirá en público, y tampoco en privado, como una niñera.

Sabe que su hija Anita saldrá a la calle a recibirlo, y él deberá mirarla con severidad para que no se acerque más de lo debido.

No juega con la niña en sus rodillas, no ríe con ella, no la mira a los ojos por dentro, y por eso no puede saber y no sabe que Anita cree en lo más hondo de su corazón que su padre, su maravilloso padre no la quiere.

—¡La niña! ¡Manuel! —grita María al ver entrar a su hombre en el humildísimo piso de tres piezas, comedor, cocina y dormitorios separados con cortinas—. ¡La niña!

—¿Qué pasa, María?

—¡Es Anita! ¡Tiene fiebre, mucha fiebre! ¡Hace horas! ¡Ay, ay, se nos muere! ¡Se nos muere también!

La señora María no puede aceptar que su hija Anita se le muera igual que hace un año su pobre Manolito, bebé que se llevaron unas fiebres muy altas a los diez meses.

—¡Arde! —se asusta Manuel Bonilla al tocar a su hija.

La niña oye la voz de su padre e intenta abrir los ojos. No lo consigue, muy debilitada por la fiebre. Ni con trapos mojados en cabeza y muñecas, ni con infusiones de albahaca ha logrado la madre bajar la temperatura de la niña, que se desvanece ante los ojos impotentes de sus padres.

—¡Manuel! ¡Anita se nos muere! ¡También se nos muere! —llora María.

Como años atrás saltó y corrió para huir de sus perseguidores por el monte de la Alpujarra, descalzo sobre peñas filosas, así corre Manuel Bonilla ahora, corre por la calle San Juan de los Reyes, lleva a Anita envuelta en una manta, corre a casa del médico.

Manuel Bonilla aprieta el cuerpo de su hijita Anita contra su pecho, muy fuerte, para amortiguar el impacto de sus zancadas en las carreras.

Manuel Bonilla estrecha el cuerpo de su hijita en un abrazo absoluto, como cuando siendo niño abrazó a su hermanito negro que agonizaba entre temblores.

Corre por su hijita más de lo que nunca ha corrido ni por Dios ni por España.

Corre y abraza a su hijita contra el uniforme militar de cabo de artillería.

El uniforme se mancha con el vómito de su hijita, y a Manuel Bonilla le da igual, sólo le importa correr y correr.

La niña Anita se siente abrazada.

La niña Anita nunca antes se había sentido tan abrazada.

La niña Anita entiende ahora y para el resto de su vida, lo que hasta ahora no sabía: su padre la quiere.

—Sí, me quiere, mi padre me quiere. Me quiere.

La niña Anita lo siente en lo más hondo del corazón, y eso lo curará todo. Desde aquel día, y aunque su padre nunca se lo diga, Anita sabe que tiene un padre que la quiere.

Y eso permite también que yo pueda ahora estar escribiendo esta novela.

42
En el parapeto

Barcelona, 31 de julio de 1945

—¡Garrido! ¡Justo Garrido! —llama el guardia.

La hora ha llegado. Su nombre está en la lista de hoy. El maestro sabe que no regresará a esta celda. En dos meses en la cárcel Modelo de Barcelona ha aprendido en la cabeza de otros la triste verdad: si un guardia llama de madrugada a un preso, ya no vuelve. Ni a la celda ni a la cárcel.

—¡Justo Garrido!

La hora ha llegado. La pena de muerte ha sido hasta ahora un papel, y podría haber prosperado un recurso, un indulto, una gracia. Ya no.

La hora ha llegado. Lo subirán con otros presos a un camión militar hasta una arena que le recordará a la de la playa de Saint-Cyprien, y olerá el salitre del mar, que está cerca del parapeto del Camp de la Bota, y entonces oirá el estrépito de los fusiles antes del silencio definitivo.

—¿Confesión?

—No.

—¿La última voluntad? —pregunta el guardia.

El maestro Justo Garrido pide papel y lápiz. Escribe una carta de cinco cuartillas. Las dobla. Pide el libro que le requisaron al entrar en prisión, su ejemplar del *Romancero gitano*. Antes de insertar las cuartillas entre las páginas del libro, y antes de meter el libro en un sobre que irá a la comisaría de vía Layetana y en el que ha escrito el nombre de Manuel Fernández, decide releer las cuartillas que acaba de escribir:

Manuel, yo no sé por qué me matas. Da igual. Yo debería estar muerto desde el día en que un hombre me encañonó en la Alpujarra. Enseñé a leer a aquel hombre, Manuel Bonilla, con este libro. Una vez me lo pidió durante una noche entera, me lo devolvió después y puso final a un encierro de quince días. Ahora viene otra noche más larga, que tú, otro Manuel, me regalas. Y yo te regalo a cambio este libro.

No sé por qué me matas. ¿Quién puede conocer los motivos de un hombre? Ni uno mismo conoce los suyos, qué atavismos nos mueven. ¿Te ha movido el miedo, el desprecio por ti mismo? Sucede en estos tiempos y hará falta más de una generación para enterrar todo eso. Hará falta más de una generación para que florezca la compasión, si es que florece.

Hace un año y medio entraste en casa. Acompañabas a uno de mis alumnos, uno de los niños a los que he enseñado desde que llegué al barrio de la Trinidad, hace cinco años. Les he enseñado a leer, a escribir, y poesía, literatura, historia, filosofía, las bellezas de las que es capaz el corazón humano. Ha sido mi vocación. ¡Enseñar! Y he cumplido con la promesa hecha en la playa de Colliure a un hombre que toda su vida fue maestro como yo, y que moriría cinco días después de que nos viésemos...

«Enseña a todos los niños que puedas», me emplazó aquel hombre, don Antonio Machado. He enseñado a niños a los que la guerra, las bombas y la necesidad dejó sin maestros. O que tenían escuela, pero familias del barrio me los traían para compensar tres años sin clase. Uno era Francisquet Amela, y tú eres amigo de su hermano mayor. Te encontraste al niño por la calle, venía a mi casa, y le hiciste preguntas. Él me lo dijo después, no le di importancia. Preguntas sobre Carmeta, su hermana, sobre el novio que tuvo, Progrés Pujol. Lo acompañaste hasta la casa donde yo estaba, la casa de Progrés Pujol.

¡Progrés Pujol! Hay que descubrirse ante hombres como él. Padeció la persecución de los de su propio bando durante la guerra, la desaparición de su jefe, Andreu Nin, asesinado inicuamente por orden de Moscú, con el gobierno de la República mirando hacia otro lado. Y después tuvo que huir al llegar a Barcelona los del otro bando...

¿A cuántos vecinos del barrio de la Trinidad delataste, Manuel, para librarte del castigo de haber sido carabinero? Eso me han susurrado aquí, en la cárcel... Felizmente, Progrés ya había huido. La policía vino a buscarlo, eso me lo contaría luego su padre. Porque en la playa de Saint-Cyprien, antes de fugarme del mísero campo, Progrés me había dado las señas de su casa en la Trinidad y una carta para entregar a su padre y aliviar su incertidumbre. Así conocí al padre de Progrés.

No fue sencillo llegar a Barcelona. En Banyuls conocí a un viejo socialista republicano, Azéma, que me indicó un sendero poco transitado, y crucé la frontera hasta Portbou. ¡Portbou, qué lugar tan desolado! Un melancólico lugar para morir... Pero aún no me tocaba... Llegué a Barcelona gracias a las noches, a mi cautela y al buen corazón de algunas gentes que verían en mí el recuerdo de algún pariente exiliado.

El padre de Progrés Pujol me acogió como a su propio hijo. Ahí he vivido cinco años. En su salita de estar monté mi aula para niños. Cada tarde venían los que podían. Seis meses después, el padre de Progrés falleció en mis brazos, del desgaste de tres años de carencias y bombardeos, y de ver a su hijo perseguido por las autoridades republicanas. ¿Sabías que a algunos poumistas, en el frente, los mataron por la espalda sus oficiales, comunistas?

Hace año y medio entraste en la casa, acompañabas a Francisquet Amela, le preguntabas de nuevo sobre su hermana Carmeta y Progrés. Era el último día que Francisquet venía a la clase, cumplía catorce años (la misma edad en que su hermano Pepito había empezado a trabajar en las oficinas de la Pirelli), y a la semana siguiente comenzaba él también a trabajar en la gestoría del señor Sevillano...

Entraste en casa con Francisquet, te presentaste como amigo de la familia, con ese don de gentes que tú tienes. Te despediste, te fuiste. Y volviste cuando se había ido Francisquet. Me preguntaste por Progrés Pujol. Te conté con franqueza que vivía en Céret y que se iría a Venezuela. Ahora sé que estabas husmeando en su vivienda, buscando pistas...

Y cometí una imprudencia. No había escondido el cartel. El único cartel que encontré en el piso-taller de Carles Fontseré. Tal como él me pidió en Saint-Cyprien, entré en su piso. Los militares ya lo habían incautado todo, todos sus papeles deben de estar en

Salamanca... Pero bajo un armario hallé aquel cartel y me lo llevé. Y tú lo viste sobre mi escritorio. Tenía varios libros encima, pero tú lo viste. Y lo usaste para delatarme, y lo sé porque ese cartel de Fontseré fue lo primero que buscó la policía tras irrumpir en casa.

Si ese cartel me lleva ahora al paredón, es para mí un orgullo. Como todos los suyos, es un cartel soberbio: «Criminales», reza, hecho para el Socorro Rojo del POUM... Quién sabe si lo encargó el propio Progrés...

Fingiste no ver el cartel, mirabas los libros. Y palideciste. Porque viste este libro sobre mi mesa, este libro que ahora has abierto para leer estas cuartillas. ¡Por eso te lo regalo, porque advertí que viste un fantasma! He entendido que tus fantasmas están en este libro. ¡Míralo de frente!

Tocaste el libro con la punta de los dedos. Recuerdo lo que hablamos, y ahora me atrevo a suponer, a entender...

—¿Se atreve usted a tener este libro a la vista, señor maestro? —me dijiste.

—Sí. ¿Acaso no debería? —te pregunté.

—Le compromete, señor maestro —me dijiste, sombrío.

—¿Piensa usted que un poeta puede comprometerme?

—Este poeta, sí.

—¡Es un poeta maravilloso! —afirmé.

—Ya. Tuve hace años un amigo que decía lo mismo...

—Pues buen gusto tenía, su viejo amigo.

—¡No! —gritaste, muy contrariado—. ¡Era maricón! ¡Como el poeta este! Bien fusilado fue, por invertido, por maricón.

Me sobresaltaste. Por el insultante exabrupto, de entrada, pero sobre todo por el modo en que dijiste aquello, tan airado, tan furioso, y después he entendido que esa cólera encendida es una combustión que quema desde dentro al que se siente ofendido por sus propios pensamientos, al que se combate a sí mismo porque se rechaza... Lorca transfiguró su pena en belleza, en versos compasivos, y compartía su «epentismo», como él decía, con amigos y cómplices, sabía extraer gozo de su pena, y eso es el arte, para vivir y para escribir.

—¡Maricón, Lorca! ¡Maricón, Agustín! —gritaste.

Me asusté, pero no te dije nada. Aún no sé quién pudo ser ese Agustín al que mencionabas, contra el que gritabas, pero entiendo que fue un amigo tuyo que amó y entendió a Lorca... y que te puso a ti ante ti mismo. Y tú lo rechazaste y te rechazaste. Te has rechazado. Aquel grito tuyo me lo desveló, fuiste para mí la encarnación del odio y la ira con la que algunos en Granada asesinaron a Lorca. Y el odio y la ira que nacen de tu miedo me matan hoy a mí. Un odio y una ira que acabarán matándote a ti también.

Hasta siempre,

Justo Garrido

—Ahí se larga el camión de los fusilados... —dice un recluta.

Los reclutas han llegado muy temprano hoy a sus últimos ejercicios del servicio militar en el arenal del Camp de la Bota. Un camión militar se aleja del parapeto, muro de tres metros de alto por cuatro metros de largo en el arenal del Camp de la Bota. Un camión se lleva los cuerpos de los hombres recién fusilados, metidos en cajas de plátanos, para enterrarlos en una fosa del castillo de Montjuïc.

—Preferiría que no me lo recuerdes —contesta Pepito Amela, que aparta la mirada de los camiones.

Pero su vista se queda fijada en la arena enrojecida por la sangre de los últimos fusilados.

43
Años perdidos

Barcelona, 31 de julio de 1945

Sentado al borde de su cama, Josep Amela hunde la cabeza entre las manos y solloza de alegría y tristeza a la vez. De alegría, porque lo han licenciado de la mili. De tristeza, por tantos años quemados. Es el día 31 de julio de 1945 y ha colgado el uniforme de un servicio militar que ha durado seis años, seis años de castigo.

Seis años de paz uniformada. 1939, 1940... Llora por su juventud. Su país la ha devorado, desde sus diecisiete años hasta hoy, víspera de su veinticinco cumpleaños. Desde abril de 1938 han sido siete años de trinchera, prisiones, fusiles, uniformes, ordeno y mando.

—Pepito, ¿puedo entrar?

—No, espera, Carmeta, ahora no.

Enjuga las lágrimas con un pañuelo. Mañana es 1 de agosto. Lo celebrará, ¡sí! 1941, 1942... Celebrará su cumpleaños. Es libre. Todo lo libre que puede ser. Volverá a su empleo de oficinista en la Pirelli, le han dicho que lo esperan. 1943, 1944... La señorita Roser

Ferran no está, claro, tuvo que huir de Barcelona a Francia cuando supo que los moros de Franco entraban por la Diagonal... 1945... Aquí está ahora, en casa de sus padres, licenciado de servir a una patria de ceniza. Le apena lo que ha perdido, pero agradece estar vivo y con los suyos.

Del bolsillo superior de la camisa blanca extrae dos fotografías pequeñas. Le caben en la palma de la mano. Son copias que acaban de regalarle sus compañeros de cuartel, en Capitanía General, tras las despedidas. Las mira. No tiene especial interés en conservar fotografías, ni estas ni ningunas. ¿Para qué? ¿Para ver que nada deja fruto, que uno y todo pasa sin especial provecho? Quizá la única foto en su vida que le ilusionó hacerse fue una en la que sonrió —más con los ojos que con los labios— en el archivo de la Pirelli, hace ya... Ni se acuerda. Antes de la guerra.

Pepito observa las dos fotografías. Son del último ejercicio de tiro en el Camp de la Bota, en el litoral de Barcelona, ayer. En la primera está él en impecable posición de tiro, bota del pie izquierdo hincada en la arena, culo asentado sobre tobillo y pantorrilla derecha, rodilla en tierra, para absorber el retroceso del fusil, sostenido por la mano izquierda, apoyado el codo en la rodilla angulada, bien anclada la culata en el hombro derecho. El ojo derecho, cerrado, y entornado el izquierdo, apuntando.

—Ahí se larga el camión de los fusilados...

Los llevaron al alba al Camp de la Bota, y un compañero le señaló el camión que se llevaba, metidos en cajas de plátanos, los cadáveres de presos recién fusilados. El camión se llevaba a los muertos hacia una fosa común en el foso del castillo de Montjuïc. En el foso de Santa Eulalia, años antes —el 15 de octubre de 1940—, fue fusilado Lluís Companys.

—Preferiría que no me lo recuerdes —contestó Pepito, que apartó la mirada de los camiones.

Pepito quiere apartar ahora todo recuerdo de guerra. Pero... sabe que en la cárcel Modelo de Barcelona hay presos por lo mismo que él en Cádiz, seis años atrás. Condenados a muerte, los sacan en grupos de cinco, diez, veinte, los fusila un pelotón de la Guardia Civil en el parapeto del Camp de la Bota, un muro de tres metros de alto por cuatro metros de largo en el arenal junto a la costa. Pepito ha visto la arena enrojecida por la sangre de los fusilados.

—Pepito, ¿estás bien? —pregunta Carmeta, desde el otro lado de la puerta del dormitorio.

—Sí, espera un momento.

La otra fotografía es grupal, se ve a sí mismo con doce de sus compañeros de cuartel, uniformados, con algunos fusiles al hombro, cubiertos con el legionario gorrito con borla colgante, el clásico «chapiri». Los trece posan ante una camioneta militar, a la que han abierto la portezuela, que luce una leyenda pintada con letras blancas: «4.º Cuerpo del Ejército. Capitanía General».

—¡*Xuscos* no nos faltarán! —le decía Pepito a su madre desde el día de 1940 en que le encomendaron trabajos de administrador en el economato del cuartel en la Capitanía General, en el paseo Colón de Barcelona.

—Ay, vigila, Pepito, no vayas a hacer nada mal hecho —le amonestaba su madre, las noches que le daban permiso de pernocta y se traía un chusco a casa. O dos.

¿Traer a casa un chusco despistado era hacer algo mal? No, se decía Pepito, no es reprobable cuando te han enviado a una guerra y tienes en casa a dos hermanos menores aburridos de comer *farinetes* y que recordarán el resto de sus vidas esos panecillos apretados, amasados con harina blanca. Una verdadera golosina para después de una guerra.

Pepito abre el cajón inferior de los cuatro de una gran cómoda de líneas onduladas. De su interior extrae una caja de zapatos. Dentro de la caja de zapatos hay un sobre, y unas cuantas cartas. Las cartas tienen su letra. Las remitía a su madre desde el frente, siempre con el encabezamiento «En campaña...». La última, pocos días antes de partir hacia el Ebro. Él escribió en esa carta que iban a fortificar... Deja las cartas y abre el sobre. Contiene fotografías. Copias hechas por sus compañeros de algunos instantes de los seis años de servicio militar, en Tarragona, en Barcelona, en Capitanía, en el Camp de la Bota, con aquel gorrito con borla, con uniforme y correaje, con el fusil, con esos tabardos de invierno de enormes solapas.

En una de las fotos está su amigo Modesto Aínsa, y en otra su amigo Emilio Andrés, con el que anduvo en el frente del Segre, y que ejerció como correo durante la guerra. Depurado también, han compartido servicio militar franquista, aunque a Emilio le queda todavía un tiempo para licenciarse, por ciertos sobresaltos... Con motivo de la visita que hizo Franco a Barcelona en 1942, apareció una atrevida pintada en un muro del cuartel: «Franco es maricón».

Emilio Andrés fue inculpado. Por su mala fama de republicano. Fuese o no autor de la pintada, el pobre Emilio se ha chupado dos años encerrado en los tétricos calabozos del castillo de Montjuïc. Salió el año pasado.

Pepito mira las fotos con una íntima decisión tomada: será la última vez que las mire. No volverá a mirarlas en lo que le quede de vida. Introduce dentro del sobre las dos nuevas fotografías, y lo cierra. Pero antes de depositar el sobre para siempre en el fondo de la caja de zapatos, vuelve a abrirlo. Quiere mirar, por última vez, una foto del año 1939.

Es una foto muy pequeñita.

Mide cuatro centímetros de lado.

En el envés, a punta de lápiz, figuran cuatro nombres:

> «Eudaldo Portell
> Antonio Puig
> Ramon Sancho
> José Amela.»
> Y un topónimo, y una fecha:
> «Cádiz, 6-5-1939.»

Y un añadido:

«Año de la Victoria.»

Recuerda haberlo escrito por si alguien lo registraba y le encontraba la foto. La fotografía está hecha el mismo día en que salió del penal. Aparecen él y sus tres amigos de Barcelona. Salieron a la vez. Caminaron por el paseo del Puerto, flanqueado por airosas palmeras y hermosas farolas modernistas de hierro colado. Llegaron al parque Calderón, a pocos centenares de metros del penal. Se sentaron en la terraza de un bar del paseo llamado Casa Pesca. Un fotógrafo itinerante tomó la fotografía. Ahora la escruta.

Él es el de abajo a la izquierda.

Tiene dieciocho años, todavía.

Pero parece un viejo, el rostro renegrido, sombrío, adusto, amargado, con mirada fija y distante bajo la oscura boina, pose hierática, gesto serio, triste, consumido el cuerpo bajo una camisa de basta pana.

Recuerda su estado de ánimo aquel 6 de mayo de 1939.

Se sabía perdedor de una guerra siempre perdida, perdedor para siempre de toda inocencia e ingenuidad.

—¡Pepito! Déjame entrar, anda...

Pepito esconde la foto en el sobre, lo cierra, lo deposita en la caja de zapatos, que acuesta en el fondo del cajón inferior de los cuatro de una cómoda de líneas onduladas en su casa natal de la Trinidad, en la que vive. Para siempre.

—Voy... Qué desgracia haber nacido en ciertas épocas, Carmeta... —dice Pepito, mientras le abre la puerta a su insistente hermana.

—¿Estás bien, Pepito? —pregunta Carmeta, con cariño y leve tristeza.

—Sí... —responde él, reponiéndose.

Carmeta se ha sentado a su lado en la cama, que cede ante el nuevo peso, por lo desballestados que están los muelles del viejo somier.

—¡Mañana cumples veinticinco años!

—¡Y lo celebraremos! —asiente él, imponiéndose el deber de la alegría.

—Ya eres todo un hombre, volverás a trabajar... y...

Una hipada de llanto interrumpe las palabras de Carmeta, pero sabe contenerse con prontitud.

—Perdona, perdona, Pepito... —se disculpa.

—Pero... ¿qué pasa, Carmeta? —se preocupa Pepito.

—Nada. Iba a decir que... trabajarás... y... te casarás...

Una emoción descontrolada atenaza la garganta de Carmeta, que no puede continuar hablando. Su hermano le rodea los hombros en un abrazo cálido, y la estrecha:

—¿Qué te pasa? —pregunta Pepito.

—Es que... —intenta seguir Carmeta, pero le resulta imposible, porque el llanto la comprime y estrangula su voz.

—...

—Es que tú te casarás, pero... Progrés y yo... Ya no... Lo he esperado, pero ya no podrá ser... Ya nunca lo veré...

El llanto de Carmeta es inconsolable. Pepito ve una mujer enamorada, con el corazón destrozado por la frustración. Pepito sabe que, al entrar las tropas franquistas en Barcelona, seis años atrás, Progrés Pujol huyó rumbo a Francia. De haberse quedado, se arriesgaba seriamente a ser fusilado. Progrés cruzó la frontera.

—Ya nunca lo veré... —solloza Carmeta.

Tras un tiempo en el campo de refugiados de Saint-Cyprien, consiguió instalarse en la localidad de Céret, cerca de Cataluña. Suponían que Progrés colaboraba con las redes de la resistencia francesa contra la invasión nazi.

—Sí, mujer, volverá, volveréis a estar juntos y os casaréis. La guerra mundial ha terminado, los aliados han ganado, Franco tendrá que hacer concesiones, el Progrés podrá volver muy pronto sin peligro, os casaréis...

—No, mira...

Carmeta le tiende a su hermano una pequeña fotografía, del tamaño idóneo para llevar en una cartera. Es Progrés Pujol. Pepito lo ve más maduro, con la frente más despejada porque el cabello ha retrocedido, pero con la misma mirada brillante y noble, el mismo ángulo inteligente de las poderosas cejas, la misma seriedad y firmeza del Progrés que dejó de ver hace ya siete años. Los picos del cuello de la clara camisa, muy largos, a la moda del momento, se despliegan sobre las solapas de la oscura americana, bien planchada y con liviana rayita diplomática.

—Qué elegante ha quedado —comenta Pepito.

—Sí... —confirma Carmeta, que vuelve a llorar.

Detrás de la pequeña fotografía, en el reverso, el bueno de Progrés Pujol, que tanto les protegió durante los primeros meses de la revolución en Barcelona, ha escrito, con pluma estilográfica de tinta azul:

> A mis exvecinos familia Amela, en prueba de agradecimiento y de una vieja y bien cimentada amistad.
>
> PROGRÉS PUJOL
> Céret, 15-7-45

Carmeta Amela llora porque sabe que Progrés Pujol no volverá. Se lo cuenta él mismo en la carta que tiene en su mano, con la tinta azul corrida por las lágrimas.

—Se embarca hacia Venezuela —le resume Carmeta a su hermano, con voz de derrota y desaliento inconsolable.

Por la forma en que se lo dice, Pepito entiende que su hermana lo da todo por perdido. Todo: la ilusión, el pasado, el presente, el futuro, el resto de su vida. Pepito entiende a su hermana: siente algo parecido. Por eso no pregunta, por eso no abre la boca.

—Tengo veintinueve años, Pepito... —musita Carmeta, con la cabeza caída sobre el pecho, vencida por el llanto y la tristeza.

—...

—No habrá nunca nadie que me quiera como me ha querido Progrés, y yo no querré a nadie más... Ya da igual...

Pepito no dice nada. Todo intento de consuelo es inútil. Guarda silencio, al lado de su hermana, sentados juntos en la cama, atravesados por minutos sin tiempo.

Pepito siente palpitar y suspirar a Carmeta a su lado, y sabe que el genuino candor de ella, primero, y después su profundo catolicismo injertado de pudor sexual, la han alejado de las relaciones sentimentales con hombres. Él lo sabe sin querer saberlo, sin querer pensarlo: a él le sucede lo mismo con las mujeres.

Pepito y Carmeta se ven solteros para siempre.

Sólo Progrés supo vencer, con su inmenso cariño,

las resistencias de Carmen. Ahora su partida es irreparable.

Carmeta seguirá viviendo, pero sabe que lo hará sin ilusionarse. Progrés no volverá: él le explica en su carta que España no cambiará, que sólo le ofrece cárcel y paredón, y que no quiere hacerla esperar ni pedirle que se aparte de su adorada familia a cambio de una vida incierta en el extranjero. Sólo queda un camino: volar cada uno por donde la vida permita...

—Pepito, quédate tú esta foto de Progrés —le pide Carmeta a su hermano.

—¿Por qué, Carmeta?

—Si no veré nunca más a Progrés, prefiero no ver tampoco esta fotografía. Me duele demasiado... Escóndela, haz lo que quieras, pero no me digas dónde la guardas, por favor, que yo no la vea...

Carmeta no sabe cómo olvidará a un hombre tan bueno, el hombre que en su último día en Barcelona, el 25 de enero de 1939, vino a verla a esta casa, y que en ese día se atrevió a besarla, que ese día la apretó contra su cuerpo caliente y fuerte como nunca él había hecho antes. Nadie, ni su hermano ni nadie, lo sabrá nunca, eso quedará sólo para ella, que no fue capaz de apartarlo cuando él la estrechaba por la cintura, le tomaba el rostro con ambas manos, la besaba en los labios, la nariz, las mejillas, el cuello, la despeinaba con sus besos, y también besó sus pechos...

Ella no lo apartó, sabía que él se iba, se iba, que lo perseguían, que podían matarlo. Él le desabrochó el primer botón de la blusa añil, adornada con dos tiras celestes bordadas en la pechera, sobre los senos, y la besaba mientras la acercaba a la cama de su dormitorio. Al filo de la cama, Carmeta se cubrió los pechos con ambas manos.

—No, no... —rogó ella.

Progrés Pujol la abrazó con dulzura infinita, sin desairarse, sin demandar nada, entendiendo que su volcán de excitación no derretiría en Carmeta una resistencia de siglos, de milenios, y siguió cubriéndola con su aliento, su saliva, sus besos casi agónicos, besos de un amor que sólo quería el bien de la amada, no quería nada más. Progrés abarcaba todas las curvas cálidas del cuerpo de Carmeta, las apretaba con sus manos rasposas por el trabajo de la madera, el torno y la lija. Progrés tomó con delicadeza una de las manos de Carmeta, pequeña y nívea, y mientras continuaba besándola entre el mentón y el cuello, condujo poco a poco los suaves dedos de la mujer hasta sus pantalones. Y Carmeta, con la cabeza vencida hacia atrás, entreabiertos los labios, bordada toda a besos, no apartó su mano de donde más quemaba.

44
Penón mira a Granada

... caerán sobre ti. Caerán sobre la gran cúpula
que unta de aceite las lenguas militares,
donde un hombre se orina en una deslumbrante paloma
y escupe carbón machacado
rodeado de miles de campanillas.

Desde la torre del Chrysler Building,
«Grito hacia Roma»
FEDERICO GARCÍA LORCA

Nueva York, 1954

Agustín Penón admira las aristas del edificio Chrysler, su elegancia *art decó*, su estilizado, escalonado y radiante ascensión hacia el cielo de Nueva York. Ha venido a la hora de la aurora.

La aurora de Nueva York tiene
cuatro columnas de cieno...

Agustín musita versos de Lorca desde la esquina de la calle, le complace imaginar a Federico mirando lo mismo que él ahora mira, pero veinticinco años antes. Lo estremece pensar que por entonces él vivía en Barcelona y tenía nueve años, mientras que Federico García Lorca estaba aquí, donde él está ahora, mirando lo mismo que él mira ahora, pero en el año 1929, con treinta y un años, y le gusta pensar que el poeta veía los mismos ángulos y las mismas aristas, aunque por entonces todavía le faltase al hermoso edificio el remate de su aguja plateada.

> ... y un huracán de negras palomas
> que chapotean las aguas podridas.

Nueva York le ha dado libertad. Finalizados sus estudios en Costa Rica, en 1945, cumplidos los veinticinco años, Agustín dejó atrás a sus padres, a su hermana María y a su hermano Eugenio, que ha levantado la fábrica de muebles. Porque eso no era para él, porque necesitaba crear su mundo propio. Y eligió Nueva York.

> La aurora de Nueva York gime
> por las inmensas escaleras
> buscando entre las aristas
> nardos de angustia dibujada.

En Nueva York ha encontrado acomodo para sus angustias, en la ciudad de los rascacielos puede vivir su homosexualidad sin comprometer a su querida madre, la señora Casilda Ferrer, ni a su querido padre, don Eugenio Penón, tan laborioso y tenaz ni a nadie de su querida familia. El exilio los había mantenido muy unidos, pero los últimos nueve años en

Nueva York le han regalado el entorno bohemio y creativo que anhelaba desde joven en su Barcelona natal. Agustín Penón vive de su trabajo como traductor, y escribe colaboraciones, críticas y guiones.

He venido para ver la turbia sangre,
la sangre que lleva las máquinas a las cataratas...

Al llegar a Nueva York conoció a un amigo del fallecido poeta Hart Crane, que fue uno de los amigos de Lorca en 1929. Crane, tres años después de tratar con Lorca, se suicidó arrojándose por la borda de un barco que navegaba desde México, de vuelta a Nueva York, de donde había huido durante una temporada, para alejarse de las presiones de su familia:

—Hart se insinuó a un marinero y...

Eso le contó el amigo. Y le contó que la tripulación apaleó por eso a Hart Crane. Al poco rato de este episodio, Hart Crane gritó:

—¡Adiós a todos!

Y le vieron arrojarse por la borda. Su cuerpo nunca apareció.

¡Negros! ¡Negros! ¡Negros! ¡Negros!
La sangre no tiene puertas en vuestra noche boca arriba.
No hay rubor. Sangre furiosa por debajo de las pieles...

Crane y Lorca habían compartido en 1929 alguna fastuosa y lujuriosa fiesta. Con marineros. Y frecuentaron locales de ambiente homosexual: Small's Paradise, Hobby Hirse, Hamilton Lodge... En Harlem, locales sólo para negros.

> ...viva en la espina del puñal y en el pecho de los paisajes, bajo las pinzas y las retamas de la celeste luna de Cáncer.

—¿Vamos a casa? —sugiere William Layton.

Acompaña a Penón en su paseo su socio, confidente, cómplice y amigo William Layton, actor y profesor de interpretación. Juntos han desarrollado una radionovela, *Don Quákero,* patrocinada por la compañía de cereales Quaker Oats. Escriben los guiones mano a mano. Ocho países de Sudamérica han radiado la obra y ellos han viajado juntos de país en país, a costa del patrocinador.

—Sí, Bill, volvamos a casa... —acepta Agustín—, pero déjame antes que te lea esto...

—¿Es el *Romancero gitano*?

—No, esta vez no. Es de *Poeta en Nueva York*.

La admiración de Agustín Penón por Lorca se ha enriquecido desde que partió de Barcelona, hace ya diecisiete años, con su ejemplar del *Romancero gitano* en un bolsillo. El libro está siempre en su mesita de noche y lo consulta como un oráculo.

> Bajo el agua
> siguen las palabras.
> Sobre el peinado del agua
> un círculo de pájaros y llamas.

Sus versos misteriosos le iluminan siempre que los consulta ante cualquier trance personal.

—¡Nunca me ha fallado, Bill!

Eso asegura. Ahora alterna los versos del *Romancero* con los de *Poeta en Nueva York*, adivinando qué rincones de la ciudad pudieron inspirar al poeta. Agustín saca del bolsillo un libro de cubiertas amarillas, en cuyo lomo se lee *Federico García Lorca. Obras Completas, VII*. Impreso en Argentina a principios de los años cuarenta, lo compró en una librería de San José, en Costa Rica, diez años atrás, cuando ya soñaba con mudarse a Nueva York.

—Te escucho —se aviene William Layton.

> Pero el hombre vestido de blanco
> ignora el misterio de la espiga,
> ignora el gemido de la parturienta,
> ignora que Cristo puede dar agua todavía...

—Ayúdame tú a entenderlo, querido Agustín —responde William—, es oscuro... Y todo lo que he aprendido de literatura española y de Lorca es gracias a ti...

—¡Es clarísimo! —se exalta Agustín—. ¡Desde la cúspide del Chrysler, Federico grita a la cúpula del Vaticano!

—¿Y qué le grita?

—Que un mundo nuevo tiene que venir, que un mundo nuevo nace, que se entere. Le dice al papa, el hombre vestido de blanco, que es un ignorante del dolor de nuestro mundo, de los niños, de los negros, de los pobres... ¡que está ignorando el amor!

—Eso es muy atrevido.

—Y verdadero. En España, la Iglesia católica no permite amar. ¡Federico tuvo que ocultarse para amar! ¡Cuánto daña al amor un catecismo! La virginidad impuesta a las mujeres, la castidad impuesta a los hombres... A ti y a mí ¡nos harían la vida imposible, Bill!

—Lo he entendido... ¿Volvemos a casa?

Agustín Penón dedica ratos libres a pisar lugares por los que pudo moverse Lorca, desde la Universidad de Columbia o Harlem, hasta Wall Street, donde el poeta vio cadáveres de suicidas en las aceras, alaridos, musgos, cenizas, «gemidos de obreros parados» y «un verdadero tumulto de dinero muerto que se precipita en el mar».

> No es el infierno, es la calle.
> No es la muerte. Es la tienda de frutas.
> Hay un mundo de ríos quebrados y distancias inasibles en la patita de ese gato quebrada por un automóvil,
> y yo oigo el canto de la lombriz
> en el corazón de muchas niñas.

—Bill, acerca de nuestro viaje por Europa... —comienza a decir Agustín, en su apartamento, después de cenar.

—Nos lo hemos ganado —se alboroza William—, hemos trabajado mucho ¡y muy duro,

Agustín!, hemos ganado dinero de sobra... ¡y ahora nos vamos de viaje!

—¡Claro que sí! Lo haremos... pero... —Se detiene Agustín.

—¡Ay! Algo te ronda, Agustín, que te conozco... Habla. ¿Qué es? —se interesa William.

—Antes de recorrer juntos los países nórdicos, he pensado que...

—Que quieres ir a Barcelona —aventura Layton.

—No. Prefiero no levantar recuerdos que... No, allí no hay nada... Bueno, quizá iría de paso...

—¿De paso? ¿Hacia dónde?

—Granada.

—¿Granada? ¿Y allí que tienes? —pregunta William, pero antes de acabar de preguntar ya conoce la respuesta.

—Federico.

—Está muerto.

—¡Pero está!

—¿Qué quieres decir, Agustín?

Agustín Penón se levanta del sillón, va y viene por el salón del apartamento, se detiene ante las estanterías repletas de sus libros, y pregunta en voz alta:

—¿Por qué fue asesinado?

—...

—¿Quién lo mató?

—...

—¿Dónde está enterrado?

William Layton guarda silencio. Conoce los arrebatos de su amigo Agustín, pero hoy percibe una gravedad inusitada. Sabe que ha tomado una decisión irrevocable:

—Iré a Granada y lo descubriré.

Agustín creyó al principio la versión tremendista que el 21 de septiembre de 1936 leyó en las páginas de la *Soli*, la de un Lorca moribundo que habla a sus asesinos... Después ha leído docenas de versiones, incluida la del general Franco: «Murió mezclado con los revoltosos, son accidentes de la guerra». Y la del alto cargo franquista Ramón Serrano Suñer: «Fue el diputado derechista Ramón Ruiz Alonso, fue un crimen idiota e injusto que nos hizo mucho daño». Pero ¿quién se ha preocupado por saber la verdad? ¿Quién sabe cómo fue el final de Lorca? ¿Quién sabe del paradero de su cuerpo ¿Dónde está el poeta más sublime del siglo XX?

—Alguien lo sabrá en Granada —concluye Agustín Penón.

—Hazlo. Ve a Granada —le respalda William—, sé que es muy importante para ti. Si no lo intentas ahora, te pesará siempre, hasta el lecho de tu muerte. Ya haremos después nuestro viaje.

—Me adelantaré unas semanas. Parto a España después de Nochevieja. Me reuniré contigo más tarde, en el país que decidamos.

—¡Hecho! —acepta Layton, apoltronado en su sillón, tendiendo la mano hacia Agustín.

Penón estrecha la mano de Layton, y se arrodilla para darle un abrazo de gratitud y cariño. Y le dice:

—Bill, hay un poema de *Poeta en Nueva York* que no puedo sacarme de la cabeza. ¿Me dejas que te lo lea?

—Me encantará, Agustín.

Y Agustín Penón, en su apartamento del número 5 de Charles Street de la ciudad de Nueva York, lee:

Cuándo se hundieron las formas puras
bajo el cri cri de las margaritas
comprendí que me habían asesinado.
Recorrieron los cafés y los cementerios y las iglesias.
Abrieron los toneles y los armarios.
Destrozaron tres esqueletos para arrancar sus dientes
[de oro.
Ya no me encontraron.
¿No me encontraron?
No. No me encontraron.

—¿Esto lo escribió Federico? Me engañas... ¡Está hablando de su propia muerte! —se asombra Layton.

—Sí, él lo escribió.

Y Agustín Penón le desvela a su amigo lo que sueña:

—Quiero recorrer los cafés, los cementerios y las iglesias, quiero abrir los toneles y los armarios. Quiero encontrar a Federico García Lorca.

45
Emigrante estafado

Barcelona, año 1954

Hoja de servicios de: Juan Manuel Bonilla Jiménez

Es destinado al Centro de Telecomunicaciones de Barcelona, como ordenanza, para cubrir vacante de 3.ª categoría. Se le concede el ingreso en la Agrupación Temporal Militar para servicios civiles, causando baja en la Escala Profesional y alta como sargento efectivo de complemento, con antigüedad de la misma fecha, quedando en la situación de colocado que señala el apartado a) del artículo 17 de la ley de 15 de julio de 1952, fijando su residencia en Barcelona.

Granada, 31 de agosto de 1953
El teniente coronel mayor

(Documentación conservada en el Archivo Militar de Segovia)

—Espere aquí, señor Bonilla. El señor capitán general está en su despacho —indica el secretario—, y lo recibirá en cuanto termine una gestión.

—Gracias, esperaré.

Manuel Bonilla se sienta en una silla del antedespacho del capitán general de Cataluña, el teniente general Juan Bautista Sánchez González.

Del capitán general sabe dos cosas: una, que es también granadino, como él; dos, que es capitán general de Cataluña desde hace cinco años. Además, le han contado que los barceloneses lo aprecian. El 26 de enero de 1939 sus unidades entraron las primeras en Barcelona. Y desde la recién creada Radio Nacional de España radió un discurso para todo el país:

> Os diré en primer lugar a los barceloneses, a los catalanes, que os agradezco con toda el alma el recibimiento entusiástico que habéis hecho a nuestras Fuerzas Armadas. También digo al resto de los españoles que era un gran error eso de que Cataluña era separatista, de que era antiespañola. ¡Nos han hecho el recibimiento más entusiasta que yo he visto! En ningún sitio nos han recibido con el entusiasmo y cordialidad que en Barcelona.

Manuel Bonilla yergue la espalda. Mantiene las rodillas en ángulo recto. Mira al frente. Ya no es militar en activo. Ha decidido dejar las armas hace seis meses. Pero ha saludado con marcialidad a los guardias de la entrada, en el paseo Colón, ante el puerto de Barcelona, donde hubo la playa en la que quiso Cervantes que el caballero de la Verde Luna humillase a don Quijote de la Mancha.

«Éstos no han hecho la guerra», ha pensado Manuel Bonilla, al ver a los jóvenes guardias. Ha recordado sus días como guardia en el penal de Cádiz.

Las alfombras y tapices del antedespacho mitigan el frío del exterior. Las fiestas navideñas han pasado, pero un frío gélido no abandona las calles de Barcelona en el recién estrenado 1954. «¡Más frío que en Sierra Nevada!», ha pensado Manuel Bonilla al bajar del autobús, tiritando.

Un busto broncíneo de Franco, sobre un pedestal, lo mira. Ha servido al Generalísimo hasta hace seis meses. Hay una fotografía enmarcada, en la pared, de José Antonio Primo de Rivera, bajo cuyos emblemas se echó al monte hace casi dieciocho años. Manuel Bonilla palpa uno de los bolsillos de su americana, donde guarda el papel para mostrarle al capitán general. Manuel Bonilla está en apuros, necesita ayuda. «Tiene que ayudarme, tiene que ayudarme...», piensa, y baja la vista. Que el secretario no vea que se le humedecen los ojos al recordar a su hija Anita, ya con diecinueve años, que al salir del piso en el que viven, en el Poblenou de Barcelona, le ha dicho, abrazada a su hermana pequeña, Conchita, de apenas cinco añitos:

—¡Qué bien estamos aquí, papá!

Manuel Bonilla sabe bien por qué Anita le ha dicho eso. Tres años atrás, en Granada, el piso del Albaicín en el que vivían se derrumbó. Se vino abajo parte del edificio, la fachada de las galerías que daban a la calle San Juan de los Reyes, de puro viejo, por falta de reformas. Anita, con apenas dieciséis años, estaba en ese momento en la galería, y acabó en la calle entre ladrillos, barandales y contraventanas, maderos y yesos.

Un gitanillo del Albaicín al que todos conocen por Jacinto pasaba por allí y se atrevió a meterse entre los cascotes para sacar a Anita sana y salva, sucia de polvo y arañazos. Un milagro. Después de este derrumbe, los mandos de Manuel Bonilla instalaron a la familia en unas viviendas militares del barrio del Beiro, en el extrarradio de Granada.

—Papá, yo me voy a Barcelona —anunció por entonces Antonio, el primogénito, ya con veintiún años.

Durante su servicio militar en Ceuta, Antonio había amistado con un joven barcelonés, que le llenó la cabeza con un horizonte abundante en trabajos, sueldos, oportunidades. El amigo le aseguró que en Barcelona encontraría todo el trabajo que quisiera de «lampista».

—Así lo dice él, papá, «lampista», y a mí se me da muy bien ser electricista, reparar cosas, ¡y hay en Barcelona mucho trabajo! Dame tu bendición, que me voy —le dijo Antonio.

Manuel Bonilla, que aún conserva en la memoria la imagen de su hijo como pastorcillo de cabras en la Alpujarra durante la guerra, al escucharlo en ese momento se vio a sí mismo despidiéndose del arado de su padre.

—En Barcelona ganaré en un año más que en diez años en Granada —argumentó Antonio—, ¡me voy!

—No, Antonio, no te vas tú —replicó Manuel Bonilla a su hijo—. Nos vamos todos. Granada ya no quiere darnos nada. Ni a ti ni a mí.

—¿Todos?

—Sí. Nos vamos todos a Barcelona.

No contó entonces Manuel Bonilla a su hijo su decepción con el Ejército. Por dos veces, por tres veces había intentado ascender, ganar mejor sueldo para su familia, pasando por la «unidad especial de transformación de artillería», «la escuela de aplicación y tiro», «escuela de transformación de sargentos»: por dos veces, por tres veces... Con el mismo resultado siempre: «No apto», «sin aprovechamiento»...

—¡Nos vamos a Barcelona!

—¡A Barcelona! —dijo Antonio.

—¡A Barcelona! —cantaron las hijas.

—Hijas, dejamos Granada. Despedíos de vuestras amigas, de todos. María, mujer, hacemos la maleta.

—¿Podrás trabajar allí, Manuel? —preguntó María.

—He pedido en Barcelona un puesto de trabajo civil. Me lo han concedido. En el centro en Telecomunicaciones.

«Como ordenanza, para cubrir vacante de 3.ª categoría...»

—¿Y llevarás uniforme, papá? —preguntó Anita.

—Sí, hija.

¡Barcelona! Las cuatro hijas saltaron de alegría. Vivir en Barcelona equivalía a asomarse al Gran Mundo, como cambiar un desierto de arena por las luces de Nueva York.

Manuel Bonilla y su esposa María, con sus hijas Cándida, María, Anita, Carmen y Conchi, llegaron a la estación de Francia de Barcelona en otoño del año 1953. Antonio ya había partido unos días antes, para empezar a trabajar. Cruzaron España de sur a norte, vieron muchas maletas de cartón como las suyas, paquetes atados con cordeles, personas con la tristeza en el rostro y con la esperanza en la mirada. Al entrar en Barcelona, a Anita le impresionó la densidad de los edificios entrevistos por las ventanillas del vagón, y el barullo en los andenes al apearse del tren en la estación de Francia, y los pañuelos de despedidas, y el griterío, y tantas voces en una lengua distinta desconocida, y el tránsito de carritos cargados de paquetes. Acababa de cumplir diecinueve años, y el mundo era nuevo.

Distraída, Anita tropezó con un joven delgado y moreno, con el cabello negro bien peinado con fijador. Llevaba en un carrito una caja de listas de madera claveteadas, y dentro un perrito que gemía. Un amigo lo acompañaba.

—*Vigila, noia* —dijo el joven, en catalán.

—Oh, perdón —se disculpó ella, dejándole pasar.

—¿Te has hecho daño? —preguntó el joven repeinado.

—No —dijo ella, y vio que sería unos cinco años mayor que ella y que tenía enrojecidos los ojos, como si hubiese llorado.

—Francisquet, date prisa y dame la carretilla —azuzó el amigo.

—¡Anita, vamos! —ordenó desde lejos Manuel Bonilla.

La joven salió corriendo tras su padre y hermanas, que se alejaban por el andén hacia la salida de la Estación.

Manuel Bonilla encontró un piso en un bloque del paseo Calvell del Poblenou, un bloque separado del mar gris por un rompeolas y las vías del tren.

—¡Qué bien estamos aquí, papá!

Manuel Bonilla, en el antedespacho del capitán general, palpa su bolsillo, procura mantenerse entero al recordar el rostro de su hija Anita, ilusionada en ese piso. Manuel Bonilla pugna por sentir más ira que angustia. Ira porque lo han engañado con el piso, angustia porque su hija Anita todavía no sabe que están a punto de echarlos a la calle.

—¡Puede pasar! —anuncia el secretario, asomándose por la puerta del despacho.

Los ventanales protegidos por visillos blancos, inundan la pieza de la luz portuaria de la Barcelona de enero. Manuel se cuadra al capitán general.

—¡Mi general!

—¡Descanse! Siéntese, hombre, hágame el favor —lo invita el general Sánchez.

Juan Bautista Sánchez es un militar maduro, de sesenta y un años, pelo corto y gris, bigote castrense, facciones suaves y mirada algo melancólica, fatigada. Franco lo respeta por cómo partió la España republicana al llevar las tropas nacionales hasta las playas de Vinaroz. Y porque el 16 de julio de 1936, Sánchez sublevó en Torres de Alcalá el Tercer Tabor de Regulares de Alhucemas, un día antes que Franco, ganando para su alzamiento las guarniciones del Rif. El Generalísimo le ha confiado sucesivamente la capitanía general de Baleares, de Aragón y ahora de Cataluña.

—Según veo en su expediente, compartimos patria chica, señor Bonilla... Los dos somos de Granada. Yo, de Illora.

—Yo de Torvizcón, señor.

—Hizo usted la guerra en Granada...

—Sí, señor.

—Veo que deja las armas y que reside en Barcelona.

—Sí, señor.

—¿Por qué?

—Quiero que mi familia viva mejor que en Granada, he venido con mi mujer, un hijo y cinco hijas.

—Pues escuche, Manuel: si son ustedes trabajadores y honrados, Barcelona les dará más de lo que hayan soñado.

—Así será, señor. Pero... ahora nos han engañado, señor.

—¿Qué ha pasado?

—He pagado diez mil pesetas, todo lo que tenía...

—Es un dinero...

—Todo mi dinero después de que mi padre y yo vendiésemos Los Puertas.

—¿Los Puertas?

—El cortijo que trabajaba en la Alpujarra antes de la guerra... Es todo lo que tenía...

—¿A quién ha pagado, dice?

—Al señor Quintanilla...

—¿Quién es el señor Quintanilla?

—El dueño del piso del paseo Calvell 27-29. El señor Quintanilla me ha vendido el piso, hemos firmado este papel...

Manuel Bonilla saca del bolsillo un papel burdamente mecanografiado, arrugado, con dos firmas al pie y ningún sello notarial. El capitán general le echa un vistazo, lo deja sobre la mesa y pregunta:

—¿Y cuál es el problema?

—Que este hombre sigue en el piso.

—¿Cómo?

—Me dijo que aún no tenía otro para mudarse, y le dejé quedarse un tiempo, faltaría más...

—¿Y?

—Que sigue ahí, y encima se ha traído a su hijo...

—¿Un hijo?

—Sí, les he dejado quedarse un tiempo en el piso...

—Aún no entiendo el asunto...

—Mi hija Carmencita es muy lista, y en los meses que llevamos aquí ya entiende el catalán...

—Eso está muy bien...

—Y hace unos días entendió lo que el padre y el hijo hablaban, que decían: «Éstos andaluces no nos entenderán, hablemos en catalán». Y mi hija me explicó lo que decían...

—¿Y qué decían?

—Que al ser piso protegido del Ministerio de la Vivienda, está prohibido traspasarlo. Y que se quedan dentro.

—¡Que le devuelva a usted el dinero!

—Dice que se lo han robado. Yo me quedo sin dinero y sin piso. Por eso no se van, él y su hijo: para que nos vayamos nosotros. Sabe que tiene la ley de su lado.

—Ese canalla se merece una paliza, ese tiparraco.

—¿Y luego? Mi familia se quedaría en la calle igual, y yo en un calabozo. Y por eso he venido a verlo...

—Tiene usted mucha razón, Manuel.

—El piso no se puede traspasar, según la ley. Yo

no lo sabía. Lo he perdido todo. Sólo tengo este papel que firmamos.

—No vale, no es oficial...

—Mi general, acabaremos en la calle... Mis hijas... Lo he perdido todo.

Manuel habla y la voz se le quiebra como si todas las dudas del mundo cupiesen en su disfonía, todas la dudas del mundo acerca de haberse atrevido a traerse a toda su familia a Barcelona desde Granada en busca de una vida más provechosa y prometedora, que ahora se le estrecha como un túnel.

—Señor Manuel, esté usted tranquilo, hay una solución... —dice el capitán general, apiadado de su coterráneo.

El general granadino Juan Bautista Sánchez González, que ha tenido el atrevimiento de reclamarle a Francisco Franco que restituya en España la monarquía en la figura de don Juan, que se ha negado a firmar fusilamientos de presos por cargos ideológicos, que no ha querido sacar tropas a la calle para reprimir la huelga de tranvías en Barcelona del año 1951, y que también es padre y tiene hijas, llama al despacho a su secretario.

—Están construyéndose en Barcelona bloques de pisos baratos para militares ¿verdad?

—Sí, señor, aquí tengo la carpeta, lo miro...

El secretario, en pie en medio del despacho, retira con parsimonia las gomas de una carpeta verde y consulta unos papeles en su interior. El general no espera a que el secretario finalice su escrutinio, y da una orden:

—Reserve un piso al señor Manuel Bonilla.

—Ahora mismo le tomaré sus datos, señor.

—¿Qué piso estará antes a punto?

—Nos entregan uno esta semana... —dice el secretario, extrayendo uno de los papeles de la carpeta.

—¡Ya tiene piso, Bonilla! —sentencia el general—. ¿Dónde está ese piso?

—Déjeme ver... —el secretario consulta los papeles de su carpeta verde—. Está en la calle Aiguablava, número 70.

—¿En qué barrio cae eso?

—En la salida de Barcelona hacia el río Besòs, señor. En el barrio de la Trinidad Nueva, señor.

—Mire, amigo Manuel: Trinidad Nueva, ¡como la plaza de la Trinidad de Granada! ¿La recuerda?

—Como no iba a recordarla, señor...

Manuel Bonilla recuerda que una de las esquinas de la plaza de la Trinidad de Granada colinda con la casa de los Rosales, de su compañero de armas Luis Rosales, al que desde la guerra no ha vuelto a ver.

46
La mercería

Barrio de la Trinidad Vieja, 1954

Josep Amela cruza de puntillas la plaza de la Trinidad, para no manchar sus zapatos con las obras. El suelo es puro barro mientras lo pavimentan.

Ha tomado un autobús en la plaza de Cataluña y ha bajado en la plaza del Comercio del barrio de Sant Andreu, que los vecinos llaman plaza del Reloj, por uno que campa en una fachada. Los autobuses de Barcelona no llegan hasta el barrio de la Trinidad. Camina durante media hora.

—¡Palmira! ¿Estás? Soy Josep.

—Pasa, pasa, estoy en la trastienda, ahora salgo.

Josep pasa cada día ante la mercería de Palmira, en el extremo opuesto de su misma calle, Turó de la Trinidad. Le gusta saludar a Palmira desde que llegó aquí, seis años atrás. Está casada, desde hace un año, con Manuel Fernández, su antiguo compañero de oficina antes de la guerra.

Josep Amela ha abierto la puerta de madera y cristal, junto a un pequeño escaparate con muestras de ganchillo, punto de cruz, macramé, una cajita con dedales, otra con alfileres y aún otra con agujas para el pelo, una peineta de carey y muestras de botones.

—Vaya lío de obras, ¿eh? —alza la voz Josep Amela.

Pasea la mirada por el mostrador, sobre el que ve cajas abiertas, bajadas de las estanterías que tapizan las paredes del pequeño establecimiento, de apenas tres metros cuadrados. Las cajas del mostrador contienen bobinas de hilo, cintas y hombreras, coderas y rodilleras, el género que más se vende ahora, según le ha comentado Palmira, además de medias para mujeres y corsetería.

—¿Cómo estás, Josep? —saluda Palmira, que asoma de la trastienda.

Palmira sonríe a su vecino, y se ocupa de recoger, tapar y retirar cajas del mostrador. Josep Amela, que ha cumplido treinta y cuatro años, sabe que Palmira tiene veintinueve, pero se le antoja que son menos, por la gracilidad de sus movimientos, su oscura y ondulada cabellera, recogida en una cola abundante, y su estrecha cintura. Pero más le llama la atención la sombra violácea de sus ojeras, que le evoca a la de una modelo romántica para algún pintor modernista, y el azabache de sus ojos, negrísimos y muy brillantes. Josep está más acostumbrado al azul de los ojos de su hermana Carmeta, que alguna vez le ha dicho:

—Pepito, he visto cómo miras a Palmira.

—¿Qué quieres decir? —ha contestado él, muy serio.

—Que te gusta.

—¡Carmeta! —se ha enfadado Josep—. Es la mujer de mi amigo Fernández...

—Te gustaba de antes de casarse, y no le dijiste nada. Y tú le presentaste a ese amigo tuyo, a Manuel Fernández... Bueno, ahora ya da igual...

Tras el servicio militar, Josep supo que Manuel Fernández, excarabinero, estuvo encerrado en la cárcel Modelo. No lo enviaron a ningún penal. Y de la Modelo salió a las pocas semanas. Reingresó en las oficinas de la Pirelli, pero lo despidieron al primer trimestre. Así se lo contaron a Josep Amela al regresar a las oficinas en 1945, además de algunos rumores acerca de sus impuntualidades. Ahora Manuel dice trabajar como comercial para dos o tres firmas, sin dar detalles.

—Ese amigo tuyo nunca me ha gustado, Pepito —le había confesado Carmeta, uno de los días en que Josep había invitado a Fernández a comer con la familia en casa, pocos meses antes de ser licenciado del servicio militar.

—¿Por qué? —se sorprendió entonces Josep.

—¿Te acuerdas del maestro que vivía en casa del Progrés?

—Sí, le dio clases a Francisquet.

—La hermana de un amigo del Progrés... me ha contado que...

—¿A ver, qué? —se había impacientado Josep.

—... que a este Fernández lo han visto por la comisaría de vía Layetana...

—¡Ah! ¿Y qué tiene que ver eso con el maestro?

—Mi amiga dice que a su hermano lo ha interrogado la policía porque ese Fernández lo ha delatado.

Y que también Fernández delató al maestro... Y que lo fusilaron...

—¡Carmeta, basta! Fernández es amigo mío, y ya está bien.

Un día de principios de 1951, Manuel Fernández y Josep salían de comer en casa de la familia Amela —ante el silencio receloso e incómodo de Carmeta—, y los dos amigos pasaron por delante de la mercería. Palmira abría la puerta de la tienda, y Josep hizo las debidas presentaciones.

—¿Y de dónde sale tanto embrujo? —osó cortejarla Manuel Fernández, con una simpatía confianzuda desarrollada durante los agrios y correosos años de posguerra.

—Del Albaicín de Granada, señor mío, que usted ni sabe dónde está —le replicó Palmira, con la desenvoltura de la mujer que está acostumbrada desde niña a devolver requiebros masculinos no siempre pertinentes.

Josep Amela sintió una punzada inesperada. Conocía a Palmira desde que llegó a la mercería, un día de 1948, con veintitrés años. Y al escuchar el atrevido piropo de su amigo —algo que él jamás hubiese osado hacer— y la respuesta de ella, le pareció que acababa de conocerla él también. Lo desasosegó el piropo de Fernández.

—Granada... Algo sé... —replicó su amigo, con aire de misterio.

—¿Ah sí? —preguntó Palmira, y miró de reojo a Josep, con quien habían compartido sus respectivas biografía en anteriores conversaciones, a solas o con su hermana Carmeta.

Josep, ante la mirada inquisitiva de Palmira, alzó los hombros en señal de ignorancia, y Fernández declamó:

—«Su luna de pergamino Preciosa tocando viene...» Usted me ha recordado a Preciosa... —añadió—. Conocerá, como granadina, estos versos del sublime poeta de su tierra...

Josep, perplejo, vio palidecer ante estas palabras el rostro moreno de Palmira, irisadas las violáceas ojeras. Entendió que el verso recitado por su amigo revolvía recuerdos en el fondo del alma de Palmira. Y Manuel Fernández añadió:

—Será un placer volver a verla, señorita, y que me ilustre con sus saberes acerca de Granada.

Y trazó un divertido gesto versallesco con su sombrero flexible, que agudizó los celos de Josep. Recordó el día lejanísimo en que juntos habían comprado en la librería Verdaguer un libro de Lorca para un amigo... *Romancero gitano*... ¿Había recitado Fernández versos de ese libro? Josep sabía por la propia Palmira que ella había visto a Federico García Lorca siendo una niña, en Granada. Pero calló. Y ella también.

—Hasta pronto —se despidió Fernández.

—Hasta pronto —admitió Palmira.

—Hasta mañana, Palmira —se despidió Josep, deseando subrayar una amistosa relación cotidiana con la mujer.

Pero ni al día siguiente, ni en los que siguieron, fue capaz Josep de vencer su pudor, no supo cortejarla. Y eso que ella le había confiado que en la guerra habían matado a su madre. Que había cuidado de sus hermanos. Que había cantado en bares y plazas de Granada, a veces acompañada a la guitarra por un amigo medio gitanito, Jacinto... Que a los quince años había entrado en un taller de costura en el Albaicín, junto a otras chicas y mujeres.

Siempre que podía, Josep le traía material de oficina, ahora que tenía más cargo en la Pirelli: blocs de notas, papeles-carbón, gomas de borrar, lápices... Palmira lo invitaba a veces a una infusión en la tienda. Un día ella le contó que en el taller de costura había conocido a una clienta muy especial:

—Emilia Llanos, se llama. Tenía muchos amigos artistas en Granada. Y también en Barcelona, donde vino en 1922 a operarse de un estrabismo con el doctor Barraquer. Vivió en la Rambla de Cataluña 79, en una pensión junto a la calle Valencia. Y fue ella la que me animó a venirme a Barcelona, y me contactó con esas amistades suyas aquí para que me ayudasen.

—Estarás agradecida a esa mujer... —le comentó Josep.

—Imagínate... Desde que la vi entrar en el taller me gustó... Venía con el diseño de un vestido, original suyo, para que se lo cosiéramos. Era una mujer soltera y madura, ya de sesenta años, pero muy elegante y distinguida.

—¿Viuda?

—¡No, no! Soltera porque ella así lo había querido. Ella iba sola a todas partes, era muy valiente y elegante —le contó Palmira a Josep—, ¡y seguro que sigue siéndolo! Aunque ahora debe tener casi setenta años! ¡Qué gran ejemplo de mujer! Nos escribimos a veces...

»Lo del taller de costura —siguió Palmira— fue un trabajo que me llegó gracias a mi amigo Jacinto... Él me llevó allí después de la guerra... Jacinto había estado en zona roja durante la guerra, y volvió al Albaicín en abril del año 1939.

»Jacinto sabía lo del encarcelamiento de mi madre. Yo no volví a verla nunca más, nunca más... Jacinto me contó que alguien había visto a una mujer con un vestido azul marino de lunares blancos... muerta en el camino de Víznar en octubre de 1936... Muerta...

»Allí mismo habían matado a Federico dos meses antes... El vestido azul marino con lunares blancos era el que llevaba mi madre cuando se la llevó la escuadra negra.

»Al taller de costura vino un día Emilia Llanos, yo tendría diecinueve años —prosiguió Palmira—. El día que entró en el taller, yo cantaba... Me oyó... Yo solía canturrear mientras cosía... A mis compañeras les gustaba. Cantar me ayudaba a olvidar penurias... Yo había aprendido esas canciones de mi madre... Mi madre las había cantado en el Sacromonte...

»Y aquella tarde, cuando salí del taller, muy cerquita del mirador de San Nicolás, Emilia estaba allí, esperándome cerca de la entrada. Tan elegante... Llevaba una piel en los hombros. Eso en Granada... ¿Qué mujer se atreve? ¡Y en el Albaicín! ¡Ella sola! Me pidió que nos sentásemos juntas en el mirador, para contemplar la Alhambra, y me dijo:

»—Yo he vivido allí, en la Alhambra, ¿sabes?

»—Desde niña me ha gustado venir aquí —le dije yo.

»—Te he oído cantar en el taller...

»—Siempre me ha gustado hacerlo...

»—¿Dónde has aprendido?

»—En casa, con mi madre... que está muerta.

»—Oh... ¿Qué le pasó?

»—La guerra...

»No quise contarle nada más... No sabía quién era, qué quería de mí. Ella se quedó muy callada al oír lo de la guerra, y vi que se entristecía mucho, pues le rodó una lágrima, y pensé que también a ella le habrían matado a alguien muy querido en la guerra. Y era así, era así...

»—¿Sabes que tienes talento, que da gusto oírte? —me halagó Emilia.

»—Muchas gracias, señora...

»Estuve a punto de decirle que algo parecido me había dicho otra persona siendo muy niña, un poeta que jugaba conmigo en casa, delante de mi madre, porque era un primo de mi madre famoso. Pero me callé. Yo sabía que el nombre de ese poeta, al que habían matado al empezar la guerra, igual que a mi madre, igual que a tantas personas buenas, no podía ser pronunciado en Granada, era peligroso, nadie se atrevía a nombrarlo, sólo a escondidas y en voz muy baja... Y por eso mucha gente de Granada había quemado fotos que tenía con el poeta, y libros dedicados por él, y poemas suyos, por terror a ser señalados como sospechosos, detenidos, acusados, asesinados... Y ella dijo:

»—Te he oído cantar "Los cuatro muleros"...

»—Sí, me gusta mucho esa canción.

»—Te la enseñó tu madre, dices... —preguntó la señora.

»—Sí.

»—Palmira..., te llamas Palmira, ¿verdad?

»—Sí.

»—Palmira: cantas esa canción de un modo muy especial.

»—¿Cómo la canto?

»—La cantas del mismo modo que la cantaba un amigo mío muy querido. Este amigo mío... está muerto. Y al oírte cantarla, Palmira, ¡ay!, lo he recordado... Era un gran poeta, ¿sabes? De jovencito recogió la letra de "Los cuatro muleros" de un arriero de las Alpujarras..., y la puso en bonito. ¡Ay! La cantaba siempre con tanto sentimiento... ¡como tú, como tú, Palmira!

»Y entonces, Josep, entendí que ese gran poeta que mencionaba Emilia era el primo de mi madre, porque yo había aprendido a cantar "Los cuatro muleros" escuchándolos a mi madre y a él, juntos en casa, siendo yo muy niña, cuándo él venía contento como unas campanillas y le decía a mi madre: "Enriqueta, nos vamos al Sacromonte". Y entonces cantábamos juntos...

»Y en aquel momento, Josep, yo sentí que aquella señora y yo éramos como hermanas, ¡yo con mis diecinueve años y ella con sus sesenta años! ¡Ya ves tú! Pero sí, sí... Como gemelas. Estábamos igual de solas, igual de tristes, mirando juntas la Alhambra, sentadas juntas, como había estado otras veces con aquel amiguito mío, Jacinto... Él sabía tocar la guitarra tan bien... Y yo cantaba. A los que nos oían, les gustaba mucho... Y entonces doña Emilia, sin dejar de mirar las arboledas del Generalife y los muros de la Alhambra, me dijo:

»—En la Alhambra lo conocí, allí me subió un libro suyo, precioso... *Impresiones y paisajes*... "Divina tanagra", me llamaba. Nos queríamos... "El jardín nos une", me dijo. ¡Ay! "Prefiero ser tu amiga de siempre que tu amante de unas horas", le dije... ¡Ay! ¡Ay!

»Y yo entonces, Josep, le dije, también sin dejar de mirar a la Alhambra:

»—Y él era don Federico. Federico García Lorca.

»Doña Emilia oyó el nombre y rompió a llorar, y yo también, yo también lloré, lloré por mi madre, lloré por don Federico, muertos los dos. Y lloramos como muertas en vida que lloran por sus muertos, pero que están llorando por ellas mismas, por nosotras, por mis hermanos, por mí, por Emilia, por Jacinto... Lloramos por Granada entera.

Aquel día, Josep salió de la tienda arrepentido de no haber osado abrazar a Palmira. Al día siguiente, le presentó a Fernández, que empezó a visitarla una vez a la semana, después cada tres días, cada dos...

Palmira Valero y Manuel Fernández invitaron a su boda a Josep Amela, en ceremonia celebrada en la parroquia de la Trinidad, cuya sencilla iglesia de ladrillo a la vista presidía la plaza, la plaza que ahora está enfangada y en obras...

—Vaya lío de obras, ¿eh?

—¿Cómo estás, Josep?

A Josep Amela le gusta la gracia de los movimientos de las manos de Palmira mientras recoge y cierra las cajas. Una gracia que atribuye a su don para el baile flamenco y las castañuelas andaluzas que dice que sabe tocar, aunque él aún no ha conseguido verla tocar ni bailar.

—Te traigo esto, Palmira. Te servirá para la tienda.

Josep Amela abre su portafolios de la oficina, con el que va y viene cada día, y extrae un bloc de hojas blancas, dos láminas de papel-carbón, dos lápices, una goma de borrar y dos bolígrafos, que alinea cuidadosamente sobre el mostrador, sin disimular cierto orgullo.

—Muchas gracias, Pepito, ya sabes que es muy de agradecer...

Josep Amela siente un extraño sonrojo: nunca antes Palmira le había llamado Pepito. Es la primera vez que lo hace.

Sólo lo llaman Pepito su hermana Carmeta.

Y su madre.

A sus hermanos pequeños, que ya son veinteañeros, sólo les permite que le llamen Pepito si está de buen humor.

—Lo que te haría falta es una caja registradora —sugiere Pepito.

—No tenemos dinero para eso... —contesta Palmira, rebajando el volumen de su voz, y aunque Josep lo oye, prefiere fingir no haberlo oído.

—¿Qué tal está tu marido, Palmira? —pregunta Josep.

—Pues... por ahí, con sus trabajos... —responde Palmira, sin levantar la vista de las cajas.

—Es que hace días que no lo veo...

La tapa de una de las cajas se le resiste a Palmira, que no consigue encajarla, y los movimientos de sus dedos se crispan en el intento de cerrarla.

—¿Te ayudo? —se ofrece Josep.

—Sí, sí...

Las manos de Josep, al tomar la caja, rozan las manos nerviosas de Palmira, que detienen sus movimientos bruscos. En vez de retirar las manos, Palmira toma la mano derecha de Josep como un náufrago agarraría el extremo de un cabo que le lanzasen desde la borda de un barco para izarlo.

—¿Qué pasa? —pregunta Josep, que levanta la vista, sorprendido, para entender el gesto de Palmira.

—Pepito... estoy embarazada.

—¡Palmira! ¡Cuánto me alegro! Estaréis felices...

Un sollozo de Palmira interrumpe a Josep, a cuya sorpresa inicial le sucede el desconcierto. Palmira no suelta su mano, que levanta entre las suyas como si orase.

—Es que... Manu... —así es como llama ella a su marido—. Hace días que no lo veo. ¡No sé nada de mi marido! Es que no sé qué hace... Hace meses que no... que no trae dinero. ¡No gana nada! La tienda, ya sabes, aquí vendo muy poco... Y ahora llega un hijo... Tengo miedo...

—Pero ¿Manuel ya lo sabe? ¿Él ya sabe que estás embarazada? ¿Ya sabe que va a ser padre?

—Esta mañana me ha llamado. Que vuelve hoy, me ha dicho, que ha estado de viaje... Una empresa de no sé dónde le ofrece no sé qué, dice... Y entonces se lo he dicho.

—¿Y qué?

—Pepito... ¡Ay! ¡Se se ha quedado igual, tan pancho! Dice que llegará esta noche... Y que le prepare cuatrocientas pesetas...

—¿Qué? ¿Cuatrocientas pesetas? ¿Para qué?

—Para una inversión muy importante, o perderá un negocio que nos arreglará la vida... Pero yo no tengo nada, Pepito. ¿Qué va a ser de mi, Pepito?

Josep Amela, en el dormitorio de su casa, abre el cajón superior de su cómoda de onduladas líneas. En una cajita metálica guarda sus ahorros, billetes apartados del sueldo que le entrega cada mes a su madre. Toma cuatro billetes de cien pesetas. Para Palmira. Palmira no tiene el dinero que Manuel necesita, está deshecha, teme que su matrimonio se hunda si su marido no sale a flote. Pepito entiende que, embarazada, se siente más sola, abandonada por su marido. Josep la ha tranquilizado como ha podido. Y ha decidido que le prestará las cuatrocientas pesetas para calmar su angustia.

—¡Pepito! —lo llama su madre, desde la cocina.

—¿Qué? ¡Voy a salir ahora! —contesta él.

—¡Por favor, acércate un momento a la bodega, encarga una barra de hielo para mañana, que se ha terminado!

Palmira llora, ni ella misma sabe si llora de gratitud o de vergüenza, al aceptar el dinero que Josep le entrega en la mercería.

—Gracias, Pepito, ay, ay... Gracias.

Palmira vuelve a tomarle la mano, se la baña en lágrimas, la besa. El gesto turba a Josep, que siente ganas de protegerla. Palmira ha cerrado la mercería al salir Josep. Su marido no ha aparecido todavía. Lo esperará en la vivienda, justo encima de la tienda, allí aguardará su anunciada llegada tras una ausencia de días.

Josep, después de salir de la tienda por segunda vez en la misma tarde, se encamina a la bodega, para cumplir el encargo de su madre. La bodega, la más amplia del barrio, almacena hielo en sus cámaras de frío, de portezuelas de buen nogal pulido y herméticos cierres metálicos, y también vende vermú y vinos, a granel y en botella, y también coñac, anís, licores y espirituosos, y además dispone de espacio para dos mesas de mármol para algún cliente.

Pepito reconoce al instante la risa de su amigo.

Es Manuel Fernández, en una de las mesas.

Con tres amigos.

Achispados.

Hay botellas vacías, profusión de copas derramadas, ceniceros desbordados.

Manu ha bebido más que sus amigos.

Lleva todo el día bebiendo, juraría Josep Amela.

O días.

Manu no está achispado.

Manu está borracho.

47
Carta de Emilia Llanos a Palmira

Granada, 1958

Mi querida Palmira:

¿Cómo estás? ¡Hace demasiado que no nos escribimos! Hoy he pensado en ti. Es que un amigo me ha escrito desde Nueva York y me habla de nuestro querido Federico...

Y he recordado nuestras conversaciones.

Quiero saber de ti.

¿Cómo es tu vida en Barcelona? Para que tú me cuentes, yo te cuento antes.

Te escribo desde mi casa, en la plaza Nueva. Estoy en mi cuarto de estar, tú lo conociste, así que sabes que estoy viendo la foto de Federico en la pared del piano. No dejo de mirarla mientras te escribo.

Hablo a menudo con él.

¡Cuatro años sin escribirnos! Ahora te contaré por qué. ¡He estado muy ocupada! ¡Muy ocupada! Pero antes quiero preguntarte: ¿cómo va tu mercería? Recuerdo que había sido de una fallecida tía de mi amigo el fotógrafo Mas, y que te la cedieron. ¡Qué bien! ¡Qué hombre, este Mas! ¡Es el mejor fotógrafo de Barcelona! ¿Te enseñé las fotos que me hizo en los años veinte en la Alhambra?

¡Ay! Te recuerdo de tan jovencita, con diecinueve añitos, y nuestras charlas, en el Albaicín, y en mi casa... ¡Qué bien me cosiste y bordaste siempre todo lo que te pedía, Palmira! No he visto a ninguna bordadora con mejor mano para la costura que tú.

Me gustó aquella confianza nuestra. Me hablaste de un amiguito tuyo, Jacinto... ¡He sabido cosas de él! Luego te las cuento, quiero contarte todo por su orden.

Y lo primero es lo primero. Quiero contarte por qué he estado tan ocupada. Y para eso tengo que hablarte de mi nuevo amigo de Nueva York. Desde que tú te fuiste a Barcelona, hace ya diez años, no había tenido mejor amistad. Es ahora mi amigo más importante.

Se llama Agustín Penón.

Agustín es español. Ha vivido en Costa Rica, y se nacionalizó norteamericano a los veinticinco años. Vive en Nueva York. Llegó a Granada en febrero de 1955, y estuvo aquí un año y medio. Regresó a Nueva York en septiembre de 1956. Ha hecho ahora dos años. ¡Lo añoro! Felizmente, seguimos escribiéndonos mucho. Y lo ayudo en sus pesquisas.

Son pesquisas muy delicadas. Lo que voy a contarte es muy importante, te lo cuento por la confianza que nos une.

Verás. Agustín Penón vino para documentarse y escribir un libro sobre nuestro querido Federico, sobre su vida... y sobre su muerte. ¿Qué te parece, Palmira? ¡Nadie se atreve! Será el primer libro riguroso y serio y fiel a Federico y a lo que le pasó. ¡Y ya sabes que nadie ha hablado nunca abiertamente de esto en

Granada! Todos en Granada han quemado sus fotos, sus libros...

¡Yo no, claro! ¡Cómo iba a quemar yo nada de mi amor! Federico y yo nos amábamos, te lo conté... Desde su muerte, llevo un colgante con su fotografía en mi pecho. Cada día lo siento más cerca. Algunas noches lo oigo. ¡Federico me canta! Me toca el piano. Me recita. Yo le hablo. Y lloro. No pude salvarlo. Le pido perdón entre lágrimas. ¡Yo debía haberlo ayudado! ¡Debí presentarme en el Gobierno Civil! ¡Manuel de Falla tuvo el coraje de ir a ver al gobernador civil, y a punto estuvieron de fusilarlo! ¡Mi querido don Manuel! Yo no me atreví... Si lo hubiese escondido aquí...

Llegó Agustín Penón a Granada, y nadie soltaba prenda. Una ominosa sombra cubría el nombre de Federico. Agustín lo descubrió enseguida, en una de sus primeras noches en Granada. Un amigo lo invitó a una cena en homenaje a Pepe Rosales, Pepiniqui, en un restaurante del centro de Granada. A Pepiniqui y Agustín los presentaron en el aperitivo. Se cayeron bien. Y Agustín supo que Federico fue detenido en casa de Pepiniqui, así que se esforzó en ganarse su amistad, y un día poder sonsacarle.

Ya en los postres, entre copas y puros, se sucedieron los brindis. Y Pepiniqui dijo:

—Amigos, os presento a un americano de sangre española, y, como él me dijo hace un rato, granadino de corazón. ¡Os presento a Agustín Penón!

Los presentes, treinta o cuarenta granadinos, amigos de Pepiniqui, de los que la mayoría apenas habían cumplido treinta años de edad durante la guerra (hoy son cincuentones venerables), jalearon la propuesta de brindis:

—¡Que hable, que hable! —clamaron.

Muy cohibido, algo aturdido por el vino, los licores y el humo, Agustín Penón se puso en pie, venció pudores y dijo:

—¡Gracias por permitirme compartir este acto de amistad hacia vuestro incomparable Pepiniqui! ¡Gracias por conservar España como el hermoso país que es! ¡Gracias por el milagro de Granada!

—¡Olé! —vitorearon varias gargantas, entre un mar de aplausos y ovaciones.

Agustín se embriagó de su éxito al oír tantos vítores y aplausos, la situación le pareció propicia y liberó lo que palpitaba en lo más hondo de su ser:

—Y gracias muy especialmente a España, y sobre todo a Granada, por haber enriquecido al mundo con el mejor poeta que jamás ha existido: ¡Federico García Lorca!

¡Ay, Palmira! ¡Qué silencio se hizo! Me contaba Agustín que nunca lo olvidará. Sonaron un par de aplausos que enmudecieron en seco. Nadie ovacionó, nadie vitoreó, nadie aplaudió, todos bajaron la cabeza, miraron las servilletas, apuraron alguna copa. ¡Qué tensión! Se iniciaron en voz baja varias conversaciones. ¡Mencionar a Federico era de mal gusto! Las despedidas fueron glaciales, y Agustín pudo oír este susurrado comentario:

—No necesitamos que vengan de afuera a decirnos quién ha sido un gran hombre y quién no.

Aquella noche Agustín descubrió cómo es Granada, y que pisaba terreno minado por el miedo y el prejuicio.

Pepiniqui firmó a los invitados sus tarjetones del menú, y a Agustín le escribió: «Para nosotros dos, Federico ha estado aquí esta noche».

¿Qué bonito, verdad? José Rosales ha ayudado

después mucho a Agustín, le ha contado cómo fue detenido Federico, cómo intentó rescatarlo, cómo desapareció para siempre...

Algunos amigos me pedían que recibiera al «americano». Tres veces me negué. Porque yo no quise hablar de Federico ¡a nadie! hasta que te conocí. Y desde que te fuiste a Barcelona, Palmira, no volví a hablar de eso con nadie más, ¡con nadie! Hasta que accedí a ver a aquel americano...

Fue el 21 de junio de 1955, eran las siete de la tarde. Una luz muy bonita se filtraba aquí dentro a través de las ventanas.

Y entró Agustín Penón.

Y me quedé paralizada cuando lo tuve ante mí.

¡Era el Enviado!

Me eché a temblar, se me notaba en las manos y en la voz. ¡Seguro que él lo notó! Pero nada dijo.

Me quedé mirándolo fijamente, muy asombrada.

Palmira, aquel hombre de treinta y cinco años de edad que tenía ante mí, aquel hombre llamado Agustín Penón, ¡era el Enviado!

Agustín Penón era el Enviado por Federico desde el Otro Lado para despertarlo y devolverlo al mundo de los vivos.

Lo vi y lo supe. Supe que era él. Mirándolo, me pareció ver a Federico mismo. Su forma de moverse. Su modo de hablar. Su manera de mirarme, de atenderme, de escucharme, tan delicado, tan afable, tan educado pero cordial, tan cortés pero simpático. ¡Era él! Agustín había venido de la mano de Federico. Ahí los tenía a los dos, ante mí.

Palmira, me sentí tan feliz que le enseñé enseguida la dedicatoria de Federico en el ejemplar de *Impresiones y paisajes* que me subió a la Alhambra aquel

29 de agosto de 1918. ¡Ay, este pasado agosto ha hecho cuarenta años! Te la enseñé:

A la maravillosa Emilia Llanos, tesoro espiritual entre las mujeres de Granada, divina tanagra del siglo XX, con toda mi admiración y fervor.

¡Ay! Mi amor...

Y decidí ayudar a Agustín en todo lo que me pidiese. Allanarle el camino en todo lo que pudiera. Agustín había venido para encontrar a Federico, para alzarlo de la tierra ignota en la que yacía. Por de pronto, Agustín logró levantar la losa del sepulcro que sobre mí se había cerrado desde el tristísimo 18 de agosto de 1936.

Agustín me ha enseñado que no es bueno sepultar un hecho y olvidarlo, por espantoso y doloroso que sea. No atreverte a mirarlo de frente acaba por envenenarte por dentro. Eso estaba haciendo yo con la muerte de Federico. ¡Yo y muchos otros, Palmira! Pero yo... languidecía enterrada en vida a causa de aquel silencio. Agustín me enseñó que lo sano es aceptar lo sucedido, convivir con ello y confiar en que acabará tomando el lugar que le corresponde. Te lo digo a ti también, por lo de tu madre...

Durante meses, Agustín investigó, preguntó a gente, husmeó en archivos, indagó en casas, exploró toda Granada, y Fuente Vaqueros, y Asquerosa, y la Vega, y tomó copas con unos y con otros... Yo le relaté cómo había visitado a los padres de Federico aquel 18 de agosto... Ante ellos, no me atreví a decirles lo que yo acababa de saber... Los padres aún creían que Federico podría estar vivo en Víznar, por un papelito manuscrito que les había llegado...

Le conté a Agustín que un año después de la muerte de Federico fui a casa de los Rosales, y hablé con la madre y la hermana de Pepe y de Luis Rosales, el hermano poeta, a quien yo había conocido en la Huerta en 1930. Me dijeron que Luis iba a sacar a Federico de la casa aquel mismo domingo, 16 de agosto, durante la noche. Pero llegó antes, a las cinco de la tarde, el malhadado Ramón Ruiz Alonso, que ahora vive en Madrid, supongo que con la conciencia negra, y llegó acompañado por Juan Luis Trescastro, que hace cuatro años se ha muerto de un cáncer de intestino en Santa Fe, y por Luis García-Alix.

A Agustín le gustó conocer a Angelina, sirvienta de los García Lorca, que le dijo de Federico: «¡Era un hombre tan generoso! Todo el que lo conocía, de él comía...». ¡Eso le encantó! Y también le contó que en la Huerta, Federico les decía a las sirvientas: «Si me matan, ¿vais a llorar ustedes mucho?». Y que el padre de don Federico llegó a culparse de su muerte..., como yo: «¡Y vino a Granada por obedecerme a mí!», pues es verdad que el padre le pidió que pasaran juntos en la Huerta el día de San Federico, el 18 de julio. Es que don Federico atosigaba demasiado a su hijo, porque hubiese preferido que fuese un catedrático formal y aburrido... ¡Ay, qué pena! No supo el buen hombre actuar de otro modo... Qué fácil es ver las cosas a toro pasado, ¿verdad?

Agustín, cierto día, consiguió algo increíble: que yo me arrodillase ante una fosa en el campo, entre Víznar y Alfacar. Uno de los enterradores de Federico, Manolillo «el comunista», nos señaló la tumba de Federico. Y me arrodillé, y lloré, y me persigné y dejé tres claveles rojos, entre la piedra y los olivos.

¡Palmira, yo estoy convencida de que Federico

guía a Agustín! Durante mi larga vida he participado en muchas sesiones de espiritismo, creo que te lo conté. Y por eso sé que el espíritu de Federico guía a Agustín. Por eso Agustín descubrió tantas cosas tan rápido, y sabía con quién hablar, dónde pisar... ¡Te encantaría conocerlo!

Por ejemplo, Agustín consiguió que Gerardo Rosales, hermano pequeño de Luis, que es notario, ¡le encontrase la partida de defunción de Federico! Sus padres la habían solicitado en 1940, cuando dejaron Granada para siempre: necesitaban esa partida para reclamarse herederos legales de los derechos de las obras de su hijo fallecido.

Gerardo le contó también a Agustín que habían degradado de sus cargos en Falange, para proceder a fusilarle, a su hermano Luis. ¡Por haber escondido a Lorca! Se salvó por los pelos, y pagando una multa el padre. Resulta que ahora muchos acusan a Luis de haber entregado a Federico. En 1950, durante unos recitales de poesía por Cuba, Colombia y México, ¡le arrojaron huevos! ¡Los jóvenes estudiantes lo llamaron «asesino de Lorca»!

Y el caso es que Agustín empezó a tener miedo. Depositó en esta casa todos sus papeles. La policía secreta de Franco lo espiaba, me decía. Temía que le robasen sus papeles. O que lo detuviesen. Por eso empezó a escribirlo todo en inglés, para ponerlo difícil. Tuvo miedo de ser asesinado. Y decidió regresar a Nueva York.

Pero antes... pasó por Madrid. Y allí habló con Luis Rosales, que le contó cómo se enfrentó a Ruiz Alonso en el Gobierno Civil, y cómo Ruiz Alonso confesó ante cien personas haber detenido a Lorca bajo su única responsabilidad. Luis siempre se culpará de no haber podido salvar a Federico... como yo. Lo entiendo tan bien... ¿Y si aquella noche Luis Rosales hubiese matado a Ruiz Alonso? Y a Velasco, a Valdés... No, ni eso hubiese salvado a Federico. Eso creo.

Y, en Madrid, Agustín habló también con Ramón Ruiz Alonso, que le mintió: dijo que él sólo obedeció una orden, y que desconocía que esa casa era de los Rosales. Mentira. Todos sabemos que odiaba a Pepe Rosales y que quería perjudicarlo, y mancillar a los falangistas.

Agustín también se presentó en Madrid ante Vicenta Lorca, la madre de Federico. Estaba con Isabel y Concha, hermanas de Federico. A las tres les pareció un hombre agradable, simpático e inteligente. Las tres se instalaron en 1951 en Madrid, hace ya siete años. Regresaron de su exilio en Nueva York tras morir don Federico, en 1949. Quedó allí enterrado, en el cementerio de Gate of Heaven. Isabel me contó que al zarpar del puerto de Bilbao el barco *Marqués de Comillas* hacia Nueva York, en 1940, viendo alejarse la costa española desde la borda, don Federico dijo:

—No quiero volver a ver este jodido país.

Lo cumplió. Buenos motivos tenía, este país le había matado a un hijo y a un yerno. Y saqueado casi toda su fortuna.

A su vuelta de Madrid, Agustín vino aquí, a mi casa, y vi que padecía una crisis. ¡Qué angustiado estaba! Temía que lo detuviesen o que lo matasen como a Federico...

Y se fue. Se embarcó en Cádiz. Yo lo animé a marcharse. ¡En su apartamento de Nueva York podrá acabar su maravilloso libro! Me ha enviado una foto de su estudio: tiene preciosas fotos de Lorca y de Granada y de Víznar prendidas en la pared. Lo inspiran. Un rayo de luz se filtra por la persiana, y une los labios de Federico y su fosa en Víznar. El rayo parece su firma de luz, dice «LORCA». Ahora Federico le habla a Agustín, ya no a mí.

Agustín sabe que a Federico le mató la crueldad sanguinaria de asesinos mercenarios como Salvaorillo, el Panaero y el Chato de la plaza Nueva, alentados por la envidia de los mezquinos y por el ansia de poder de los ambiciosos como Ruiz Alonso, Trescastro, el vicegobernador Velasco Simarro (guardia civil retirado, y rencoroso por el «Romance de la Guardia Civil española» del *Romancero gitano*), el gobernador civil José Valdés y el gobernador militar Antonio González Espinosa.

«Indiferencia, ambición, envidia y venganza —me ha escrito Agustín— son cuatro emociones para un crimen.» Le entristeció que ¡diecinueve años después! del crimen tanta gente tuviera todavía tantísimo miedo en Granada. ¡Miedo! Ojalá Agustín no lo tenga y termine su maravilloso libro...

Desde que Agustín se fue, yo he seguido ayudándolo en su investigación. Le envío lo que averiguo.

Me ha pedido información de los precios de los terrenos entre Víznar y Alfacar, para comprarlos. ¡Magnífica idea, pensé! Y me he ocupado de saber cómo comprar «los terrenos donde está enterrado Federico, piedra, olivos, en aquel sitio bellísimo», como le dije en una carta.

Pero ya no. El cuerpo de Federico García Lorca ya no está allí. Acabo de escribírselo a Agustín: «Ya no nos interesa adquirir los terrenos del olivo. El que estaba allí, ya no está. ¿Comprendes? Hace mucho tiempo se supone está en Madrid con la familia».

Me lo ha dicho mi amigo Antonio Gallego Burín. Él me dijo aquel aciago 18 de agosto de 1936 que Federico estaba muerto. Ha sido alcalde de Granada hasta hace cinco años, es amigo de todos y sabe muchas cosas. ¡Ay! Antonio había pronunciado en 1930 este brindis: «A Federico, que va a morir una noche de estrellas, sintiendo a Chopin en su alma y una mano suave sobre su alma y su corazón».

¿Dónde está ahora Federico? Es un misterio.

A mí me inquieta mucho.

¿Qué querrá Federico ahora de Agustín y de mí?

No lo sé, Palmira.

Yo tenía una deuda contraída con Federico desde su muerte. Intento saldarla. ¡Se lo debo!

Investigo para Agustín. Me llegan indicios, datos, detalles. Pero no sé si son buenos. Yo se los comunico todos a Agustín. Cuando estuvimos en Víznar vimos que las autoridades habían plantado pinos jóvenes en aquellos terrenos, como si quisieran borrar la huella de las fosas. ¡Agustín arrancó varios de esos pinos pequeños, indignado y triste! Si llega a vernos en ese momento la Guardia Civil, ¡nos llevan presos! Agustín no puede entender que España se comporte así con alguien que merece tanta gloria como Federico...

La actitud de la familia de Federico me extraña. Dicen algunos que don Federico entregó casi toda su fortuna en efectivo al gobierno militar, en un maletín, mediante su abogado, para salvar al hijo. La máquina de matar no se detuvo a tiempo. Y el gobernador militar, Antonio González Espinosa, en vez de devolverle el dinero —que usó para pagar armas y abastos de los sublevados— le devolvió... otra cosa.

Le devolvió…

El cuerpo de Federico.

No he podido confirmar que Espinosa organizase una operación de alto secreto militar para recuperar el cadáver de Federico, en presencia de doña Vicenta. Eso dicen vecinos de Víznar, que vieron a una mujer allí…

Sí sé que Espinosa relevó del frente de Víznar al indócil falangista Nestares por un tal Morillas, legionario muy leal. A Nestares lo envió a rescatar unos rebaños de vacas a la montaña, y el día 20 lo restituyó. O sea, que antes del alba de aquel 20 de agosto, el cuerpo de Federico ya habría salido hacia otro lugar.

¿Dónde? No sé dónde está Federico, así se lo escribo a Agustín. ¿Dónde está, si es verdad que ya no está en Víznar?

Unos dicen que está en la Huerta de San Vicente, donde estuvo la cochera. O bajo el nogal.

Otros, que en un cementerio de Madrid, en un panteón de alguien cercano a la familia, bajo otro nombre.

Otros, que en el mismo nicho que su cuñado Manuel, en el cementerio de Granada.

Otros, que en un jardín de una villa familiar en Nerja.

Otros, que en una ermita del pueblo de Láchar.

Otros, que en una caja que su amigo uruguayo Enrique Amorim enterró hace cinco años al pie del primer monumento dedicado a Lorca en el mundo, en la ciudad uruguaya de Salto, ante la actriz Margarita Xirgu.

Y otros dicen que está en el Valle de los Caídos.

Dicen que el poeta Pemán, enviado por Franco,

ha ofrecido a la familia trasladar los restos del poeta a Cuelgamuros, bajo la cruz del monumento del Valle de los Caídos. Franco quiere apropiárselo y sobre todo quiere evitar que nadie utilice esos restos contra él y su régimen, contra su España. «Más vale dejarlo donde está», respondió la familia.

¿Dónde está? Eso nos preguntamos Agustín y yo...

¿Habrá Franco ordenado llevar al Valle de los Caídos los huesos de Federico, mezclados con otros? Las obras del monumento han culminado este verano. Y el 1 de abril próximo inhumarán allí los restos de José Antonio.

¿Dónde está Federico?

No lo sé. Franco permitió hace siete años el regreso de la familia de Federico desde Nueva York, y les ha permitido editar sus *Obras Completas* por primera vez en España. Han salido a la venta hace cuatro años, en la editorial Aguilar. Franco necesita limpiarse ante el mundo la mancha de la muerte de Federico, y eso incluye pacificar a la familia. Franco ha escuchado a demasiados diplomáticos de muchos países sugerírselo así. Y la familia no reclama su cuerpo, por ahora.

Quizá nunca sabremos dónde está Federico. «No, no me encontraron», escribió él...

Ojalá todo esto no desmotive a mi querido Agustín, ojalá siga adelante con su maravilloso libro sobre Federico.

Querida Palmira, he recordado ahora otra de las visiones de nuestro amado Federico, otra de las muchas que prueban que él también podía ver el Otro Lado: «El pasado se pone su corazón de hierro y tapa sus oídos con algodón de viento. Nunca podrá arrancársele un secreto».

Escríbeme, mi niña.

Te quiere,

EMILIA LLANOS
Granada 1 de diciembre de 1958

48
Carta de Palmira a Emilia Llanos

Yo pronuncio tu nombre
en las noches oscuras
cuando vienen los astros
a beber en la luna
y duermen los ramajes
de las frondas ocultas.

Federico García Lorca
«Si mis manos pudieran deshojar»
Libro de poemas (1921)

Barcelona, septiembre de 1960

Querida Emilia:

Te pido que me perdones. Veo la fecha de tu carta y me avergüenzo. ¡Han pasado dos años desde que me escribiste! Espero que estés muy bien, Emilia. Te agradezco tanto todo lo que me cuentas de Federico...

Pero me apenaba mucho escribirte por aquellos días.

Mi hijo tenía entonces tres años, y todavía estaba enfermo.

Tuve un embarazo complicado, por cosas que me pasaron, y el niño nació antes de tiempo, muy delicado, y tuve que cuidarlo mucho...

Sí, Emilia, soy madre. Perdona que no te lo dijera.

Mi hijo se llama Jacintico. Tú ya sabes por qué, ¿verdad? En tu carta, al final no me contabas nada de mi amigo Jacinto, ya me dirás...

A mi hijito Jacintico yo lo llamo Tico, y ahora acaba de cumplir cinco años... Es mi alegría.

¿Y tú? ¿Cómo estás? ¿Tu amigo Agustín ha escrito su libro sobre nuestro querido Federico? ¿Habéis descubierto algo más?

Quiero aprovechar esta carta para darte las gracias, Emilia. Tú me ayudaste a venir a Barcelona desde Granada. Tu amigo fotógrafo, el señor Mas, y su familia, me traspasaron la mercería pagándole a medida que pudiese. Han sido muy buenos conmigo... Y también todas las personas de este barrio de Barcelona, la Trinidad. Sobre todo mi vecino Pepito, que me ha salvado de mi desgracia.

Mi desgracia es que me casé, y eso acabó mal. Mi marido se llamaba Manu, de Barcelona. Y la cosa fue muy mal muy mal... Me casé con él porque era espabilado, simpático, hablador, ¡y me recitó versos de Federico! Me dijo que con dieciséis años había oído recitar a Federico en Barcelona... Yo le conté que de niña había visto a Federico en mi casa... y se reía, me parece que nunca me creyó... No sé por qué, sólo me recitaba estando a solas él y yo:

> Sólo tu corazón caliente
> Y nada más.
> Mi paraíso un campo

sin ruiseñor
ni liras...

Un reposo claro
y allí nuestros besos,
lunares sonoros
del eco,
se abrirían muy lejos.
Y tu corazón caliente,
nada más.

Me enamoró, me enamoré. O eso me pareció, porque ahora ya no estoy segura de si sentí amor o sólo era necesidad de que alguien me quisiera. Creí que Manu me quería. Ahora ya sé que no. Si Pepito me hubiese cortejado antes... Pero no. Pepito es de una familia muy católica, con unos padres muy humildes y serios. Su padre murió hace cuatro años de un ataque al corazón, y Pepito es tan responsable... Cuida de su madre y de su hermana, y de sus dos hermanos pequeños. Lo pasó mal en la guerra, y ahora sólo vive para trabajar, ir de su casa al trabajo, del trabajo a su casa. Está muy unido a su familia, sobre todo a su hermana Carmeta. Ella tuvo un novio muy bueno, lo perdió y no ha querido casarse con nadie. Envidio a Carmeta, con ese hermano, esa familia, aunque ella no ha tenido hijos, ya tiene cuarenta y tres años...

Manu tenía varios trabajos como representante comercial, o eso decía, iba y venía. ¡Ay, qué ciegas somos las mujeres con los hombres! Quise tener una familia como mi madre en Granada, pobrecita... Nos casamos, Manu y yo.

¡Ay, Emilia! Yo estaba ilusionada con ser una

mujer casada... No me daba cuenta de nada. Al cabo de unos meses sí empecé a preocuparme. Manu no traía dinero a casa. Decía que iba a trabajar, y no volvía en días.

Luego he sabido que se juntaba con malas compañías, con rateros, trileros, timadores, jugadores, vagos. Jugaba a cartas, dados, lo que fuese, hacía trampas, apostaba en el canódromo Pabellón, y la policía le pagaba cuatro duros por contarles cosas de otros, o hacían la vista gorda a sus artimañas o le quitaban de encima a algún acreedor.

Empezó a pedirme dinero. Me explicaba unos enredos increíbles, pero me convencía una y otra vez. El poco dinero que yo ganaba en la mercería, él se lo llevaba. Un día me enfadé, y me gritó. Me asusté. Temí que me pegase.

Yo no le conté nada a nadie, por vergüenza. Lloraba a solas, en el piso. Estábamos al borde de la ruina. Y me quedé embarazada. Me derrumbé por dentro, porque lo que debería haberme alegrado, ahora me angustiaba. ¿Cómo criaría a un niño sin un padre como Dios manda?

Me había quedado embarazada al año y pico de casada, debió de ser durante una de las pocas noches en que tuvimos relaciones. Las tuvimos la noche de bodas, en que los dos nos acostamos achispados por las copas de la fiesta. Con el paso del tiempo vi que sólo teníamos intimidad en la cama la noche en que Manu llegaba con copas de más, ebrio de coñac, de orujo, de anís o de lo que fuera.

Sobrio, nunca lo hicimos. Yo me había acercado a Manu en la cama en ocasiones en que estaba sereno, pero él me rechazaba. Estos feos suyos nos alejaban. Yo también le hacía feos, porque empezó a darme asco que sólo hiciéramos algo en la cama con aquel olor a alcohol. Y apenas si balbuceaba palabras incomprensibles, ¡él, que me había recitado! Sentí que Manu estaba conmigo en la cama como podría haber estado con cualquiera.

Dejé de sentirme amada. Me di cuenta el día que supe que estaba embarazada. Yo había soñado con tener a mi lado a un marido trabajador, amoroso, responsable y cuidadoso, y tenía a un tarambana que me engañaba con lo del trabajo y el dinero... y no sólo con eso.

Escribirte esto me avergüenza muchísimo. Lo que voy a contarte lo he sabido porque Pepito me lo contó después. Pepito me cuidaba, me prestó un dinero que Manu me pedía. Y esa noche, Manu llegó borracho a casa. Peor que otras veces. Más borracho que nunca. Y Manu ya sabía que yo estaba embarazada. Tantos días desaparecido, ¡y llegaba en ese estado, y sabiendo que iba ser padre! Fue la prueba de que no me quería.

—No sabía dónde estabas, nunca te pregunto, pero esperaba que vinieses corriendo a mi lado cuando te he dicho que vamos a tener un hijo...

—¿Tienes el dinero? —dijo él.

Sentí que se me hundía el mundo. Le di el dinero que me había traído Pepito, entre sollozos y lágrimas.

—¿Por qué lloras? —me espetó—. ¡Tienes que estar contenta! Vas a tener tu hijo, ¿no?

—¿«Tu hijo»? —le contesté—. ¡Es nuestro hijo, Manu! Y necesita a un padre, también.

—¿Un padre? —me gritó—. ¡Yo no soy padre de nadie! ¡Yo no puedo ocuparme de nadie! ¡Bastante difícil ha sido ser hijo!

Estaba como loco, Emilia. Sin dejar de llorar, le confesé lo que sentía:

—¿Tú te escuchas? —le dije—. Yo me casé con un hombre que me parecía maravilloso, no me esperaba esto...

Y Manu movía los brazos como un molino loco, gritaba:

—¡Te casaste conmigo, sí, y yo soy yo, y a mí no me han dejado vivir! ¡Ni mis padres! ¡Ni en el colegio! ¡Ni nadie! ¡No me han dejado en paz! ¡Dejadme en paz! ¡No me han dejado vivir! ¡Supuse que tú me aceptabas como soy, eso esperaba yo, contigo no esperaba sentirme tan mal!

—Pero... ¿en qué yo te he hecho sentir mal...?

Yo apenas lo entendía, su lengua estaba hinchada y distorsionaba las palabras, las entrecortaba, y diría que me respondió esto, es lo que creí oír:

—¡Porque eres una mujer y quieres que sea un hombre!

Emilia, aquello no tenía sentido. Estábamos en la alcoba, y Manu tropezó con los pies de la cama, cayó al suelo. Quiso levantarse, lo ayudé, a trompicones lo acompañé al baño. Vomitó. Se calmó. Agotados, muy agotados... nos tendimos en la cama. Apagué la luz. Nos dormimos.

Manu desapareció varios días. Mi consuelo fue Pepito, que venía cada día a verme. Volvió a dejarme dinero, porque yo no tenía con qué comprar comida. Me pidió que no le diese ni un céntimo a Manu si volvía. Y Manu volvió.

Manu volvió una noche. Sereno, pero con un aspecto espantoso, como si hubiese dormido en la calle, sin afeitar, con la ropa arrugada, sucio. Verlo así me deprimió aún más... Quizá me entristecí más por el contraste con mis agradables sentimientos de aquella tarde.

Te lo explico: aquella tarde el bueno de Pepito había estado conmigo en la mercería, y durante dos horas consiguió hacerme sentir muy bien. Me ayudó a colocar cajas y me contaba historietas de su oficina y de su familia. Me hizo reír con las peripecias de sus hermanos pequeños. Me explicaba que el menor, Victet, desde muy niño, acertaba siempre ¡siempre! con su tirachinas a los *dragonets* que se acercaban a la bombilla de la terraza de su casa. Nunca rompió una bombilla.

Del otro hermano, el penúltimo, Francisquet, me contó que durante una temporada trabajó como asistente en las oficinas de un gestor, el señor Sevillano. Le hacía recados, y a veces le sacaba a pasear a un cachorrito, una perrita llamada *Violeta*. Algunos días su jefe le permitía llevarse a la perrita a la Trinidad, y volver con ella a la mañana siguiente. Francisquet oyó un día que el amo iba a enviar a *Violeta* a una finca de Jaén, como perra de caza. A Francisquet le dolió imaginar a *Violeta* entre cazadores con canana y escopetas, perros, rastrojos, cartuchos y disparos. Para salvarla de su destino, la robó. No la devolvió a la mañana siguiente, le contó a su jefe que la perrita se le había escapado. Mientras me contaba esto Pepito, yo me sentía como *Violeta*, Emilia, igual que un animalito que necesita también ser rescatado y salvado.

—Francisquet, ¡tu jefe descubrirá el engaño un día u otro! —le advertía Pepito a su hermano.

—Cada mañana me pregunta si *Violeta* ha vuelto, y yo le digo que no, y me cree —replicaba Francisquet.

—Devuélvela mañana mismo —ordenaba Pepito, nueve años mayor que su hermano, que por entonces tenía veinticuatro años.

—No, que la enviarán al campo —se resistía Francisquet.

Pocos días después, Francisquet sintió que le pesaba en la conciencia haber robado. Debía confesarse, por ladrón. El robo se convirtió en un peso para su conciencia. ¡Hay que ver qué diferentes son las personas, Emilia! Unas con tantos escrúpulos, otras... ¿Por qué? ¿Dependerá del ejemplo de los padres, de los hermanos, de qué? No sé.

Francisquet devolvió a *Violeta*. Al señor Sevillano le contó que la perrita había regresado a casa la tarde anterior. Con una pequeña mentira limpió un robo. La historia tiene final triste, como tantas: Francisquet, por orden de su jefe, metió a la perrita en una caja de madera, claveteó él mismo los listones, en el puesto de un amigo en el mercado del Borne, al lado de la estación de Francia. El amigo le dejó una carretilla. Cargaron la caja con la perrita, buscaron el vagón del tren de mercancías que partía hacia Andalucía... El pobre Francisquet empujó el carrito, con la caja cargada y la perrita dentro, y con lágrimas en los ojos que se enjugó al entrar en el andén. Con la vista nublada, chocó con la carretilla con una chica que bajaba de un tren que venía ¿sabes de dónde? De Granada... Su padre la llamó:

—¡Anita, vamos!

Todo esto me contaba aquella tarde Pepito, con mucha gracia y detalles, y me distraía. Y la historia es bonita, porque... Francisquet ha dejado la gestoría y trabaja como dependiente en una tienda de modas del paseo de Gracia, Santa Eulàlia, y también porque... ¡se ha casado con Anita! Sí, la chica llegada de Granada hace siete años, como yo llegué hace doce...

(Tiene gracia, Emilia. Justo escribiéndote esto,

sobre el mostrador de la mercería, con estos papeles que Pepito me trae de su oficina, ha sonado la campanilla de la puerta. ¿Y quién crees que era? ¡Francisquet y Anita! A él le he visto como siempre, con su negrísimo cabello repeinado y fijado con su agua con resina, su bigotito fino y bien recortado. Tiene treinta años. Ella, guapísima y muy buena, tiene veinticinco y... ¡está embarazada! Les nacerá un bebé a finales de septiembre, me han explicado. Si es niño le llamarán Víctor Manuel, Víctor por el padre de Francisquet, que ya murió, y Manuel por el de Anita. El padre de Anita es bedel en Correos de la vía Layetana o en algún edificio oficial. Una familia muy humilde, formal y discreta. Viven en la parte nueva del barrio de la Trinidad, y tienen que venir a la Trinidad Vieja a misa. Por eso se conocieron Anita y Francisquet.)

Después de aquella tarde tan distraída con Pepito, Manu volvió. Ensimismado, oscuro, desdeñoso. Hoy sé que su desprecio por la vida, por mí, por todo, era un desprecio hacia sí mismo. No me preguntó cómo me encontraba. Yo tampoco. ¿Aquélla iba a ser mi vida? Triste, me acosté a su lado, en silencio.

Y me despertó el dolor de los golpes. Manu estaba en pie en mi lado de la cama, me cogía los hombros, me zarandeaba muy fuerte. Gritaba, me abofeteaba. Yo no sabía por qué. No pude hablar, sólo oí lo que me decía:

—¡Has dicho «Pepito»! ¡«Pepito, Pepito»! ¡En sueños! ¡Has dicho su nombre en sueños! ¡Ahí te quedas!

Mientras dormía, dije el nombre de Pepito. Mientras dormía. Yo no recuerdo nada de lo que soñé. Pero no me extraña nada que yo dijese «Pepito», después de aquella tarde agradable con él.

—¡Toma Pepito! —dijo Manu, y me pegó un puñetazo en un ojo.

Yo caí inconsciente en la cama, y lo que pasó después lo supe por Pepito. Él me despertó, muy asustado, poco antes del amanecer.

La puerta de la tienda estaba abierta, como Manu la dejó al salir. Pepito me puso pomada en el moratón de la cara, me hizo una infusión. Me preguntó si Manu me había golpeado el vientre. Le dije que no, que no lo recordaba.

Mientras me hacía la cura y me traía la infusión, Pepito me contó que Manu había acudido a llamarlo a gritos a su casa. Pepito salió a la calle, para calmarlo:

—¡Vas a despertar a todo el barrio, Manu! ¿Se puede saber qué te pasa?

Al ver aparecer a Pepito, Manu dejó de gritar y se quedó mirándolo, fijamente.

—No estoy borracho —le dijo, con frialdad—, estoy sobrio.

—¿Y Palmira? —preguntó Pepito, inquieto.

—En su cama, soñando contigo —silabeó Manu.

—¿Qué dices?

—Dice tu nombre mientras duerme. Me he cabreado. Pero no debería. Deberías haberte casado tú con ella, no yo.

—No digas tonterías.

Manu estaba alterado, me dijo Pepito, y movía mucho las manos, y temblaba... pero le habló con parsimonia, casi como si fuese otro.

—Se acabó, Pepito —dijo—. No debería haberme casado. Creí que podría ser normal. Un hombre normal. Parecer normal, al menos. No puede ser. Soy un farsante. Y no puedo seguir con la farsa. Palmira, sin quererlo ella, me ha colocado ante mí mismo. No puedo ser marido, ser un hombre. Es un engaño. No puedo ser padre, es un engaño. Esto que soy es lo que mis padres han hecho de mí, y los curas, y los profesores, y los amigos, y todos. Y no puedo seguir. ¿Voy a hacerle a ese hijo que nacerá lo mismo que han hecho conmigo? ¡Acabaría siendo así! Y me odiaría a mí mismo. Como ya me odio. Como os odio a todos. No me gusto. ¡No me gusto! Con el alcohol he podido olvidarme algo de mí mismo... Pero esto no tiene remedio.

—Pero... ¿qué es lo que no te gusta?

—¡No poder ser un hombre! ¡Como tú, como mi padre, como todos los demás hombres! ¿Por qué? ¿Por qué no me atraen las mujeres y sí los hombres? ¿Por qué? ¿Por qué? ¿Tú lo sabes? ¡No, claro! ¡Qué asco! ¡Me doy asco! ¡Asco, asco!

Manu gritó, y se alejó a pasos rápidos, primero, y después a la carrera.

—¡He hecho muchas cosas muy mal, ya se acabó!

Esto es lo último que Pepito le oyó vocear a Manu antes de verlo desaparecer en las sombras del fondo de la calle, porque en la calle Turó de la Trinidad no había más que una solitaria y débil bombilla encendida, en la entrada de una casa.

Esto me contó Pepito, Emilia. Sí, qué vergüenza... Amanecía y Pepito, pobre, como pudo me contó que Manu le había confesado, a sus treinta y cinco años de edad, lo que nunca antes había confesado a nadie: que era... invertido. Homosexual. ¿Se dice así? Que se enamoraba de hombres, no de mujeres, y que eso le enfurecía consigo mismo. Que creyó que conmigo podría ser un hombre normal, pero no, y la llegada de un hijo lo trastornó, temió que su hijo fuese como él, no se vio capaz de verlo sufrir como él había sufrido.

Todo esto entendió Pepito de las cosas que le dijo Manu antes de desaparecer.

Ya había amanecido mientras Pepito me hablaba, cuando un coche de la policía aparcó delante de la mercería. Eran dos agentes.

Nos dijeron que acababan de encontrar a un hombre muerto.

Era Manu.

Se había pegado un tiro en el corazón.

Yo no sabía que tenía una pistola, supongo que se la pediría a alguno de aquellos amigos suyos...

—¿Dónde lo han encontrado? —preguntó Pepito.

—En el parapeto del Camp de la Bota.

Han pasado casi seis años de aquella madrugada terrible. Manu se mató en un lugar en el que años antes fusilaban a presos. Entonces lloré, pero no por mí ni por él, sino por un niño que iba a nacer sin padre.

No siento por Manu más que desconcierto, frustración y pena. No consiguió vivir consigo mismo. Otros como él sí habrán podido casarse, tener hijos, triunfar en sus trabajos, vencer inclinaciones, llegar a la vejez conformados... No sé si Manu hubiese vivido feliz diciéndole a todo el mundo lo que sentía de verdad. No lo sé.

Los policías me entregaron objetos suyos. Un reloj, una pitillera, un encendedor, un pañuelo, unas monedas, unas tarjetas de visita con su nombre. Y un libro. Yo tampoco sabía que Manu tuviera ese libro.

El libro me impresionó. Era el *Romancero gitano*

de Lorca, Emilia. Nunca se lo había visto. Llevaba ese libro en un bolsillo cuando se mató. A Pepito también lo sobrecogió. Pepito abrió el libro por la primera página. Quiso ver qué dedicatoria llevaba, eso me dijo, porque años atrás había acompañado a Manu a comprar un libro igual, cuando tenía quince años.

—No, es otro —dijo Pepito.

Llevaba una dedicatoria: «Que esta poesía y las estrellas de Granada te iluminen, Justo. Agustina».

Al abrirlo, vi en la página, sobre la dedicatoria, una mancha de sangre. Era sangre de Manu.

No quise quedarme ese libro.

Se lo di a Pepito. Que haga lo que quiera con él.

49
De la gallinaza al ataúd

Barcelona, 2005

«Un hombre se esconde bajo excrementos de gallina.»

Así empezaba esta novela. Y seguía:

«El hombre oculto bajo excrementos de gallina se llama Manuel Bonilla y será un día mi abuelo...».

Y ahora debo terminar esta novela sobre cómo mi abuelo Manuel Bonilla entró en una guerra, sobre cómo pudo salvar a Lorca y fracasó. Un fracaso más en la suma de fracasos que fue la guerra civil, que nos engendró a los que hemos tenido abuelos en esta piel de toro. O tíos, como mi tío Josep Amela. Y con él acabará ahora esta novela, con Pepito.

El 28 de junio de 2005 me llama mi padre desde la casa de la Trinidad Vieja, donde mi tío vivía solo desde la muerte de la tía Carmeta, veinte años atrás:

—El tío Josep ha muerto.

A los pocos días hubiese cumplido ochenta y cinco años de edad, el 1 de agosto, que caía en lunes, como en lunes había caído el 1 de agosto de 1938, el día en que sesenta y siete años antes una bala franquista lo sacó del matadero del Ebro. Pepito, en fin, había muerto con ochenta y cuatro años. Exactamente con esa misma edad, con ochenta y cuatro años, había muerto quince años antes Manuel Bonilla, un día gris de noviembre de 1990, bajo un fluorescente del Hospital de Barcelona. Dos vidas de la misma duración para dos personas —una nacida en la Granada de 1906, otra nacida en la Barcelona de 1920— que jamás hubiesen cruzado sus existencias sin el estallido de una guerra. Y por eso estoy acabando de escribirles esta novela.

La guerra es la guionista. La guerra guionizó las vidas de Manuel Bonilla y de Josep Amela. La guerra trajo a la que un día sería mi madre al barrio en el que vivía el que un día sería mi padre. Soy descendiente de una guerra. Dicen algunos que no deberíamos hablar de la guerra, pero yo no concibo que podamos hablar de otra cosa. Y por eso estoy escribiendo esta novela, que quizá no acabará nunca.

—Víctor-Manuel, he encontrado esta caja. Hay fotos y cartas. Quédatela tú, supongo que te hará gracia.

Mi padre pone en mis manos una caja de cartón. Es una caja de zapatos. Estamos vaciando la casa de mi tío Josep, un mes después de su muerte, la casa en la que vivió desde que nació. Junto a su hermana Carmeta, fallecida veinte años atrás. Soltera. Como él. Pepito y Carmeta vivieron siempre juntos. Y solteros los dos. Ninguno de los dos se casó nunca.

—¿De dónde sale esta caja? —le pregunto a mi padre.

—Estaba ahí, en el cajón inferior de esa cómoda.

La cómoda de madera, de líneas onduladas, de los años cuarenta, tiene cuatro cajones que cuesta abrir y cerrar, porque el paso del tiempo ha deformado la madera. La cómoda está en el dormitorio del tío Pepito. Me siento en el borde de su cama. Destapo la caja. Dentro veo un sobre con fotografías. Y unas cuartillas, cartas sueltas.

Saco las fotografías del sobre. Son de mi tío con uniforme militar. Nunca antes lo había visto así. Son fotos de su servicio militar.

—Estuvo seis años, de 1939 a 1945 —dice mi padre.

—¿Y esta foto? ¿Éste es él? —pregunto.

—Nunca había visto esta foto —se extraña.

La foto es pequeñita. Cuatro hombres. El de abajo a la izquierda parece mi tío. Sí, su nombre figura detrás, a lápiz. Tiene dieciocho años pero parece un viejo, sombrío bajo la oscura boina, consumido por la amargura de la guerra. También leo, a punta de lápiz, una fecha y un lugar:

«Cádiz, 6-5-1939»

La fecha y el lugar me llevan al día de Año Nuevo de 1980, al día en que me atreví a preguntar. Pregunté a mi tío y a mi abuelo dónde estuvieron al terminar la guerra.

—En el penal del Puerto de Santa María, en Cádiz —dijo uno.

—Yo también —dijo el otro.

Siguió el silencio. Un silencio que no me atreví a rasgar ese día ni nunca... y del que nace esta novela.

Porque tampoco mi padre llena el silencio:

—¿Por qué el tío no contaba nada de la guerra? —le pregunto.

—No sé. Porque lo pasaría muy mal, supongo.

—¿O por haberse escabullido de la batalla del Ebro?

—No sé. ¿Alguien podría reprochárselo?

«Él mismo», pienso al sentarme de nuevo en el borde de la cama. Y mientras miro otras fotos, recuerdo que en los años ochenta supe que existía una Agrupación de Supervivientes de la Quinta del Biberón (Agrupació de Supervivents de la Lleva del Biberó-41), y se lo comenté a mi tío Josep:

—Podrías asociarte —sugerí.

Me pareció una espléndida idea que pudiera conversar con personas de su quinta, de vivencias y edades similares.

—¡Bah! —me respondió.

Se incomodó y cambió de tema. No me atreví a preguntarle por qué rehuía la posibilidad de encontrarse con otros «biberones», justo cuando cumplía la edad de jubilación, sesenta y cinco años. Pero ni antes ni después le interesó reencontrarse con su pasado. Lo pasaría mal en la guerra, seguro, pero no haberla terminado junto a los demás «biberones» debía de ser una parte de su mal, o eso pienso mientras veo otra foto que me intriga:

—¿Y éste? ¿Quién es éste? —le pregunto a mi padre.

—Se llamaba Progrés Pujol, era del barrio.

La foto es pequeñita también, de un hombre que me mira con nobleza, frente despejada y solapas de amplios picos de la camisa blanca desplegadas sobre la americana oscura.

—Este Progrés Pujol tuvo autoridad en el barrio y nos protegió.

—¿De qué?

—De los ataques de los anarquistas a las casas de familias católicas, como la nuestra.

—¿Qué fue de él?

—Al perder la guerra huyó a Francia, se exilió a Venezuela y murió allí.

—¿Cómo lo sabes?

—Mi hermana Carmeta se enteró, porque habían sido medio novios.

—¿Se hubieran casado, sin la guerra?

—Quién sabe...

—¿Por qué la tía Carmeta se quedó soltera?

—La guerra... No lo sé...

Vuelvo al dormitorio. Me siento en el borde de la cama, devuelvo la foto de Progrés Pujol a la caja, y pienso que las novelas nacen de los secretos y los silencios. Y en esta caja parece palpitar una novela por cada foto.

Veo una fotografía de dos niños desconocidos. Uno es un recién nacido en un cochecito, y al lado, de pie, sonríe un niño de ¿unos seis años?, en pantalón corto, con una mano apoyada en el borde del cochecito. Detrás, la fecha: 24 de diciembre de 1960.

—¡Eres tú! —me dice mi padre.

—¿El bebé soy yo?

—Con tres meses, por la fecha. Veníamos aquí para la cena de Nochebuena, y llegaríamos a media tarde, y en la calle el tío haría esta foto.

—¿Y quién es el niño del pantalón corto?

—El hijo de la señora Palmira. Tico, se llamaba.

—¿La señora Palmira?

—Tenía una mercería en esta calle, ¿no te acuerdas?

—Me suena...

—De pequeño te habías quedado aquí algún fin de semana con el tío José, y jugabas a veces con ese chico.

—¡Ah, sí! Yo lo veía muy mayor... Dibujaba muy bien, me enseñó a pintar botellas con pinturas. ¡Y un día me llevó a la mercería, es verdad!

—¿Entonces verías a su madre?

—Una mujer morena, sí. Estaba en la tienda, pero nosotros fuimos atrás, al patio, a pintar. No la vi más.

—La señora Palmira Valero era ella.

—¿Por qué el tío guardaba esta foto?

—Naciste tú... y le haría gracia tener una foto de los dos. Es que... el tío ayudó mucho a ese niño. Y también a su madre.

—¿Y eso? ¿Por qué?

—El marido de ella se había ido... los había abandonado. Y el tío se sentía responsable.

—¿Por qué?

—Porque una noche ella dijo el nombre del tío en sueños, y el marido le dio una paliza y se fue para siempre.

—¡Es de novela!

—Es lo que pasó. Él me lo contó así.

—¿Y a dónde fue el marido?

—No lo sé.

—¿Se enamoraron, esta mujer y el tío?

—No lo sé.

—Hombre... ¡Algo habría!

—Eran otros tiempos. Ella siguió en su mercería con su hijo, y el tío aquí junto a su hermana, la tía Carmeta.

—¿Y tú sabes por qué el tío Josep nunca se casó?

—La guerra... La mili... Quiso cuidar de nosotros...

—Y cuando sus hermanos menores os casasteis...

—No quiso dejar sola a su hermana, supongo yo...

—Y lo dices como si fuese lo más normal del mundo... Y la señora Palmira ¿se casó?

—Tampoco. Crio a su hijo, y murió hace quince años, poco después de morir la tía Carmeta. Y Tico vive en el extranjero, me parece.

Entre la guerra, el qué dirán, los pudores, los tabúes religiosos... Cuántas vidas truncadas, interferidas. Por eso estoy escribiéndoles esta novela, también. Vuelvo a sentarme en el borde de la cama del tío Josep. Ya no hay más fotos. Ojeo las cartas. Todas llevan el encabezamiento «En campaña...». Están escritas por el tío Josep desde el frente, antes de ser enviado al Ebro, cuando tenía diecisiete años.

¿Y esto, qué es? Hay una carta distinta. No está escrita con la letra del tío Josep. Son cinco cuartillas dobladas y comienzan así:

Manuel, no sé por qué me matas. Da igual. Yo debería estar muerto desde el día en que un hombre me encañonó en la Alpujarra. Enseñé a leer a aquel hombre, Manuel Bonilla, con este libro. Una vez me pidió este libro durante una noche entera, me lo devolvió y puso final a un encierro de quince días. Ahora viene otra noche más larga que tú, otro Manuel, me regalas. Y yo te regalo este libro.

—Papá... Escucha: después de la guerra... ¿tuviste tú un maestro que se llamaba Justo Garrido?

—Durante un tiempo me dio clases particulares un maestro, don Justo... Vivía en casa de Progrés Pujol y me llevó allí el tío Josep, supongo que fueron amigos. ¿Y tú cómo lo sabes?

—Por estos papeles: son una carta del maestro.

—¿Ah, sí? ¿Escribió una carta al tío Josep?

—Es una carta al marido de la señora Palmira, Manuel.

—¡Es verdad, se llamaba así, no me acordaba!

—Y este maestro... ¿conocía al abuelito?

—No, no. Imposible.

—¿Por qué imposible?

—Porque yo tenía veinticinco años cuando conocí a la mamá, era 1954 y habían llegado de Granada un año antes. Y a este maestro lo tuve de niño, hasta los catorce años, y desapareció poco después.

—Desapareció... porque lo fusilaron en 1945. Y lo fusilaron porque Manuel lo delató.

—Anda, anda... ¿Qué dices?

—Lo que oyes. Y don Justo había conocido al abuelito en Granada. Lo dice él en estos papeles.

—¡Qué cosas...! No entiendo nada... Si vas a preguntarme por qué mi hermano tenía ahí esa carta, ¡no lo sé!

—La carta misma da una pista...

—¿Qué pista es esa?

—Es un libro. Parece que esta carta estuvo metida en un libro, un ejemplar del *Romancero gitano* de Federico García Lorca que había sido propiedad del maestro Justo Garrido y que antes de morir envió a Manuel Fernández. El caso es que el tío Josep tenía la carta en su cómoda. Pero el libro no está: he rebuscado bien entre todos los libros del tío, me has dicho que puedo llevármelos todos... y ese ejemplar del *Romancero* de Lorca... no está.

—¡Un libro! ¡De Lorca! ¿Seguro?

—Sí. ¿Qué pasa?

—Vaya...

—¿Qué?

—Que el día del velatorio del abuelito... Sí, sí, lo había olvidado, ahora me acuerdo... Han pasado quince años. Vino el tío Josep y...

—¿Y?

—Y le pidió a la mamá... ¿Será posible?

—¿Qué le pidió?

—Meter en el ataúd del abuelito... ¡un libro!

—¿Qué libro? ¿Os lo dijo el tío Josep?

—«Anita, es un libro de Granada», «era de un amigo», «romances de Lorca»... Y metió un libro en el ataúd del abuelito.

Durante cincuenta años tuvo Josep Amela en el cajón de una cómoda de líneas onduladas un libro que bien pudo mostrarle a Manuel Bonilla. Pero hacer eso hubiese supuesto hablar de la guerra.

Y por eso también, para atravesar y vencer el silencio y los secretos, he decidido escribir esta novela.

Un final
de tres epílogos

Un muerto en España está más vivo como muerto que en ningún otro sitio del mundo

FEDERICO GARCÍA LORCA (1898-1936)

Así he vivido yo, con una vaga prudencia de caballo de cartón en el baño, sabiendo que jamás me he equivocado en nada, sino en las cosas que yo más quería.

LUIS ROSALES (1910-1992)

Federico vivirá para siempre, mucho, mucho después de que todos estemos muertos, y si los hechos reales no están escritos, la fantasía los reemplazará.

AGUSTÍN PENÓN (1920-1976)

Epílogo 1

El lunes día 2 de febrero del año 1976, en la página 22 del diario *La Nación* de San José de Costa Rica, aparecía esta esquela:

Agustín Penón Ferrer

Descansa en la paz del Señor
Sus hermanos Eugenio y María
Sus sobrinos y demás familiares
pasan por la pena de comunicarlo a sus amistades
Sus funerales se efectuarán hoy lunes 2 de febrero a las 4 de la tarde en la capilla de las Ánimas.

San José, a 2 de febrero de 1976

Agustí Penón murió en Costa Rica el 1 de febrero de 1976. Pasaba una temporada cerca de sus familiares. Había dejado su apartamento de Nueva York en la calle Charles Street 5, cerca del río Hudson, probablemente con la idea de no volver, porque se llevó consigo su tesoro más preciado: la maleta en la que conservaba notas y documentos fruto de su investigación sobre Federico García Lorca realizada durante dieciocho meses en Granada, veinte años antes.

Todo indica que Agustín Penón se suicidó.

No hay razones objetivas para un suicidio. Es una pulsión o una decisión enraizada en la libertad humana para abandonar la vida, la más radical de las libertades. Penón tenía una obsesión, la de escribir un libro total sobre Lorca. La tarea era titánica, y las fuerzas no le acompañaron. De Granada había vuelto arruinado, y en Nueva York tuvo que aceptar trabajos alimenticios. Quiso ahorrar el dinero necesario para encerrarse un par de años a culminar su libro sobre Lorca. No pudo. Llegó a trabajar como camarero para subsistir. Padeció crisis nerviosas, depresiones. Vio que no alcanzaría su sueño y que estar vivo ya no merecía la pena. Iba a cumplir cincuenta y seis años de edad.

Pero unos días antes hizo lo que debía. Remitió a su amigo William Layton un paquete (a la calle Balmes, 34, de Barcelona) con sus documentos más valiosos: la partida de defunción de Lorca, que le consiguió Gerardo Rosales en Granada, y algunos textos originales del poeta. El resto de las notas, apuntes y borradores viajaron a España también en una maleta que recibiría Bill. La célebre «maleta de Penón». Dentro iba también el ejemplar de *Romancero gitano* que le regaló y dedicó en el año 1935, en Barcelona, un buen amigo y compañero de estudios llamado Manuel Fernández. El libro es hoy propiedad de los herederos de William Layton, que a su vez se suicidó en Madrid en el año 1994.

Agustín Penón salió de Granada en 1956 para no

volver jamás. En 1967 supo de la muerte, a los ochenta y dos años, de su amiga granadina Emilia Llanos, que tanto le acompañó en su investigación y en la búsqueda de la tumba de Federico García Lorca. Emilia murió hablando con Federico. Desde 1960 Agustín Penón había dejado de contestar las cartas de Emilia Llanos, por no querer reconocerle que no conseguía sacar adelante «nuestro libro». Sí le contó en las primeras cartas desde Nueva York lo que los editores le habían pedido: un libro sensacionalista sobre los asesinos de Lorca, el lugar y detalles del crimen y, claro, el paradero de los restos del poeta.

Agustín Penón rompió el contrato editorial que había firmado y devolvió el anticipo ya cobrado. No quiso escribir un libro escandaloso y ramplón. Su sensibilidad, formada en la poética de Federico, le exigía escribir un libro profundo y sutil, un libro digno de la grandeza del poeta. Sería un libro que mostrase al mundo la belleza del alma de Federico, su coraje en la defensa de los que sufren por ser distintos, por ser «la otra mitad». Agustín Penón era también homosexual, como Federico. Agustín hubiese querido afear ante el mundo la cobardía de los que mataron a Lorca, incapaces de soportar tanta pureza, tanta verdad, tanta libertad.

A principios de los años setenta, durante una visita de Agustín a Madrid, su amiga Marta Osorio, otra granadina, también amiga de Emilia Llanos y colaboradora de William Layton, le formuló una pregunta a Penón:

—¿Por qué abandonaste el libro de Lorca?

—Hay cosas de las que si no estás seguro no puedes escribir.

Eso respondió Agustín Penón. Creo que no dejó de torturarse ni un solo día con la posibilidad de escribir el libro y la imposibilidad de que fuese el libro que soñaba.

Y por eso, también, por Agustín Penón, he escrito esta novela.

Epílogo 2

> Desde entonces sólo he creído en las amistades que quedan.
>
> Luis Rosales

A finales de 1949 y principios de 1950, el Ministerio de Asuntos Exteriores de España organizó una «misión poética» a Cuba, Puerto Rico, Venezuela, Colombia, Panamá, Costa Rica, Honduras, Nicaragua y México. Encabezaban la misión los poetas Leopoldo Panero, Agustín de Foxá y Antonio de Zubiaurre. También se acercaron a Nueva York, donde Luis Rosales tuvo la alegría de que Francisco García Lorca aceptase verlo, por primera vez desde el año 1936.

En Cuba fue anfitriona de la misión española la poeta Dulce María Loynaz, que en el año 1930 había compartido con Federico García Lorca su estancia en la isla. Durante el recital en La Habana, algunos estudiantes silbaron y lanzaron huevos a los poetas españoles, al grito de:

—¡Asesinos de Federico!

Loynaz los defendió con coraje:

—¡Yo acogí en mi casa a Federico García Lorca cuando estuvo en Cuba, y acojo ahora también a estos poetas!

En Caracas, alojados en el hotel Ávila, los poetas españoles recibieron notas anónimas con amenazas, dirigidas sobre todo contra Luis Rosales: «Usted es el responsable de la muerte de Lorca y usted será responsable de lo que ocurra».

Luis Rosales y Antonio de Zubiaurre se pasearon ante el hotel para desafiar a los anónimos vengadores de Lorca. No aparecieron. Durante el recital en el Hogar Americano les lanzaron tomates y huevos. Luis Rosales compondría un soneto: «El silbido más triste es el del huevo».

Sobre los ataques en Cuba y Colombia, Zubiaurre escribiría:

> El partido comunista se sentía enemigo natural de todo lo que viniera de España en aquel momento, y más si en este grupo de poetas estaba Luis Rosales, que desde el primer momento daban por sentado que era el autor directo de la muerte de Lorca. Luis Rosales sufrió muchísimo. Yo le he visto llorar sentado en el borde de la cama a causa de estas acusaciones.

Pablo Neruda formaba en el Madrid de los años treinta trío poético y bohemio con Federico García Lorca y Luis Rosales. Casi cuarenta años más tarde, en 1972, a un solo año de su muerte, Neruda escribió sobre Luis Rosales un retrato muy hermoso:

¿Qué decir de Luis Rosales a quien yo conocí naranjo, recién florido en aquellos años treinta, y que ahora es grave poeta, exacto definidor, señor del idioma? Ahora lo tenemos lleno de frutos, exigente y profundo. Atravesó este mortal antipolítico el momento desgarrador de Andalucía y se ha recuperado en silencio y en palabra.

Salud, ¡buen compañero!

El 23 de octubre del año 1977, Joaquín Soler Serrano entrevistó al poeta Luis Rosales en Televisión Española, en su programa *A fondo*. Y tras una hora de conversación, ya al final de la entrevista, el periodista le preguntó sobre la controvertida muerte de Federico García Lorca. Luis Rosales dijo:

> Salvar la vida de Federico era facilísimo. Pero ninguno pensamos que hubiera que defenderle de la muerte... Algunas noches hablábamos cuatro o cinco horas. Federico todo lo hacía verdad con su inteligencia. Está en lo anterior a todo, en las raíces de lo humano. Era abismático. No sabemos lo que hemos perdido.
>
> La muerte de Federico me enfrentó de bruces con la vida. Desde entonces he renunciado a muchas cosas. Dejé de mirar de frente a la vida, dejé de mirar con ilusión. Ya no he creído, ni volveré a creer, en la política. Ya no he creído, ni volveré a creer, en la sociedad. Desde entonces sólo he creído en las amistades que quedan.

Y añadió:

> La vida del hombre más importante de España ha dependido de la ambición política de un personaje como Ramón Ruiz Alonso, de alguien que no representaba, ni representó, ni representará nunca nada.

Tres meses después de estas declaraciones de Luis Rosales, a principios de 1978, Ramón Ruiz Alonso moría en Estados Unidos, en el estado de Nevada, en Las Vegas, en una casa en la calle Clar Lake 3576. Le había pedido cobijo allí a una de sus cuatro hijas, María Julia, que vivía allí, casada con un estadounidense. Decidió irse de España al morir el general Franco, el 20 de noviembre de 1975, por el temor de que los antifranquistas lo matasen por su intervención en la muerte de Federico García Lorca. Sus ambiciones políticas asesinaron a Federico García Lorca, y eso amargó su existencia desde que entró en casa de los Rosales hasta el último día de su vida.

El 1 de octubre de 1982, el Premio de Literatura Miguel de Cervantes recayó en el poeta Luis Rosales.

En su televisor, en su piso aluminósico —aunque por entonces nadie lo sabía— del barrio de la Trinidad Nueva de Barcelona, Manuel Bonilla sonrió.

—Es mi amigo.

Desde el final de la guerra no volvieron a verse nunca.

Los unió una guerra, los había hermanado querer salvar a Lorca. Esa guerra la perdieron.

Y por eso he escrito esta novela también, por el amigo de mi abuelo que pudo salvar a Lorca, el poeta granadino Luis Rosales.

Epílogo 3

Tico Valero es artista gráfico y reside en Berlín. Ha colaborado en el diseño de diarios y revistas, en campañas publicitarias y encargos de cartelería, y ha expuesto también obra pictórica individualmente. Tiene cincuenta y seis años y, en su estudio, en el que trabaja a solas, suena siempre la música, que varía según el tipo de obra en la que se concentre. Tico siente predilección por el flamenco, tanto el más puro y tradicional como en fusión con otras músicas. También disfruta de la copla andaluza, y en particular de las canciones de Carlos Cano. Porque escuchar las grabaciones del malogrado cantante granadino le recuerda a su madre, doña Palmira Valero, que desde niño le decía:

—La voz de Carlos Cano... ¡me recuerda a la de Federico!

—¿Y te acuerdas de su voz, mamá? —le preguntaba Tico, adolescente, a su madre.

—Yo tendría ocho, nueve o diez años cuando cantábamos juntos Federico y yo, ¡pero es imposible olvidar aquella voz! No he vuelto nunca a escuchar una voz igual, tan seductora y honda... La voz de

Carlos Cano se le parece en algo.

Junto al flamenco y la copla —escuchar cualquier versión de «Los cuatro muleros», que su madre le cantaba de niño, le conduce irremediablemente a las lágrimas de la nostalgia—, nada inspira más a Tico que las canciones de Leonard Cohen. Admira la calidad de su voz y su profundidad, su misterio, su poética, tan conectada con la de Federico García Lorca. Sabe que el artista ha bautizado Lorca a una hija, y que ha musicado versos del poeta.

Por eso esta tarde de 21 de octubre de 2011 sintoniza el canal internacional de noticias de Televisión Española, que emitirá la entrega del Premio Príncipe de Asturias a Leonard Cohen, por su obra. Quiere ver al maestro y escuchar su discurso.

Leonard Cohen se levanta de su silla tapizada de color azul de Prusia. Se inclina para saludar a sus majestades, deja el sombrero negro sobre el asiento, sube al estrado. Comienza a hablar, su voz es hipnótica, arrastra al oyente como una corriente de agua subterránea. Los profetas hebreos de la antigüedad debieron de hablar así, o los poetas homéricos que no distinguían canción y cuento, canto y encanto, salmo y ensalmo, poesía... Cohen cuenta una historia sobre una guitarra de España, un juglar de España...

Antes de que Leonard Cohen finalice, un estremecimiento sacude a Tico, le levanta del sofá, le hace abrir un cajón del escritorio que custodia papeles de su madre, fallecida veinte años atrás. Escuchar a Cohen le ha recordado algo que dice uno de esos papeles, una carta que una amiga de Granada envió a su madre a principios de los años sesenta...

Plaza Nueva, 1
Granada, 24-XII-1961

Querida Palmira:

Quizá sea la última carta que escriba. Estoy muy enferma, con neuritis, agotamiento, guardo cama siempre.

Estoy triste. Nada sé de mi querido Agustín. Le escribo a su apartamento de Nueva York, en Charles Street 5, y no contesta. ¿Se extravían sus cartas? ¿O la policía las secuestra? Su última es de octubre de 1958, han pasado ya tres años... ¡Ojalá esté escondido, quizá en una selva de Costa Rica, escribiendo su libro sobre Federico!

Palmira, ¡cuánto me ha gustado saber de tu hijito Jacintico! Tu Tico debe de tener ya seis añitos...

Y me pedías en tu carta que te contase de nuestro Jacinto. Y acabo de recibir una carta suya. Me pide que te envíe recuerdos. Y que te cuente algo... Jacinto no se atrevió a contártelo cuando te fuiste a Barcelona, en 1948... Poco después de irte tú, él también se fue de Granada. Y no ha vuelto.

En su carta me lo cuenta todo. Los tres primeros meses de la guerra ayudó a salvar a gente del Albaicín con los niños de la noche, eso lo sabes. Pero cuando desapareció, no se quedó en zona roja: lo capturaron los falangistas en Víznar. Le hicieron trabajar como enterrador, con uno que llamaban Manolillo «el comunista». Tuvo que enterrar muertos, pobre chico, no tenía ni catorce años... Y un día enterró a una mujer con un vestido como el de tu madre, y me pide que te diga que lloró mientras la cubría de tierra. Y que te diga una cosa triste pero bonita, Palmira, que te lo diga así:

—Tu madre Enriqueta y su primo Federico descansan muy cerquita uno del otro, tanto que de noche se toman de la mano y se van a bailar. Y él le dirá a ella: «¡Enriqueta García, vámonos a los canturriales del Sacromonte!». Y ella a él: «¡Primo, eres lo mejor de la familia!».

Yo así lo creo, Palmira, si Federico sigue allí. Y si Federico se fue, se la llevó con él. ¡Están juntos, mi niña! Tú tienes a tu hijito, enséñale, enséñale a cantar «Los cuatro muleros». Recuerdo una tarde en la plaza Nueva, después de la guerra, en la terraza del bar debajo de mi casa, que os invité a limonadas a Jacinto y a ti, como antes de la guerra hacíamos Federico y yo... Aquella tarde tú tenías diecinueve años, y Jacinto veintidós, y él tocaba su guitarra y tú cantabas... ¡y qué bien lo hacíais!

Jacinto te encontró trabajo en el taller de costura. Él me cuenta ahora que se lo pidió a las esposas de falangistas de Víznar, Nestares y Martínez Fajardo, y ellas ordenaron a la dueña del taller que te emplease.

Para él sólo pidió que le enseñaran a leer, para poder leer a Lorca. Había conocido en el Peñón de la Mata a un maestro republicano que le prometió enseñarle al acabar la guerra, pero al ganar Franco parece que se fue a Francia. Y nunca ha vuelto a saber de él. Se llamaba Justo Garrido. Dice Jacinto que ahora que anda por el mundo con su guitarra... siempre sueña encontrárselo en una esquina de París, de Londres, de Caracas, de México, de Buenos Aires, de Montreal... Ahora Jacinto está en Montreal, en Canadá. Desde allí me ha escrito.

Dice que por la calle toca y canta «Los cuatro muleros», y coplas, y flamenco, y recita versos de Lorca:

¡Oh ciudad de los gitanos!
¿Quién te vio y no te recuerda?
Dejadla lejos del mar
sin peines para sus crenchas.
¡Oh ciudad de los gitanos!
¿Quién te vio y no te recuerda?
Que te busquen en mi frente.
Juego de luna y arena.

Jacinto me ha explicado algo muy triste sobre estos versos del «Romance de la Guardia civil española» del *Romancero gitano*... Sabes que siempre todos le han dicho que parece gitano... Y el gitano anciano del Sacromonte que de niño le enseñó a tocar la guitarra, un día le contó la verdad de su nacimiento:

—Tu madre era gitana del Sacromonte. Se enamoró de un payo: ¡tu padre! Después de nacer tú, ¡ella no murió! Eso fue lo que te contó tu padre, pero la verdad es que a tu madre la secuestraron unos primos de ella, para apartarla de él. La encerraron en una cueva del Sacromonte. En los días en que tú naciste, en el año 1923, la Guardia Civil solía entrar a saco en el Sacromonte, disparaban, golpeaban, incendiaban. Los primos de tu madre la tenían encerrada en una alcoba del fondo de una cueva, y allí se asfixió al arder la cueva...

¡Oh ciudad de los gitanos!
¿Quién te vio y no te recuerda?
Ciudad de dolor y almizcle,
con las torres de canela.

¡Oh ciudad de los gitanos!
¿Quién te vio y no te recuerda?
Apaga tus verdes luces
que viene la benemérita.

Por eso Jacinto se fue de Granada, después de ti, en cuanto el anciano le relató esta historia... No quiso seguir en Granada... Un día vio derrumbarse una casa del Albaicín, en la calle San Juan de los Reyes, por lo pobre que era la gente que allí vivía, lo mal que estaban las casas. Ayudó a una chica de tu edad a salir de entre los cascotes... Granada le dio pena, le dio pena su vida aquí... Y cogió su guitarra y se puso a caminar...

Eso me ha contado en su carta.

El final de la carta es muy triste.

Dice que acaba de cumplir treinta y ocho años, la edad que tenía nuestro Federico García Lorca cuando lo mataron...

Que por qué debería cumplir más años que Federico...

Que acaba de impartir cuatro clases de guitarra a un joven de Montreal...

Que este joven es un enamorado de Lorca desde que fortuitamente leyó estos versos suyos de *Gacela de la estrella matutina*:

¿Qué luna gris de las nueve
te desangró la mejilla?
¿Quién recoge tu semilla
de llamarada en la nieve?
¿Qué alfiler de cactus breve
asesina tu cristal?

Por el arco de Elvira
voy a verte pasar

para beber tus ojos
y ponerme a llorar...

Y dice Jacinto que este joven de Montreal, con los seis acordes que acaba de enseñarle él en tres clases de guitarra y lo que el joven lleva ya dentro, cantará la poesía y la belleza honda de Federico por todo el mundo, lo mismo que él ha hecho estos años como juglar de la calle... Y que el mundo entero le aplaudirá.

Y que adiós, Emilia.

Y que adiós, Palmira.

Adiós, Palmira. Adiós desde Granada.

Viernes, 21 de octubre de 2011

Leonard Cohen emociona en los Premios Príncipes de Asturias

Oviedo (Agencia Efe).— El veterano poeta y cantautor Leonard Cohen ha emocionado este viernes, con una declaración de gratitud a España en forma de anécdota, al público que llenaba el teatro Campoamor para presenciar la entrega de los XXXI Premios Príncipes de Asturias...

«Mientras hacía el equipaje, cogí mi guitarra. Tengo una guitarra Conde que está hecha en el gran taller de la calle Gravina, 7, en España. Es un instrumento que adquirí hace más de cuarenta años. La saqué de la caja, la alcé, y era como si estuviera llena de helio, era muy ligera. Y me la acerqué a la cara, miré de cerca el rosetón, tan bellamente diseñado, y aspiré la fragancia de la madera viva. Ya saben que la madera nunca llega a morir. Y olí la fragancia del cedro, tan fresco como si fuera el primer día, cuando la compré. Y una voz parecía decirme:

»—Eres un hombre viejo y no has dado las gracias, no has devuelto tu gratitud a la tierra de donde surgió esta fragancia.

»Así que vengo hoy, aquí, esta noche, a agradecer a la tierra y al alma de este pueblo que me ha dado tanto. Porque sé que un hombre no es un carnet de identidad y un país no es sólo la calificación de su deuda.

»Ustedes saben de mi profunda conexión y fraternidad con el poeta Federico García Lorca. Cuando era un adolescente y buscaba mi voz, estudié a los poetas ingleses y conocí bien su obra y copié sus estilos, pero no encontraba mi voz.

»Sólo cuando leí las obras de Federico García Lorca comprendí que había encontrado mi voz. No es que la copiase, no me atrevería, pero me dio permiso para encontrar mi voz, para ubicar una voz, para ubicar el yo, un yo que está inconcluso, que lucha por ser.

»Y conforme me fui haciendo mayor comprendí que con esa voz venían enseñanzas. ¿Qué enseñanzas eran esas? Jamás lamentarte tontamente. Y si expresas la gran e inevitable derrota que a todos nos espera, ¡hazlo sólo a la luz de la dignidad y de la belleza!

»Ya tenía una voz, pero me faltaba el instrumento, no tenía la música. Porque era un guitarrista mediocre, aporreaba la guitarra, sólo sabía unos cuantos acordes. No me veía como músico o cantante. Pero un día, a principios de los sesenta, estaba de visita en casa de mi madre en Montreal. Su casa está junto a un parque y en el parque hay una pista de tenis y allí va mucha gente a ver a los jóvenes tenistas. Fui a ese parque, que conocía de mi infancia, y había un joven tocando la guitarra. Tocaba una guitarra flamenca y estaba rodeado de dos o tres chicas y chicos que lo escuchaban. Y me encantó cómo tocaba. Había algo en su manera de tocar que me cautivó. Yo quería tocar así y sabía que nunca sería capaz. Me senté allí un rato y cuando se hizo el silencio propicio le pregunté si me daría clases de guitarra.

»Era un joven de España, y sólo podíamos entendernos en un poquito de francés, él no hablaba inglés. Y accedió a darme clases de guitarra. Le señalé la casa de mi madre, quedamos y establecimos el precio de las clases. Vino a casa de mi madre al día siguiente y dijo:

»—Déjame oírte tocar algo.

»Yo intenté tocar algo, y él dijo:

»—No tienes ni idea de cómo tocar, ¿verdad?

»Yo le dije:

»—No, la verdad es que no sé tocar.

»—En primer lugar déjame que afine tu guitarra, porque está desafinada.

»Cogió la guitarra y la afinó. Y dijo:

»—No es una mala guitarra.

»No era la Conde, pero no era una guitarra mala. Me la devolvió y dijo:

»—Toca ahora.

»No pude tocar mejor, la verdad. Me dijo:

»—Deja que te enseñe algunos acordes.

»Y cogió la guitarra y produjo un sonido con aquella guitarra que yo jamás había oído. Y tocó una secuencia de acordes en trémolo, y dijo:

»—Ahora hazlo tú.

»Yo respondí:

—No hay duda alguna de que no sé hacerlo.

»Y él dijo:

»—Déjame que ponga tus dedos en los trastes.

»Y lo hizo, y volvió a decir:

»—Y ahora toca.

»Fue un desastre. Me dijo:

»—Volveré mañana.

»Volvió al día siguiente, me puso las manos en la guitarra, la colocó en mi regazo del modo correcto, y empecé otra vez con esos seis acordes, una progresión de seis acordes en la que se basan muchas canciones flamencas. Lo hice un poco mejor ese día. Al tercer día la cosa, de alguna, manera mejoró. Yo ya sabía los acordes. Y sabía que aunque no podía coordinar los dedos para producir el trémolo correcto, conocía los acordes, los sabía muy muy bien.

»Y al día siguiente no vino. Yo tenía el número de la pensión en la que se hospedaba en Montreal. Llamé por teléfono para ver por qué no había venido a la cita, y me dijeron que se había quitado la vida, que se había suicidado.

»Yo no sabía nada de aquel hombre.

»No sabía de qué parte de España procedía.

»Desconocía por qué había venido a Montreal, por qué se quedó allí.

»No sabía por qué estaba en aquella pista de tenis.

»No tenía ni idea de por qué se había quitado la vida.

»Estaba muy triste.

»Ahora desvelo algo que nunca había contado en público. Esos seis acordes, esa pauta de sonido de la guitarra han sido la base de todas mis canciones y de toda mi música. Y ahora podrán comenzar a entender las dimensiones de mi gratitud a este país. Todo lo que han encontrado de bueno en mi trabajo, en mi obra, viene de este lugar. Todo lo que ustedes han encontrado de bueno en mis canciones y en mi poesía está inspirado por esta tierra. Y, por tanto, les agradezco enormemente esta cálida hospitalidad que han mostrado a mi obra, porque es realmente suya, y ustedes me han permitido añadir mi firma al final de la página. ¡Muchas gracias!

Agradecimientos

A Manuel Bonilla (1906-1990) y Josep Amela (1920-2005), que escribieron con sus vidas esta novela: gracias a los dos. Las fotografías de vuestros rostros, prendidas ante mi escritorio, han bendecido cada línea de esta novela.

A Luis Rosales (1910-1992), poeta, por intentar salvar a su amigo Federico... «sabiendo que jamás me he equivocado en nada sino en las cosas que yo más quería».

A Luis Rosales Fouz (1952), al que llamé por teléfono por primera vez una mañana de invierno desde el cementerio de Cercedilla: «No nos conocemos —le dije—. Me llamo Víctor Amela Bonilla, soy periodista en Barcelona, mi abuelo era de Granada y luchó junto a su padre en la guerra. Sé que en este cementerio está la tumba de su padre, Luis Rosales. No la encuentro...». Y Luis, por teléfono, me guió. «La he encontrado, estoy delante», le anuncié. «Rece una oración», me rogó. Lo hice. Y deposité una fotografía de mi abuelo (muerto en 1990) sobre la lápida de su amigo Rosales (muerto en 1992): era el año 2017 y desde 1937 no habían vuelto a estar juntos... Aquella tarde, Luis Rosales hijo me recibió en su casa y me habló de su padre con lágrimas en los ojos. Le pregunté: «Un amigo de mi abuelo, superviviente de la guerra, en la Alpujarra, me aseguró que lucharon por defender la religión. ¿Fue el caso de tu padre, también?». «¡Absolutamente!», me confirmó.

A Juan López Escudero (1906-1995), por contarme cómo en 1936 se echó al monte junto a mi abuelo, en las Alpujarras. Y a su hijo José Luis, del cortijo Cuatro Hermanos. Y a Pepe, actual dueño del cortijo Los Puertas.

A Progrés Pujol (1914-195..?), por haber defendido a la familia Amela durante la revolución de 1936 en el barrio de la Trinidad de Barcelona, como sindicalista y poumista.

A Agustín Penón (1920-1976), que empeñó su alma en bajar al pozo de la muerte de Lorca, siempre junto a su ejemplar de *Romancero gitano*.

A Félix Grande (1937-2014), que en su obra *La calumnia* argumentó a favor de Luis Rosales en su amparo a Lorca en 1936.

A Ian Gibson, por su inmensa y titánica obra sobre Lorca —que ha sido mi tupida red—, por escuchar la historia de mi abuelo en una cervecería de Madrid y por desearme fortuna.

A Antonina Rodrigo, coetánea de mi madre y también albaicinera barcelonesa, por animarme calurosamente a escribir esta historia y por inspirarme con sus obras *Mujeres granadinas represaliadas, García Lorca en Cataluña*, *Margarita Xirgu* y *Memoria de Granada*.

A Víctor Fernández Puertas, por haber atendido todas mis consultas sobre Lorca con tan generosa paciencia como infalible sapiencia (desplegada en una amplia obra lorquiana que corona con *Palabra de Lorca*, por ahora).

A María del Carmen Díaz de Alda, cuyo estudio *Luis Rosales: poesía y verdad* ha sido mi guía constante.

A Marta Osorio (1935-2015), que abrió la maleta de Agustín Penón y con sus papeles levantó el libro que su amigo no pudo, el fascinante *Miedo, olvido y fantasía*.

A Enrique Bonet, por *La araña del olvido*, cautivador cómic que vierte en imágenes el libro de Marta Osorio, y que en Granada tutela la cofradía Agustín Penón.

A Lola Manjón, por su estudio *Emilia Llanos Medina, una mujer en la Granada de Federico García Lorca*.

A los escritores Gerald Brenan, Claude Couffon, Carlos Morla Lynch, Marcelle Auclair, Rafael Martínez Nadal, Eduardo Molina Fajardo, José Luis Vila-Sanjuán, Francisco Umbral, Francisco Ayala, Andrés Sorel, Manuel Iglesias Ramírez (abuelo de Pablo Iglesias), Gerardo Rosales, Miguel Caballero Pérez, Gabriel Pozo, Manuel Ayllón, Santiago Roncagliolo, Fernando Guijarro, Fernando Marías, Carlos Rojas, Daniel Feliu, Manuel Francisco Reina, Carles Esquembre, Carlos Hernández y El Torres, por sus respectivas y particulares aproximaciones a la vida, la obra, la muerte y el paradero de los restos del poeta Federico García Lorca.

A José María Zavala y Jesús Cotta, por sus ensayos sobre el vínculo entre Federico García Lorca y José Antonio Primo de Rivera.

A Fernando Rubio y Adoración Elvira por su antología de textos lorquianos sobre la Alpujarra, *Lorca en el país de ninguna parte*.

A Francisco e Isabel García Lorca, hermanos de Federico, y a sus sobrinos Manuel y Tica Fernández-Montesinos, por sus memorias teñidas de evocaciones de su Federico.

A José Ignacio Delgado Poullet, «Nani», guía del Monasterio de la Victoria, que alojó el penal del Puerto de Santa María (Cádiz), por mostrarme las celdas de los presos cerradas al público.

A Manuel Martínez Cordero, por su monografía *El penal del Puerto*.

A Agustín Guillamón, por su monografía *Barricadas en Barcelona*.

A Joan Riambau, que me diagnóstico el «síndrome de Perceval».

A Ricardo Álvarez-Espejo (excapitán general de Cataluña), por ser mi llave en los Archivos Militares para hallar los historiales de Manuel Bonilla y Josep Amela.

A Emilio Manzano y Javier Pérez Andújar, que abrazaron esta historia antes que nadie.

A Pepín Bello, compañero de Federico en la Residencia de Estudiantes, por contarme durante una tarde de 2006, a sus joviales ciento dos años de edad, en su casa de Madrid, cómo er a y cómo escribía Federico en su habitación, ¡en el año 1919!

A mi tío Antonio, por evocarme todavía hoy sus

días como pastorcico en la Alpujarra, de 1936 a 1939.

A los sesenta y cinco descendientes de Manuel Bonilla y María Estévez, mis abuelos alpujarreños, a saber: ocho hijos (de los que viven cuatro), dieciocho nietos, treinta y tres biznietos y seis tataranietos, hasta el día de hoy...

Y a Marta Aguilar, mi pareja, que me ha acompañado —entre libros, caminos y días— desde la idea hasta el acto.

Índice

Un final de tres epílogos